合川文史丛书（第三十九辑）

无诗文不合川

叶 华 编著

中国文史出版社

前言

　　何以合川？毫无疑问，首先是它的山川形胜，是它的沧桑岁月，是它的风流人物。

　　——"阆州山水天下稀，不如合州可忘归。"合川，枕三江之口，当众水之凑，可谓无山不美、无水不秀。说到山，其东有被称作世界三大褶皱山系之一的华蓥山，其中有被比作"蜀口形胜""全蜀关键"的钓鱼山，其西有被赞作"灵山之境""崛起中天"的龙多山。说到水，有嘉陵江一头连着秦岭，一头连着长江，纵贯合川全境；有涪江源自岷山，流过李太白故里，流过陈子昂家乡，来到合川城下；有渠江东至，带着大巴山的浓情诗意，带着"东方斯巴达人"——賨（cóng）人的神秘气质，进到合川河口。合川，三江六岸，田畴宽广，沃野千里。合川，六岸三江，水天一色，碧波万顷。合川还是一座建在恐龙脊背上的城市，著名的"合川马门溪龙"化石见证了它地域的古老与神奇。这些都是自然的造化，都是上苍的馈赠，都是合川地域永恒的标识。

　　——"井陉东出县，山河古合州。"合川文化发祥由来已久，先有土著居民濮人生息繁衍于斯，后有巴人陆续迁入并建巴国故都于此。公元前314年，秦灭巴、蜀后，在合川地域设垫江县，迄今已有2338年历史。750年的垫江县、120年的东宕渠郡、1350年的合州、110年的合川县（市、区）较为完整地铺叙了它的迭代变迁。1728年合州改单州（不再辖县）以前，合川地域有超过2000年的时间，或为超级大县，或为辖县的郡，或为领郡领县的州，地域辽阔，横卧巴蜀腹地。这一历史，虽有建置级次、管辖范围乃至地域名称的调整变化，其治所却始终如一，其行政却较为稳定，其传承却十分有序，从而铸就

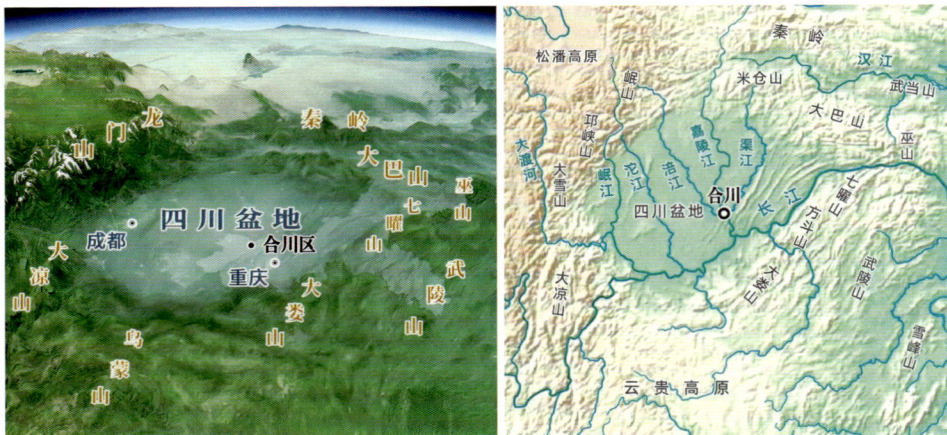

合川地理之川中丘陵与川东平行岭谷交界带 / 嘉陵江、涪江、渠江交汇处（莫宣艳供图）

了合川历史文化的深厚底蕴。

——"知否英雄淘不尽，大江都作怒涛声。"合川不仅是一个文贤汇聚的地方，更是一个英雄辈出的地方。

文贤人物方面，有大唐盛世宰相张柬之、蜀中治水功臣强望泰、"天下廉吏第一"于成龙在此为官任职，造福一方；有理学鼻祖周敦颐、著名史学家张森楷、人民教育家陶行知在此传道授业，兴文办学；有儒生赵性、直臣邹智、忠臣王俊民或抗疏斥奸，或死谏朝堂；等等。

英雄人物方面，汉代有远征边陲的益州太守李颙（yóng），五代有铁链锁夔门的破浪都头张武，宋末有改变世界战场格局的王坚、张珏，明代有出使瓦剌迎回被俘皇帝的李实，抗日战争时期有主持"宜昌大撤退"的爱国实业家卢作孚，解放战争时期有发动金子沱武装起义的王璞、陈伯纯，新中国成立后有守护集体财产的少年英雄刘文学；等等。

他们是合川历史人物的代表，是合川人文精神的化身，特别诠释了合川那种既强悍又精敏、既进取又包容、既英雄又平民的民众性格。

打开合川的方式多种多样，有形的文象是最直观最深沉的一种，无形的诗文是最浪漫最雅致的一样。正所谓：何以合川？文象示之；何以文象？诗文颂之。

所谓文象，简言之，就是文化的象征，就是文化的标志。它是合川文脉之于自然山水、之于先民创造的示象，用今天的话来说，就是文化地标、文化符号。

　　在我看来，铜梁山／铜梁洞、古合州／会江楼、濮岩／濮岩寺、龙多山、钓鱼城、学士山／养心亭、"合州八景"、文笔塔／文峰塔、凤凰山／古圣寺、涞滩古镇当是合川的十大历史文化地标。读懂了它们，也就读懂了半个合川。

　　我国有"观物取象"的文化传统。人们善于从自身所处环境中提炼具有文化象征意义的物象，并以之作喻去构建诗文中的意象。如，山的意象可以是勇者的坚定意志，可以是隐者的沉稳旷达，可以是佛家的禅理哲学；水的意象可以是人情的离愁别绪，可以是人际的心理空间，可以是人生的时易事移，等等。文象是物象和意象的复合，是一地人文精神的投射。

　　诗文是文象的最好表达，是文象的华美衣裳。以文象统领诗文，以诗文观览文象，是我们认识和了解合川历史文化的一把钥匙。合川，千山毓秀，万水钟灵，可提炼可颂扬的物象很多。这些物象入得诗文中，便产生了无数脍炙人口、流芳百世的佳作名篇，生成了众多充满人文气息的文化意象，读来让人思绪万千，荡气回肠，精神为之一振。

合川地理之重庆北向门户枢纽（莫宣艳供图）

关于合川十大历史文化地标的概念，到目前为止，尚无定论。比如，三江汇算不算一个？龙游山算不算一个？纯阳山算不算一个？等等。对于这个问题，尚需我们去做深入的探讨和研究。

有关合川历史文化地标的诗文，绝大多数都是用古文或古语写成。由于古今字义的差别，以及部分内容无从考证，无法全文翻译，笔者只能选择部分加注和释其大意的方式来与大家一起阅读分享。

相信，通过一些阅读和吟诵，你会深切地感叹："无诗文不合川。"到那时，腹有诗书气自华的你自然而然地会吟诵一些诸如"幸为达书贤府主，江花未尽会江楼"，诸如"外江不及内江险，人道泸州是合州"，诸如"三江送水开天堑，千嶂排云控蜀疆"，诸如"钓鱼城下江水清，荒烟古垒气犹生"，诸如"况复遭乱离，长怀家国忧"的诗句来。这是什么？这是一种意趣、一种情感，更是一种自信。

本书选取了十个历史文化地标的近百首（篇）诗词文赋，每期都按"历史信息""作者简介""诗文推送""鉴赏提要""漫读拾遗"五个板块进行介绍和提示，希望能够帮助到你。

叶　华

2024年10月于重庆市合川区政协

目　录

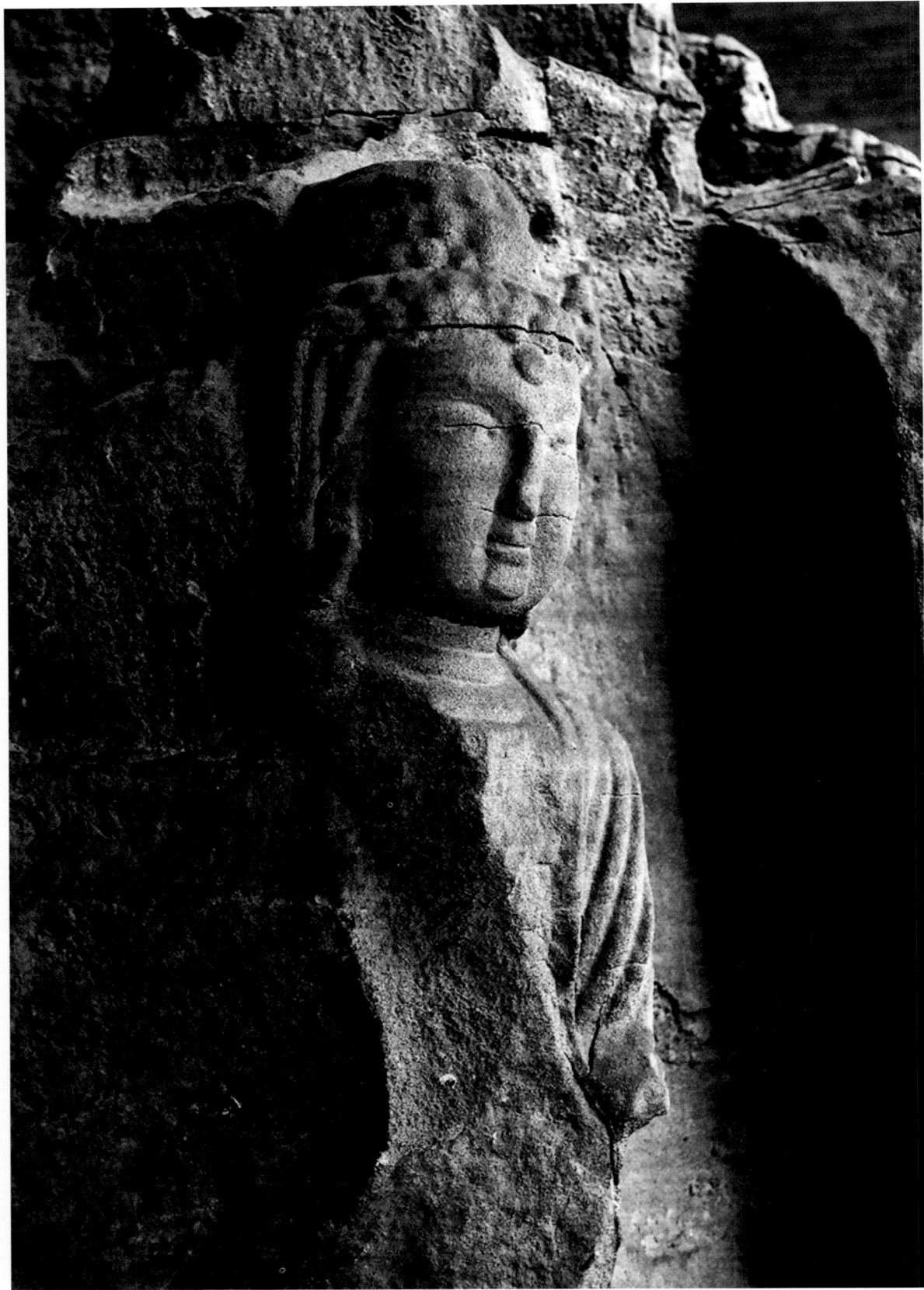

第一编

铜梁山/铜梁洞诗文选读

铜梁山/铜梁洞，作为合川十大历史文化地标识之一，是合川地域内最早的文化标识。它承载着巴国故都、蜀中名胜、逸士隐所、道教圣地、文人书岩、英雄墓地等众多历史文化信息，是巴蜀形胜的文学象征，寓意着险峻、古老、神圣、庄严、高洁、慈孝、豪情，为合川历史上的第一座文山。

描写铜梁山/铜梁洞的诗文不仅时间最早，而且名篇力作甚多，细数起来，有扬雄的《蜀都赋》、左思的《三都赋》、孔德绍的《送蔡君知入蜀》、杜甫的《赠蜀僧闾丘师兄》、王维的《送李员外贤郎》、周敦颐的《铜梁山木莲花》、谭升的《铜梁洞》、陈大文的《铜梁山》、刘泰三的《过赵伯宜别业》、徐帮瑛的《铜梁洞》等。扬雄是『汉赋四大家』之一，左思是辞赋家中的顶流，杜甫谓之『诗圣』，王维谓之『诗佛』，周敦颐则列『北宋五子』之首。由此可见，有关铜梁洞的诗文是我们第一要读的。

扬雄《蜀都赋》（选段）

本期解读的合川历史文化地标是铜梁山 / 铜梁洞，主要视点为铜梁山，读取的诗文是扬雄的《蜀都赋》（选段）。

一、历史信息

铜梁山，俗名铜梁洞，在诗文中常被称作南山，为合川历史上第一座文山，是合川地域内最早的文化标识。该山地处合川城区涪江南岸，海拔444.3米。

据有关文献记载，周武王建立西周后，进行了大规模的分封，曾将支庶封于铜梁山下。因此铜梁山的得名推算起来已有3000多年了，是一个闪耀着青铜时代印记的名字。

铜梁洞是合川本地人对铜梁山的称呼，笔者刻意用铜梁洞指代铜梁山，目的是想强调：这里所说的"铜梁"既不是指今天的重庆市铜梁区（其地域在1721年以前一直隶属于合州），也不是指今天铜梁区境内的小铜梁山，而是合

鸟瞰铜梁山（刘勇摄）

川的一个古老山名。

拜西汉扬雄《蜀都赋》所赐，2000多年前的合川地域便以"铜梁"之名闻名于世，并渐次成为古诗文中的一个意象，指代巴山蜀水中的山峦美景。

二、作者简介

扬雄（前53—18），字子云，蜀郡郫县（今成都市郫都区）人，西汉著名辞赋家和思想家。在中国文学史上，有所谓"歇马独来寻故事，文章两汉愧扬雄"之说，讲的就是扬雄文章的了得。在刘禹锡著名的《陋室铭》中有"南阳诸葛庐，西蜀子云亭"的名典，"西蜀子云亭"中的"子云"即指扬雄。

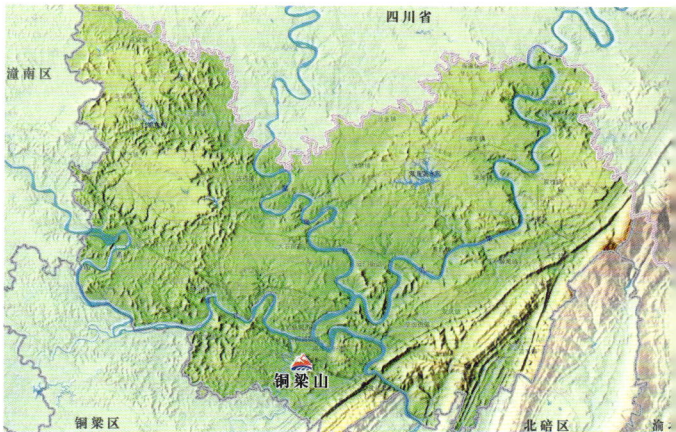

铜梁山/铜梁洞区位图（莫宣艳制图）

扬雄与司马相如、班固、张衡并称"汉赋四大家"，与司马相如有"扬马"之称。其作品主要有《河东赋》《羽猎赋》《甘泉赋》《长扬赋》《蜀都赋》等。这些作品想象驰骋、铺排夸饰，表现出了汉赋的基本特征，同时又有典丽深湛、词语蕴藉的特点，代表了汉大赋的最高成就。

三、诗文推送

蜀都赋（选段）

蜀都之地，古曰梁州。禹治其江，渟（tíng）皋（gāo）弥望，郁乎青葱，沃野千里。上稽乾度，则井络储精；下按地纪，则坤宫奠位。

东有巴賨（cóng），绵亘百濮；铜梁金堂，火井龙湫。其中则有玉石礜（qín）岑（cén），丹青玲珑，邛（qióng）节桃枝，石鳝（méng）水螭。

南则有犍（qián）牂（zāng）潜夷，昆明峨眉。绝限峍（láng）塘（táng），堪岩亶（dǎn）翔。灵山揭其右，离碓（duì）被其东。

······

西有盐泉铁冶，橘林铜陵。邙（máng）连卢池，澹漫波沦。其旁则有期牛兕（sì）旄（máo），金马碧鸡。

北则有岷山，外羌白马。兽则麙（xián）羊野麋，罴（pí）犛（lí）貘（mò）貒（tuān），䴊（yǔ）鹰（yú）鹿麝，户豹能黄，獑（chán）胡蜼（wèi）貜（jué），猿蠝（lěi）貜（jué）猱（náo），犹㺢（hú）毕方。

释义：扬雄在《蜀都赋》中首先介绍了成都的地理沿革与地理坐标，接着从东南西北四个方位介绍了成都附近的山川风物，紧接着又分别展开了对蜀都城的描写，对蜀地水果、植物、药材等出产的描写，对蜀锦和城市商业的描写，以及对成都风俗的描写。该赋涉及合川的文辞章句为"东有巴賨，绵亘百濮；铜梁金堂，火井龙湫"，大意如是——

蜀国之东为巴人、賨人生存繁衍之地，其中又有濮人绵延分布：铜梁（今合川铜梁山）、金堂是其山川地域的代表，这里有地下天然气冒出的"火井"，有悬瀑直冲谷底生成的"龙湫"（深潭）。

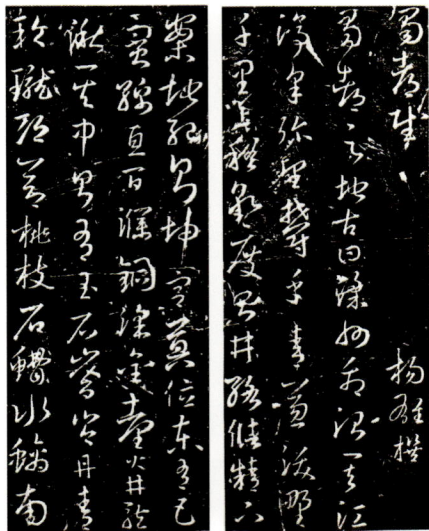

《蜀都赋》草书拓片（部分）

四、鉴赏提要

《蜀都赋》是扬雄早期作品，全文1700多字，描写了天府之国的富饶和蜀中山水的美丽，辞藻华丽，充满了天马行空的想象。虽然赋中怪字连篇、语有重复，甚至有的地方还"虚而无征"，但字里行间所透露出的对故乡的挚爱之情溢于言表、肆意奔流。

文中提到的"铜梁"，即指铜梁山，在合川城南，按《嘉庆一统志·重庆府山川》的记述，该山"连亘二十余里，山顶平整，环合诸峰，有石梁横亘，色如铜，山由此得名"。

《蜀都赋》写合川，虽然只是"点到为止"，全文就只有"东有巴賨（cóng），绵亘百濮；铜梁金堂，火井龙湫"两句话共16个字，这当中还连

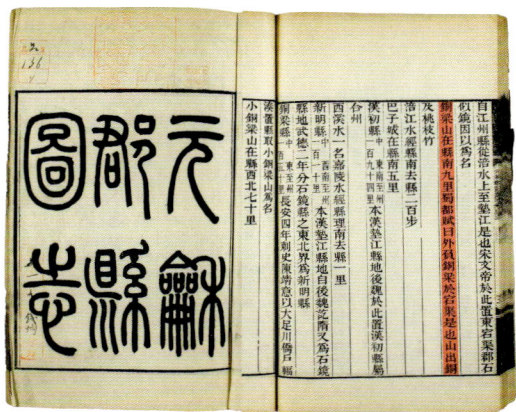

《元和郡县图志》中有关铜梁山的记述

带述及了其他地方；然而，今天我们来读它，却格外兴奋，因为那梦里依稀的"铜梁"，已不再是一座普通的山峦，而是一个具有地理标志意义的文化象征。铜梁山因扬雄的文笔一触通灵而光耀世间，是古时巴蜀绕不过去、非提不可的山川形胜。

可以说，扬雄是对合川地域进行"观物取象"的第一人。虽然我们没能赶上《诗经》《楚辞》，扬雄却帮助我们赶上了"汉赋"，这在文学意义上讲已是一件十分值得骄傲的事了。

五、漫读拾遗

扬雄绝对是巴蜀人民的骄傲。他学甲于汉代，是历史上少有人可以超越的大家。他为后世研究中国文化史设置了至少三道越不过去的坎儿：研究文学不能没有扬雄，研究哲学思想不能没有扬雄，研究古代语言不能没有扬雄。

扬雄晚年，穷困潦倒，经常是灶上揭不开锅，可他却从不为五斗米折腰。蜀郡曾有一富商欲青史留名，便找到他，愿意支付50万铜钱，请他将自己写入书中，美言两句。扬雄不为所动，毫不犹疑地一口拒绝了。《汉书·扬雄传》称赞其"不汲汲于富贵，不戚戚于贫贱，不修廉隅（棱角）以徼（jiǎo，求）名当世"。

如此扬雄，能为合川地域点上一赞，实乃合川之有幸，亦见合川地域之出众也。

左思《三都赋》之《蜀都赋》（选段）

本期解读的合川历史文化地标是铜梁山／铜梁洞，主要视点为巴子城、渝水（嘉陵江）、涪水（涪江）、宕渠水（渠江），读取的诗文是左思《三都赋》中的《蜀都赋》（选段）。

一、历史信息

铜梁山／铜梁洞作为合川历史文象标识，最为傲娇的一点就在于它曾是巴国都城——巴子城的靠山，居巴人活动的中心区域之核心。

铜梁山二仙观（刘勇摄）

早在公元前380年的战国时期，巴人在顺嘉陵江而上不断迁入的同时，亦筑都城于铜梁山下，这是铜梁山得以彰显的一个历史起点。铜梁山自南向北，面江而立，近处有嘉陵江（古称巴水、渝水）、涪江（古称濮江、涪水）流过，远处有渠江（古称宕渠、宕渠水）汇入，其周边则有临渡河和其他五条溪流递次流入涪江、嘉陵江，这五条溪流分别被现在的我们称作一道溪、二道溪、三道溪、四道溪、五道溪。因其山林田畴发育成熟、江滩湖岸水草丰茂，是合川先民理想的栖息地。

铜梁山，古老、神圣、美丽，西汉扬雄写《蜀都赋》时提到它，300年后东晋左思再写《蜀都赋》时，更是提到了它。作为巴蜀胜景的代表，其意象险峻、巍峨，是令历代文人墨客心驰神往、常书于笔端的名山。

二、作者简介

左思（约250—约305），齐国临淄（今山东省淄博市）人，西晋文学家，主要代表作有《三都赋》和《咏史》诗等。

《三都赋》系左思花了十年时间，依据三国时期的历史事实，以魏国邺城（今河北省临漳县）、蜀国成都（今四川省成都市）、吴国建康（今江苏省南京市）为对象所写的都城赋，包含《魏都赋》《吴都赋》《蜀都赋》三篇。其体制宏大、事类广博，在后期大赋中具有重要地位，系中国文学史上的名篇。

左思画像

三、诗文推送

蜀都赋（选段）

有西蜀公子者，言于东吴王孙，曰："盖闻天以日月为纲，地以四海为纪。九土星分，万国错跱（zhì）。崤（xiáo）函有帝皇之宅，河洛为王者之里。吾子岂亦曾闻蜀都之事欤？请为左右扬榷（què）而陈之。"

夫蜀都者，盖兆基于上世，开国于中古。廓灵关以为门，包玉垒而为宇。带二江之双流，抗峨眉之重阻。水陆所凑，兼六合而交会焉；丰蔚所盛，茂八区而庵（yǎn）蔼焉。

……

于东则左绵巴中，百濮（pú）所充。外负铜梁于宕渠，内函要害于膏腴（yú）。其中则有巴菽（shū）巴戟，灵寿桃枝。樊以蒩（zǔ）圃，滨以盐池。螜（piē）螘（yí）山栖，鼋（yuán）龟水处。潜龙蟠于沮泽，应鸣鼓而兴雨。丹沙赩（xì）炽出其坂，蜜房郁毓（yù）被其阜。山图采而得道，赤斧服而不朽。若乃刚悍生其方，风谣尚其武。奋之则賨（cóng）旅，玩之则渝舞。锐气剽于中叶，蹻容世于乐府。

释义：左思《蜀都赋》中，涉及合川的文辞章句为"于东则左绵巴中，百濮所充。外负铜梁于宕渠，内函要害于膏腴"，大意如是——

在蜀都东边的绵绵巴境中，除巴人、賨人两大族群外，杂居着众多的濮人族群。这里有铜梁山断续延展，伸入宕渠（渠江）腹地，有军事要地列布于宽广肥沃的旷野之中。

四、鉴赏提要

《蜀都赋》是左思《三都赋》的首篇。它假借西蜀公子之口，介绍了蜀都的形势、京畿的周疆、封城的物产、都邑的繁荣、宴饮的豪壮、畋猎的壮观、舟游的盛况，可谓四面八方，分门别类，大开大合，极尽铺排展叙之能。其宏阔的构思、宏大的结构、大美的形象，让人叹为观止。

《蜀都赋》在写合川所处的东部地域时，以铜梁山为标志，称之曰："于东则左绵巴中，百濮所充。外负铜梁于宕渠，内函要害于膏腴。"这里的"铜梁"即指合川地域，这里的"宕渠"即指渠江流域。这里出产巴豆、巴戟天，还有灵寿木和桃枝树。这里有用篱笆围起的园圃，有在水边筑起的盐池。这里是巴人和濮人的聚居地，百姓性格刚强勇猛，歌谣充满尚武精神。论武力，有賨人劲旅；论娱乐，有渝州舞蹈。

铜梁山作为合川地域的指代，前有扬雄提及，后有左思加持，美文美景，

《元丰九域志》中有关铜梁山的记述　　　　　邓散木书左思《三都赋》

遂为蜀中山水的代称之一，成了文学中的典故。仅凭这一点，作为合川人，我们也应该对这两篇超级"大赋"长什么样有点印象。

五、漫读拾遗

据《晋书》记载，《三都赋》写成之后，在京城洛阳广为流传，人们啧啧称赞，竞相传抄，以至于一下子洛阳的纸昂贵了好几倍，并且很快便销售一空，人们不得不到外地去买纸来抄写这篇千古名赋。这便是"洛阳纸贵"的成语典故。

洛阳纸贵，贵的是左思的人生际遇，贵的是《三都赋》的字字珠玑，贵的是文学的不朽。"铜梁""宕渠"作为合川地域的标识在其中"打了个卡""报了个到"，自是不言自贵。

第三期

王维《送李员外贤郎》

本期解读的合川历史文化地标是铜梁山 / 铜梁洞，主要视点为铜梁山，读取的诗文是王维的《送李员外贤郎》。

一、历史信息

自扬雄、左思前后两篇《蜀都赋》后，铜梁山便开始名扬天下，遂成为古代文人雅士争相吟诵的文学典故，其意象也不断被强化。

首先需要提到的是南朝诗人、骈文家刘孝威，他在《蜀道难》一诗中，开篇便称"玉垒高无极，铜梁不可攀"（蜀西的玉垒山呀，高得没有极限；蜀东的铜梁山呀，险得难以登攀）。在他的笔下，铜梁山就是巴蜀崇山峻岭的象征。

其次需要提到的是以"清才"著称的隋末唐初诗人孔德绍。他在《送蔡

铜梁山下的合川城（合川区摄影家协会供图）

君知入蜀二首》中便以铜梁山指代巴蜀。所谓"金陵已去国，铜梁忽背飞。失路远相送，他乡何日归？"即是他在金陵（今南京）送别朋友出使蜀中的诗作。在他的笔下，铜梁山就是蜀中名胜的象征。

清代王素《二十四孝图》之"仲由为亲负米"

到了唐朝，著名诗人王维在其《送李员外贤郎》一诗中，更是把铜梁山与"负米养亲"的典故链接起来，一举将其写成了一座与孝道有关的山。事实上，合川人民自古以来便因袭传统，奉宗敬祖，尊老爱幼，其德孝精神可谓不宣而示。

二、作者简介

王维（701—761），字摩诘，号摩诘居士，河东蒲州（今山西省运城市）人，唐朝诗人、画家。

王维参禅悟理，学庄修道，精通诗、书、画、音乐，以诗名盛于唐开元、天宝间，与同时代的大诗人孟浩然合称"王孟"。存诗400余首，代表作有《相思》《山居秋暝》等，著作有《王右丞集》《画学秘诀》。

王维有"诗佛"之称。佛经中有一部《维摩诘经》，是王维名和字的由来。王维精通佛学，其作品风格受禅家影响很大。我们常挂在嘴边的"大漠孤烟直，长河落日圆""行到水穷处，坐看云起时"便是他创作的经典名句。

三、诗文推送

送李员外贤郎

少年何处去，负米上铜梁。借问阿戎父，知为童子郎。

鱼笺请诗赋，橦布作云裳。薏苡扶衰病，归来幸可将。

释义：员外，即员外郎，官名。贤郎，此指李员外之子。负米，即背（bēi）

米，这里是借孔子学生仲由"负米"侍奉父母的典故，表示行孝的行为。阿戎父，即从弟之父，这里指李员外。童子郎，古时常选童子，秀异能通经者拜为郎，号童子郎。鱼笺，即鱼子笺（纸名）。橦布，即一种粗布衣裳。薏苡，即苡仁。将，系壮健的意思。全诗大意如是——

我在李员外家，发现他的儿子即将出门远行，一问才知道，这孩子曾在10岁前拜过童子郎，是个天才少年。他不但知书达理，而且还勤劳俭朴，常穿一件橦布衣裳。接过他请为赋诗的纸笔，想着他要远赴铜梁（山），为父亲背薏苡治病，让父亲得到康养，我便很受感动地为他书就了这篇《送李员外贤郎》。

四、鉴赏提要

在这首《送李员外贤郎》诗中，王维首先是以铜梁山喻指蜀山蜀地，并赋予其陡峭险峻、与外部隔绝、往来极其不易的崇山峻岭形象。其次是借《孔子家语·致思》中"负米养亲"的典故，用"负米上铜梁"彰显李员外之子此番外出为父背米治病的急迫心情和路途的不易。由此展开叙事，诗人为我们刻画了一个既知书达理、谦恭有度，又勤劳俭朴、乐观向上的少年形象。

全诗简洁灵动、清新淡远、写意传神，画面感和故事性都很强。诗人为其赋诗一首，意图也非常明确，就是要借以宣传、颂扬、赞美中华民族传统的德孝精神。

蜿蜒嘉陵江（刘安宁摄）

五、漫读拾遗

孝敬老人是中华民族的传统美德。古代有不少孝子的故事，其中流传甚广的是"二十四孝"。"二十四孝"源自元代郭居敬所编撰的《全相二十四孝诗选集》。该书辑录了自上古至宋代的24个古人的孝亲故事。

"负米养亲"是"二十四孝"故事中的一个。相传仲由（字子路，春秋时期鲁国人，孔子学生）早年家境贫寒，常以野菜劣食度日。他离开鲁国卞邑追随孔子去曲阜求学后，时常担心父母身体，便去山中砍柴捕猎，卖钱买米，然后背负米袋沿泗河逆流而上，行百里回家，孝养双亲。如此长年累月，历经风霜雨雪，直至父母去世。父母去世后，仲由南游楚国，"积粟万钟""列鼎而食"，哀思双亲，欲想继续孝养，却再也不可能了。孔子闻之感叹道："由也事亲，可为生事尽力，死事尽思者也。"后来人们就用"负米"表示竭力侍奉父母的行为。

孝亲文化是中华优秀传统文化核心要素之一。据清康熙《合州志》记载：有个叫匡振之的合州人以乡科任凤县令，为侍奉老母，"三计偕北上，三次从中途思母而返。因奉母，三十年不仕"。待为老母养老送终后，才到广文，出任凤县县令。"其为官清廉若水，犹然孝子之遗也。"

总之，不论从诗文的记述还是从历史的传统来讲，铜梁山作为一座与孝义有关联的山，是它作为合川历史文象的内涵之一。

第四期

杜甫《赠蜀僧闾丘师兄》

本期解读的合川历史文化地标是铜梁山/铜梁洞，主要视点为铜梁洞、方岩、桂岩，读取的诗文是杜甫的《赠蜀僧闾丘师兄》。

一、历史信息

我们以铜梁洞指代铜梁山，却还没有对铜梁洞来历作出交代。

据明万历《合州志》记载：铜梁山为唐闾丘道人修炼处。"山上有洞，深丈余，内有石床可坐十余人。相传为上帝敕六丁神将开凿。傍有石室、丹台、灵泉，丘寓此五十余年。曾作偈曰：'万了万了万了休，方岩直度桂岩秋。万能万能能万能，外了外了外了优。'"铜梁洞之称谓自此而始。

以上所言"闾丘道人"，实则为唐代巴蜀名僧闾丘。他是初唐著名文士、

铜梁山大石梁（罗明均摄于1990年）

太学博士闾丘均之孙。闾丘均，曾与杜甫的祖父杜审言是同朝为官的好朋友。唐"安史之乱"时，杜甫入蜀住成都浣花溪草堂，闾丘道人修行于铜梁山，两个孙辈人物交谊甚好，并有诗文相赠。正因如此，铜梁山便与大诗人杜甫有了关联。

二、作者简介

杜甫（712—770），字子美，号少陵野老，河南巩县人。曾官拜左拾遗、司功参军、检校工部员外郎等。"安史之乱"后，长期寓居蜀中，在成都建有草堂，对巴蜀名胜多有吟咏。根据他的经历，后世对他的称谓有杜拾遗、杜工部、杜少陵、杜草堂等。

杜甫忧国忧民，人格高尚，诗艺精湛。一生写诗无数，被保存下来的就有1500多首，其中很多都是传颂千古的名篇，比如"三吏"（即《石壕吏》《新安吏》和《潼关吏》）、"三别"（即《新婚别》《无家别》和《垂老别》）。杜甫流传下来的诗篇是唐诗里最多最广泛的，是唐代最杰出的诗人之一，对后世影响深远。其作品被称为"世上疮痍，诗中圣哲；民间疾苦，笔底波澜"，是现实主义诗歌的杰出代表。因此，他的诗又被称为"诗史"，他被尊为"诗圣"。

杜甫像（蒋兆和绘）

三、诗文推送

赠蜀僧闾丘师兄

大师铜梁秀，籍籍名家孙。呜呼先博士，炳灵精气奔。
惟昔武皇后，临轩御乾坤。多士尽儒冠，墨客蔼云屯。
当时上紫殿，不独卿相尊。世传闾丘笔，峻极逾昆仑。
凤藏丹霄暮，龙去白水浑。青荧雪岭东，碑碣旧制存。
斯文散都邑，高价越玙璠。晚看作者意，妙绝与谁论？

吾祖诗冠古，同年蒙主恩。豫章夹日月，岁久空深根。
小子思疏阔，岂能达词门。穷愁一挥泪，相遇即诸昆。
我住锦官城，兄居祇树园。地近慰旅愁，往来当丘樊。
天涯歇滞雨，粳稻卧不翻。漂然薄游倦，始与道侣敦。
景晏步修廊，而无车马喧。夜阑接软语，落月如金盆。
漠漠世界黑，驱车争夺繁。惟有摩尼珠，可照浊水源。

释义：杜甫是一位人情味很浓的诗人，他一生所交朋友遍及社会各个阶层和领域，其中释家人物是一个重要的部分。该诗便是他在唐肃宗上元元年（760）为赠僧人间丘所作。诗文大意如是——

（1）大师（指间丘僧人）实乃合州之杰出人物，是名重一时的间丘均之孙。你的祖父曾拜太常博士，智慧焕发，灵气涌奔。

（2）当年武则天掌握国家政权，所罗人才，几乎全是儒生和骚人墨客。可以说，庙堂之上，像你祖父那般人物贵如卿相。世传他的文章文风峻极，超越昆仑山。他生前所作的碑碣像玉石那样在雪岭中放射光泽；他的遗文价值超过了君主们所佩戴的玙璠美玉。

（3）我的祖上也像枕木、樟木那样高大伟岸，逮至我们这一代却如大树凋零，空有深根，远远逊色于他们。

（4）我寓居在成都草堂，你修行于乡间寺中，我们可以往来问候，可以相互告慰。我来探你，你那退居山林的修行生活，是多么的寡欲清心、自在畅意啊！与你漫步长廊，倾心晤谈，没有车马的喧哗之声，只有月落的长夜寂静。

（5）在这静寂无声、人情冷漠的黑暗乱世里，在这你驱我驰的社会争夺中，让我们借助那无边的佛法，去普度众生，去荡涤凡尘吧！

四、鉴赏提要

在本期推送的这首五言古风诗中，杜甫对间丘僧人出身名门、潜心佛理的德行给予了很高的评价，并从祖辈们的成就、友谊而生发出了自己与间丘一样，虽然不懈追求，但最终还是在当时险恶的社会现实中壮志难酬的忧愤。

与此同时，诗人还表达了对远离尘世、景色宜人的铜梁山寄予的向往之情。该诗风格，语言精练、穷绝工巧、感情真挚、平实雅淡、细腻至深、形象鲜明，真可谓"恣肆变化，阳开阴合"，尽得古今之体势，而兼人之所独专矣。

五、漫读拾遗

铜梁洞大石梁北侧，一边叫桂岩，一边叫方岩，因两岩上有数十方诗作和题名石刻，人们又称它们为"书岩"。

铜梁山"芎林书岩"题刻

按说，这个文人书岩的名称应叫"芎林书岩"，因为石梁中有一方巨型石刻，明白无误地镌刻着"芎林书岩"四个大字。不过，按《芎林书岩记》（载于《民国新修合川县志》）的记述和文物部门的说法，这个"芎林书岩"并非指铜梁山的桂岩和方岩，而是指当时合州所属定远（今武胜）县的"燕子岩"（明清时称"芎林书岩"）。燕子岩摩崖石刻为定远古八景之一，其石刻有从唐至清的书法名家篆、隶、楷、行、草各体10余幅，600余字，刻工精湛细腻，保存完好，现为四川省文物保护单位。

铜梁洞石刻是合川六大石刻点之一，其余五处分别在钓鱼城、龙多山、二佛寺、濮岩寺、白塔坪。铜梁洞石刻以诗文题名为主，少有造像，与定远（今武胜）县燕子岩摩崖石刻一致。

"芎林书岩"题名石刻出现在铜梁洞，或许是合州州府所在地对域内文化的一个特别展示。关于"芎"的解释有两个，一为香草名称，指芎草，可以用来调味；二为同"香"，指香气。"芎林书岩"之名，自然、清新，颇有文人的儒雅之气，如果要为它写篇推荐词的话，非这首诗不可了——

峭壁层层列雁行，搜奇采访白云乡。山林赖有图书富，风雨难消翰墨香。巨笔几人留姓字，大名从古重文章。登临我亦心仪久，纵负诗才不敢狂。

（光绪年间定远知县姜由范咏"芎林书岩"诗）

只有懂得，才知敬畏。姜知县的一句"纵负诗才不敢狂"真是戳到了我们的痛点。还望大家对合川境内的"书岩"有更多的学习和了解。

周敦颐《铜梁山木莲花》

本期解读的合川历史文化地标是铜梁山/铜梁洞，主要视点为木莲花，读取的诗文是周敦颐的《铜梁山木莲花》。

一、历史信息

据池开智《合川历史文化纲要》记述，北宋时期，眉州"三苏"（即北宋著名文学家苏洵、苏轼、苏辙父子三人）、阆中"二陈"（即陈尧叟、陈尧咨兄弟状元二人）都曾因仰慕铜梁山胜景而相继来游。

宋代周敦颐在判合州时，不仅独自常来，还经常与朋友一道游玩。一次

铜梁山远眺（合川区摄影家协会供图）

他在带门生程颐（宋代理学家）游铜梁山后，特地为程颐题写了"烈烈公子，利名心死"的告诫语，嘱咐程颐在儒学的阐发和修持中要抓住淡泊名利、清心寡欲这一根本。

在这里，这些文化大咖看到了什么？又有什么值得拿来和今天的我们分享呢？寻之诗文，其中一景便是婀娜多姿的铜梁山木莲花。

二、作者简介

周敦颐（1017—1073），字茂叔，北宋道州（今湖南省道县）人，世称濂溪先生。他是"北宋五子"之一，宋朝理学思想的开山鼻祖，文学家、哲学家。代表作有《通书》《爱莲说》《太极图说》等，著有《周元公集》（后人整理编集）。

周敦颐，一生酷爱莲花，学问广博、思想精深，"政事精绝"、宦业"过人"，人品高洁、胸怀洒脱。以他为鼻祖开创的宋明理学，在中国哲学思想史上占有极其重要的地位。宋明理学以孔孟之道的儒学为主干，多方吸收道家、佛家的精华，逐渐成为中国封建社会中占统治地位的哲学思想。

周敦颐画像

作为一代大儒，他的人品和思想，千百年来一直为人们所敬仰。人们甚至把他推崇到与孔孟相当的地位，认为"其功盖在孔孟之间矣"。帝王们也因此而将他尊为人伦师表。

三、诗文推送

铜梁山木莲花

仙姿疑是华颠栽，不向东林沼上开。异蕊每随榴花放，清香时傍竹风来。
枝悬缟带垂金弹，瓣落苍苔坠玉杯。若使濂溪年少见，定抛兰桨到岩隈。

释义： 据史籍记载，铜梁山林木蓊郁，竹黄、木莲最佳。诗中，作者以"仙姿"代指木莲花，以"华颠"喻指远离尘世之人，以"东林沼"喻指神圣高贵之所，以"缟带"喻指云雾，以"金弹"喻指果实，以"兰桨"喻指回返之意，以"岩隈"喻指铜梁山。全诗大意如是——

仙姿绰约的木莲花，不知是哪位白发高人所栽，它虽不及东林（佛寺）池中的白莲那么神圣高贵，却总是在石榴花开的季节中随着竹林清风飘香恣意。它挺拔的枝条像是长在云雾里，有金色的果实垂挂在半空中，羞红，羞红。它美丽的花瓣掉在无人问津的苍苔上，有如奇珍坠在了玉杯中。倘使早年的我能得知有如此秀色，我定会不顾一切地前来观览赏鉴。

四、鉴赏提要

周敦颐的诗文通常以托物言志为特点。大家特别熟悉的《爱莲说》就是通过描绘莲的气度和风节，来表达作者对理想人格的追求。

在风格上，周敦颐的诗文多以唐风为主，典雅婉约，其深刻的思想文化内涵寓于对美的追求和对自然的崇敬之情中。

木莲花的花语是高尚。这高尚的木莲花植根于铜梁山上，犹如作者钟爱

的白莲植根于山水诗人谢灵运开凿的东林池中，闻其香、怜其花、赏其果，不由得使人心旷神怡、自觉高雅，人格也随之而升华。此时的铜梁山也因木莲的生长簇拥而变得超凡脱俗、傲视群山，呈现出了一种美丽而又高尚的别样姿态。

五、漫读拾遗

木莲花，树态葱绿，叶形秀丽，枝条扶疏，其花白润如莲，清香可人；其果聚合深红，十分好看。这里再荟萃部分佳句，以便作深入了解。

"莫怕秋无伴醉物，水莲花尽木莲开。"（白居易《木芙蓉花下招客饮》）

"木莲恨花晚，蔷薇嫌刺多。"（萧绎《屋名诗》）

"千林扫作一番黄，只有芙蓉独自芳。"（苏轼《和陈述古拒霜花》）

"木莲花下竹枝歌，欢意不多感慨多。"（陆游《雨中游东坡》）

"小池南畔木芙蓉，雨后霜前着意红。"（吕本中《木芙蓉》）

铜梁山望合川夜景（刘勇摄）

第六期

刘泰三《过赵伯宜别业》

本期解读的合川历史文化地标是铜梁山/铜梁洞，主要视点为宿云崖、方崖、松风阁、博古斋、读书堂，读取的诗文是刘泰三的《过赵伯宜别业》。

一、历史信息

北宋灭亡后，南宋王朝偏安一隅，赵宋子孙及臣仆多来合州"选胜造境"，希望过上他们想要的安稳的生活。他们在铜梁山上置产置业，留下不少遗迹。

据明万历《合州志·山川》载："山即赵伯宜别业，有宿云崖、方崖、松风阁、读书堂、博古斋。旧有灵观、三清楼。"赵伯宜，即赵宋皇室宗子，被誉为逸士；别业，即别墅。由此可见，那时铜梁山不仅有险峻的山崖、茂密的森林，更有楼台亭阁、别墅文房、道观僧堂，是一方难得的清幽之地，充盈着自然和人文的灵秀之气。

根据文物部门的考证，现如今，铜梁洞的山崖上尚有周祐（1156）、赵彦（1175）、沈汝一（1185）等那一时期留下的诗文题刻和"铜梁山"三个大字题刻。

铜梁山雪景（刘勇摄）

二、作者简介

刘泰三，字鹤坪，号砚农，清代合州（今重庆市合川区）人。乾隆年间贡生。因屡赴乡试不第，毕生执教于乡间私塾。他的诗文多抒发对家乡山水的爱恋之情，以自由洒脱、质朴自然见长。著有《砚农诗钞》4卷。

三、诗文推送

过赵伯宜别业

别业开仙境，当年逸士踪。苔深侵屐齿，洞僻隐山丛。
断壁泉流字，荒斋草覆虫。云归千障黑，日落半江红。
博古人何在，探奇兴无穷。高才名誉壮，应使气如虹。

释义：别业，即别墅。仙境，即超凡的美景，这里指铜梁山。逸士，这里指赵伯宜。屐，一种木底鞋子，底下有齿，又称木屐。断壁，即陡峭的岩壁。泉流字，即山泉四溢的样貌。荒斋，即荒弃的房舍，这里指赵伯宜别业。千障，即四处像屏障一样的山峰。博古，为赵伯宜书斋名。高才，谓志行高尚之人。全诗大意如是——

赵伯宜的山居别墅开启了超凡脱俗的铜梁山仙景，留下了逸士高人（赵伯宜）的踪迹。踏过阴湿深厚的青苔，便能看见那隐藏在山丛中的铜梁洞。这里岩壁陡峭、山泉四溢，废弃的房舍早

合川铜梁山（刘勇摄）

铜梁山"道人有道山不孤"题刻

已荒草丛生，鸟驻虫鸣。放眼望去，因云的遮盖，千障涩涩；因日的斜照，半江滟滟，着实无比美丽。当年博古斋的人（赵伯宜）已不复出现，可我探奇寻古的兴致却极为昂然。通过与这些逸世高人的神交，我仿佛也沾上了他们那气势如虹的精神之光啊！

四、鉴赏提要

山有仙境，世有隐者。作者既颂铜梁山的美景，更颂铜梁山的人文。显然，这是作者的一篇心迹之作，表现了他志行高尚的士子风范。

一朝上得铜梁山，在荒斋草覆、断壁流泉中探寻逸士文人的踪迹，总是让人兴奋不已。想起当年赵伯宜在"云归千障"处、"日落半江"下的书斋中，或吟诗作赋或交友会客的场景，作者与之似有神交。虽然科场不得志，但他的心境不输任何隐士高人。

作者借用"高才"赵伯宜的"名誉"气势，喻示自己的士子志向，这志向有如雨后长虹，贯穿天际。

五、漫读拾遗

在铜梁山大石梁书岩上，有一方摩崖题刻，名曰："道人有道山不孤。"其语出自苏轼《腊日游孤山访惠勤惠思二僧》，当中四句是："道人之居在何许？宝云山前路盘纡（yū）。孤山孤绝谁肯庐？道人有道山不孤。"

用在这里，意思是说铜梁山独自耸立，曲高和寡，唯有道行深厚的世外高人才会也才配与之相傍、结庐而居。铜梁山景致的幽旷与道人品藻的高旷，共同构筑了铜梁山的诗文意象，二者相得益彰，交相辉映，这便是前人给予我们的启示。

第七期

陈大文《铜梁山》

本期解读的合川历史文化地标是铜梁山 / 铜梁洞，主要视点为读书梁、金榜山，读取的诗文是陈大文的《铜梁山》。

一、历 史 信 息

明正德初年（1506），合州举人朱璠、赵悭相约读书于铜梁山山梁上，六年后两人一起登进士。一年两进士，且与当朝东阁大学士杨廷和之子、著名才子、四川状元杨慎同榜，这可是合州一件了不得的稀罕事。

在重庆知府的极力推荐下，合州知州遂取科第吉祥之意，将铜梁山改名为金榜山，并镌刻《金榜山新名记》碑立于山巅之上。由此，铜梁山的文化意象和历史标榜又多了一层含义，有了一个转换。

隐世书斋

然而，铜梁山厚重的历史文化积淀并非一个"金榜"之名就能够支撑和承载的，更谈不上取代。人们仍然习惯将此山称作铜梁山或铜梁洞，久而久之，"金榜山"的名称也就被人们遗忘了。

二、作者简介

陈大文（1742—1815），字简亭，号砚斋，河南杞县人，清乾隆三十七年（1772）进士。乾隆三十一年（1766）为合州吏目，后任合州知州、重庆知府、四川布政使、广东巡抚、山东巡抚、直隶总督、工部尚书、两江总督、兵部尚书等职。嘉庆帝曾有评价：在地方大员中，陈大文操守廉洁，可以外放独当一面。《清史稿》则称其："矜尚廉厉。名位虽皆不终，要为当时佼佼。"

三、诗文推送

铜梁山

铜梁灿碧空，横亘如列案。隔江才五里，来兹峰头玩。
闻昔间丘师，曾栖炼元真。玉蕊开似雪，桃竹翠拂尘。
又闻赵伯业，筑宅拥书箧。博古堆白云，松风聚落叶。
我来访遗踪，径迷青霭重。春深烟萝暗，岩花连雾封。
披岚入鸟道，幽禽何处噪。不有钟磬声，危磴谁能造。
到来此山巅，此中别有天。餐霞子焉往？丹井尚依然。
仰观天宇空，趁步朱明洞。读书人不归，空余春风送。
还憩宿雨崖，遥情寄茅柴。酣歌明月去，斯游在无怀。

释义：列案，此谓铜梁山清晰易见，近在眼前。来兹，即来此。元真，犹言元气、真气。赵伯业，即赵伯宜之别业。书箧，装书的小箱子。青霭，即林峦青黑色的样子。烟萝，即悬挂的藤蔓。岩花，即盛开在险要山岩处的山花。披岚，即身披山林中的雾气。餐霞子，指隐居的高人，此处指间丘和尚。丹井，即道家炼丹的井眼，这里泛指古人遗迹。朱明洞，代指铜梁洞。茅柴，即茅柴酒（一种乡村酿的劣质酒）。酣歌，即尽兴高歌。诗文大意如是——

万里晴空下的铜梁山，石梁横亘如书案陈列。相传唐代蜀僧间丘和尚曾在这里修炼，修得元气满满。山上的玉蕊花开得一片雪白，翠绿的桃竹随风摇曳。听说南宋皇族后裔赵伯宜在此隐逸生活过多年，白云下有他的博古书斋，密林中有他的松风亭阁。我来寻访，路遇悬空的藤蔓幽幽暗暗，攀岩的花朵与薄雾笼成一片。置顶山巅，才发现这里真是别有洞天。不知那隐世的高人（即餐霞子间丘和尚）哪里去了，留下这炼丹井、朱明洞（即铜梁洞）依然。不知那畅意的读书

古人踏春聚会

人（即赵伯宜，隐指相约在这里读书的朱璠、赵悭）哪里去了，唯有这春风送爽、明月照空的环境依旧。饮一壶茅柴村酒，晚憩在雨崖边，伴随着升起的明月高歌而还，我尽兴，我释怀！

四、鉴赏提要

作为合州官员，作者对铜梁山的历史是用心的，也是做了一番功课的。他通过写景叙事的方式，把一趟观游之旅，写成了一趟寻访之旅、一趟思古之旅。徜徉其中，铜梁山的一步一景、一踪一迹，总能给人以漫天思绪。

诗中写景，提到了"玉蕊开似雪，桃竹翠拂尘"，提到了"春深烟萝暗，岩花连雾封"，这都是难得一见的景致。

诗中怀古，由远及近，先是提到唐代修道之人间丘，后是提到宋代的隐世高人赵伯宜，再后来又隐含提到了明代的读书人朱璠、赵悭。

作为铜梁山之旅的收获，结尾一句"酣歌明月去，斯游在无怀"，表现了作者人格的升华、境界的提升。

五、漫读拾遗

在过去，看一个地方是否钟灵毓秀、人杰地灵，最为直观的一点，便是看它是否文风兴盛、科第吉祥。因此，金榜题名的多寡是一项"硬指标"，直

接昭示着一地文化的昌明与否。

铜梁山改名为"金榜山"的目的，便是要激励学子们刻苦努力，早日金榜题名。当年那段《金榜山新名记》记的就是这个改名的过程和初衷，说的便是铜梁山的"文明之象"。

"金榜山在合州涪江南岸五里许……州治、学宫皆面之，每烟雨空蒙，风日清朗，宛若图画，旧名铜梁远矣。正德辛未，郡人朱璠廷辉，赵官惟贤同第进士，欲易今名。适其同年进士天台叶忠一之来，官重庆府，推遂以见，托转属州别驾关中庞爵良贵，刻新名三大字崖石间……究其所以易名，盖因此山当郡学前实应文明之象，且今多士有所观感而兴起也。爰识颠末以示将来。"（引自张森楷纂《民国新修合川县志》）

第八期

徐帮瑛《铜梁洞》

本期解读的合川历史文化地标是铜梁山／铜梁洞，主要视点为铜梁洞、二仙观，读取的诗文是徐帮瑛的《铜梁洞》。

一、历史信息

明朝中后期的100多年间，由于张三丰在铜梁洞修炼的故事在民间广为流传，使得铜梁山作为巴渝道教圣地的地位日益显赫。道家在铜梁洞旁修筑有"二仙台"道观，用以奉祭张三丰和他的老师火龙真人。

张三丰，名全一，号三丰，明朝道士。与我们在影视中了解的那个张三丰不同，现实中，他通儒学，善书画，工诗词。元世祖中统元年，曾举茂才异等，任中山博陵县令。其人丰姿魁伟，大耳圆目，须髯如戟，一生云游四方，行踪不定。历代皇帝敕封其有"忠孝神仙""通微显化真人""韬光尚志真仙""清虚元妙真君"等。

张三丰旅居合州数年，相传铜梁洞为其静坐之处。在合州，他还写过一首《濂溪祠秋夜抒怀》的回文体诗："桥虹倒影柳塘湾，夜月明开半户闲。遥驾鹤来归洞晚，静弹琴坐伴云闲。烧丹觅火无空凳，采药寻仙有好山。瓢挂树间人影久，嚣尘绝水响潺潺。"这诗倒过来吟诵，其意境依然卓绝。

二仙台道观曾毁于明末战火，民国初年复建，改名为"二仙观"。其观楼高三层，坐北朝南，窥江而立。在这里，倚楼北望，苍茫寥廓，两江与古城历历在目。只可惜在1982年冬，因其成为危房而被拆除。不过，铜梁山作为"仙山"的印象却深深地刻在了合川民间百姓的口碑中。

传说中的张三丰龙行大草（合川铜梁洞石刻）

二、作者简介

徐帮瑛（1870—1946），字晴晖，清代合州人，廪生，工诗文，善书法。光绪末年通过报捐获得县丞，后曾在江西抚署任过职。民国时弃官回合。书法作品以为清末民初史学家张森楷所书六十寿屏最为著名。

三、诗文推送

铜梁洞

归来何处可探幽？南有一峰天外浮。两大乾坤收洞里，千重山水绕楼头。石题诗句留仙迹，履破苔痕访旧游。羽客攀谭风月好，浑忘世变几经秋。

释义： 该诗作于民国十四年（1925），刻于铜梁洞中。诗中所谓"归来"，系指作者辞官回乡。所谓"乾坤"，系指《周易》中的两个卦名，乾之象为天，坤之象为地；乾之作用在于使万物发生，坤之作用在于使万物生长。所谓"楼头"，系指铜梁洞附近的二仙观。所谓"仙迹"，系指唐代名僧闾丘、明代道士张三丰在铜梁洞修炼时留下的遗迹。所谓"羽客"，系指道人。所谓"攀谭"，即"攀谈"。所谓"世变"，系指民国建立后的十余年军阀混战、民不聊生。全诗大意如是——

　　辞官回乡后去哪儿探幽最好呢？当然是城南那缥缈悬浮的铜梁山了。铜梁山上的铜梁洞是一个道家的仙人洞，相传著名道士张三丰曾在此修炼，洞旁有为纪念张三丰和他老师火龙真人的二仙观。真可谓"袖里乾坤大，壶中日月长"，洞里洞外皆是仙境。循着他们留下的诗文题刻，旧地重游，我仿佛感受到了他们那种论道于清风明月间的悠然状态，全忘了这十几年来世间的纷繁战乱。

四、鉴赏提要

　　作为道教"仙山"的铜梁山，有两大特质：一是"幽"，二是"浮"。作者以自我设问、自我回答的方式，开篇便引人遐想，无意中把我们带进了一个古木参天、山石林立、飞鸟啼鸣的幽深之处。这里或百花盛开，光彩夺目；或云雾缭绕，若隐若现，犹如一个天外悬浮的蓬莱仙境。

　　"两大乾坤收洞里，千重山水绕楼头。"合川人民喜欢用"铜梁洞"指代"铜梁山"，其玄机正在于此。乾坤代表天地万物，山水喻作天下。洞里乾坤也好，洞外山水也罢，说的都是修道之人，更准确地说是作者的内心世界。"胸中有沟壑，腹里有乾坤。"因为有过坎坷，有过苦难，也有过努力的拼搏，我们才会对宇宙万物存有深刻的敬畏，知道自己在宇宙间处于何种地位，并

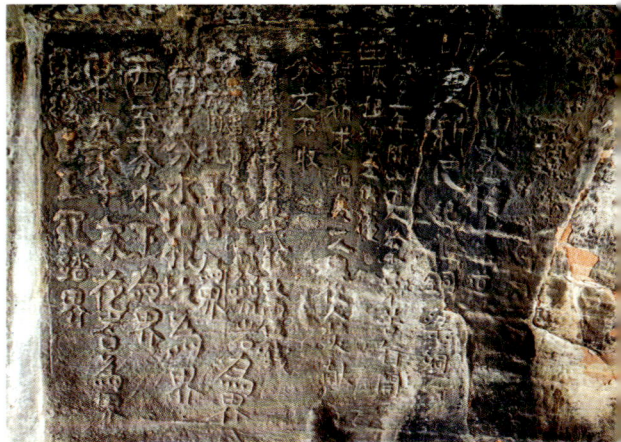

传说中的张三丰修行处（刘勇摄）

能以此作为行为的准则。

铜梁山的清风明月，为道家所乐道，为避世者们所称颂。然而，民国建立后的十几年却是军阀混战、民不聊生。全文以此作结，意味深长。

五、漫读拾遗

徐帮瑛所书张森楷六十寿屏（合川区文物管理所供图）

除传说中的道教遗迹外，铜梁山上还有数方张三丰的书法刻石。

张三丰的书法以行笔速度快、弧线圆圈多、直线夸张为特点，其风格既亲和圆润、绵密紧凑，又锐气非凡、无坚不摧，有一种龙游四海、捉摸不定的态势，被称作龙行大草。

铜梁洞张三丰龙行大草勒石的四首唐诗分别是：刘长卿的《赠别严士元》、戴复古的《月夜舟中》、王维的《敕借岐王九成宫避暑应教》、杜牧的《题宣州开元寺水阁阁下宛溪夹溪居人》，大家不妨找来读读。

第九期

佚名《赠杨将军瑞符》等

本期解读的合川历史文化地标是铜梁山／铜梁洞，主要视点为二仙台、杨瑞符墓，读取的诗文是合川民众的《赠杨将军瑞符》和《赠四行孤军领袖杨节卿》。

一、历史信息

在诸多诗文中，铜梁山神圣、高贵、孤傲，似有一种让人难以亲近之感。这或许是人们对它的最大误解。

1937年10月，在淞沪会战的最后一战——四行仓库保卫战中，我"八百壮士"拼死抵抗日军进攻。他们在团副谢晋元、营长杨瑞符的带领下，死守

合川铜梁洞（罗明均摄）

杨瑞符像

"最后一块阵地",英勇抗敌,视死如归,赢得了世界人民的同情和重视,重振了因淞沪会战受挫而下降的中国军民士气,一举粉碎了侵华日军"三个月灭亡中国"的言论。

1939年5月,战功赫赫、九死一生的杨瑞符将军奉命带着妻儿来到合川。合川人民对英雄投来了敬仰的目光,几经比选,决定将他安顿在铜梁洞山上二仙观养伤。铜梁洞自此与英雄结缘。养伤期间,合川社会各界群众纷纷前往拜望。受合川人民的热情鼓舞,杨瑞符将军便把四行仓库保卫战的详细经过写成了一部长篇纪事《孤军奋斗四日记》,发表在1939年6月12日至17日的《合川大声报》副刊上,极大地鼓舞了民众的斗志。

1940年,杨将军因枪伤复发病逝,终年38岁。死后合川人民将他就近安葬于二仙观右侧,终岁以铜梁山为伴。

昔日刘孝威笔下那"高不可攀"的铜梁山,竟是如此的深情,它以一种惺惺相惜的方式给了英雄一个热烈的拥抱,这一抱便是永恒的相守相依。

二、作者简介

(略)

三、诗文推送

赠杨将军瑞符

心如铁石气如虹,千古汗青叙异功。
追忆围攻仓库日,熊熊烈火炼英雄。

释义:诗中的"汗青",指史册;"仓库",系指当时的上海四行仓库,这里指著名的四行仓库保卫战。诗文大意如是——

你心如铁石,意志坚定;你气势如虹,英勇善战;你奇功至伟,彪炳史册。

那敌军的重重围攻啊，有如铁索链；那孤军奋战的日子啊，有如金刚在烈火中冶炼。

赠四行孤军领袖杨节卿

申江百战鏖知名，最好南山隐节卿。
料得来朝创起后，一麾江水踏东瀛。

释义：诗中的"申江"，即上海；"南山"，即铜梁山；"节卿"，即杨瑞符；"来朝"，即来日；"东瀛"，即日本岛（这里指日本军国主义）。诗文大意如是——

淞沪会战，艰苦卓绝，闻名世界。美丽南山，高耸际天，埋我忠骨。待明朝，我华夏崛起，定如这眼前的一江潮水，直扑海上，淹没那极凶极恶的日寇东瀛。

四、鉴赏提要

本期介绍的两首悼念杨瑞符将军的诗，语言直白简练，情感真挚浓烈，充分表达了合川人民对英雄的敬仰和对日本帝国主义的同仇敌忾。

据统计，从1937年到1945年的8年间，合川共征抗日兵丁83886人，为四川各县最多之一。如果从1931年"九一八"算起，全县出征抗日的兵丁，堪称十万之众。作为合川子弟，他们不论身处何方，处于什么兵种岗位，都带着家仇国恨与日本侵略者展开殊死搏斗，是中华民族血肉长城的组成部分。

我们悼念杨瑞符，也是在

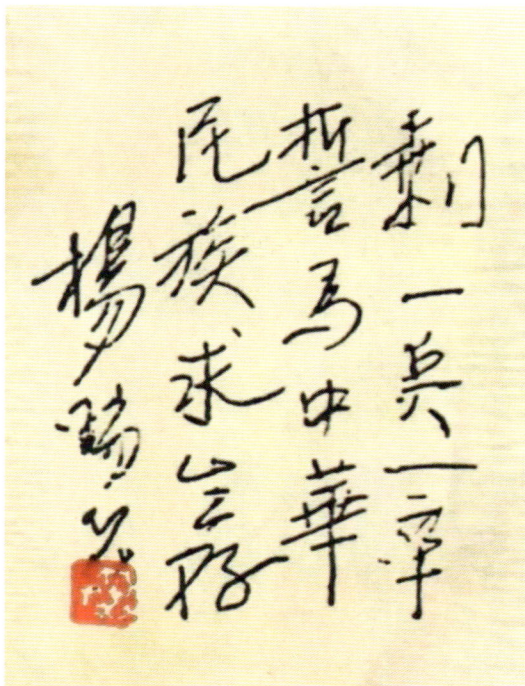

杨瑞符"剩一兵一卒，誓为中华民族求生存"手迹

悼念那些为国捐躯的家乡子弟。合川永远是家乡儿郎心中最好的"南山"。这便是我们要说铜梁山、要说杨瑞符的一个情感基点。

五、漫读拾遗

杨瑞符（1902—1940），字节卿，天津市静海区人。著名抗日英雄，"八百壮士"英雄群体中的一员。其墓在铜梁洞二仙观右侧的方岩下，初为简易的土堆墓，1945年重建，遂为立有石碑的高冢墓。

为了那份不能忘却的纪念，先有二仙观道长谭遁九将自己多年积蓄捐出，购置楠木棺材埋葬忠骨；后有县人胡南先、欧阳伯森等发起募捐，为杨将军建了纪念塔；再有2009年9月，铜梁洞杨瑞符墓被确定为"重庆市抗战遗址文物保护点"，合川人民心中无时不有这样一位英雄。

第二编

古合州／会江楼诗文选读

古合州／会江楼，作为合川历史文化地标之一，是不可替代的。历史上，它不仅是三江之上的区域性行政、商贸、军事城邑，也是一座有影响力的文化名城。对于合川人来讲，古合州是我们心中永远的灯塔，时刻让我们产生怀想，并照亮着我们前行的步伐。古合州文象集合了古城、渡口、名楼、市肆、邮路等多种场景概念，寓意着曾经有过的文明与辉煌。

最早记录合川建置地域行政的史书主要有两部，一部是东汉班固的《汉书》，一部是东晋常璩的《华阳国志》。《汉书》为「前四史」之一，《华阳国志》是最早的地方志，它们的出现见证了合川2300多年历史的开初。对合州写景抒怀的诗文令人眼花缭乱，除唐代陈子昂的《合州津口别舍弟》、杜甫的《短歌行》，宋代范成大的《嘉陵江过合州汉初县下》（又名《望合州》）、明代梁潜的《合州写怀》等著名诗作外，其他如王采珍的《渝州晓发回合阳舟中作》、陈在汉的《合州》、刘泰三的《会江楼观涨》、张乃孚的《和刘鹤坪会江楼观涨》、晁公武的《清华楼记》等也都是合州史上的名篇。这些诗篇犹如三江之水连绵不绝，日夜奔流，时而激越，时而安详。

第十期

班固《汉书·地理志》（选段）

　　本期解读的合川历史文化地标是古合州 / 会江楼，主要视点为古垫（絷）江，读取的诗文是班固的《汉书·地理志》（选段）。

一、历史信息

　　合川历史2330多年，建置于战国后期，初为公元前314年秦灭巴所设垫江县。不过这里所说的垫江县，既不是后来曾设于今重庆中心城区的垫江县，更不是现在的重庆市垫江县。它是合川地域作为一个行政区的最初名称。

　　垫江，本为絷（diē）江。絷者，重叠穿的衣服也。因嘉陵江、涪江、渠江汇于此而流向长江，故取水道汇集，如衣重叠之义，是名絷江。由于在传写《汉书》的过程中，书写者把"絷江"误写成了"垫江"（转换成今天的简化字即"垫江"），致使后来之人，只知垫江而不知絷江。

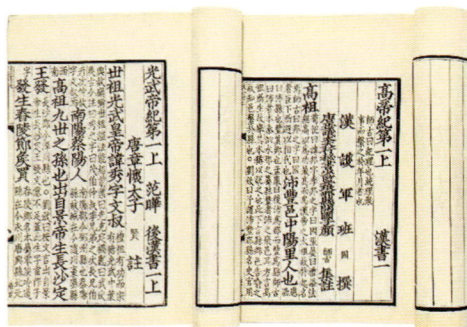

《汉书·地理志》书影

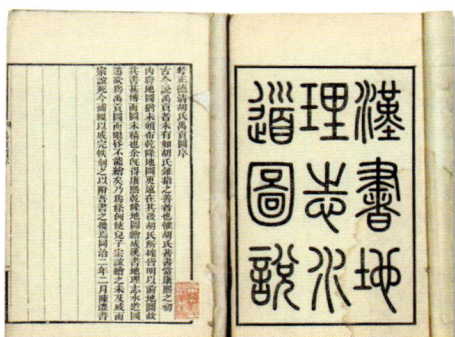

《汉书·地理志·水道图说》册页

考诸历史，最早提及垫江这一行政区名的是东汉史学家班固。我们知道，班固的《汉书·地理志》是中国第一部以"地理"命名的著作，它通过对汉代郡县封国的建置，以及各地的山川、户口、物产、风俗和文化的综合论述，为后世开创了一个以疆域和政区为基础的地理志范式，是中国沿革地理学的开山之作。

合川地域由《汉书·地理志》进入正史，是合川历史文化中的一个标志性事件，这也是我们要选读班固《汉书·地理志》的一个重要原因。

二、作者简介

班固（32—92），字孟坚，扶风安陵（今陕西省咸阳市）人。东汉史学家、文学家，与司马迁并称"班马"。作为史学家，其所修撰的《汉书》，是继《史记》之后中国古代又一部重要的史书，它开创了纪传体断代史的新体例，与《史记》《后汉书》《三国志》并称为"前四史"。作为辞赋家，他是"汉赋四大家"之一，其所著《两都赋》开创了京都赋的范例，被列为《昭明文选》第一篇。

班固画像

《汉书》记述了上起汉高祖元年（前206），下至新朝王莽地皇四年（23），共230年的史事。从文学的角度看，其行文讲究规矩绳墨、谨严法度，在平铺直叙中寓含褒贬、预示吉凶，形成了和《史记》迥然不同的风格。

三、诗文推送

汉书·地理志（选段）

汉兴，因秦制度，崇恩德，行简易，以抚海内。至武帝攘却胡、越，开地斥境，南置交趾，北置朔方之州，兼徐、梁、幽，并夏、周之制，改雍曰凉，改梁曰益，凡十三部，置刺史。先王之迹既远，地名又数改易，是以采获旧闻，考迹《诗》《书》，推表山川，以缀《禹贡》《周官》《春秋》，下及战国、秦、汉焉。

巴郡，秦置。属益州。户十五万八千六百四十三，口七十万八千一百四十八。县十一：江州，临江（莽曰监江），枳，阆中（彭道将池在南，彭道鱼池在西南），垫江，朐忍（容毋水所出，南入江，有橘官、盐官），安汉（是鱼池在南，莽曰安新），宕渠（符特山在西南，潜水西南入江，不曹水出东北，南入灊），鱼复（江关，都尉治，有橘官），充国，涪陵（莽曰巴亭）。

巴、蜀、广汉本南夷，秦并以为郡，土地肥美，有江水沃野，山林竹木疏食果实之饶。南贾滇、僰僮，西近邛、筰马旄牛。民食稻鱼，亡凶年忧，俗不愁苦，而轻易淫泆，柔弱褊厄。

释义：在《汉书·地理志》中，班固用了一个专门的条目，介绍巴郡的历史沿革、户籍人口和所属各县称谓。文中所称"益州"系东汉十三州之一，为中央集权制度下的监察区域，因设刺史官职，又称益州刺史部。文中所称垫江，即今天的重庆市合川区，只是其所辖范围要广阔得多。其段落大意如是——

巴郡，追溯起来，系公元前314年秦灭巴国后所设，隶属益州（刺史部），有民户158643户，人口708148人，下辖11个县，分别为江州、临江、枳、阆中、垫江（包含但不限于今重庆市合川区范围）、朐忍、安汉、宕渠、鱼复、充国、涪陵。

昔日合州洛阳溪口（合川区摄影家协会供图）

四、鉴赏提要

历史的时空不可分割，写历史必记述地理。《汉书·地理志》包括上、下两卷，是班固新制的古代历史地理杰作。

该志首先叙述了汉以前的地理沿革，着重写了《禹贡》九州和《周官》九州。接着叙述西汉的地理，以郡国为条，用本文加注的形式，依次写各郡国及其下属县、道、侯国的地理概况，并统计了西汉平帝时郡、国、县、

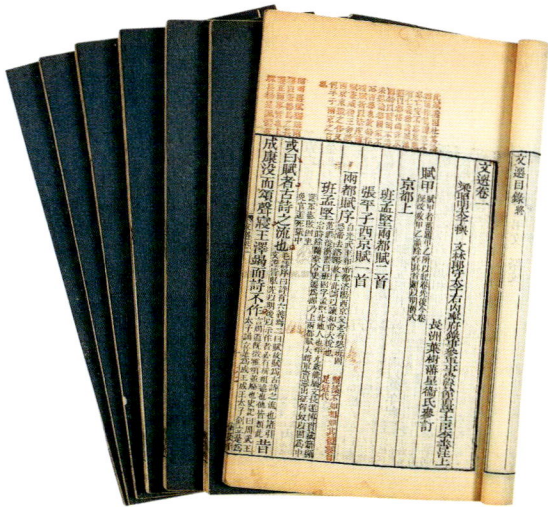

《汉书·地理志》书影

道、侯国的总数，全国的面积、民户人口总数等。同时，它还按经济和风俗特点区分地域，写了各个地域的范围、历史、地理、民生、风俗，以及中外交通和交流的情况。

《汉书·地理志》在巴郡条目下，记录了"垫江"县（治今重庆市合川区）这一行政区域。其隶属关系大致是：益州（刺史部）分管巴、蜀、广汉、犍为四郡，巴郡分管江州、临江、枳、阆中、垫江、朐忍、安汉、宕渠、鱼复、充国、涪陵十一县。十一县的治地分别在今重庆渝中、重庆忠县、重庆涪陵、四川阆中（西）、重庆合川、重庆云阳、四川南充、四川渠县、重庆奉节、四川阆中（南）、重庆彭水，其所辖范围便是原巴国的大致范围。

自秦灭巴设垫江县始，作为合川地域最早的行政建置，垫江县一制一直延续到了南朝刘宋时期设东宕渠郡为止，前后长达750年，是合川历史极为重要的一个大的时期，即春秋战国及秦汉时期。

五、漫读拾遗

提起班固，我们不得不提班固家族。班固家族成员可谓个个声名显赫、十分了得：

其父班彪，东汉著名学者和史学家，对班固影响巨大，班固也因继承父业而编纂《汉书》。

其弟班超，东汉著名军事家、外交家。班超投笔从戎并出使西域，在西域31年，对内平定诸国内乱，对外抵御来犯强敌，其事迹在历史上留有深刻印记。

其妹班昭，东汉著名女史学家，也是中国第一位女性史学家。在班固去世后，她奉东汉和帝之命最终续成《汉书》共120卷。

班固一家，一门三人著史，堪称史学豪门。

第十一期

常璩《华阳国志·巴志》（选段）

本期解读的合川历史文化地标是古合州／会江楼，主要视点为古垫江县，读取的诗文是常璩（qú）的《华阳国志·巴志》（选段）。

一、历史信息

较之《汉书·地理志》寥寥数笔，《华阳国志·巴志》对垫江地域的记述则要全面得多，不论是自然地理还是经济社会、人文风俗都有所提及。

作为古合州的前身，古垫江县城坐落于今合川区中心城区，始筑于秦，发展于汉，为当时巴郡十四城之一。垫江县"内水四百里，有桑蚕牛马"及其他各式特产，堪称一个"土植五谷""牲具六畜"的富庶之地。其城背山面水，处涪江之北、瑞应山之南，体现了传统文化中山南水北为"阳"的风水观和选择城址必须以交通便利为原则的营建理念，是古代依照天人合一建城的典型范例。

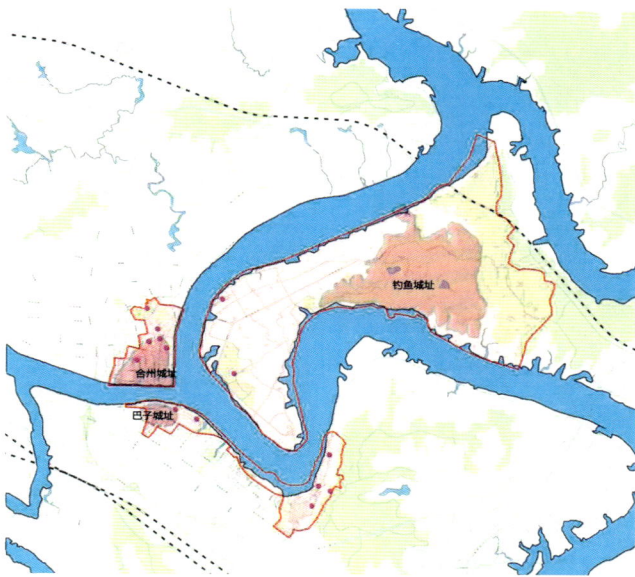

合川三大历史城址（巴子城、合州城、钓鱼城）示意图

二、作者简介

常璩画像

常璩（约291—361），蜀郡江原（今四川省崇州市）人，东晋史学家，著有《华阳国志》12卷。

《华阳国志》书名中的"华阳"，意指华山之阳，也就是晋代的梁、益、宁三州，其范围包括今四川、重庆、云南、贵州四省市以及甘肃、陕西、湖北部分地区。《华阳国志》记载了该地区上起巴、蜀两国的传说时期，下至东晋穆帝永和三年（347）成汉政权灭亡的历史与地理。它是中国现存最早、保存最为完整的一部志书，是中国古代文化遗产的精华之一。其地位有如《红楼梦》之于古典文学，《史记》之于传统史学，《水经注》之于古代地学。常璩也因此而被后世誉为"中国地方志初祖"。

2020年，常璩因其卓越的史学成就，与司马相如、陈寿、陈子昂、格萨尔王等蜀中著名人物，一同入列"第二批四川历史名人榜"。

三、诗文推送

华阳国志·巴志（选段）

周武王伐纣，实得巴、蜀之师，著乎《尚书》。巴师勇锐，歌舞以凌殷人，前徒倒戈，故世称之曰"武王伐纣，前歌后舞"也。武王既克殷，以其宗姬封于巴，爵之以子。

其民质直好义，土风敦厚，有先民之流。故其诗曰："川崖惟平，其稼多黍。旨酒嘉谷，可以养父。野惟阜丘，彼稷多有。嘉谷旨酒，可以养母。"其祭祀之诗曰："惟月孟春，獭祭彼崖。永言孝思，享祀孔嘉。彼黍既洁，彼牺惟泽。蒸命良辰，祖考来格。"其好古乐道之诗曰："日月明明，亦惟其夕；谁能长生，不朽难获。"又曰："惟德实宝，富贵何常。我思古人，令问令望。"
而其失在于重迟鲁钝，俗素朴，无造次辨丽之气。其属有濮、賨（cóng）、苴（jū）、共、奴、獽（ráng）、夷、蜑（dàn）之蛮。

　　垫江县，郡西北内水四百里，有桑蚕牛马。汉时龚荣以俊才
为荆州刺史，后有龚扬、赵敏，以令德为巴郡太守。淳于长、宁
雅有美貌。黎、夏、杜皆大姓也。

　　释义：在《华阳国志》中，常璩既记了巴郡的地理，又述了巴郡的历史，还
讲了垫江的人文。贯通起来，我们便读到了合川地域那时的地理、历史和人文。
其与合川关联的有三个段落，大意如是——

　　（1）周武王讨伐商纣王时，得巴蜀部族相助。巴人能歌善舞，巴师勇猛异
常。他们常以铿锵的歌谣、刚烈的舞风摄人心魄于战场，故有"武王伐纣，前歌
后舞"之说。周灭商后，巴人受封，建有巴子国，爵位世袭。

　　（2）巴郡之民耿直好义，憨厚朴实，其风土人情有先辈遗风。他们勤于生
产，尊崇先人。关于这一点，有诗为证（其诗简单翻译过来便是）：

　　"江岸有台地，可以种黍粮，如此酿酒的好粮、如此绝佳的口粮，自是养我
父亲的米粮。野外有丘陵，可以种稷粮，如此绝佳的口粮、如此酿酒的好粮，自
是养我母亲的米粮。"

　　"春之正月，水岸祭拜，心存孝思，供物并列。那洁净的黍粮、膘肥的牛羊，
是我心之所奉、情之所献，愿祖先趁着良辰吉日安然作享。"

　　（3）垫江县地处巴郡西北，有水路四百里，有桑蚕牛马，堪为富庶之地。垫

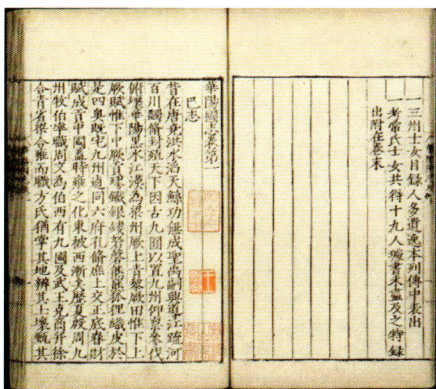

《华阳国志·巴志》册页

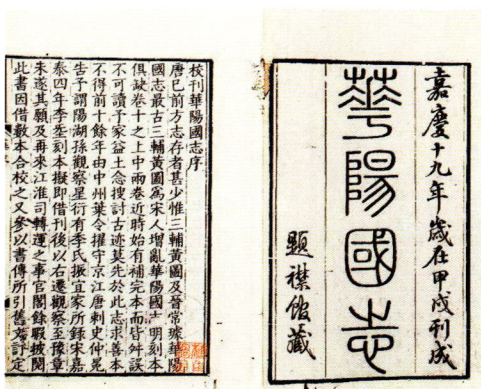

清校刊本《华阳国志》册页

江人才众多，前有荆州刺史龚荣，后有巴郡太守龚扬、赵敏，他们都是有德行有政声的人。此外，还有以帅气著称的淳于长、宁雅等人，他们是垫江县域的颜值担当。至于黎、夏、杜等大姓世家，更是深有影响。

四、鉴赏提要

《巴志》是《华阳国志》的首卷，重点记述了巴郡地区的地理和历史，其取材广博、内容丰富、叙述严谨的风格，为全书立了标，担了纲。

"川崖惟平，其稼多黍。旨酒嘉谷，可以养父。野惟阜丘，彼稷多有。嘉谷旨酒，可以养母。"从《华阳国志》引述的巴人歌谣中，我们可以看出，秦汉时期垫江地区的农业经济已很发达，在河谷平坝已广辟水田，种植稻谷；在丘陵山区已广垦畲（shē）田，种植小米。由旨酒、嘉谷"养母养父"，可以看出，儒家教化已普遍深入今天合川所在的三江大地。

"惟月孟春，獭祭彼崖。永言孝思，享祀孔嘉。彼黍既洁，彼牺惟泽。蒸命良辰，祖考来格。"这里的人们用上等的黍和膘肥的牲畜祭祀祖先，不断延续着先辈传下来的生产方式和生活方式，推动着农耕文明缓慢前行。

在人文方面，随着礼乐教化兴起，垫江秀外慧中，卓荦（luò）英伟之士不断涌现，民间歌颂他们的诗文唱词日渐增多，故"朝廷有忠贞尽节之臣，乡党有主文歌咏之音"。

从《华阳国志》的记述可以看出，汉代的垫江是个出人才的地方。"垫江县……汉时龚荣以俊才为荆州刺史，后有龚扬、赵敏，以令德为巴郡太守。"他们都是合川历史上得到皇帝认可的有德行的人才。此外，当时垫江的名人，还有以貌美而著称的淳于长、宁雅等人，他们是合川先民的颜值担当。

五、漫读拾遗

常璩被誉为"著录巴蜀"第一人。关于他的事迹我们还得多赘述一些。

西晋末年，常璩出生在今四川崇州。其家庭既是富庶人家，也是书香门第，家里长辈好读书、擅文章、喜著述，族人以"亶（dàn，诚信）勤耕作，仁爱众生。百善孝先，义节忠贞。厚德謇谔（jiǎn è，正直敢言），笃学致知。清心直道，国治家兴"为家训。

四川崇州常璩纪念馆展陈

　　常璩从小耳濡目染，勤奋好学。对文学历史颇有兴趣，也表现出了极高的天赋，年少时便颇负才名。不幸的是，在常璩成长过程中，家乡蜀地战乱连天、动荡不安，先是数万流民入蜀，接着是频繁叛乱。常璩的族人也为避战祸，举家远走，迁去湖北。

　　而此时常璩年纪尚小，留在了老家。从那时起，他便一直留意记录蜀地的历史变迁和人文习俗。后来，常璩因饱读诗书和家族渊源被赏识，成了南朝成汉政权的一名史官。

　　成汉末年，东晋大将桓温伐蜀，常璩劝成汉国主降晋。入东晋后，常璩虽官至参军，但受到东晋士族门阀的排斥，不被重用。于是他便专注于修史。

　　他深知"一国之兴，在于良史"的重要性，决意以司马迁为榜样，立志撰写梁、益、宁三州史著。其目的就是要"扬五善绌（chù）虚妄纠谬言分，以弘三州人才济济。礼乐教化百姓和睦分，选贤与能讲信修睦而大治！"

　　他秉承"常氏子孙，为吏，要做铁笔良吏，因为官吏笔下有人命；为史，要铁笔直书，不夸饰，不枉直；为学，要铁笔坚韧，穷追真理"的祖训，在交通条件不便、信息传播困难的恶劣情况下，坚持读万卷书、行万里路，实地考察巴蜀山川形势、风土人情。即便后来被诬参与反晋，被贬为庶民，到了生活无着落的境地，他也笔耕不辍，耗时六年，最终完成了传世奇作《华阳国志》。

　　感谢常璩，感恩常璩，在他的笔下，我们得以了解合川地域那段辉煌的历史和那般灿烂的模样。

第十二期

陈子昂《合州津口别舍弟》

本期解读的合川历史文化地标是古合州／会江楼，主要视点为合州津口，读取的诗文是陈子昂的《合州津口别舍弟》。

一、历史信息

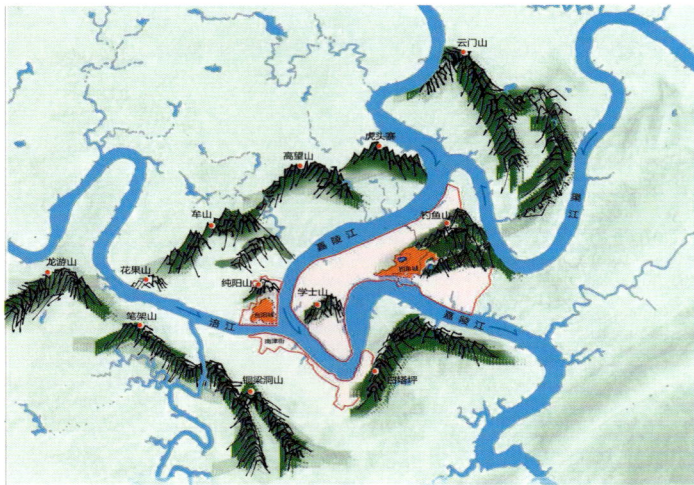

合川城区山水格局示意图

合州古城，向来是坐拥三江、舟行八方。与其他众多城池不同，合州三面临水，以江为池，因此渡口成了它出行的标配。据史志记载，1946年合州域内有渡口101个，堪称"百渡之城"，其中围绕城市的南津渡、东渡等皆是有名的古渡。它们见证了合川的历史与辉煌，给了我们太多的遐想。

渡口的意象是迎来送往，是人情感怀，因而在诗文中，写渡口就是在写迎接，写分别，写回忆，写牵挂，写思念。

二、作者简介

陈子昂（661—702），字伯玉，唐代梓州射洪（今四川省遂宁市射洪市）人。唐睿宗文明元年（684）进士，因上书论政，为武则天所赞赏，拜麟台正字，后升右拾遗。曾随建安王武攸宜大军出征，平定契丹叛乱。后辞官归乡。因权臣武三思指使，受县令段简诬陷，冤死狱中。

陈子昂画像

作为初唐文学家、诗人、诗歌理论家、诗文革新人物之一，陈子昂洞察国事，有远见卓识，其谏疏被《资治通鉴》引用达六次之多。著作有《陈伯玉集》10卷、诗128首、文110余篇，代表作有《感遇》38首。所创作的《登幽州台歌》："前不见古人，后不见来者。念天地之悠悠，独怆然而涕下"，被誉为古典诗歌中的千古绝唱。

三、诗文推送

合州津口别舍弟

（全称为《合州津口别舍弟，至东阳峡步趁不及，眷然有怀，作以示之》）

> 江潭共为客，洲浦独迷津。思积芳庭树，心断白眉人。
> 同衾成楚越，别兔类胡秦。林岸随天转，云峰逐望新。
> 遥遥终不见，默默坐含颦。念别疑三月，经途未一旬。
> 孤舟多逸兴，谁尔共为邻。

释义：该诗题目为编者所加。诗中频用典故，以"芳庭树""白眉人"比喻其弟，赞其出类拔萃；以古代楚越两国之远、胡秦两地之遥表达思念和关切。"同衾"代表情同手足的兄弟，"别兔"代表挥泪作别的亲人。诗文大意如是——

一同出游的兄弟，还没几天便又作别了。合州的津口啊，你让我的心是多么地怅惘与迷乱。想我弟弟陈子建是多么地有才华有品位，可谓"芝兰玉树""白眉马良"一般。情同手足、同气连枝的兄弟一朝相隔，最短的距离也会是楚越之遥、胡秦之远。好在身已起舵，船已扬帆，我们不日又会相逢在前方的路途上。瞧那林岸相送、云峰相迎的嘉陵美景，慰藉了我多少的相思与期盼！路途遥遥，神情郁忧。一日不见，如隔三秋。今天，我心如此激昂飞扬，只为早日做伴兄弟，不让兄弟孤单寂寥。

四、鉴赏提要

陈子昂的诗歌风格清峻雄浑、寓意深远，语言古朴苍劲，充满了张力，内容贴近社会、贴近现实，表达强调风雅兴寄、汉魏风骨，奠定了唐诗的壮阔景象，对盛唐诗人张九龄、李白、杜甫产生了深远影响。

本期推送的这首诗是一首送别诗。全诗通过以景传情，寓情于景，抒发了对其弟陈子建的关切和思念。

诗一开篇，便描绘了一幅合州相送、津口作别的不舍场景，让人心生迷乱和怅惘。

随着兄弟的离去，接踵而至的是诗人对他的怀想和思念。子建是个多么有品德的同辈啊，称得上是"芝兰玉树"，可与东晋谢玄相比；称得上是"白眉之人"，可与襄阳的马良并论。诗的三四句写得特别自豪，进一步衬托出兄弟之情中还多了一份惺惺相惜的情愫。

诗的五六句，"同衾成楚越，别臬类胡秦"的用典将别离的相思之苦描述得天远地远、时光流转、不可宣泄，可谓情到极致。

接着，诗人由于不忍相思之苦，从合州乘船而下开始追赶其弟。"林岸随天转，云峰逐望新"，"遥遥终不见，默默坐含矉"。可谓是一路风景，一路思绪，一路情意满怀。

诗的末四句，作者直抒胸臆，以问作答，表达了对其弟远行途中的万般惦念，可谓情真意切。兄弟之情，如此这般，实属难得。

五、漫读拾遗

在"蜀道之难，难于上青天"的古代，陈子昂是怎样从家乡梓州射洪去到大唐首都长安的呢？要知道四川盆地与关中平原遥遥数千里，相隔万重山。

其时，从蜀中前往长安，有两个选择：一是由川北经蜀道翻越米仓山、大巴山和秦岭入关中，二是由长江东下，入湖北再折而北行。

显然，陈子昂选择的是后者。即由地处川中且有涪江纵贯其境的家乡出发，沿涪江顺流而下，经

合州津口——小南门码头（罗尚勇摄）

今遂宁、潼南而抵合川（古称合州）。在合川，涪江结束了它全长670公里的远征，一头扎进了嘉陵江的怀抱。尔后，陈子昂从合川出发，顺嘉陵江前往重庆（古称渝州）。在那里，嘉陵江汇入长江。再后，他一路东下，出夔门，穿三峡，过宜昌，达荆州。在荆州，他弃舟登岸，由水路转陆路，由东下变北上，沿荆襄古道入襄阳，往长安。

荆襄古道是古代从中原京都（西安、洛阳等）出发，向南经襄阳、荆门，到达南方重镇荆州的道路，历史上称为夏路、周道、秦楚道、驰道、南北大道、南方驿道。这条古道在相当长的时期内，是最重要的国道（官道）之一，是南北方之间最主要的陆路通道。

合州作为陈子昂从射洪乡间出发，跨越千山万水，走进大唐朝廷的一个旅途节点，不仅带给了他飘逸灵动的诗思，更带给了他少年壮志的豪情。关于这一点，从《合州津口别舍弟》诗中我们可以窥见一斑。诗中，他对子建的思念与关切，他对子建才华的欣赏与赞誉，他对合州津口的怅惘与迷离，他对巴峡（嘉陵江三峡）景致的忘情与陶醉，无不说明：这是一趟颇为新奇和充满诱惑的旅行。

合州对他来讲，是一个具有起始意义的重要节点。这个节点把他从涪江带进了嘉陵江，进而带进了长江，带向了他追逐理想和实现抱负的地方——大唐首都长安。

第十三期

杜甫《短歌行》

本期解读的合川历史文化地标是古合州／会江楼，主要视点为合州城、会江楼，读取的诗文是杜甫的《短歌行》。

一、历史信息

在合川的历史长河中，其持续时间最长、有效管控范围最广、文化影响最大的建制当属合州。合州自公元556年置州，历经隋唐、两宋及元明清，除其间设涪州、涪陵郡、巴川郡45年外，确切的时长就有1312年。

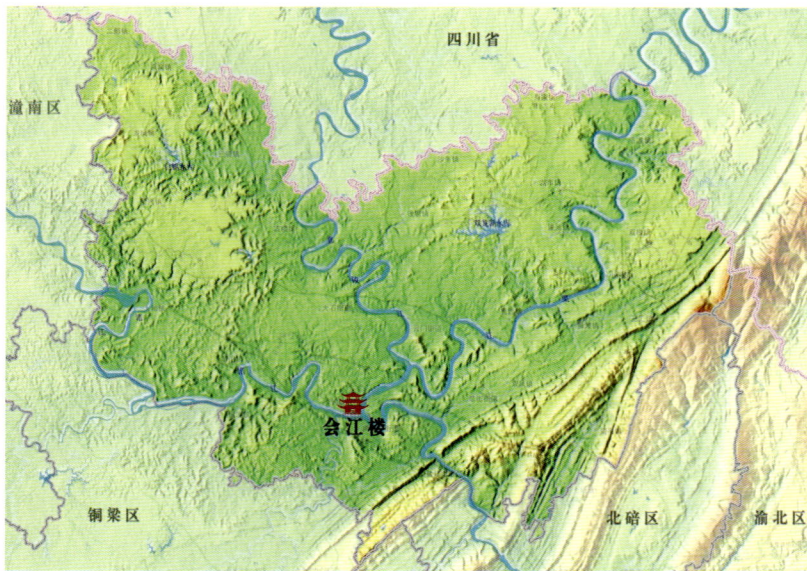

古合州会江楼区位示意图（莫宣艳制图）

合州肇始于巴郡垫江县，继而又经历了东宕渠郡的设置，其治城一直未曾变过。按照清光绪《续修合州志》的说法，合州"州城地脉，来自龙多（山），有高望（山）、纯阳（山）绵亘而入，豁间平壤，周环六七里，东西迤长如凤伸颈，如鸟舒翼。旧志称其龟龙。瑞应拱峙，四围涪、宕、嘉陵交会（于）城，屹然一名都会也"。

千百年来，古老的合州城始终屹立在三江之上，是这一地区政治、经济、军事、文化中心，为合川人民生生不息的象征。

合州城门楼建筑形制（资料图片）

二、作者简介

杜甫，详见第四期"作者简介"。

三、诗文推送

短歌行

（全称为《短歌行·送祁录事归合州因案苏使君》）

前者途中一相见，人事经年记君面。后生相劝何寂寥，君有长才不平贱。君今起柂春江流，余亦沙边具小舟。幸为达书贤府主，江花未尽会江楼。

释义： 本诗是作者在送一位后生朋友归合州时所创作。这位后生朋友姓祁，在合州任录事（相当于今天的秘书职务）。诗中，作者以"贤府主"指代合州刺史苏使君，以"江花未尽"喻指他对合州之行的无限期待，以"会江楼"喻指那与友人在合州相逢的美好场景。诗文大意如是——

我与祁君虽然只是一次途中偶见，但这么多年下来，君的模样仍然能清楚记得。相劝你——我的后生朋友（指祁录事），不管人生有多么寂寥，只要能修得满腹才情，便不会低贱一生、平凡一世。今天你就要起船回合州了，我也在江边准备了一条小舟。幸有你为我传书合州刺史（指苏使君），先向他表示一个问候。我对合州的向往有如这江中欢腾的浪花，相信不久我们将相逢在合州，相逢在合州的会江楼。

四、鉴赏提要

《短歌行》是乐府相和歌平调七曲之一。古乐府中有《长歌行》和《短歌行》之分。关于二者的命意，《乐府解题》有两种说法：一是"言人寿命长短，有定分，不可妄求"，以此题为诗者，多为慨叹人生短暂，主张昂扬奋发或及时行乐；另一种说法则是指"歌声的长短"。

此诗中所提到的会江楼，为唐代合州城会江门城楼。据文献记载，该楼矗立于州城前，下临江水，蔚为大观，登楼凭栏，近可瞰嘉陵江、涪江水景，远可观东山、铜梁、学士山色，是当时极负盛名的巴蜀名胜之一。

全诗最后一句，"江花未尽会江楼"，堪称神来之笔、绝世之作，是古今合州诗文中最美、最让人心驰神往的标志性意象。诗人仿佛是在写古城的历史过往，有如这川流不息的江水泛起层层浪花；又仿佛是在写古城的现实风

日出江楼坐翠微（岑学恭1989年作）

景，有如人行万里，笔走云天；更仿佛是在写古城的声声召唤，有如这心中的千般向往、万般思念。

作者通过"江流、小舟、达书"的铺陈，讲了一个欲与友人合州相会的故事，一句"江花未尽会江楼"，怎么读都是一个字：美！

五、漫读拾遗

现今所能见到的最早的《短歌行》为曹操所作——

对酒当歌，人生几何！譬如朝露，去日苦多。

慨当以慷，忧思难忘。何以解忧？唯有杜康。

青青子衿，悠悠我心。但为君故，沉吟至今。

呦呦鹿鸣，食野之苹。我有嘉宾，鼓瑟吹笙。

明明如月，何时可掇？忧从中来，不可断绝。

越陌度阡，枉用相存。契阔谈䜩，心念旧恩。

月明星稀，乌鹊南飞。绕树三匝，何枝可依？

山不厌高，海不厌深。周公吐哺，天下归心。

关于这首诗，我们在小学课本里已经学过，大家不妨再重温一下。

第十四期

晁公武《清华楼记》

本期解读的合川历史文化地标是古合州 / 会江楼，主要视点为清华楼，读取的诗文是晁公武的《清华楼记》。

一、历史信息

在古合州，因诗文而传颂的名楼有三座：一座是之前提到的会江楼，另一座是本期要诵读的清华楼，还有一座则是修筑于钓鱼山上的飞骀（xì）楼。如果说会江楼因杜甫的诗闻名，那么清华楼则以晁公武的"记"出彩，至于飞骀楼嘛，更是为李开的赋而生。

南宋绍兴二十六年至二十七年（1156—1157），合州迎来了一个堪称当时中国历史上最大的藏书家做知州。这个一生博学、著述宏富的藏书家名叫晁公武。来到合州后，他为瑰丽的合州山川所折服，决意要为后世留下一个既能与自然交相辉映，又能壮合州古城雄姿的览胜楼。经思忖再三，反复斟酌，他选址在了纯阳山下，嘉陵江、涪江交汇的白菜园（今称鸭嘴）筑楼。该楼尚未完工，晁公武即调任

重建于合川文峰公园内的清华楼（谢婧摄）

泸州。所幸的是，继任知州景籇对筑楼工程与之心仪相投，并增大了规模。翌年，其楼落成，宏伟壮丽，堪称合州又一胜景。此时，在泸州任上的晁公武应景籇之请，为楼取名"清华"，并作《清华楼记》。

二、作者简介

晁公武（1105—1180），字子止，宋代济州巨野（今山东省菏泽市巨野县）人，南宋绍兴二年（1132）进士，曾任四川总领财赋司、监察御史，恭州、荣州、合州知州，后迁四川安抚制置使、兴元府知府、成都知府等职。

晁公武为南宋著名目录学家、藏书家，人称"昭德先生"。著有《昭德文集》《石经考异》

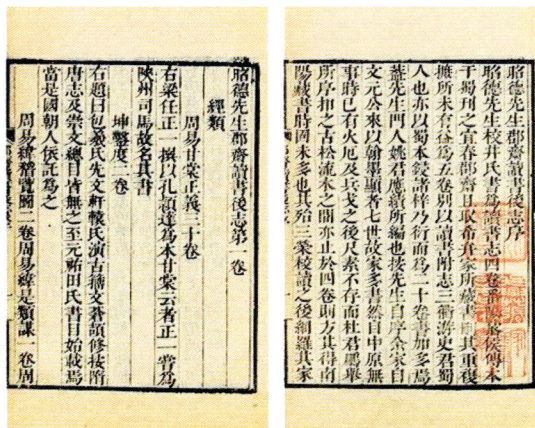

《昭德先生郡斋读书志》清早期刻本册页

《稽古后录》等，其目录学著作《郡斋读书志》，为我国现存最早的、具有提要内容的私藏书目，对于后世目录学影响极大。

三、诗文推送

清华楼记

魏大统初，于巴蜀要津置合州。其山曰龙多，曰铜梁，上接岷峨，下缭瓯越，或断或续，属海而止，所谓南戒者也。渠、嘉、涪合流于城下，贯江沱，通汉沔（miǎn），控引众川，偕入于海，所谓南纪者也。[1]予雅闻其山水之美，既承守之，意谓必有瑰伟绝特之观。暇日经行后圃，周旋四顾，弗称所期。既旬岁，一旦登丽谯，南向而望，始大爱之，遂谋筑层楼，以览其形胜，工未讫而引去。普慈景公籇实继之，尤爱其趣，乃增大规模，愈益闳（hóng）丽。贻书求名与记，予谢不能，而坚请不置。因取古人

秀句，以"清华"名之，且为之言曰：今兹楼高出雉堞（zhì dié）
之上，挟光景，临云气。倚槛纵观，仰则两山错出，林峦蔽亏于
其前，俯则二水交流，岛屿映带于其外。⁽²⁾当霜气澄鲜，浅濑清
激，及夫雨潦时至，狂澜怒奔，而迅帆轻楫，常出没涛泷（lóng）
荡潏（yù）之间。当风日骀荡，花明草熏，及夫林叶变衰，呈露
岩岫，而猿鸟腾倚，每隐见于丛薄晻霭之际。其水木之变态异容
盖如此。虽文章若甫与樵，固尝极思摹写而莫得其梗概焉，亦可
谓瑰伟绝特矣。传曰：登高望远，使人心悴然。是以王仲宣顾瞻荆
山而怀土，不以穷达异其情；范文公临瞰洞庭而忧世，不以进退易
其志。⁽³⁾虽若不同，其有概于中则一也。何当与公杖屦挈壶觞，
共饮其上，耳目感触，亦必有概于中。酣而歌，歌长而慨慷；醉
而舞，舞数而凌乱。徜徉徙倚，而不顾日之夕也。然公久以治最
闻于时，将大摅（shū）其蕴，以致君利民。而予斥废以来，无
田庐可归，旅思弥恶。文正之志，公盖有焉；仲宣之情，予则未
能忘也。⁽⁴⁾绍兴二十八年七月辛巳，昭德晁公武记。

　　释义：（1）西魏大统初年（535）朝廷在巴蜀三江交汇之地设合州。州内有山
或名龙多，或名铜梁，其势绵延，可谓上接岷山、峨眉山，下绕（江浙）欧（瓯）
越一带，时断时续，直至临海。嘉陵江渠江涪江合流于合州城下，与沱江等长江

王粲《登楼赋》绘画作品

上游河流相贯，与汉江等长江中游河流相通，控引众川，一路入海。

（2）此楼立于州治之前，高出战墙，天光一色，云气一体，十分壮观。登楼凝望，仰可见铜梁（山）、东山错落有致，林峦葱郁交织；俯可闻嘉陵、涪水汇流有声，岛屿映衬盘带。

（3）有道是：登高望远，人心悴然。人的内在心绪常因登高望远骤然而至，固有王粲（东汉文学家）顾瞻荆山而怀念故土，其情不因贫贱富贵而移；范仲淹（北宋文学家）俯瞰洞庭而忧国忧民，其志不因升迁贬谪而改。

（4）景麓公以善治闻名，有大才致君利民，而我故居荒芜，无田庐可以归守。因此，比较起来，公更有范仲淹忧国忧民之志，而我则更有王粲思念故乡之情。实乃有幸登临于此，实乃有幸作《清华楼记》于此。

四、鉴赏提要

在笔者看来，《清华楼记》堪称合州版的《岳阳楼记》，其语言、体势、结构、情感、寓意都十分精到，是难得的上乘佳作。

文章用记述的方式描绘了不同状态下迥然不同的自然景色，形象鲜明生动，极富感染力。文中所记，有扼要的记事，有生动的写景，也有简明的议论。写景与议论并重，又带有浓郁的抒情色彩。其语言骈散结合、排比工整，词采华丽，颇有诗赋之味。

在该记中，作者首先介绍了合州的历史沿革和山川概况。"其山曰龙多，曰铜梁，上接岷峨，下绕欧越，或断或续，属海而止，所谓南戒者也。渠嘉涪合流于城下，贯江沱，通汉沔，控引众川，偕入于海，所谓南纪者也"一段，写得可谓经天纬地、纵横驰骋，开篇便是王炸。

接着，作者又以倚楼观览的视觉，写楼赞景，一幅"仰则两山错出，林峦蔽虚于其前，俯则二水交流，岛屿映带于其外"的风光画面跃然眼前。"及夫雨潦时至，狂澜怒奔，而迅帆轻楫""及夫林叶变衰，呈露岩岫，而猿鸟腾倚"，更是把四周景物写得"环伟绝特"，无以复加。

最后，作者以东汉文学家王粲（字仲宣）作《登楼赋》和北宋政治家、文学家范仲淹（谥文正）写《岳阳楼记》时的情感志向作类比，抒发了自己与景麓一对好友的情感志向。王仲宣顾瞻荆山而怀念故土，不以贫穷富贵异其情；范仲淹临瞰洞庭而心忧天下，不以仕途进退易其志，循此以往，着实让人心生感慨。借此,作者挂念天下苍生、关心民间疾苦、不惧人生际遇的心境和忧思展露无遗。

五、漫读拾遗

《登楼赋》系东汉文学家王粲南下投靠荆州刘表后,因一直不被重用而深感怀才不遇的苦闷之作。全篇抒情意味浓厚,一个"忧"字贯穿始终,表现了作者对动乱时局的忧虑和对国家和平统一的希望。其名句有:

"登兹楼以四望兮,聊暇日以销忧。"(登楼四望,聊解心忧。)

"虽信美而非吾土兮,曾何足以少留!"(此地虽美却非故乡,岂堪停留。)

"情眷眷而怀归兮,孰忧思之可任?"(情感深深,乡土难归,忧思难耐。)

"惟日月之逾迈兮,俟河清其未极。"(唯时光在流淌,这海晏河清的日子却遥遥无期。)

"冀王道之一平兮,假高衢(qú)而骋力。"(愿天下一统的王道能一路高歌、直道而行。)

《岳阳楼记》系北宋文学家范仲淹应好友巴陵郡太守滕子京之请为重修岳阳楼而创作的一篇散文。文章超越了单纯写山水楼观的"狭境",将自然界的晦明变化、风雨阴晴和"迁客骚人"的览物之情结合起来,从而将全文的重心放到了纵议政治理想方面,大大提升了文章的境界。其名句主要有:

"不以物喜,不以己悲。"(不因外物的好坏和自己的得失而为之喜或为之悲。)

"居庙堂之高则忧其民,处江湖之远则忧其君。"(做高官时当心系百姓,为庶民时当忧心国家。)

"先天下之忧而忧,后天下之乐而乐。"(君子当忧于先、乐于后,当以国家之忧为忧、以百姓之乐为乐。)

由此回过头来再读《清华楼记》,你或许就理解得更多一点了吧!

第十五期

范成大《嘉陵江过合州汉初县下》

本期解读的合川历史文化地标是古合州／会江楼，主要视点为合州城门、会江楼，读取的诗文是范成大的《嘉陵江过合州汉初县下》。

一、历史信息

历史上，合州城历经多次战火、水害毁损，其最初的面貌已不可考证。现有州城遗迹，主要为明清两代重建和修葺后的城市遗存。

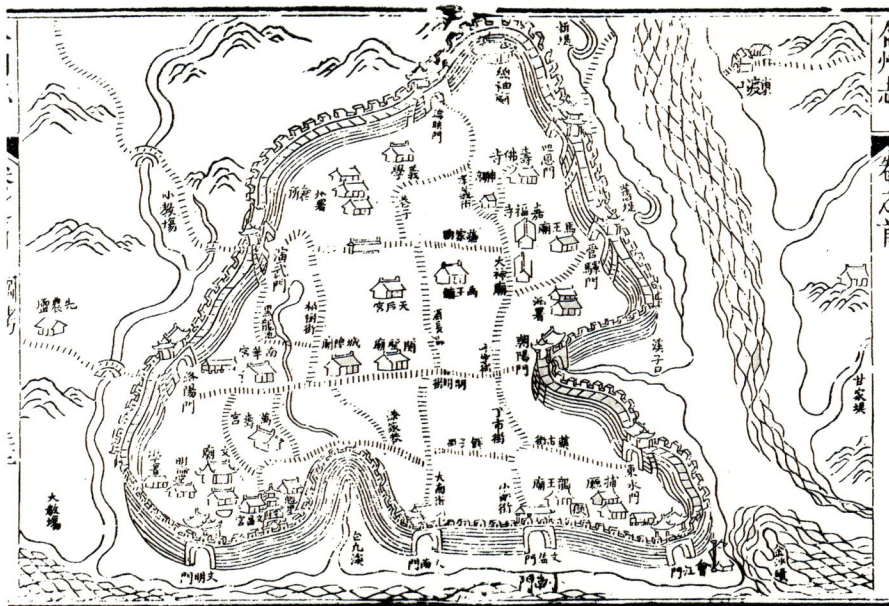

合州城地图（引自清光绪《合州志》）

明天顺七年（1463）知州唐珣奉旨在合阳原址重筑合州城，用条石砌成高5.7米、上阔4.3米、下阔5米、周长16.2里的城墙。计有石券城门11道。城东有迎晖门、广济门（东水门）、望江门，城西有落阳门、演武门（塔耳门）、观德门，城南有会江门、阜民门（大南门）、文明门（学昌门），城北有迎恩门（北门）、瑞应门。每道城门之上均建有重檐或三檐歇山顶城楼。飞檐翘角，颇为壮观。由此，定格了千年古合州城的恢宏格局。

在所有城门中，会江门是合州城最显要的门，会江门城楼是合州城最显著的城楼，为合州城的标志和象征。这不，就在杜甫歌咏它400年之后的南宋，著名诗人范成大又来了一首《嘉陵江过合州汉初县下》，借此加以唱和。

二、作者简介

范成大画像

范成大（1126—1193），字致能，晚号石湖居士，南宋平江府吴县（今江苏省苏州市）人。绍兴二十四年（1154）进士，累官至广西经略安抚使、四川制置使、参知政事，为我国著名诗人，与陆游、杨万里、尤袤合称南宋"中兴四大诗人"（又称"南宋四大家"）。他曾足历大半个中国，对安徽、江苏、浙江、四川等地的名山胜水，都有令人神往的描绘。今有《石湖集》《揽辔录》《吴船录》《吴郡志》《桂海虞衡志》等著作传世。

三、诗文推送

嘉陵江过合州汉初县下
（又名：望合州）

井陉东出县，山河古合州。木根拿断岸，急雨沸中流。
关下嘉陵水，沙头杜老舟。江花应好在，无计会江楼。

释义：这首五律，是范成大在南宋淳熙初年（1172—1176）任四川制置使时，

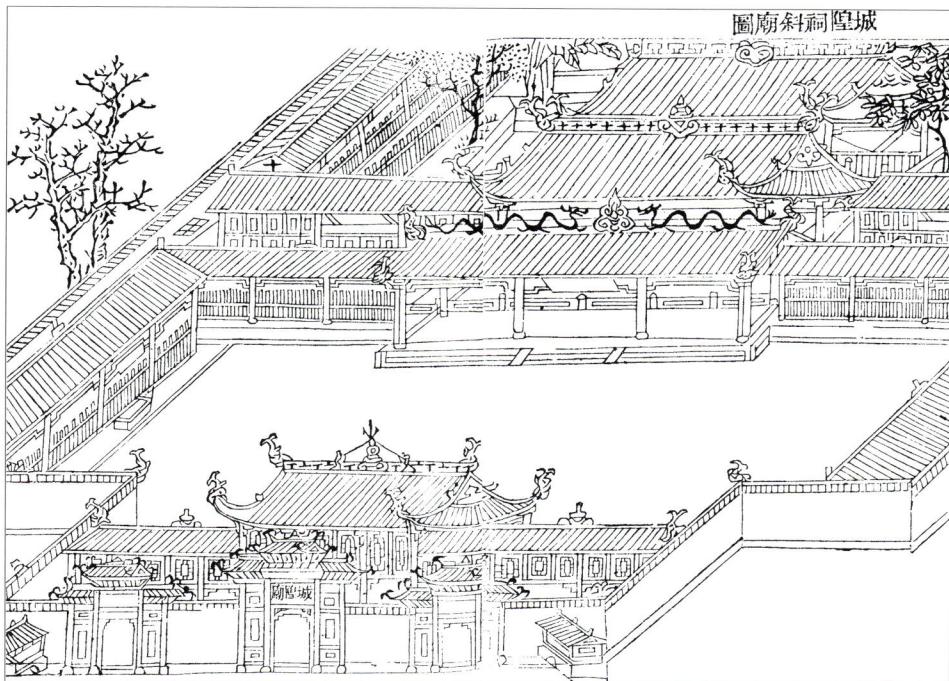

合州城隍庙图（引自《民国新修合川县志》）

过合州所作。井陉（xíng），即地势似井的山脉断处。木根，即树木的根茎。拿，指纠缠、纷乱的样子。断岸，即陡峭险峻的江岸。关下，即合州会江楼下。沙头，即合州鸭嘴江边的沙渚。在本诗中，作者借用杜甫诗句作为典故，以"杜老舟"喻指客船，以"江花"喻指对合州城的向往，以"会江楼"喻指与故人的相逢。全诗大意如是——

　　江水穿过群山，由井陉地势东流而出，便到了合州城。古老的合州城雄伟、壮丽，关上可览诸峰秀色，关下可见往来船游。岩树葱茏茂盛，急雨江中横流。这里有前行的嘉陵江水，更有来访的杜老舟（指客船）。看那欢腾的浪花飞舞，想那期盼已久的会江楼，我不禁感叹：故人啊，我们何日能相逢？！

四、鉴赏提要

　　范成大的诗歌风格以清新明快、优美流畅、情感真挚著称，既充满了对自然的热爱和赞美，也充满了对传统文化的传承和发扬，是中国文学史上不

20世纪60年代的合阳城（廖国伟摄）

可忽视的重要篇章。

《嘉陵江过合州汉初县下》似在描摹一幅诗意灵动的山水画。诗人以船行的视角望山望水望合州城，写出了"井陉东出县，山河古合州"的气势不凡，赞美了黄葛树攀岩生长、关下水日夜奔流的昂扬进取。在大雨滂沱之时，诗人立于江中，感叹会江楼立于城门之上的雄姿英发，感叹合州城立于三江之上的雄风万世，心底好生敬畏。

诗的后半部分，正当我们以为诗人要层层递进、激昂高歌之时，他却来了一个百年穿越：借杜甫《短歌行》的意象，化出了"江花应好在，无计会江楼"的诗句作为结尾。这个结尾的妙趣就在于：此会江楼非彼会江楼，彼会江楼是诗人心中与故人相会的那座会江楼。也许这正是《嘉陵江过合州汉初县下》"望"的意境使然吧！

五、漫读拾遗

因为"诗圣"杜甫的点睛之笔，会江楼俨然就是古合州的象征，代表了合川的山川锦绣、城市精神。

1918年，距离杜甫题诗1163年之后，会江楼得以重修并落成。古合州似乎还是那个古合州，可饱受列强欺凌的中国社会却是国难当头，民不聊生，山河破碎，一片黑暗。素有报效国家、造福桑梓情怀的合州大贤张森楷，立于层楼之上，有感于内心深处那壮志难酬的苦闷，写下了一首《会江楼抒怀》。正如作者所云："虽人事更变无常，而江流终古如斯。凭栏凝望，可以赋诗，可以抒怀。"他的这一抒怀，让我们记住了那一代人对于当时合州乃至国家前途命运的忧思。

每吟杜老江楼句，想见烟花未尽时。风景不殊重举目，灵光何处一攒眉。今情昔抱谁知我？古服新装我望谁！不意诸君能好事，华严弹指竟优为。楼阁郁然高耸处，年来几为赋荒城。一朝倒影江如画，四壁镌诗石有声。劫历红羊应不改，吟捶黄鹤来须轻。凭栏莫叹澄江晚，双塔摇摇亦暂横。

诗的最后四句，作者以"红羊"意指国难，以"黄鹤（楼）"意指会江楼，以"吟捶"诗文意指志向不坠，表现出了一种积极向上的精神情绪。接着又以"澄江"意指清朗社会，以"双塔"意指合川人民的坚忍顽强，传递出了一种充满希望的精神信念。该诗境界高旷，较好地诠释了会江楼代表古合州的人文意象。

第十六期

梁潜《合州写怀》

本期解读的合川历史文化地标是古合州/会江楼,主要视点为合州山水,读取的诗文是梁潜的《合州写怀》。

一、历史信息

"合州楼前江水合,合州楼外青山匝。倚楼西望雨冥冥,顺水舟来飞两楫。阆州山水天下稀,不如合州可忘归。街头仿佛吴门市,人家瓦屋白板扉。买鱼沽酒醉今夕,相逢谁是吴门客。鸡鸣风雨梦初醒,邻机轧(yà)轧村舂(chōng)急。"(程本立《合州》)山环水绕、山明水秀的合州城,从来就是一座让人感到十分惬意、畅意、快意的城市。纵目山水间,城是天造地设,人是英雄豪杰,天、地、人、城是如此完美地结合!在这里,特别适合赋诗,特别适合写怀。本期荐读的一首诗便是《合州写怀》。

夕照三江(周旋摄)

二、作者简介

梁潜（1366—1418），字用之，号泊庵，明代泰和（今江西省泰和县）人，明洪武二十九年（1396）丙子科举人，翌年任四川苍溪县训导，后历任四会、阳江、阳春知县，以为政清廉著称。著有《泊庵集》16卷。

在明代，梁潜绝对算得上是一个读书人中的大才。永乐元年（1403），他应召编修《太祖实录》。由知县入京履职，书成后迁升翰林修撰，为《永乐大典》总裁。

《永乐大典》总计共22877卷，3.7亿字，由3000多人参与编纂完成，是迄今为止世界上最大的百科全书。它保存了14世纪之前的中国文学、哲学、历史、地理、宗教及各种技术内容，可以称得上是中华文明的见证。

梁潜画像

三、诗文推送

合州写怀

水合交层浪，峰回出翠鬟。云随村艇去，鸥趁伏波还。
斗酒相忘甚，寸心如此闲。不应篷底醉，过却钓鱼山。

释义：在本诗中，作者用"翠鬟"比喻美丽的峰峦，用"村艇"指代农家小船，用"伏波"指代起伏不定的浪波。诗文大意如是——

嘉陵江与涪江交汇的河口，江水浩荡，纵横奔流，四围青山叠嶂、相拥而出。云在农家小船上无心漫游，鸥在波浪起伏中肆意翻飞，我则在美酒的畅饮中一消烦愁。只是可惜，因醉卧在船篷中，与钓鱼山那难以描摹的美景失之交臂。

四、鉴赏提要

　　诗人是在什么景况下游历的合州，我们不得而知，但诗人如此这般地为合州山水打开心扉，却是极其真诚的。

　　这首吟唱嘉陵江与涪江交汇处至钓鱼山美好景色的写景抒怀诗，意境特别闲适恬淡、自然唯美，语言特别清新隽永、纵横浩瀚。

　　诗的前半部分重在写景，有水合交浪的激昂，有翠鬟出峰的潜移，有云绕村艇的远去，有鸥趁伏波的归还，动感十足，画面感极强。

　　诗的后半部分重在写怀，"斗酒相忘甚，寸心如此闲"，看似自责实无悔憾，说明过去有烦恼，现在很轻松。"不应篷底醉，过却钓鱼山"，看似错过，实有神交。这便是诗人忘情山水后的真实写照。

五、漫读拾遗

　　为了充实有关古合州的信息，我们直接把程本立的《合州》一诗置于前面，未作解读。通过这首诗，相信看官你已大致可以窥探到什么叫合州人的

嘉陵江与涪江交汇口（合川区摄影家协会供图）

安逸生活，因为它非常直白地告诉了我们：合川，是一个你来了就不想走的地方。这里，不妨让我们一道再来读读那些表达清闲惬意和充满市井烟火气的诗句吧！

"白发当归隐，青山可结庐。"（陆游《思蜀》）

"田夫荷锄至，相见语依依。"（王维《渭川田家》）

"夜市千灯照碧云，高楼红袖客纷纷。"（王建《夜看扬州市》）

"鱼盐满市井，布帛如云烟。"（李白《赠宣城宇文太守兼呈崔侍御》）

"媪（ǎo）引浓妆女，儿扶烂醉翁。"（范成大《寒食郊行书事》）

"井放辘轳闲浸酒，笼开鹦鹉报煎茶。"（张蠙《夏日题老将林亭》）

"山果熟，水花香，家家风景有池塘。"（李珣《南乡子·山果熟》）

"好是日斜风定后，半江红树卖鲈鱼。"（王士祯《真州绝句》）

第十七期

张乃孚《和刘鹤坪会江楼观涨》

本期解读的合川历史文化地标是古合州／会江楼，主要视点为三江洪峰，读取的诗文是张乃孚的《和刘鹤坪会江楼观涨》。

一、历史信息

水是合州人的爱，也是合州人的痛。总面积16万平方千米的三江流域，雨量充沛，河流众多。这些河流历经千山万壑，将水流汇于"鸭嘴"，从而造就了一个年过境水量达710亿立方米的水上之城。要知道这水量可是黄河母亲河的1.5倍哟，不能不说是合州之幸。

合川区水系图

然而，凡事皆有两面，这流经合川的水流并不总是轻歌曼舞、风度翩翩，它有时也会涨落无度、浊浪排空，给我们古老的合州城带来威胁，造成伤害。历史上，合州城曾经受过许多次的洪水考验。记录于诗人的笔端，既有波涌浪翻的描写，更有耐人寻味的思考。就让我们将时间回溯214年，于清嘉庆十五年（1810）与诗人张乃孚一同感受嘉陵江、涪江和渠江涨水吧！

二、作者简介

张乃孚（1759—1825），字西村，清代合州人。乾隆四十八年（1783）举人。三赴礼闱不第，后以母老多病，决意不求仕进。嘉庆元年（1796）举孝廉方正，例授六品职衔，不仕；三年（1798）部檄铨次县令，以亲老改教职。道光三年（1823）选授蓬州教谕，旋告归终养；五年（1825）卒于家中。

张乃孚能文善诗，与当时合州文人杨士鑅、彭世仪、冯镇峦齐名，时称"合州四子"。他曾主修清乾隆《合州志》，著有《闲滨余草前编诗》12卷、《续编诗》8卷、《诗体》1卷、《点红万绿山房文钞》2卷等并刊行于世，是合州的大才子。

张乃孚撰并书清乾隆《合州志》叙

三、诗文推送

和刘鹤坪会江楼观涨

客言观涨会江楼，恨不携弩从钱镠。借得三千水犀手，涛头射退驱蛟虬。
忆昔壬寅秋七月，课读沉厚书声遒。半夜风雨破空吼，庭前榕树挽千牛。
萧寺床脚水忽至，将军赤体携衾裯。诘旦浮沉州一叶，乍疑天河势倒流。
鲸鱼拔浪怒扬鬐，冯姨击鼓骄阳侯。父老传说罕见此，人人恐惧生鱼头。
申岁饥驱英井道，书来几度增烦忧。笔阵未将狂澜障，家园复同岛屿浮。
亦越壬戌更汹涌，银涛千垒鼋龟游。晋阳岂欠没三板，黄楼直似临沧州。
书籍几逐波臣去，诗卷翻讶六丁收。鱼逝我梁艇穿屋，坳堂溪止来芥舟。

1981年特大洪水中的合川溪子口

1981年特大洪水中的合川青龙街

可怜数百竹瓦宅，尽付洪流如石头。　移家古冢被作幄，夜深鬼哭闻啾啾。
国家澄清百余年，何故水厄频相仇。　旧曾作诗告河伯，盟要息壤分鸿沟。
司空堤上筑者谁？东北保障宜绸缪。　刺史御史弃命服，天心宁不听人谋。
迩来八载庆安澜，水不为患吾何求！　一闻儿童走相告，三江观涨豁双眸。
世情翻覆有相似，淘尽人物阅千秋。　逝者能悟在川旨，乐之能乐消夙愁。
如梦如幻亦如讴，太仓一粟君知不？　曲折萦回流巴字，忘机聊复盟沙鸥。
市井不惊禾不坏，好赓长句凭歌讴。　客闻斯语辄拊掌，浪澜愿假韩苏俦。
不用斩蛟剑三尺，何须锁怪穷冥搜。　神不食言如此水，溪毛涧芷争相酬。

释义：这首诗是清嘉庆十五年（1810）五月，嘉陵江、渠江、涪江洪水暴涨，诗人登会江楼观两江口时所作。诗中逐一回忆了清乾隆四十七年（1782）以来数次洪灾的状况，行文中典故不断、传说故事和人物众多，极难理解。其章句大意为——

（1）听闻泰三兄讲起会江楼下洪水滔天、合州城中满目惊恐的情形，我是恨不得操起一把钱镠的神奇弓弩，借得三千夫差的勇猛甲兵，即刻射杀那兴风作浪、为恶为祸的无角蛟虬。

（2）可怜我城中数百竹墙瓦屋，就这样付诸东流，浸在水中如散落的石头，人们只得以棉布篷帐作屋，退居墓冢高处，哀惜叹惋声在漫漫长夜中好似鬼哭啾啾。

（3）历史有如一面穿透人心的镜子，照过人物万千。面对洪水泛滥，当政者若能修堤筑防，未雨绸缪，那便是大功大德；若是不设堤防，消极懈怠，那便是为恶作乱。想来这样的道理谁都晓得，但愿有人能够消我合州城的心腹之患。

（4）到那时，河水安澜，市井有序，庄稼无损，日子无恙，自有颂歌来赞。到那时，我们将像韩愈、苏轼那般模样，尽情地在这里与友人浅吟低唱。

四、鉴赏提要

本期选读的是一首唱和诗，其所和的诗为刘鹤坪（泰三）的《会江楼观涨》。

在《和刘鹤坪会江楼观涨》诗中，张乃孚以原诗的意境为意境，既强化了对洪水泛滥的景象描写，又强化了对城池保障的理性思考，还表达了对治理水患的热切期盼。全诗逸兴遄飞、磅礴大气、情感充沛，彰显了合州人民治水兴州的乐观精神和态度。

全诗大致可以分为六个段落。

第1—4句，表达了作者决意消除水患的急迫心情。

第5—14句，回忆了清乾隆四十七年（1782）水患来势汹汹的场景。

第15—18句，记述了清嘉庆五年（1800）再遇夏秋涨水的史实。

第19—30句，不惜笔墨地描写了清嘉庆七年（1802）合州大水漫城的悲情。

第31—42句，笔锋由描述转为评论。作者首先发出"国家澄清百余年，何故水厄频相仇"（王朝一统百有余年，缘何水患频频，以致毁城伤民）之问，意在指出这样的惨状不应该发生，从而一语道出了人事的不作为。虽然过去连续八载的河水安澜，但"一闻儿童走相告，三江观涨豁双眸"（洪水来袭，三江暴涨，儿童惊悚，有如猛兽），该来的终究来了，人们不得不吞下自己不

今日绿色堤防赵家渡公园（罗明均摄）

事预防的苦果。

第43—58句，通过回溯历史，总结得失，作者强调了防治水患的必要性，畅想年年"市井不惊禾不坏，好赓长句凭歌讴"（河水安澜，市井有序，庄稼无损，日子美好，长歌相颂）的未来，附和了原诗"保障一州功厥初，呜呼微禹吾其鱼"（若得堤防加固，洪水无犯，城池安然，定有功德如大禹，为人称颂）的感叹。

作者的观点很明确，若真能高度重视，未雨绸缪，做好预防，我们就用不着那传说中锋利的斩蛟剑去斩那传说中的水怪，用不着那传说中神秘的锁妖链去锁那传说中的水妖了，因为传说毕竟是传说。诗的结尾与诗的开篇在相互呼应的同时，又很好地点了题。

五、漫读拾遗

作为我国古代诗歌的一种特殊形式，唱和诗是由两位或者两位以上的诗人通过诗来进行互动的一种创作方式，其特点是拥有共同的主题和意境，但又不是同时完成的一种诗歌体裁。第一个人写的诗为原诗，后面人写的诗为附诗。原诗称"唱"，附诗称"和"，"一唱一和"，互相转赠，既可起到交流思想、传播友谊的作用，又可起到扩大影响、繁荣创作的作用。

张乃孚所和刘鹤坪诗《会江楼观涨》全文如下，大家可以试着读读。

宕渠滚滚源西疆，东津南津势如狂。会江楼上云压黑，会江楼下波腾黄。
雷公雷母驱日轨，一夜翻飞没鸭嘴。朝来登望金沙洲，渺若玉石仅留止。
五月嘉禾正青青，就岸低田变沧海。溪流网集不知数，虾鳖惧灾蛟龙喜。
忆自嘉庆壬戌年，秋涨江漫越陌阡。泛入城市为泽国，男呼女号真可怜！
相距八载水复大，况复连天风雨佐。竹房瓦店尽倾折，蓦然见之心胆破。
舟游莫如城中来，城中阛阓多楼台。巷狭不堪浪婆舞，民愁还为河伯哀。
太阳漏光射屋角，亭午女垣叫乾鹊。江花茫茫何处寻，凭栏遥吟独有托。
回首试问司空堤，频年浸坏委浊泥。保障一州功厥初，呜呼微禹吾其鱼。

第十八期

陈在汉《合州》

　　本期解读的合川历史文化地标是古合州 / 会江楼，主要视点为水码头、合阳城，读取的诗文是陈在汉的《合州》。

一、历史信息

　　合川"枕三江之口，当川东北众水之凑（聚合）"，在肩扛船载的古代，交通堪称便利。清中后期，三江之上帆樯不断，码头之上货物堆积，古合州

合州万寿宫图（引自清光绪《合州志》）

的合阳城商贾如云，时有药材帮、盐炭帮、绸缎帮、铁货帮、银钱帮、糖帮、油帮、酒帮、烟帮等行业帮会16个，实乃川东大邑，其繁荣景象，非一般城市可比。如果非要找一个城市作比较，当属陈在汉笔下的泸州。这可是嘉陵江流域的代表性城市与长江上游的代表性城市之比哟。

二、作者简介

陈在汉，生卒年及事迹不详。

三、诗文推送

合 州

江上青山水上楼，帆樯不断去来舟。

内江那及外江险，人道泸州是合州。

渝江水道图（引自《民国新修合川县志》）

释义：诗中的"江上青山"系指合州城中的瑞应山，"水上楼"系指合州城上的会江门城楼。作者用"帆樯不断"喻指合州的商贸繁荣。诗文大意如是——

（1）三江交汇的合州城可谓江上见青山，水上见城楼；可谓水中帆樯不断，江中舟船不绝。

（2）都说内水（嘉陵江）利船行，外水（长江）多险滩。是啊，真要感谢水利运输之便成全了合州的盛世繁华，真要感谢有人借合州的繁荣赞泸州的兴盛，让合州更加有名气。

四、鉴赏提要

泸州，地处长江上游，古称江阳，西汉时设江阳侯国。梁武帝大同年间（535—546）建置泸州。宋代时泸州为西南要会，明代时与成都、重庆等城市并足而立，成为当时全国33个商业大都会之一。

合州与泸州相比，一个处内江（即嘉陵江），一个处外江（即长江），同为长江上游的商贾大邑。在作者眼里，合州更胜一筹，故有"内江那及外江险，人道泸州是合州"。这样的诗，今天我们读起来会感到特别的过瘾和骄傲，不是吗？

五、漫读拾遗

合州，在历史上因移民众多，又是工商业繁荣的区域中心城市，居住和往来于合州的不仅有本省本地人，更有大量的外省外地人。因此，自清道光年间起，合州便不断有外省人设立的会馆出现。这些会馆既是在此居住的外省工商业者在合州的行会组织，也是外省人在合州城的同乡组织。

合州会馆之多，有"九宫十八庙"之称。所谓"九"和"十八"皆为虚数，表示多的意思。其中，最为有名的是：广东会馆，建有南华宫；江西会馆，建有万寿宫；广西会馆，建有寿福宫；福建会馆，建有天蟾宫；湖广会馆，建有禹王宫；陕西会馆，建有黎明宫。它们主要位于城内较为核心的商业区，大致在今合阳城和钓鱼城街道老城区一带。

这些会馆建筑，都是清代内迁合州的外省人集资修建，建设的规模较为宏大，像寺庙而又与寺庙不同。所不同处，在于各会馆都只有一殿，并且各奉一神，如江西会馆奉祀许旌阳，广东会馆奉祀庄周，福建会馆奉祀天妃（妈祖），湖广会馆奉祀夏禹等。除奉祀的正殿外，两厢为鼓乐楼，殿后为首事办事和司香火的处所。

各会馆都置有房屋、土地等不动产，以其常年收入作为经费开支。会馆平时为同乡行会处理商事纠纷，协调利益，年关节日组织会众团拜宴会，并演大戏，以行乡俗，品乡味，忆乡情。

除合州城有会馆外，在工商业繁荣的乡镇也有会馆，如太和镇的湖广会馆、江西会馆、陕西会馆，三汇镇的福广会馆等。

由此可见，由于大量移民的迁入，农业、手工业空前发展，各地贸易日益活跃，千年合州古城逐渐发展成了一座交通发达、功能完备、商旅活跃的区域性中心城市。

第三编

濮岩/濮岩寺诗文选读

濮岩/濮岩寺,作为合川十大历史文化地标之一,并不是因寺庙宗教有多兴盛而令人称道,而是因为它唤起了三江生民对濮人、濮国、濮子墓等古老历史的不断追忆,而是因为它集合了濮岩、濮溪、濮湖夜月等自然景观,承载着桑蚕传习所、初等农业学校、乙等农业学校、合川国民师范学校、国立第二中学的历史信息。濮岩寺是一个古寺的俗称,也是一个地理的名称,更是一个历史文化的象征。它是合川一处有着近千年历史的文物胜地和一座有着百年历史的教育殿堂。

关于濮岩寺的诗文主要有宋代郭印的《合川濮岩》,岑象求的《定林院》,刘象功的《濮岩铭》,明代李实的《游濮岩寺歌》,清代沈怀瑗的《濮子墓》、何麟的《荔枝赋》,杨运昌的《游定林院》,以及近代孙为霆的《南仙吕·解三醒·蟠龙山校舍落成示诸生》等。这些都是我们了解认识合川非读不可的篇章。

第十九期

郭印《合州濮岩》

本期解读的合川历史文化地标是濮岩/濮岩寺，主要视点为濮岩，读取的诗文是郭印的《合州濮岩》。

一、历史信息

合川城北有段长约一公里的山岩，古名北岩，其山曰龙池山，是唐代合州最著名的游览胜地。因传说这里埋葬着古濮国的国王，有濮子墓一座，于是后来的人们便将此岩叫作濮岩，将其山叫作濮岩山。再到后来，人们更是把这里有名有姓的定林寺叫成了濮岩寺。

濮子墓、濮岩山、濮岩寺，就地理位置来讲，说的是同一个地儿，即文献和百姓口中的濮岩，在今重庆工商大学派斯学院校区内。这里不仅有着3000多年的濮国传说、1000多年的名寺古刹，还有着100多年的学术殿堂。可以说在合川的历史上，濮岩寺自始至终是一个神秘的存在。

今天，就让我们首先来读读宋人郭印的《合州濮岩》。

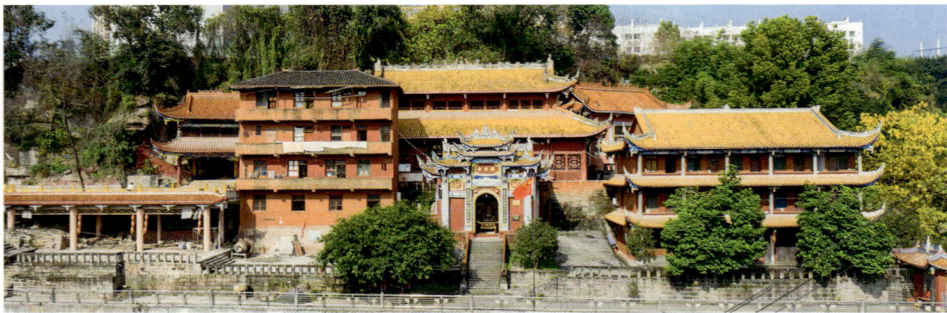

新濮岩寺（刘勇摄）

二、作者简介

郭印（生卒年不详），晚号亦乐居士，成都人。宋徽宗政和五年（1115）进士。早年在铜梁县、仁寿县为官，后为州府管库、永安军通判，最后官终知州。著有《云溪集》，存诗近700首。

郭印生于北宋、南宋之交，目睹了战火兵燹的戎马骚扰，其诗历写"宫阙翳草莽，井邑成墟丘"的惨象，深寓忧国忧民、同仇敌忾之怀，同时又有"乾坤谁整顿，世乏英雄姿"的灵魂拷问，表达了自己的抱负和志向。

郭印一生的活动主要落脚在四川。在合州铜梁县为官时，曾多次游历过州内山水，是合州山水的知音。

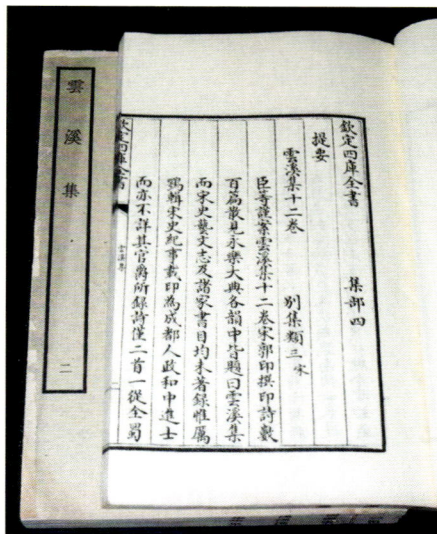

收录于《四库全书》中的郭印《云溪集》

三、诗文推送

合州濮岩

背郭二三里，林峦迥出群。千岩蹲古佛，万木驻寒云。
楼阁侵天际，烟霞谢世纷。登临不忍去，回首日西曛。

释义："背郭"，即背负城郭；"寒云"，即寒天的云；"烟霞"，即烟雾云霞；"世纷"，即世事纷争；"日西曛"，即日光昏暗的黄昏。诗文大意如是——

合州城外，二三里许，有濮岩突兀矗立。这里地势迥异、林木参天。悬崖之上是一尊尊精美的石佛造像；林峦之上有清冷的寒云笼罩。古老的定林寺楼阁高耸，侵入天际。山的四周，烟雾云霞，人世的纷扰被荡涤得一干二净。登临其间，让人不忍离去。待回首，不觉日已西、影已斜，可还有美丽的夜色黄昏让人见爱垂怜。

四、鉴赏提要

郭印在游山玩水、览胜咏景方面堪称胜流。他的山水诗格调清新、意趣盎然。尤其那首"斜斜远树绕江头,十里平波似不流。更欲寻源穷窈窕,一蓑烟雨羡渔舟"的诗,暗带苏东坡诗文的"瓣香"。

《合州濮岩》这首诗,语言自然,描写的场景壮阔伟岸。"背郭二三里,林峦迥出群",开篇便让人入得寻访之境。接着用"千岩"对"万木",用"古佛"对"寒云",其中一个"蹲"字、一个"驻"字,写得形象生动,灵光乍现。"楼阁侵天际,烟霞谢世纷",更是让人心生敬畏,烦意顿消。此句的前半句主"动",后半句主"静",可谓妙趣横生,也难怪他"登临不忍去",游了又游,直到"回首日西曛"。

全诗语句干净,对仗工整、对比强烈,同时又用了画家的视角和笔触来进行勾勒和着色,让合州濮岩的山水意蕴得到了无限的深化和放射。

五、漫读拾遗

在合川历史上,有关"濮"的传说由来已久。唐朝末年,合州录事参军

濮岩/濮岩寺区位示意图(莫宣艳制图)

1940年梁思成考察潼南、大足、合川石刻时所拍摩崖造像

李文昌将民间传说予以整理，并根据一些有关濮人的文献记载，撰写了一本名叫《图经》的书，认定"合州为故濮地"，也就是说合州最早的土著居民是濮人。

北宋元祐五年（1090）合州知州刘象功在其《濮岩铭》中，称"巴濮邻国，室家相贼。为狼为蛾，剑血枯蚀"，说巴、濮两国相邻，相互杀戮，战事不断，一直到两国国王战死，三江之地才得以安宁。

清乾隆四十五年（1780），合州州尉沈怀瑷在游览濮岩寺时，挥毫写就一首《濮子墓》诗，并由寺僧刻一石碑立于山中，认定有濮子墓的存在。

明万历时，《合州志》的作者因袭旧闻，记称："濮岩，在州治西北三里，因濮国，故名，又曰北岩。"所以，濮岩也好，北岩也罢，说的都是濮岩寺（定林寺）所在之地与濮国有关。

至于巴人迁入濮地，通过战争，迫使濮人屈服，则可以看作是合川历史上的一次族群融合，是土著的濮文化向融合后的巴文化的一次过渡、转型和演变。

观濮岩寺文象，读濮岩寺诗文，我们要追寻和观照的是合川的历史和文化根脉，这根脉也包括那些曾经有过的传说。

刘象功《濮岩铭》

　　本期解读的合川历史文化地标是濮岩/濮岩寺，主要视点为濮岩、濮国、古刹，读取的诗文是刘象功的《濮岩铭》。

一、历史信息

濮岩寺（袁万林摄）

　　根据传说，在商周时期三江地域便住着它最早的土著居民——濮人。濮人由远古走来，经过漫长的历史演进和发展，建有濮国。古濮国占据着今涪江下游及嘉陵江和渠江相汇的两岸阶地。在巴人大批迁入后，巴、濮两国曾发生过激烈的战事，直到两国国王都战死才得以安宁。巴人通过战争，最终取得了与濮人共同生活于三江地域的权利。濮人和巴人的融合创造了古老的巴濮文化，它是世代合川人的原始根脉和文化基因。关于这一点，刘象功在《濮岩铭》中曾有过记述。

二、作者简介

刘象功，生卒年及字号、经历不详。据清光绪《合州志》记载，宋哲宗元祐五年至元祐六年（1090—1091），以左朝请郎知合州。另据《舆地纪胜》卷一八六记载，他有写剑阁的诗词名句"千寻双剑截不断，一片闲云飞过来"留存。

刘象功少时便随父来过合州，并立志称"吾父守合，吾他日当继之"，后如其言，其文章政事都远超其父，被列为合州名宦，受到合州人民赞许。

三、诗文推送

濮岩铭

距城三里有僧舍，依大江林麓，楼观耸云入画者，伏于缣素间，其绝谷幽邃，历历可指。予幼时侍先君曾游。今被命镇郡，复至其所，抚然有感，亲怀旧之叹，因作铭，书于岩石。铭曰：

合之二川，河汉发源，极地通天。浩渺东顾，奔龙窜鲸，吞夔走荆。上有苍崖，乔松古杉，阴晴扑蓝。广岩断壁，天昏雾寒，溟空岳坼。巴濮邻国，室家相贼，为狼为蜮。剑血枯蚀，二王灭迹，云闲昼寂。世变茫茫，山空地荒，鸟巢兽藏。创筑其时，凿高构危，立刹开基。在昔幼冲，侍于先公，曾步崖宫。帝命维汝，克蹈前武，往治兹土。驰马岁旧，江山唯旧，中怀孔疚。勒铭其巅，子承孙传，与山齐年。

释义：（1）合之二川，一曰嘉陵，一曰涪水。它们源于浩瀚星河，发于神秘极地，疾驰向东，如奔龙，如窜鲸，出夔门，过荆楚，东流到海，不复回还。

（2）二川之上有苍崖，乔松、古杉、云竹、翠萝等茂密葱茏。宽广的崖壁如刀劈，似斧削，笼罩在阵阵寒气之中。

（3）昔有巴、濮古国，相邻而居，互为狼蜮，战事不断，血染山川，直至二王战死，方得云闲昼寂、时日安宁。

（4）世变苍茫，难预难料，又一时空转换，濮岩地域山空地荒、鸟归兽藏。有人拓洪荒，筑楼观，修庙建寺，开基立刹。从此，这里便是仙气飘飘、梵音缈缈。

（5）幼时随父驻留合州，今又受命治理合州。回忆往事，星移斗转，江山如旧，心中的敬畏如旧。

四、鉴赏提要

刘象功这篇《濮岩铭》，是其刚刚出任合州知州时所作。序文部分简要交代他与濮岩山的再次邂逅。铭文部分，首先提到了合州的山川雄奇、地势险峻，接着写了合州的历史辽遥和巴濮两国的部族战争，写到了濮岩山的创筑维艰和开基立刹。最后则是借史写今，托物言志，自我激励，自我警示。

作者有感于幼时随父亲游历的深刻印象，有感于自己主政合州的使命责任，一边游历一边思忆一边壮怀。尤其是全文末尾"驰马岁旧，江山唯旧，中怀孔疚"一句，点明了题意，表明了志向，掀起了作者的情感高潮。虽然江山依旧，岁月如初，这历史却是多有坎坷，这岁月却是难得静好，自己唯有勤勉奋进，方能留名后世。

作者借对濮岩的凭吊，表达了自己希望能建功立业，能把合州治理好的强烈愿望。

五、漫读拾遗

铭是古代一种刻在器物上用来记述事实、功德的文字，后发展成一种文体。铭的文体特点突出表现为文辞精练、体制短小、押韵上口、见微知著，读来铿锵有力、余韵悠长。关于这一点，我们从刘禹锡的《陋室铭》中可以窥其概貌。《陋室铭》是我们大家都非常熟悉的铭文，自不用多说。这里就让我们再来读上两三篇与《陋室铭》相类的著名铭文——

（1）苟日新，日日新，又日新。（商汤《盘铭》）

（2）盘水之盈（满），止（停止注入）之则平，平而后清，清而后明。勿使小欹（qī，倾斜），小欹则倾（倾出），倾不可收（同"收"），用毁其成（盘水的用处就没了）。呜呼奉（捧）之，可不兢兢（不能不小心）！（司马光《盘水铭》）

（3）汝饮而食，当思尔职。行而有得，斯无愧色。无功而厚享，节己以

刘禹锡《陋室铭》刻品

小篆"濮"字

裕众，是为俭德啬人以自封，斯为民贼。毋以一食而忘天下，毋以苟安而忽永图。

适己（为了自己舒服）而忘人（不管别人）者，人之所弃（离去）；克己而利人者，众之所戴（拥戴）。（方孝孺《逊志斋集·杂铭》）

第二十一期

阮元《建极铜钟》

本期解读的合川历史文化地标是濮岩 / 濮岩寺，主要视点为武后长安钟（合州铜钟），读取的诗文是阮元的《建极铜钟》。

一、历史信息

濮岩寺原为庆林观，后改观为寺，名定林寺、定林禅院，明清以来，因濮岩山的称谓而被人们叫作濮岩寺。该寺始建于唐开元年间（713—741），距今已有1300多年历史。

从宗教的角度看，濮岩寺自建观和开寺以来，先后办过三件具有重大影响的事：一是奉命铸造了一口献寿于武则天女皇的合州铜钟；二是参与营建了早

曾侯乙编钟

于大足石刻的濮岩摩崖造像；三是举办了为唐德宗皇帝祈福的国家级祭祀大典。

　　首先让我们来了解一下合州铜钟的情况。唐武周长安四年（704），合州庆林观观主蒲真应等接受朝议郎合州司马高德的委托，精心为武则天81岁大寿铸造了一口重400斤的铜钟，名曰"武后长安钟"。该钟工艺娴熟，制作精良，铭文技法独特。铸成后，在起运至阆中时，因周朝发生政变，武则天退位，这口钟便留在了阆中。1995年，经文物史专家再次鉴定，该钟已成为国家一级文物。

　　由于搜罗该钟的诗文无果，笔者只好借用阮元的《建极铜钟》诗来应景。

二、作者简介

　　阮元（1764—1849），字伯元，号芸台、雷塘庵主、挈（yán）经老人，清代扬州府仪征县（今江苏省仪征市人）。乾隆五十四年（1789）进士，先后在礼部、兵部、户部、工部供职，并出任山东、浙江学政，浙江、江西、河南巡抚，以及漕运总督、湖广总督、两广总督、云贵总督等职。历乾隆、嘉庆、道光三朝。其所至之处，以提倡学术、振兴文教为己任，勤于军政，治绩斐然。

阮元画像

　　阮元提倡朴学，即考据学，于数学、天算、舆地、编算、金石、校勘等方面亦多有建树，是乾嘉学派晚期代表人物，著名经学家、训诂学家、金石学家，有《挈经室集》《十三经注疏校勘记》等30余种著述传世。

三、诗文推送

建极铜钟

我欲闻古音，撞钟百八杵。

唐乐久销沈，此音足千古。

释义： 建极铜钟，初铸于南诏建极十二年（871），毁于清咸丰至同治年间（1851—1875），是昔日大理南诏王朝以来当地最大的铜钟。今重铸后的大钟高3.86米、直径2.138米、重16.295吨，亦是中国第四、云南第一大钟。诗中的"沈"，同"沉"。诗文大意如是——

中华礼乐，源远流长，需要我们不断地继承和发扬。上古的周乐已不得耳闻，中古的唐乐也已沉寂多时。今得建极铜钟，杵到音起，可谓千古一闻，由此不由得让人赞叹我们悠久的华夏文明！

四、鉴赏提要

《建极铜钟》一诗，立意高远，构思巧妙，富有内涵。它以诗文意象写钟，以文化象征写钟，以作者志向写钟，可谓气势磅礴，时空穿梭，声形远大。

作者以铜钟喻礼乐喻文明，以钟声喻学术喻文教，借建极铜钟这一物象，写出了自己的志向和抱负。

"我欲闻古音"，是说作者要探寻我们古老的历史文明。这种文明体现

现存四川阆中的合州铜钟（武后长安钟）

在作者身上，则是文化、学术。"撞钟百八杵"，是说作者平生以提倡学术、振兴文教为己任，潜心学问，孜孜以求。

"唐乐久销沈，此音足千古"，既言建极铜钟的经年沉寂，更喻古代学术繁荣的光景不在。不过，只要钟在，声音就在；只要学术在，传承就在；只要教化在，未来就在。

合州铜钟出自道家之手，献寿于女皇武则天，寓意国泰民安、益寿延年，体现了一种祈愿、祝福之意。由合州铜钟，我们对当时合州的冶炼铸造和礼乐教化也能窥知一二。

五、漫读拾遗

我们知道，铜钟开始出现的时候，是作为一种乐器存在，彰显的是一种礼乐文化。因此，除了寓意王权外，铜钟更寓意一种崇高的文明。在人们心目中，铜钟是崇高、公正、贤明的象征。屈原的著名诗句"黄钟毁弃，瓦釜雷鸣"，就是这种象征的反映。

西周礼乐（资料绘图）

钟声是古诗中的一个"梗"，是用来抒情的一个重要意象。在诗文中，钟声响起之处，往往能取得悠远无穷的音乐效果，有无限深沉的韵致。它有苍凉幽寂之象，也有警觉警醒之意，更是一个表达乡愁的符号。如：

"万籁此都寂，但余钟磬音。"（常建《题破山寺后禅院》）

"欲觉闻晨钟，令人发深省。"（杜甫《游龙门奉先寺》）

"独夜忆秦关，听钟未眠客。"（韦应物《夕次盱眙县》）

"钟鸣深夜不寐，月照高楼无语。"（杜牧《秋夜将晓出篱门迎凉有感二首》）

"黄昏半在下山路，却听钟声连翠微。"（綦毋潜《过融上人兰若》）

"长乐钟声花外尽，龙池柳色雨中深。"（钱起《赠阙下裴舍人》）

第二十二期

岑象求《定林院》

本期解读的合川历史文化地标是濮岩/濮岩寺，主要视点为濮岩造像、定林寺，读取的诗文是岑象求的《定林院》。

一、历史信息

濮岩寺堪称合川的一个文物胜地。其北崖和西崖有延伸1000米的摩崖造像近百龛，题记碑刻30余处，可谓龛龛精美、处处珍贵。据史学家顾颉刚、杨家骆、傅振伦《大足石刻图征录》记载，"因韦君靖尝守合州，殆慕北岩（合州濮岩）先贤所造像而仿为之"。意思是说韦君靖先任合州（今合川）刺史，后任昌州（今大足）刺史，大足石刻造像是仿合州北岩（濮岩）造像而来。这就把大足石刻和合川石刻的关系说清楚了。实际情况正是如此，合州濮岩石刻比大足石刻要早150年，是其雕凿的蓝本。

现在的濮岩寺（定林寺）为清代嘉庆和同治年间所培修，后又有当地信众在原寺旁加修，进而完整地构建了一个融山门、前殿、中殿、侧殿及后殿于一体的宏大格局。

二、作者简介

岑象求，字岩起，宋代梓州（今四川省绵阳市）人。神宗熙宁年间（1068—1077）进士。历任梓州提举常平、合州知州、郑州知州、考功郎中、殿中侍御史、两浙转运使、户部郎中、宝文阁待制、郓州知州。著有《吉凶影响录》10卷、《岑著作集》等。"岑著作"是世人对岑象求的一个称呼。"著作"即著

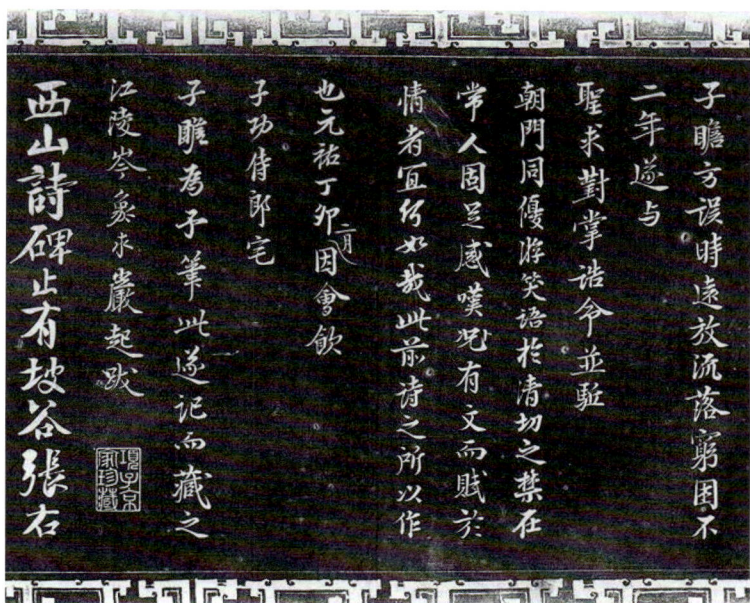

岑象求在苏轼《武昌西山》诗后的题跋

作郎，为官职名，先属中书省后属秘书省，从五品，掌撰碑志、祝文、祭文之事。

三、诗文推送

定林院

野阔莲宫迥，楼台半倚山。地连巴峡近，门对濮溪湾。

柏径松烟湿，岩房雨藓斑。白云邀客住，明月伴僧闲。

经梵喧哗处，香灯杳霭间。胜游成邂逅，危构喜跻攀。

世路诚何极，尘心久欲还。輶车正催发，缓步出重关。

释义：定林院，唐代合州名刹，因在城北濮岩，又称濮岩寺。莲宫，即佛寺，这里指定林院。巴峡，即嘉陵江小三峡。岩房，这里指凭险而筑的僧舍。经梵，指念经求佛。香灯，即敬佛的香油灯。杳霭，指深远幽暗。邂逅，系不期而会的意思。危构，即高楼。跻攀，即竞相登攀。世路，即人世间的经历。輶（yóu）车，系轻车的意思。诗文大意如是——

定林院，坐落在半山之上，向前望巴峡（嘉陵江三峡）犹在不远处，濮溪湾就在门对面。其所处有柏树下的路径，有松林间的轻烟，僧房上长满了苔藓。好一幅白云悠悠、明月朗朗、诵经之声不绝于耳、香灯之光幽暗深远的世外画卷。今天，我来此游览，不期而遇了这里最美的一切。问世间长路，何所为极？超凡脱俗、不为功名所累才是我之所欲。要不是等候的车马催着出发，我还会沉浸在禅林重关的氛围中不能自拔。

四、鉴赏提要

据文献记载，定林院处大江林麓，楼观耸云入画、湖水岚烟相映，有佛教造像、古贤题刻和荔枝园、古柏林、濮溪湾等名胜古迹。一年四季，信众游人络绎不绝。这里有空阔也有奇险，有幽静也有喧闹，有漫道也有重关，有闲僧也有访客，正是这种两极的对立统一和相互映衬，作者写出了一个不一样的定林院。

濮岩寺摩崖造像（杨安平摄）

诗的开篇，诗人先是写远景：正面看去，"野阔莲宫迥，楼台半倚山"；回首望"地连巴峡近，门对濮溪湾"，一幅山川形势图跃然纸上。

接着是写近景：低头看，"柏径松烟湿，岩房雨藓斑"；抬头望，"白云邀客住，明月伴僧闲"，一幅天地时空画面映入眼帘。

紧接着，诗人由静景转动景，由平复的心绪转高昂的兴致：在诵经的喧哗与香灯的杳霭中，与定林禅院来了一个心灵的不期而遇和身形的交流触碰，故有"胜游

濮岩寺摩崖造像（杨安平摄）

成邂逅，危构喜跻攀"的快意。

最后，诗人的游兴进入高潮，一边感叹自己经历中的种种不易，一边吐露自己尘心自哀的心迹："世路诚何极，尘心久欲还。"诗的末句"辎车正催发，缓步出重关"，俨然已是忘情状态。

全诗语言古朴，意象深微；景在笔下，妙在言外，于平易中引人入胜，于漫游中催发兴致。作者表面是在咏禅房寺院，实则是在抒寄情山水之怀。

五、漫读拾遗

关于岑象求，大文豪苏轼曾在杭州写过一首送别诗，记录了他对这位老乡的印象。在《送岑著作》一诗中，他写道："懒者常似静，静岂懒者徒。拙则近于直，而直岂拙欤。夫子静且直，雍容时卷舒。"在苏轼看来，岑象求沉静稳重而又为人耿直，遇事从容而又能屈能伸，其刚直、隐忍、乐观与自己十分相似。

至于苏轼诗的后续部分，这里也节录下来供大家一读："嗟我复何为，相得欢有余。我本不违世，而世与我殊。拙于林间鸠，懒于冰底鱼。人皆笑其狂，子独怜其愚。直者有时信，静者不终居。而我懒拙病，不受砭药除。临行怪酒薄，已与别泪俱。后会岂无时，遂恐出处疏。惟应故山梦，随子到吾庐。"

第二十三期

沈怀瑗《濮子墓》

本期解读的合川历史文化地标是濮岩／濮岩寺，主要视点为濮子墓，读取的诗文是沈怀瑗的《濮子墓》。

一、历史信息

相传，濮岩山埋葬着古濮国国君，是濮子墓之所在。不过，在合川被称为濮子墓的地方一共有三处，另外两处分别在北城瑞应山麓和今钓鱼城插旗

濮岩寺／定林寺（袁万林摄）

山顶。因无直接的史料记载和考古印证，我们无法判断其是真是假，或者说谁真谁假，不过有一点是可以确定的，那就是：不管这些传说是文人附会，还是民间口传，我们都可以把它看作是"古代濮人遗留之迹"而为之记述，为之感怀。

清乾隆四十五年（1780），合州州尉沈怀瑗在游览濮岩寺时，挥笔写下一首诗，名叫《濮子墓》，并让寺僧用行书刻成一块高1.32米、宽0.58米的石碑立于濮岩，这才让我们对文人笔下的濮子墓有了一个观瞻式的印象。

二、作者简介

沈怀瑗，字方泉，清代浙江山阴（今浙江省绍兴市）人，监生出身，清乾隆四十二年至四十四年（1777—1779）任合州州尉。

他能文、善书、工诗。公务之余常喜欢观风寻胜，写字吟诗。今钓鱼城护国门外"钓鱼城"摩崖题刻即为其手笔。其书法出于王（羲之）而又化于欧（阳询），秀劲苍雄，不失一代佳作，所书"钓鱼城"三字，已成为钓鱼城文化遗产最重要的标识之一。

三、诗文推送

濮子墓

佳城何郁郁？古墓自朝昏。麦饭春风路，啼鹃夜月魂。
尘埃谁挂剑，美奂昔朱门。零落山丘里，残碑姓字存。

释义：这首诗，是沈怀瑗为城西濮王坟而作。"佳城"，喻指墓地，此处指濮子墓。麦饭，即麦屑做的饭，俗曰麦屑饭。啼鹃，即鸣叫的杜鹃。挂剑，系《史记·吴太伯世家》中的一典故，为心许亡友、生死不变的意思。朱门，即红色的大门，喻指豪门。残碑，系指濮岩山众多的碑刻题记。诗文大意如是——

山冈郁郁葱葱，古墓冷冷清清。祭祀的麦饭满路飘香，杜鹃的夜啼无处不闻。在这哀思先人的时节，扫墓的人们簇拥而来，络绎不绝。可有谁还能记起濮子墓在哪里？更遑论为之祭扫、为之修葺、为之心许、为之感念？不信，瞧这零落的山丘里，唯有一块残碑，几个姓字而已。

四、鉴赏提要

在古诗中，凭吊英雄人物墓地，是一类不可或缺的题材。这类题材，常常是面对千年遗迹，发思古之幽情，多有悲凉之感和萧瑟之韵。

《濮子墓》一诗，起始两句是叙写古墓的光景，喻示濮王死后葬得其所，以致墓地至今不觉已逾千年。

"麦饭春风路，啼鹃夜月魂"一联，想必是在写墓主的德行和功绩，此联较好地铺垫了人们对他应该有的祭奠、怀想。试想，当初的濮子是何等的存在，在人们心目中，他是祖先，他是英雄，他是王。人们能过上"日长处处莺声美，岁乐家家麦饭香"的日子，多少都与他有关。因此人们对他的思念应如这啼血杜鹃发出的无尽呼唤。

"尘埃谁挂剑，美奂昔朱门"两句，似在发问，似在感叹，感叹时光荏苒，感叹墓前的风光不再。

诗的末尾两句，诗人更是话锋一转，突然回到现实，一幅"零落山丘里"的荒芜景象映入人们的眼帘。诗人只能无奈地守着几处残存的石刻碑记寄托幽思。

全诗以景生情、以情触景，交互融会，从而在具有宏大的空间背景和具有纵深的时间背景下，写出了萧瑟怆楚的基本情调。应该说沈怀瑗是有江南才子气的。

古人祭祀先人示意图

五、漫读拾遗

由沈怀瑗《濮子墓》诗中最精彩的两句，"麦饭春风路，啼鹃夜月魂"，我们不由得会联想到南宋诗人赵鼎《寒食书事》：

寂寂柴门村落里，也教插柳记年华。禁烟不到粤人国，上冢亦携庞老家。汉寝唐陵无麦饭，山溪野径有梨花。一樽径藉青苔卧，莫管城头奏暮笳。

这是作者被贬官到广东崖县时所作，诗里记叙了一个偏远村庄的节日景象：虽然村里冷冷清清，但也会插上柳枝以为节日的标志；虽然没有禁烟火吃寒食的风俗，平民百姓也会到亲人坟前祭祀。反观比较，我们谁又见过哪些帝王陵前会有如此的境况呢？面对山溪野径的梨花，诗人只能感慨：权势富贵不过是短暂的、无常的，而世俗民间才是常新的、永恒的。所以诗人要开怀醉卧，无视城门关闭的暮笳是否吹奏了没有。

此诗于豪放旷达之中，有一种苍凉深沉的意味，与沈怀瑗感叹濮子墓"零落山丘里，残碑姓字存"似乎是一致的。

第二十四期

李实《游濮岩寺歌》

本期解读的合川历史文化地标是濮岩／濮岩寺，主要视点为濮岩山、濮岩寺，读取的诗文是李实的《游濮岩寺歌》。

一、历史信息

濮岩寺，即定林寺，是明代以后州人对定林寺的俗称。据南宋祝穆《方舆胜览》记载，濮岩寺所在的濮岩"山水俱佳，苍苔之上有古柏数十章，率

新濮岩寺（袁万林摄）

围二三米",整个山体林木蓊郁,蔽日荫天。其林间岩畔,或楼观耸云入画,或流泉成湖、波光潋滟,或晨雾缭绕、逶迤升腾,或夕阳晚照、霞光万道,一切都会因四时的变化而别有洞天、相映成趣。

今天,濮岩寺周边的环境因城市的更新改造和学校的发展建设,已不复往昔,变化得找不到方向了,然而濮岩寺山门两边石柱上的那副对联仿佛还在说昔日可以重现:"濮岩尚存金身再显宁静夜;湖水虽杳秦镜重悬淡泊月。"联中从写景的角度引入了"合州八景"之一的"濮湖夜月",借以唤起人们的想象。

二、作者简介

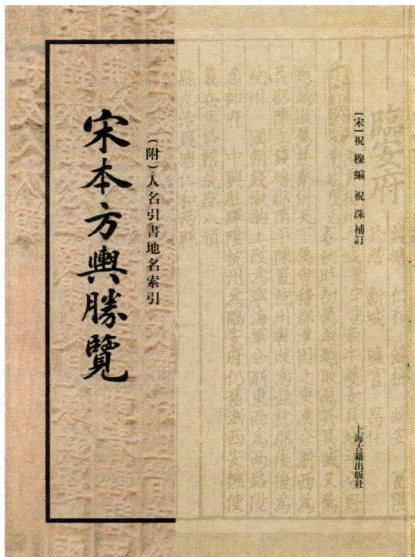

南宋祝穆《方舆胜览》书影

李实(1413—1485),字孟诚,号虚庵,明代合州人,祖籍江西武陵,明正统七年(1442)进士,官至右都御史。著有《虚庵集》等。

李实堪称合川历史人物中的佼佼者。其为人恣肆无拘检,果敢能言,有口辩之才。弱冠(20岁)时曾游历江南。入朝后,屡上奏书针砭时弊,是一个敢于直谏的诤臣。

明正统十四年(1449),英宗皇帝为蒙古瓦剌也先俘虏,史称"土木之变"。景泰初年,明朝和蒙古议和,举朝无人敢前往,唯有李实请行。经李实的前后两次出使和杨善的中间一次出使,英宗得以还京,议和得以成功,战事得以平息。虽然后来被贬还乡,未再入朝,却也英名长留。

有评价称,人生天地间,能建立事功者,一曰识见,二曰才能,三曰气节。非识见无以烛大机,非才能无以当大任,非气节无以处大变。"公也兼而有之,所贤谏官,良史臣,明执法,随用而效,声绩炳然。"这说的就是李实。

作为合川历史人物中的杰出代表，一直以来，我们有些低估了李实。他那种忠于国家、直面问题、不惧生死、勇毅前行的斗争精神，特别值得我们深入挖掘和学习。

三、诗文推送

游濮岩寺歌

鱼轩骢马游西郭，天时人事如相约。金乌飞上昊天来，散彩分光照林壑。
翠微深处隐毗卢，白石青松护圆觉。景物山川指顾间，襟怀直俨乾坤阔。
幸际文明全盛时，携妻挈子同其乐。行厨美馔具羞豚，酿得琼浆相对酌。
山僧白粲作午炊，蔬食谁食滋味薄。为爱丛林幽且清，世情尘虑俱忘却。
摩崖铁笔勒长歌，愿置悠久毋凋落。老来喜得还故乡，不慕元功麒麟阁。

释义：鱼轩，系古代贵族妇女乘的车（用鱼皮为饰）。骢（cōng），这里泛指车马。金乌，系太阳的别称。昊天，即苍天。毗卢，毗卢舍那之省称，即大日如来。圆觉，指佛家修成正果的灵觉之道。俨，宛如。阔，通"阁"。行厨，谓出游时携带酒食。羞，指美食，后多作"馐"。豚，此指肉食。琼浆，即美酒。白粲（jiù càn），舂米的意思。蔬食，指斋饭。摩崖铁笔勒长歌，用钢钻在崖壁上刻下诗歌。元功，即首功、大功。麒麟阁，表示卓越的功勋和最高的荣誉。诗文大意如是——

趁着好天气好心情，遂与家人西出城门。太阳升上天空，日光照在林间。翠微深处但见定林禅院（大日如来禅院），青松白石宛如佛家仙山。登高望远，着实令人胸襟开阔、心旷神怡。幸有这安稳祥和的日子，能与妻儿一道，带上美酒佳肴，共享天伦之

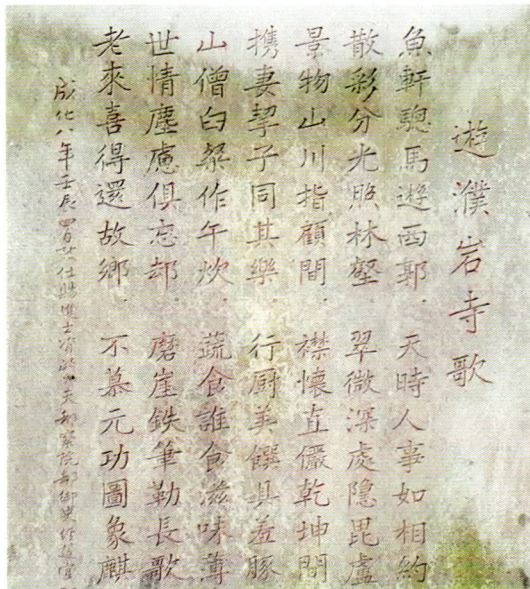

《游濮岩寺歌》碑刻

乐。谁言山僧素食滋味淡薄，谁言尘世之心不能忘却。此情此景此心此意，若能赋上长歌，勒上崖石，便是永恒的传说。老来还乡，故土如此待我，无功无名又如何？

四、鉴赏提要

作为人们郊游的首选，濮岩寺自开基立刹以来便是合州的重要文化地标，新任官员多以它为初来乍到的首登之地，归田官员多以它为叶落归根的必游之所。李实的这首诗，正是在他被贬为庶民之后，回到家乡的一次畅游中所写。

全诗大致可以分为两部分：前半部分写游览之乐，后半部分写还乡之乐。

游览之乐，乐在天时，乐在人事。诗中赞美了家乡的百般样貌、千般景色，感受到的是一种亲切。从"翠微深处隐毗卢"到"襟怀直俨乾坤阁"，从"天时人事如相约"到"携妻挈子同其乐"，真是一路欢愉自在，一路兴致盎然。

还乡之乐，乐在回归，乐在忘怀。从"为爱丛林幽且清"到"老来喜得还故乡"，从"世情尘虑俱忘却"到"不慕元功麒麟阁"，可谓是超然物外，心无挂碍。

全诗叙事浅白，用语轻快，直抒胸臆。阅读中，我们仿佛可以听到诗

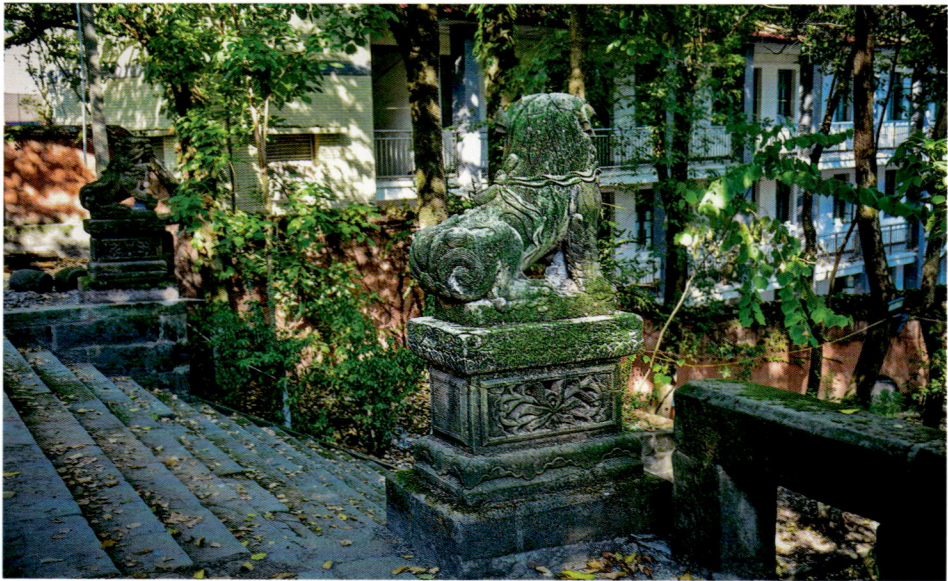

濮岩寺（袁万林摄）

人的浅吟低唱，可以感受到诗人的欢欣雀跃，其喜悦之情、旷达之意，扑面而来。

五、漫读拾遗

李实对于家乡十分热爱，也十分满足于三江之上的美好生活，并极力写诗赞誉家乡的风物。比如，他曾写过一首称颂合川（嘉陵江）峡砚的诗："峡畔房屋僻，巧工凿石盘。启笔云龙舞，运笔虎榜悬。石腻堪如玉，工艺圣手传。贵似翰家客，四宝居一员。"读来让今天的我们倍感骄傲和自豪。

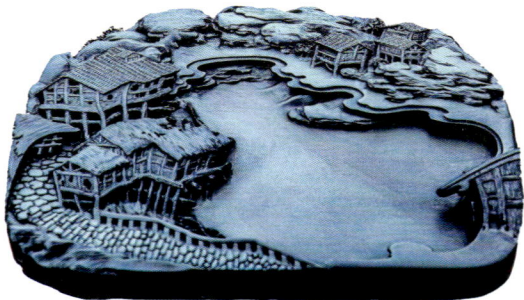

合川峡砚作品

2007年，合川峡砚制作技艺被重庆市人民政府公布为第一批重庆市非物质文化遗产代表性项目，表明我们的文化延绵不断、接续传承，算是做到了不负历史、告慰前贤。

第二十五期

何麟《荔枝赋》

本期解读的合川历史文化地标是濮岩／濮岩寺，主要视点为荔枝园、荔枝阁，读取的诗文是何麟的《荔枝赋》。

一、历史信息

合川古产荔枝，从汉代开始就有大面积的栽培种植。唐宋时期，荔枝是四川名产，主要集中在涪州（今重庆市涪陵区）、巴州（今四川省巴中市）、通州（今四川省达州市）和合州。据说唐玄宗为传驿荔枝，还置专驿，形成一条

重建于合川文峰公园的荔枝阁（谢婧摄）

直通长安的驿道——荔枝道。该驿道由长安经子午道，再一路南下，最后至涪州，全程2000里。

合州是四川荔枝的主要产地之一。从濮岩山上建有荔枝阁推测，濮岩寺一带又是合州荔枝的主要产区。据史料记载，濮岩荔枝园中，曾因有荔枝树"异本合干"，生机盎然，引得前去一睹奇异之貌者络绎不绝。1137年合州知州何麟特地前往濮岩寺观赏，为我们留下了一篇《荔枝赋》作为传颂。

荔枝寓意健康、长寿、吉祥和富足，也有守护、甜蜜、忠贞不贰等花语寓意。濮岩上的荔枝园正如千年古刹濮岩的晨钟暮鼓一样，带给合州人民的是一份浓情暖意。

二、作者简介

何麟，字子应，别号金华隐居，疑即金华人。积学能文，兼通内典，累官右朝奉郎。南宋绍兴七年（1137）知合州，在任两年余，政通人和，百废俱举，为合州名宦。

三、诗文推送

荔枝赋

朱夏正中，炎晖丽天。有炜斯果，争华斗妍，灿巴山之绮错，濯涪水以霞鲜。倏睹扶荔于濮之岩，擢二本以森张，若九微之并然。心骇目夺，不可殚原。于是召宾朋，载肴醴，坐飞阁，俯连蒂，钓以登筵，品其色味，盖赤英之丹，所不能抗，而金茎之露，所不能拟也。谁其黠者，细穷物理，属我谈之，执杯以起曰：天下之珍稀，不产于中州，故侧生于遐裔，曾桃李之不侔（móu）。辴（chǎn）然答客：理则易寻，凡瑰琦之所出，必以远而见珍，故槟榔产于交趾，石榴盛于涂林，橘柚贡于淮海，葡萄得于罽（jì）宾。客或谓予，勿以烦言。此固易知，何物不然。盖明珠耀于合浦，白玉出于于阗，孔翠毓于炎洲，火齐来于日南。以人言之，亦复奚别。自昔圣贤，灿若星列，是以戎出由余，吴出季札，秭归之陋而生屈原，苍梧之荒而生士燮（xiè）。

满山荔枝"妃子笑"（资料图片）

曲江而下，世固不乏，又况东夷之人号为舜，西夷之人号为文，何必中原，乃可勃兴。试杨衡而咏之，勇一坐以咸膺，谓食之不忘，托木异以舒诚益。其词曰：大火所熏，炎精所懣，含章抱洁，卓尔不群，辉焜于南方，赫然其百果之君子。

释义：朱夏，炎夏。森张，伸张耸竖。肴醴，酒肴的意思。靼，笑的样子。罽宾，古西域国名，所指地域因时代而异，汉代在今喀布尔河下游及克什米尔一带，隋唐两代则位于阿富汗东北一带，居民主要从事农业，盛产葡萄。于阗，即现在的新疆和田地区。孔翠，孔雀和翠鸟，亦单指孔雀。炎洲，《十洲记》中的仙境之地。日南，今越南中部地区，汉武帝曾置日南郡。由余，春秋时帮助秦穆公成为霸主的大臣之一。季札，春秋时吴国人，以谦恭礼让、非凡气宇和远见卓识而著称。士燮，东汉士燮，是苍梧（今广西梧州市苍梧县）人，曾任交趾太守。赋文核心要义如是——

（1）盛夏之中，炎晖丽天，有荔枝依濮岩而繁茂生长，其果灿若云霞，摄心夺目，堪为珍稀。

（2）天下珍稀，多出自四方而非中州，有的还来自偏僻之地。如槟榔产自交趾，石榴盛于涂林，葡萄来源西域，明珠耀于合浦，白玉出自于阗，孔雀生于炎洲，等等。

（3）以人才作论，亦是如此，由余生于戎狄，季札生于吴楚，屈原生于秭归，士燮生于苍梧，等等，他们的出生地几乎都是贫陋之处蛮荒之所，而非中原平坦开阔之地。

（4）荔枝者，卓尔不群、傲视群物于南方，受阳光照射，合天地精华，其性热烈，其德高洁，实乃百果之君子也。

四、鉴赏提要

这是一篇关于荔枝的文赋。作为赋的一类变体，文赋是唐宋古文运动的产物，它以古文代替骈文，其特点在于融写景、抒情、叙事、议论于一体，用比较整饬的语言写作铿锵和谐的韵文。

该赋第一部分，以写景开篇，尽情描摹了炎炎之夏的合州山川。此时，漫山遍野的花果灿了巴山、美了涪江。忽然凝望，有荔枝扶于濮岩之上，一派生机盎然。

第二部分，也是文章的主体部分，作者通过叙写宾朋相聚的场景：围坐飞阁之中，品荔枝、饮佳酿，由此引出了"凡瑰琦之所出，必以远而见珍"的设论："天下之珍稀，不产于中州，故侧生于遐裔。"

接着作者进一步以主客答难的结构形式，一句"以人言之，亦复奚别"，从论物产到议人事，讨论了中心与边缘的关系：自古圣贤，灿若星辰，大多出自天下四方而非都城中心地域。

第三部分，大家一起唱和，歌咏了荔枝"含章抱洁，卓尔不群，辉煜于南方，赫然其百果之君子"的风采。以此收笔，点明题意——

荔枝阁（李永光摄）

荔枝，果中君子也；我辈，国之栋梁也。天下人才亦如天下物产，远而奇，偏而贵。我辈虽在远离朝廷中心的地方供职，但也要倍加珍视，守住自己的君子之道。

五、漫读拾遗

有关荔枝的著名诗句很多，杜牧曾有"一骑红尘妃子笑，无人知是荔枝来"（《过华清宫绝句三首》）；苏轼曾有"日啖荔枝三百颗，不辞长作岭南人"（《惠州一绝》）；张籍曾有"锦江近西烟水绿，新雨山头荔枝熟"（《成都曲》）；白居易曾有"唯君堪掷赠，面白似潘郎"（《题郡中荔枝诗十八韵》）和"荔枝新熟鸡冠色，烧酒初开琥珀香"（《荔枝楼对酒》）；丘浚曾有"世间珍果更无加，玉雪肌肤罩绛纱"（《咏荔枝》），等等，不一而足。读到这些诗句总让人免不了要遥想当年合州濮岩山上那"飞焰欲红天"的荔枝了。

第二十六期

孙为霆《南仙吕·解三醒·蟠龙山校舍落成示诸生》等

本期解读的合川历史文化地标是濮岩/濮岩寺，主要视点为国立二中旧址、教育殿堂，读取的诗文是孙为霆的三首散曲小令。

一、历史信息

濮岩寺被称为合川的文物胜地，更被称为合川的教育殿堂。近现代以来，因各类办学的需要成了合川的教育之所。从1907年开办蚕桑传习所开始，先后有初等农业学校、乙种农业学校、职业学校、合川国民师范学校在这里办学。

抗日战争期间，这里曾是国立第二中学校本部所在。国立二中在合川办学8年，先后为国家培养了一大批优秀人才，从这里走出了数学家王元、建筑与城乡规划专家吴良镛、大气物理学家陶诗言、理论物理学家杨立铭、物理学家汤定元、计算机专家张效祥、工程力学专家徐皆苏、微波与光纤通信专家黄宏嘉、生物地层学家盛金章、昆虫学家尹文英、应用力学专家鲍亦兴、理论物理学家戴元本、大地测量学家宁津生、农田水利学家茆智等14位院士和一批著名的政治家、教育家、社会活动家，其历史堪称传奇，书写了中国教育史、合川教育史的特殊篇章。

新中国成立后，合川师范学校、渝州大学分校、重庆工商大学派斯学院更是以此为基，不停地转换升级，办学规模和层次不断攀升。如今的重庆工商大学派斯学院已是拥有2万师生的全日制本科高校。

回首濮岩寺百余年来的办学经历，可谓筚路蓝缕，可歌可泣。这里不妨让我们来读读当年国立二中校长孙为霆寄情合川的几首散曲小令，致敬这个曾经让一代又一代莘莘学子魂牵梦绕、逐梦前行的地方。

二、作者简介

1965年，孙为霆在西安家中（资料图片）

孙为霆（1902—1966），字雨廷，号巴山樵父，江苏省南京市六合区人。自幼承家学，习诗词曲赋，熟读"四书五经"。南京东南大学肄业后，曾任江苏淮安中学校长。抗日战争全面爆发后，流亡四川。先后任过国立二中校长和中央大学、国立女子师范学院、震旦大学教授。新中国成立后，为支援西部建设，入陕西师范大学任教授。著名教育学、文学、史学专家和元散曲作家，曲作集有《壶春乐府》上、中、下三卷。

说起孙为霆与合川的缘分，有三个关键词：一个是国立二中，一个是濮岩寺，一个是元散曲。1938年初，经孙为霆和江苏一些知名校长倡议，国民政府在合川、北碚创办了国立四川临时中学，主要吸收和安置江浙一带流亡入川的青年学生。次年春，学校被命名为"国立第二中学"。国立二中办学的地点正是濮岩寺。当时的濮岩寺系合川国民师范学校之所在，因受旱灾影响，县财政减收，学校停办。于是，合川人民便将它奉献出来，转作国立二中办学。这才有了战火纷飞中的国立二中这个中国教育史上的传奇。

在合川担任国立二中教务处主任和校长期间，孙为霆有感于日军的暴行和人民的苦难，他以笔作枪，写了很多纪实性的散曲小令。这些散曲词章意在唤醒人们的爱国热情和斗争精神，同时也表达了作者不愿做亡国奴的坚定意志和对抗战的必胜信心。

三、诗文推送

北黄钟·人月圆·钓鱼城

　　高歌又泛春风棹，遥望钓鱼城，千寻峭壁，四围废垒，曾抗元兵，兴亡遗恨，江流呜咽，啼鹃悲鸣，凡人碧血，断碑残字，装点嘉陵。

释义：放舟在春风里，高歌在嘉陵江上。遥望钓鱼城，叹四围废垒，多少兴亡遗恨为江流呜咽；赞凡人碧血，多少仁人志士为正义而死难。

离亭宴带歇指煞

　　俺记得戚军屡奉平倭诏，封臣待受降王号，谁知道狼子贪饕。眼看他唱维新，眼看他说亲善，眼看他肆强暴。这川康天府邦，莫再睡狻猊觉。将几载辛酸饱尝。他袭东北，动兵尘，犯中原，疲垒堑，图西南，陷泥淖，泪痕浣新更。血债偿还了，快唤起巴山少年，为国执干戈，驱群倭早回海上岛。

释义：想当年，我戚家军荡平倭寇，将日本侵略者赶出家园。谁料想那敌寇变

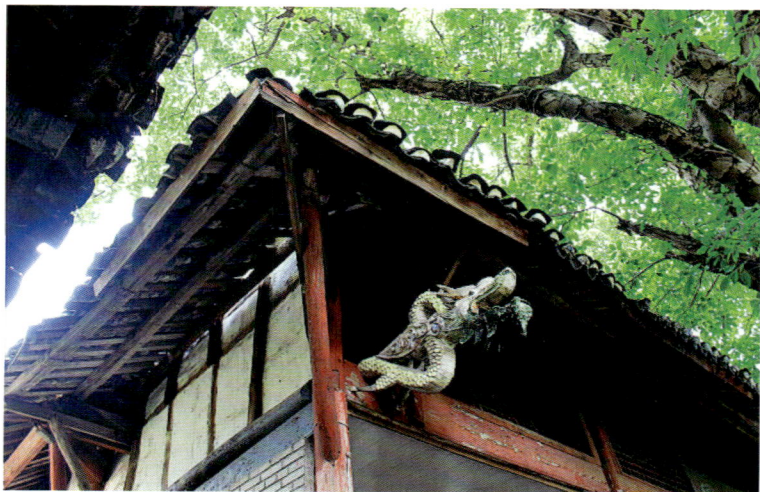

国立二中旧址一角

法维新，又起狼子野心，再犯我中华。我巴山少年，当觉醒，当自强，为家国，执干戈，让日寇血债血偿，驱他回那海上岛。

南仙吕·解三醒·蟠龙山校舍落成示诸生

感青衫，诗传长庆，望红尘，春满嘉陵，高斋喜作蟠龙吟，种桃种李遍山城。怕一天烟雨化作相思泪，愿四面弦歌都成杀敌声。边烽靖，待明年买舟三峡，与诸君飞盏南京。

释义：感念士气高昂的学子们，让我们续写唐诗宋词，赞美这蟠龙校区相聚的盛会。愿我们不断激起杀敌的壮志豪情，让自己的国家早日康宁。愿来年，抗战胜利，我们都能还归故里，不枉曾经有过的相思泪雨。

四、鉴赏提要

以上三段，为孙为霆寓居合川时所作散曲小令。

所谓散曲，是继唐诗宋词之后，在元代兴起的一种新诗体。它以灵活多变的句式、俗语成文的语言风格、明快显豁的审美取向为特点，有着"土气息""泥滋味"的清新形象，是中国文学百花园中的一朵艳丽奇葩。

《北黄钟·人月圆·钓鱼城》，通过以昔日的钓鱼城保卫战喻示当时的全民

国立二中纪念碑记

国立二中旧址内景

族抗战，歌咏了合州军民团结一心、不畏强敌、死战死守的历史壮举，激励人们奋起抗争，一雪眼前这一与日本帝国主义的家仇国恨。

《离亭宴带歇指煞》，通过历数日本军国主义的暴行和我国的衰弱，意在唤起巴山少年"为国执干戈，驱群倭早回海上岛"的壮志豪情。

《南仙吕·解三酲·蟠龙山校舍落成示诸生》，通过描写新校舍建成后，国立二中由合川、北碚两地办学集中于合川一地办学的喜悦之事，抒发了作者为国育才、为民族育才的理想抱负。今日"种桃种李遍山城"，明日"四面弦歌都成杀敌声"，中华民族是侵略者打不垮也灭不了的，抗日战争的胜利必将属于中国人民。

五、漫读拾遗

国立二中，常被很多了解这段历史的人称为"中学版的西南联大"，它对合川教育有着深远的影响，是合川文化的一个标识。

国立二中师生在合川创作了很多文化作品，其中值得分享的是国立二中的校歌歌词：

我们别离了五千里外家乡，超越过万水千山，来到这美丽的天府之国，弦歌起舞在嘉陵江上。

忍着过去的创伤，燃烧起热血，挺起胸膛，讲科学，勤生产，练刀枪，把握时代的尖端，发挥潜在的力量。

大家只有一条心，结成铁的集团，高高举起爱国旗帜，前进，前进，粉碎了敌人的阵线和梦想，辉耀起中华民族万丈光芒！

国立二中，亦如濮岩山、定林寺、合川国民师范学校一样，是合川历史文象的重要构成因子，应该被我们永远铭记。

第四编

龙多山诗文选读

龙多山很是特别，它像一座『崛起中天』的天外来山。很早以前，龙多山便因有修道之人修炼成仙，人们在此设坛醮祭而渐次成了富于宗教文化色彩的名山。唐朝时期，龙多山一度与华山、嵩山、黄山、庐山、衡山齐名，成为钦定佛山。

它既集合了佛道两教的寺庙遗迹，又集合了自然造化的山水景观，象征着合州地域内最高的地方，有着无可比拟的山水灵性，寓意着问道、信仰、祭祀、超越，是合川人心中不可或缺的精神意象。

由唐至宋，频频到龙多山造访的人很多，给龙多山留下了不少诗文名篇。其中，最有代表性的当属唐代孙樵的《龙多山录》、李稽的《集圣院记》，宋代冯时行的《龙多山鹫台院记》、周敦颐的《游赤水县龙多山书仙台观壁》、刘望之的《龙多山》，明代刘士逵的《远眺》、清代张森楷的《龙多山》、刘泰三的《游龙多山》、胡德琳的《望龙多山》、文师敬的《龙多山踏青词》等。

胡德琳《望龙多山》

本期解读的合川历史文化地标是龙多山，读取的诗文是胡德琳的《望龙多山》。

一、历史信息

关于龙多山，我们需要知道的第一个历史信息，便是它与合州城的地理关系。

在合州域内，如果把州城视作坐标原点的话，其以西、以北地势总体呈西北高、东南低的特征。其西北，因四周有陡岩深壑，顶部平整开阔，

薄雾轻拢的龙多台地（刘勇摄）

被称作龙多台地。龙多台地是涪江与嘉陵江之间的分水地带，为分水岭型坪状高丘。

龙多山位于龙多台地西北，因山形挺拔俊秀，峰峦起伏，逶迤升腾，委蛇如盘龙，故名。龙多山常被看作是合州城的龙脉所在，有"州城地脉来自龙多"之说。从地理形势图上看，的确如此：宽广高耸的龙多山地势，因两江奔流交汇，渐次降低变窄，最后收于合州城下。可以说，合州城是两条水脉和一条地脉的交合。

二、作者简介

胡德琳，生卒年不详，字碧腴、书巢，清代广西临桂（今广西壮族自治区桂林市）人，乾隆十七年（1752）进士，先后在山东、四川多地为官，任知县、知州。著有《碧腴斋诗》《东阁闲吟》《书巢尺牍》《燕贻堂诗文集》等。

胡德琳，性聪颖，善诗文，喜欢以文会友。为官每至一地，便搜罗当地文献，聘任地方文士编修方志，先后主持编纂有济阳、历城、济宁、东昌等县志和州志。

他一生爱好藏书，私人收藏颇具规模，有"碧腴斋"藏书处，是清代著名的藏书家。因家中所蓄书籍堆满房间而又无暇整理，以至于来访者无坐立之地，常以"书巢"自嘲，这也是他另一个字号"书巢"的由来。

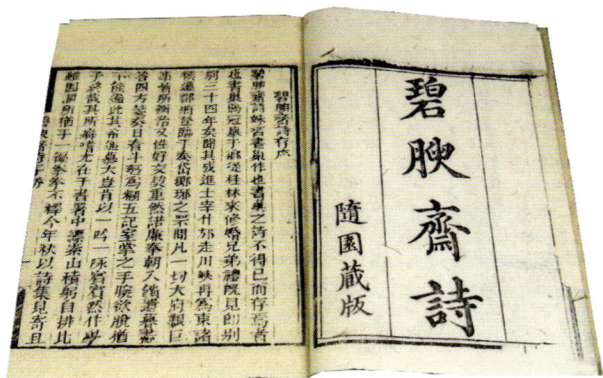

胡德琳所著《碧腴斋诗》册页

乾隆二十一年（1756），胡德琳出任合州知州。在合州，他写过不少诗文。就今天所见，除本期选读的《望龙多山》外，还有一首关于钓鱼城卧佛岩的诗特别值得一读："千尺高岩瀑布流，振衣五月讶深秋。莫言此子（指悬空卧佛）津梁倦，卧听沧江（指嘉陵江）日夜流。"

远眺龙多山（罗明均摄）

三、诗文推送

望龙多山

云门昨夜雨初过，涪水新添几尺波。
一片白云飞不起，隔江山色认龙多。

释义：秋日的夜雨淅沥下过，城中的河口云雾升腾，那新涨的涪水啊，激起层层浪波。在一片开阔的河谷中，那绕动的霞烟啊，不是在为龙多山化妆、着色，便是在为它轻纱漫卷、深情告白。

四、鉴赏提要

胡德琳的作品以清新婉约、情感细腻而闻名，深受当时文人喜爱。其作品题材广泛，既有抒发自己情感的，也有描写自然景观、叙述历史人物、探讨人生哲理的。

《望龙多山》是一首写景诗。全诗立足一个"望"字，视野广阔、意境深远，寄托了诗人对于美好未来的无限向往与期待。

　　理解这首诗，有三个点需要把握：一是诗中的云门，指急流的出口，因水气状如云雾，故称，这里特指涪江河口。二是诗中的白云，是指萦绕山峦的轻烟薄雾，特别是雨后放晴由河谷升腾的云雾。三是诗中的龙多，特指龙多山脉，包括山脉走向与起伏变化。

　　作者选择雨过天晴、晨曦初露的场景和由山谷向山顶眺望的视角，写出了龙多山的朦胧与峻峭，让我们读到了它的"隔江山色"和"犹抱琵琶半遮面"，也让我们散发了关于它的无尽想象。

五、漫读拾遗

　　文人望山、诗人登山，是有特殊的文化氛围和情感基调的。站得高、看得远，必然卓然而立，心灵超脱。以有限之身面对无限时空，让人顿觉眼界开阔，能见他人不可见和自己前所未曾见的景致，如萧萧落木、滚滚流水、遥迢客路、无边草色；能起他人难起和自己前所未起之思，如荒烟古垒、西风残阳、宿鸟归飞、浮云漂泊等带来的愁绪。

　　掌握这一点，我们再来随着诗人的笔触望龙多山、登龙多山，便会兴致勃发，诗情飞扬。

第二十八期

彭应求《龙多山》

本期解读的合川历史文化地标是龙多山，读取的诗文是彭应求的《龙多山》。

一、历史信息

关于龙多山，我们需要知道的第二个历史信息，是关于它的巴蜀争界传说。

"龙多山，一名青石山。在县一百四十里。古籍中所谓'青石山''青石岭''九节岭'当此山也。《龙多山志》引李膺《益州记》及《九州要记》谓：'昔巴蜀争界，久而不决。汉高祖八年（前199），一朝密雾，山为之裂，自上

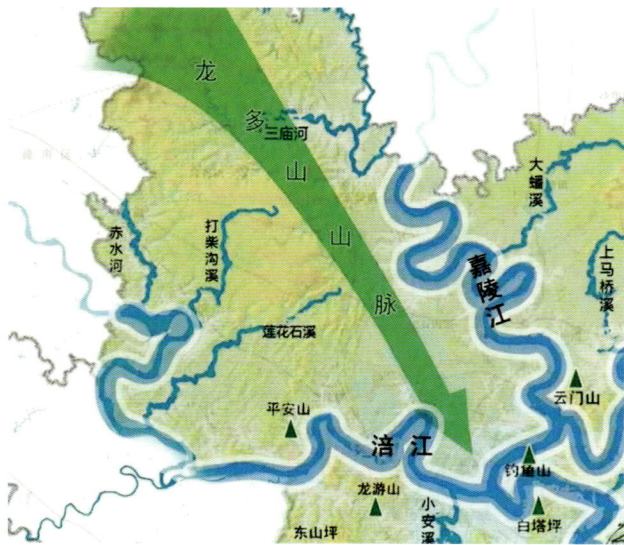

龙多山山脉走势图

龙多山风光（朱美忠摄）

而下，破处直若引绳，于是始判。'今山顶分界处犹隐隐然有裂痕，山左右居民语言、嗜好、习尚，迥然各殊。"

史学家张森楷这段关于巴蜀争界、分界的考辨记述，虽然更多的是基于历史的一种传说，但龙多山作为巴蜀地域的界标意义是鲜明不二的。

巴蜀争界，看起来争的是一个地界领域，实则争的是一个精神标识。龙多山地理位置优越，地势险要，可谓山川壮美之地。环顾四周，数州尽望，百里山河平展其下，得其护佑。其俊逸挺拔之姿、苍翠清明之色，给人以无穷的精神慰藉。

二、作者简介

彭应求，生卒年不详，宋代庐陵（今江西省吉安市）人。太宗端拱二年（989）进士，曾任渠阳推官、太子中允。

三、诗文推送

龙多山

一望东川尽数州，依崖泉石更清幽。
不辞抱月披云卧，揽取山房一夕秋。

传说中的巴蜀分界石

释义：龙多山，崛起中天，东川数州，尽收眼底。山上林木幽深，怪石嶙峋，有泉水潺潺，鸟语花香；山下地势平坦，阡陌纵横，有万亩良田、千户炊烟。在这寺院山房最美的季节里，望月而坐、披云而卧，感受那一夜秋风起、天地桂花香的迷人景色，真是醉了苍穹、醉了心扉。

四、鉴赏提要

彭应求《龙多山》一诗，清新自然，富于禅意。作者信笔拈来，较好地表现了龙多山的异峰突起、绝世高傲，以及它的清宁幽静、超凡脱俗。

诗的前两句主要写外在景致，诗的后两句主要写内心感受。三四句中的捉月，即牵引着明月；披云，即披着云霞；山房，即山中寺庙；夕秋，即秋意。这些意象，无一不是在指向作者追求内心深处的宁静，追求自由超脱的意境。这便从一个更高的层面暗示了作者对于尘世生活的态度和情感。

五、漫读拾遗

在彭应求写《龙多山》之后的1056年至1060年间，周敦颐在合州为官，曾游历过合州城内的山山水水。一天他来到古赤水县城并游览了龙多山，信笔写下一首《游赤水县龙多山书仙台观壁》，为合州能有如此盛景倍加赞叹。其诗曰：

到官处处须寻胜，惟此合阳无胜寻。
赤水有山仙甚古，跻攀聊足到官心。

诗的大意是：为官一地我便要寻访一地的名胜。在此合州任上，我已寻遍了合阳城周边。今天来到赤水县城，发现这里有山有水更有仙人的遗迹。于是我便不由自主地登上了龙多山，此番攀登让我观览了山中秀美的景色，我那颗为辖区感到骄傲和自豪的心呀，似乎还在不停地放飞。

第二十九期

冯时行《龙多山鹫台院记》

本期解读的合川历史文化地标是龙多山，读取的诗文是冯时行的《龙多山鹫台院记》。

一、历史信息

关于龙多山，我们需要知道的第三个历史信息，在于它曾是蜀中的一座佛道名山。

相传，西晋永嘉三年（309），有一个名叫冯盖罗的四川广汉人，携一家老小来龙多山结庐而居，修仙悟道，炼制丹药。不久后便修成正果，"作法升天，驾云西去"。后来，人们在他"成仙"的大石头附近，修建了"冯仙祠"。

鹫台禅院旧地新貌（刘勇摄）

　　由此，龙多山的宗教文化开始兴盛。经东晋至隋朝300余年的发展，其道观佛寺已有很大规模，为蜀中佛道一体的名山。

　　唐武则天称帝时（684—705），曾"钦敕"龙多山寺僧在山中凿建放生池。于是，龙多山与华山、嵩山、黄山、庐山、衡山等齐名天下，成为钦定佛山。

　　唐宋时代是龙多山的极盛时期，山中著名的寺庙道观有鹫台寺、佛惠寺、灵山寺、龙凤寺、冯仙观、至道观等。

二、作者简介

　　冯时行（1100—1163），字当可，号缙云，宋代恭州（今重庆市）人。徽宗宣和六年（1124）进士，历任县丞、知县等。高宗绍兴八年（1138），以政优召对，本应委以重任，因反对与金人议和，出任万州（今重庆万州）知州。后因不附秦桧，力主朝廷重用张浚、岳飞等主战将领，遭免官，居缙云山中，授徒讲学。秦桧死后，冯时行又曾先后知蓬州、黎州、彭州以及成都府路提点刑狱。

"巴渝第一状元"冯时行
雕像（重庆北碚）

　　作为爱国诗人、词人，冯时行的诗作心系民族存亡。他推崇柳宗元，有"文章盖代手，千载柳柳州。落笔记山水，奇香撼琳球。开卷一再读，宛若从之游"的主张。他一生写了许多山水行旅之作，《龙多山鹫台院记》便是他在游览合州龙多山时所记。

三、诗文推送

龙多山鹫台院记

　　余少读唐孙职方龙多山录，思至其处，登降岩巘（yǎn），为徜徉浩荡之游。绍兴己卯，行年五十九，被命守沈黎，道由兹山，始获一至。所谓龙多山者。于时大雨险滑，攀援进退，一僵一起，上不五里，始听而登，过晡乃至，云雾晦黑，跬步莫睹，私自思，少而闻老而游，昧无所见，心中慊然，若有负于兹山。已而岚昏解剥，四野开霁，廓然千里，又如指顾。缙云、清居、云顶、醮坛，若可攀挽。摄衣杖履，披以仆夫，下鹫岩，过至道观，憩佛惠寺，又循观以东，至灵山寺。从容徙倚，意满神惬。复还鹫台，俄顷晦暝，雨复大霪。吁！时行迂愚，阉阉不可于世，宜此神灵人异好，而尚或听之哉！山负于一道宫，三佛刹，而鹫台为之冠。一峰特起，草木华润，寺僧道真，立志精坚，誓毕此生，有所建立，诚不可掩，小大同心，扫去败朽，幻出金碧。佛殿、僧法堂、方丈三门、厨库，凡寺所当有，无不备具。最后建转轮大藏，瑰杰壮丽，藏释文佛，与其徒所为书至五千四十八卷。前乙卯二十三年经始，后三年落成，于是龙多山之鹫台，郁为精蓝矣。道真欲至此延有道尊宿以居之，退处灵

龙多山鹫台（廖国伟摄）

山，此又非寻常流俗之见。灵山岁久颓散，独一僧年七十余，老且病，不能出门户。而异时架阁飞檐，下览绝壑，最为游观之胜。孙职方之文与古今书什，皆刻岩下。道真果退居于此，岂惟鹫台一新，灵山之境，当还旧观之趣，宜十倍于前日，道真识之。

释义： 少时读唐人孙樵《龙多山录》时我便想象其所至之处，一登一降，定是一趟十分美妙的徜徉之游。绍兴己卯（年），我五十有九，奉命任职黎州，因取道此山，才得以一游。

时遇天雨路滑，攀爬中，只得小心翼翼，缓慢而行。此山上下虽不过五里，可从早晨开始直到下午（过晡）才至。山中云雾晦黑，伸手难见。我暗自在想，少而闻老而游，若不得见，不仅心有遗憾，而且有负此山。

待到云消雾散、四野放晴、千里空旷，一时间，缙云、清居，云顶、醮坛诸山仿佛近在咫尺、触手可及。我摄衣挂杖，在仆夫的挽扶下，下鹫岩，过至道观，憩佛惠寺，又从道观往东，去了灵山寺。一路上，真可谓信步而至，意满神惬。

再回鹫台，天色已昏暗，大雨又下了起来。吁！时行愚拙，从不曲意迎合世人，当然也不责怪神灵，尚且听之任之吧！

龙多山之上有一道宫、三佛刹，鹫台禅院堪称其冠。这里，一峰耸立，草木华润。有寺僧道真，志向远大，精诚坚定，决心毕其一生有所建树。他扫去鹫台之上的败杤，幻出鹫台禅院的金辉。他不仅建构了佛殿、僧法堂、方丈三门、厨库等所有功能房屋，还特别建了一座瑰杰壮丽的转轮大藏。转轮大藏内供奉着释迦文佛，藏有经书5048卷。前后历时三年，使鹫台禅院成为佛家精修之舍。

在鹫台禅院大功告成后，道真和尚又打算将灵山寺那位老且有病、足不出户的高僧接到这里来居住，而自己则退居灵山寺。当时的灵山寺，岁久颓散，除这位高僧外，别无他人。道真和尚是想通过自己的再次努力，让灵山寺重新恢复昔日的光芒，让灵山之境成为游观之胜。到那时，灵山之所在，上有架阁飞檐，下有绝壁流泉，中有摩崖题刻，自然人文之趣将十倍于往日。

四、鉴赏提要

《龙多山鹫台院记》是冯时行的一篇山水游记。

一开篇作者便把自己的游兴提到了一个让人满怀期待的位置：因为孙樵

《龙多山录》的描述，想来这就是一趟"徜徉浩荡之游"。

"儿童便读山中记，老大才登记里山。"作者行年59岁，因迁职黎州（今四川汉源北），行路至此，才有机会到此一游，自然感慨万千，心绪难平。

然而，从出游开始，似乎就注定了这是一趟极不平常之旅。先是天雨险滑，路途难行。接着又是"云雾晦黑，跬步莫睹"，完全看不到任何风景。正当作者感到怅然若失、有负此山时，却又迎来了"岚昏解剥，四野开霁，廓然千里"。抓住这一间隙，作者从鹫台禅院出发，一口气又游览了至道观、佛惠寺、灵山寺。一路上，"从容徙倚，意满神惬"，不虚此行。当回到鹫台院时，又是大雨滂沱，云雾晦暝，似乎总有些天不从愿。

文中，作者着重记述了鹫台禅院。在依山而建的一个道宫、三个佛刹中，鹫台为冠。其所处，一峰特起，草木华润。这里有佛殿有法堂有厨库，凡寺所当有，无不具备。此外，鹫台禅院还建有转轮大藏，其形瑰杰壮丽，其藏有经书5048卷。这样一个"郁为精蓝"的佛寺，全赖一个名叫道真的寺僧。他毕其心血，立志精坚，让一个破败不堪的寺庙幻化成了一座金碧辉煌的云端禅院。

文中，作者还记述了灵山寺。这里曾经有临崖而建的架阁飞檐，崖上是观形览胜的绝佳之处，崖下是古往今来的诗词题刻。龙多山的摩崖石刻是前人留给我们的文化瑰宝，弥足珍贵。同时，也特别感谢寺僧道真所做的努力。他后来"退居于此"，既还了"旧观之趣"，又守护了这些前人遗迹，着实令人钦佩。

五、漫读拾遗

龙多山上有灵鹫台，灵鹫台上有鹫台寺，即冯时行文中所言鹫台禅院。其鹫台之名源于佛教灵鹫山之说。鹫台山又称灵鹫山或灵山，是一座位于中印度摩羯陀国王舍附近的山峰，为著名的佛陀说法之地，因山顶形状类似鹫鸟或是因山顶栖有众多鹫鸟而称。作为《西游记》中唐僧西天取经的目的地，书里曾有这样的描绘："那半天中有祥光五色，瑞霭千重的，就是灵鹫高峰，佛祖之圣境也。"中国有很多的名山都取名"灵鹫山"或"灵山"，意思是山本身或山上的灵鹫是从印度飞来的，喻示着一种佛缘。

龙多山灵鹫台，常有瑞气祥云弥漫萦绕，朦朦胧胧，缥缥缈缈。人们用

"鹫台献瑞"来比拟佛陀说法之地的灵性，喻示众生对美好生活的向往和追求。"鹫台献瑞"为"龙多山八景"之首。

明嘉靖年间，合州知州刘士逵曾写过一首名为《远眺》的诗："凫舄三年降，龙多百里程。久怀灵鹫胜，频上钓鱼城。霜堆枫叶下，秋色晚山横。北望凝目处，浮云障帝京"，给予龙多山鹫台胜景很高的赞誉。诗中把龙多山上的鹫台胜景与钓鱼城山上的鱼城烟雨相提并论。在频频登临钓鱼城时，自己心中总是想着百里之外的龙多山，这一想、这一等便是三年，好在今日能成行，故有"凫舄（喻指仙鞋，这里指出游的机会）三年降，龙多百里程"的叙述。

第三十期

孙樵《龙多山录》

　　本期解读的合川历史文化地标是龙多山，读取的诗文是孙樵的《龙多山录》。

一、历史信息

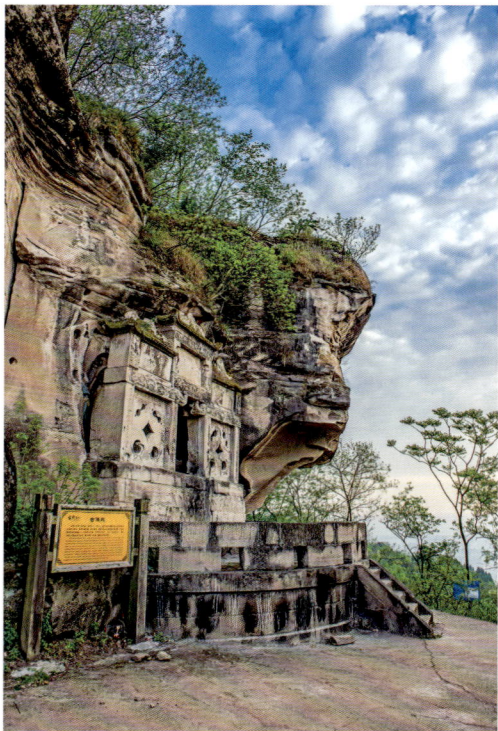

古佛殿（刘勇摄）

　　关于龙多山，我们需要知道的第四条历史信息，就是这里曾举行过一次重大的国家级祭祀大典。

　　唐天宝十四载（755），"安史之乱"爆发，玄宗避难蜀中（史称"玄宗幸蜀"）。当年十月十一日，玄宗特遣大中大夫并授上柱国勋级的巴川太守韦藏锋前往龙多山，举行祈求神灵赐福消灾的"醮祭"，以期消弭叛乱，重整山河。

　　在古代，醮祭大典是道场科仪中最隆重最庄严的祭祀活动。帝王的醮祭，为国家礼仪，是最重大的祭典仪式。

　　这次"醮祭"是终唐一代在合川举行的第二次醮祭，属道教科仪。（其前一次在定林寺，其后一次是在鹫峰禅院，这两次属佛教科仪。）也正因为有了这次龙多山的醮祭，才有了后来一个名叫孙樵的人慕名前来，并为我们留下了一篇关于龙多山最为珍贵、影响力最大的美文名篇。

二、作者简介

孙樵（825—885），字可之，一作隐之，自称关东人，唐宣宗大中九年（855）进士，官中书舍人。唐僖宗广明元年（880），黄巢起义军攻入长安，孙樵随唐僖宗奔赴岐陇，被授职方郎中，上柱国级，赐紫金鱼袋。散文家、古文家、辞赋家，著有《孙樵集》。

孙樵与龙多山的关联，源自一次特殊的使命。唐广明二年（881），僖宗逃于蜀中，为消弭兵灾，求助于神灵，特效仿玄宗遣使"醮祭"之例，派孙樵到合州鹫峰禅寺（即今涞滩二佛寺）进行祭祀祈祷。其间，孙樵慕名来到龙多山，为山间瑰丽景色所吸引，特意停车饱览三日，并乘兴写就《龙多山录》，为我们留下了一篇具有标志意义的美文名篇。

据有关学者考证，《龙多山录》是有史记载的重庆最早的游记。后被收入《蜀中名胜记》，成为古代游记的范本。

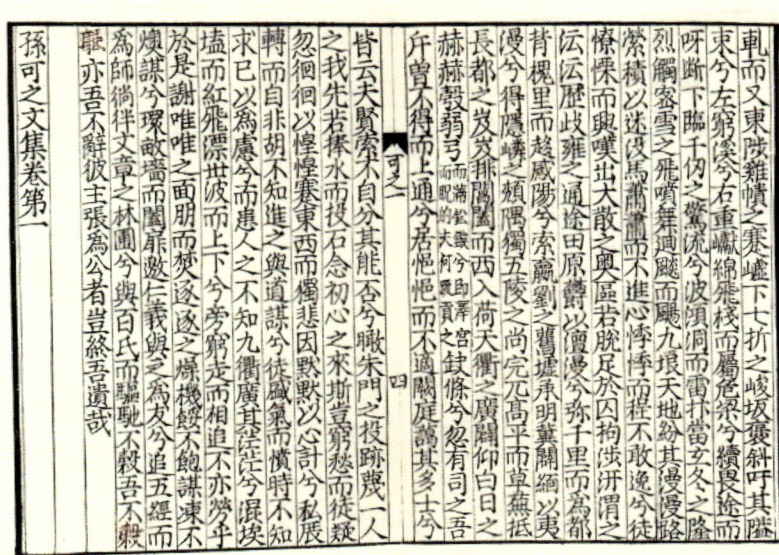

宋刊本《四部丛刊·孙可之文集》册页（国家图书馆藏）

三、诗文推送

龙多山录

　　梓潼南鄙，越五百里。其中有山，崛起中天。即山之趾，得迳委延。举武三千，北出其巅。气象鲜妍，孕成阴烟。屹石巉巉，别为东岩。查牙重复，争生角逐。若绝若裂，若缺若穴。突者虎怒，企者猿踞。横者木仆，挺者碑植。又有似乎飞檐连轩，栾栌交攒。攲撑兀柱，悬栋危础。殊状诡类，愕不得视。下有亩平，砥若户庭。掾乳侧脉，膏停泓石。俯对绝壑，杪临兰薄。仙台标异，丛石负起。屹与山别，猿鸟蹊绝。腹窦而空，路由其中。断腭相望，攀缘上下。暗然而出，曜见白日。始时永嘉，飞真盖罗。元踪斯存，石刻传闻。丹成而蝉，驾鹤腾天。一去辽廓，千载寂寞。澄泉传灵，别鎣镜明。风闲境清，寂寥无声。嘉木美竹，岗峦交植。风来怒黑，雷动崖谷。山禽岩兽，捷翔牙鸷。晓吟暝啼，听之凄凄。回环下瞩，万类在目。垤山带川，青萦碧联。莽苍际天，杳杳不分。月上于东，日薄于泉。魄朗轮昏，出入目前。其或宿雾朝云，糊空缚山。漠漠漫漫，莫知其端。阳曜始升，彻天昏红。轮高而赤，光流散射。浓透薄释，锦裂绮折。千状万态，倏然收霁。樵起辛而游，泊甲而休，登降信宿，闻见习孰？姑曰：山乎山乎，曾未始有传乎？无处奔仕，钓名者污此岩扃乎？且欲闻于颍阳之徒乎？

　　释义： 荒鄙的梓潼南部，纵横500余里。其中有山，崛起中天，直冲云霄。近山之处，有道路曲折绵延。群岭之中，有山峰无数。北面山巅，气象万千，时而阳光朗照，时而雾气漫山。

　　那峭拔险峻之处，便是东岩。东岩的山石，如山楂树牙，重重叠叠，竞相生长，或断绝，或破裂，或残缺，或中空，可谓百般样貌，千般形态。

　　那凸起者，有如猛虎怒奔；那耸立者，有如猿猴盘踞；那横亘者，有如树木倒下；那挺拔者，有如刻碑竖直。又有似飞檐翘动、中柱攒集、兀柱斜撑、正梁高悬。

　　那奇形怪状之类，更是令人不忍直视。那山石林立的下方，或有空旷的小平地块，磨砺得像庭院般光洁；或有侧向长出的钙化岩壁，浸润得像水石般光滑。俯对绝壑，树梢紧临蓝薄。

东岩之上有仙台与众不同，它从前往后有薄岭托起，其高耸的样貌似与山峰相别，为猿鸟所不能及。

仙台之中，空如腹窦，取道其中，两端皆是断崖，由此上下，从黯然中走出，瞬间的光亮极为耀眼。

西晋永嘉时，冯盖罗在龙多山修仙悟道、炼制丹药，最后于飞仙石驾鹤升天。那真是仙人一去天界辽廓，那真是踪迹尚存岁月寂寞。

清澈的流泉似有灵性，映照得山林沟壑有如深邃的明镜，好一处风闲境清、寂寥无声的幽静之地啊。

那嘉木美竹，在岗峦中相互交植，惹得风夜震怒时，雷动崖谷。那山禽岩兽，在旷野中互相追逐，惹得晨夕来临时，凄声长传。

回环下望，周遭景象尽收眼底，或因山带川，或青萦碧联，不断延展的空间无边无际，莽莽苍苍。

夜幕降临后，或是宿雾升腾，明月昏昏，似头晕目眩；或是朝云紧逼，长夜漫漫，似糊空缚山。

晨曦初露后的白昼，或红日高照，光芒万丈，如洪流散射，或雨过天晴，彩霞满天，如锦裂绮折。

我孙樵有幸到此，停车一游，连待两夜，算是有所闻有所见有所感叹。崛起中天的龙多山啊，你还没被沽名钓誉者所利用亵渎，你还不想为名人高士所攀附。

四、鉴赏提要

孙樵是晚唐坚持古文运动的代表作家，对韩愈古文观有着深刻的理解，自称是韩愈古文的再传弟子。其"为文真诀"是：储思必深，摘辞必高，道人之所不道，到人之所不到，趋怪走奇，中病归正。他的作品讲究构思，注重词采，风格奇崛，为当时和后世文人争相传诵，曾被清人列为"唐宋十大家"之一。

在《龙多山录》中，作者以饱满的激情和犀利的笔触记叙了龙多山的形势、位置、传闻、美景和感受，再现了龙多山雄伟而又神奇的磅礴气势。

那升腾逶迤的山势、突兀险绝的奇峰、峥嵘诡异的怪石，那独标高格的仙台、驾鹤腾天的仙人、澄泉传灵的幽谷，那岗峦交植的嘉木、风来怒黑的

龙多山景致（刘勇摄）

岩兽、晓吟暝啼的山禽，那糊空缚山的朝云、漠漠漫漫的宿雾、洪流散射的轮日，无不令人啧啧称奇。其景象莽苍际天，万类在目，十分震撼！

尤其是作者对龙多山东岩"突者虎怒，企者猿踞，横者木仆，挺者碑植。又有似乎飞檐连轩，栾栌交攒，攲撑兀柱，悬栋危础。殊状诡类，愕不得视"一段的描绘，寓静于动，形神兼备，宛如呈现在读者面前的立体画卷，堪称神来之笔！

五、漫读拾遗

醮祭是中国传统文化中的一种宗教仪式，涉及佛道和民间信仰。关于醮祭的诗文不少，这里顺便摘录几句：

"披图醮录益乱神，此法哪能坚此身。"（刘叉《修养》）

"金殿礼神仙，瑶坛醮星辰。"（王禹偁《太一宫祭回马上偶作寄韩德纯道士》）

"空余醮坛石，香火谁复继。"（朱熹《分韵得眠意二字赋醉石简寂各一篇呈同游诸兄（其二）简寂》）

"有旨醮长春，玉简命新琢。"（吴全节《中岳庙投龙简》）

"龙祠巫祝杯玟掷，羽士醮坛钟磬喧。"（谢应芳《忧旱吟》）

"善州尔迎尔相归，王母醮尔临中堂。"（金宗直《十月十一日绳亡，十五日薰葬于日岘（其三）》）

第三十一期

刘望之《龙多山》

本期解读的合川历史文化地标是龙多山，读取的诗文是刘望之的《龙多山》。

一、历史信息

关于龙多山，我们需要知道的第五个历史信息是，这里曾为合州赤水县辖地。

古赤水县建于588年的隋朝时期，历经隋、唐、宋、元四个朝代，管辖地域多达七乡六镇，与现今龙多台地差不多。

据有关文献记载，古赤水县城位于龙多山麓，距龙多山不足2公里。县城东西长1.5公里，南北宽1公里，面积约1.5平方公里。县城内外，迄今尚存有

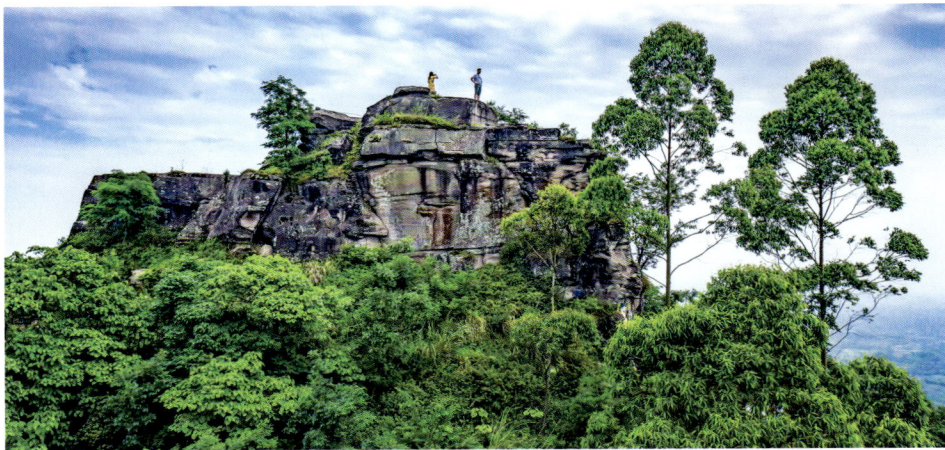

"更著幽处藏萦纡"的龙多山风光（华长远摄）

赤水县衙、长房（监狱）、练兵场、观景拱桥等遗址可考。

赤水县对于龙多山的意义，不仅在于它是龙多山的一个行政地理标志，更在于它是龙多山的一个推荐者和接待点，是龙多山的一个信息传播源和旅行停靠处。由于它的存在，引来了一众文人大咖。由唐至宋，频频到龙多山造访的文人骚客众多，其中不乏像文士李稽、尚书驾部员外郎曹宪、推官彭应求、理学开祖周敦颐、南宋名臣冯时行、诗人刘望之、何师亮等。

二、作者简介

刘望之（？—1159），字夷叔，号观堂，宋代泸州（今四川省泸州市）人，高宗绍兴十二年（1142）进士。历官左文林郎、达州州学教授，行国子正，官至左奉议郎、秘书省正字。著有《观堂集》，已佚。

三、诗文推送

龙多山

金船载山知有无，大千浮空佛所书。何人夜继海山臂，一手挈置西南隅。
白虹发晴涪水现，翠凤下晓巴山趋。亮哉何邦实有此，但恐短舞皆凡姝。
已从上头收浩荡，更著幽处藏萦纡。冯仙观中柏摩月，静老岩下泉跳珠。
霜荷千树小雨暗，野竹万个秋风疏。石囷自不了岁事，丹灶肯为凡人炉。
惜无数桃出山崦，来藉芳草开春壶。从来山僧野道士，畏客誓不荒榛芜。
问谁结屋据雄会，邑中令君秦大夫。此郎平生眼如鹘，视此亦足知远图。
挽衣留客来置酒，要看碧浪摧天吴。我亦为渠脚力轻，拄杖插到青云孤。
酒酣抚槛叫落日，共闵此世真区区。真须举臂游汗漫，莫向人间堕履凫。

释义：金船，除字面意思外，还指一种金质的盛酒器，这里可理解为一种有神力的载具。海山，指神土，《山海经》里有息壤的传说，这种土壤是能够自我生长、膨胀的。翠凤，以翠羽制成的凤形旗饰。短舞，舞姿短促。凡姝，一般的美丽女子，这里指凡间女子。石囷，又称石囤、石仓。丹灶，这里指冯盖罗炼仙丹的石灶。山崦，山坳。春壶，又称壶春，借指仙境、神仙世界。榛芜，形容荒凉的景象。秦大夫，代表官职和地位。远图，深远的谋划。碧浪，屏风上的水纹彩画。天吴，古代中国神话中的水神。渠，这里用作第三人称代词，相当于"他"。叫落日，诗画中的美景。闵，同"悯"。此世真区区，在当前的世界里，自己的存在和所作的努力非常的渺小。汗漫，意思是广大、无边际。履凫，指王乔化履为凫而乘之来往的传说。诗文大意如是——

（1）那具有神力的金船载运着大山（任意往来、神力非凡），也不知是真是假。我们只知道这大千世界都是佛法的因缘造化。

（2）不知是何人在夜里携来息壤神土，在这里生出了神臂一般的山川。从而使得涪水之上白虹贯日，巴山之下凤旗飘舞。问世界，如此天仙般光彩照人的盛况，何处能有？如果说有，恐怕也都是一些凡间女子搔首弄姿般的景象吧！

刘望之《龙多山》题刻（刘智供图）

（3）空中风云飘荡，山中林木深幽。瞧那冯仙观中的松柏仿佛牵引着明月，那静老岩下的飞泉仿佛是跳动的玉珠。小雨中，落叶渐衰，千树昏暗；秋风中，满山的野竹风尘仆仆，时聚时疏。

（4）那山中的石囷自不知岁月的迁移，它哪里知道，这里却是冯盖罗炼制仙丹的地方。

（5）山坳之处虽无桃李生长、野果飘香，却有萋萋青草透着仙境的芳香。那些山中的僧人道士，总是用心营造，引来香客络绎不绝。

（6）今天，若问是谁在这里结屋而居、置酒会客？那便是我当地的一位官宦朋友。他眼光独到，深谋远虑，视龙多山为他人生的一个寄托。

（7）预知朋友要在山顶与我饮酒相会，共享那春风浩荡中的龙多碧色，我便为之感到浑身得劲、脚力轻盈，不知不觉青云之上，已是"山高人为峰"了。

（8）把酒言欢，抚栏远望，落日尤辉，落日尤煌。只叹尘世茫茫嚚嚚，人生碌碌区区，我们真应该摒弃名利羁绊，超然物外，真应该去拥抱一个自由自在的精神世界。

四、鉴赏提要

在作者眼里，龙多山是一座来自天外的山。它为金船所载，为佛法所化，是喜弄造化之人继接海山之臂，将其置于西南一隅的杰作，由此才有了白虹生发、涪水流淌、凤旗招展、巴山趋附的洋洋大观。如此盛状，岂是凡间之物象？一句"亮哉何邦实有此，但恐短舞皆凡姝"，道出了此景只应天上有，人间难得一回见的神奇壮丽。

在作者笔下，龙多山是一座修道礼佛的山。"冯仙观中柏摩月，静老岩下泉跳珠"，说的是龙多山的清幽高旷、草木精深。"石困自不了岁事，丹灶肯为凡人炉""惜无数桃出山崦，来藉芳草开春壶"，说的是龙多山的天地之心、福泽之情。自开化以来，龙多山便是一个接引凡人的普度众生之地，故有"从来山僧野道士，畏客誓不荒榛芜"之说。

在作者心里，龙多山则是一座超越自我的山。诗的最后部分，作者借与友人置酒相会的意象，展开了对龙多山景致更为深层次的叙事和思考，表达了自己向天问道、追求高远的思想情怀——

对于龙多山这样一个非凡之地，有谁会在这里结屋而居、置酒会客呢？想必只有与之相配的非凡之人了。这非凡之人，即所谓的"邑中令君秦大夫"，他"眼如鹘""知远图"，视龙多山为自己的安身之所。今天，这位友人要与我一道，在酒中做一回"龙多仙"，体验一把此地"碧浪摧天吴"的春风浩荡。想到此，作者自然便是身轻如燕，一任脚力攀到青云之上。在龙多山的云端

"酒酣抚槛叫落日"的龙多山风光（朱美忠摄）

高处洒酹抚槛，落日尤辉，人世于我如浮尘，名利于我如灰埃。

由诗的结尾可以看出，与其说作者是在写登临龙多山的过程，不如说是在写问道龙多山的过程。"真须举臂游汗漫，莫向人间堕履凫"便是问道的结果，一个超然物外、胸襟开阔、自由洒脱、充满力量的新我跃然纸上。这便是那个不畏权贵、敢爱敢恨、敢于反对秦桧的刘望之是也。

五、漫读拾遗

南宋绍兴时，在反击金军入侵已取得一定胜利的情况下，宋高宗与宰相秦桧为与金国议和，解除了韩世忠、张浚、岳飞三大将领的兵权，同时还制造了岳飞冤狱案，借以阻止抗战派对投降议和活动的反对。

绍兴十一年（1141），宋金签订和议：宋向金称臣；双方以大散关—淮河为界，以南属宋，以北属金；宋每年向金纳贡银25万两、绢25万匹；双方结束十余年的战争状态。因和议签于绍兴年间，史称"绍兴和议"。

刘望之虽为一个儒生，却十分忧国忧民。

面对如此称臣、割地、赔款的和议，面对如此卖国求荣、恬不知耻的秦桧，刘望之心绪难平、义愤填膺，他慷慨赋诗道："一纸盟书换战尘，万方呼舞却沾巾。崇陵访沈空遗恨，郢国怜怀若有人。收拾金缯烦庙算，安排钟鼎颂宗臣。小儒何敢知机事，终望君王赦奉春！"

该诗深刻地嘲讽了卖国权奸，表达了自己的御敌之情，一时受到全国传颂。

第三十二期

刘泰三《游龙多山》

　　本期解读的合川历史文化地标是龙多山，读取的诗文是刘泰三的《游龙多山》。

一、历史信息

龙多山摩崖造像（唐瑞彬摄）

　　关于龙多山，我们需要知道的第六个历史信息是，它是合川的一座艺术宝库。

　　这里不仅存在过诸多佛寺、道观，更有"龙多八景"等自然物象和源于中国传统的书法、绘画、雕刻等石刻艺术。作为唐宋时期的宗教圣地，龙多山名播京都。其摩崖石刻始于唐代，至今已历1270多年。唐天宝十载（751）有蒲居士在石囤凿像留偈，这是龙多山造像题刻之始。其后，宋元明清各有增刻，尤以宋代最多。

　　龙多山现存摩崖造像76龛，有各类题记91方，主要分为造像题记、培修题记、诗词、游记、颂文、碑记等内容，是当时人们生活

龙多山摩崖造像及题刻（刘勇摄）

和思想的反映；其书法艺术延续多个朝代，书体多样，表现形式丰富，具有十分重要的史料价值和艺术价值。

　　龙多山摩崖造像题刻不仅为《嘉庆四川通志》《乾隆合州志》《道光蓬溪县志》《光绪新修潼川府志》《民国新修合川县志》《合川县志》《潼南县志》等地方文献收录，还被一些清代金石学著作如缪荃孙的《艺风堂金石文字目》等收录。

二、作者简介

　　刘泰三，详见第六期"作者简介"。

三、诗文推送

游龙多山

一日驱驰百里程，翠微深处踏云行。烟开鹫岭飞丹阁，雾散龙山耸赤城。石乳香流泉滑滑，松风响动鸟嘤嘤。凭高不阻登临路，好待前溪月色明。

释义：驱驰，即疾行、奔波的意思。翠微，指轻淡青葱的山色。鹫岭，即龙多山鹫台。丹阁，此处指鹫台寺。赤城，即赤水县城（588年置，属合州，1287年废，历隋、唐、宋、元）。石乳香流，系"龙多八景"之一。滑滑，指水涌流貌。嘤嘤，系鸟鸣声。诗文大意如是——

（1）一日之中，百里之外，我马不停蹄地奔向龙多山。翠微深处，薄雾轻烟，我仿佛穿行在了云层之间。

（2）云开，可以看见鹫岭之上有鹫台禅院的飞阁流丹；雾散，可以看见龙多山下有赤水县城的层峦耸叠。

（3）石钟乳滴着香泉，漫流滑滑；松林坡吹着清风，鸟声嘤嘤。

龙多山摩崖题刻

（4）凭高向远处打望，登临之路畅通无阻，待我下山赶回濮溪时，定是月光朗朗、月色明明。

四、鉴赏提要

刘泰三《游龙多山》一诗，以白描的手法，绘制了一幅风景全域图，虽然文字浅显直白，却是一派生机。全诗融形、声、色、意于一体，赞美了龙多山的天姿绝色，表达了自己游历时的愉悦心情和对未来的美好期待。

全诗字里行间写的几乎都是山中最为精华的"龙多八景"：鹫台献瑞、飞仙流泉、怪石衔松、晴云晓翠、黄龙吐雾、赤城旧址、横江白练、群峰堆翠。对于这"八景"，需要特别解读的可能是黄龙吐雾和横江白练。

　　据龙多山道观居士称，过去，每逢深秋，黄菊铺满半山，远远望去，犹如蜿蜒的黄龙。秋雾在山间缓缓升起，庙宇佛像，尽在虚无缥缈中，仿佛构成了一幅"黄龙吐雾"的混沌画面。有道是："半山野菊似黄龙，雾绕云蒸著太虚。"

　　龙多山下不远处便是涪江。涪江，江波浩渺，烟浪横水，时而如珠玉飞溅的湍流，腾起细浪；时而如风过湖面的缓流，泛起涟漪。细浪横江，皱水如练，宛若天际银河，如诗如画，是为"横江白练"。

　　诗的末两句，"凭高不阻登临路，好待前溪月色明"，诗人游览的兴致催生出了一种积极向上的追求。所点题意，可解读为"道阻且长，行则将至；行而不辍，未来可期"，或是"岁月带伤，亦有光芒"，或是"眼中有山河万里，何惧几分秋凉"这些我们耳熟能详的励志警语。这便是登高的妙趣，这便是读诗的妙趣。

五、漫读拾遗

　　以登高为主题的诗，通常会描绘登高过程中所见到的自然景观，如山峰、云海、红日、夕阳等。这些景观入得诗文里，变成了诗人用来表达情感和思想的意象，如用"高山"来象征人生的曲折艰难，用"云海"来象征人生的变幻无常。这既有对自然的敬畏和赞美，又有对生活意义的思考和感悟。以下是几首登高望远的诗句，咱们一起来读读：

　　"会当凌绝顶，一览众山小。"（杜甫《望岳》）

　　"飞来峰上千寻塔，闻说鸡鸣见日升。不畏浮云遮望眼，自缘身在最高层。"（王安石《登飞来峰》）

　　"登高一长望，信美非吾乡。"（申欢《兜玄国怀归诗》）

　　"老来不得登高看，更甚残春惜岁华。"（司空图《九月八日》）

　　"莫将边地比京都，八月严霜草已枯。今日登高樽酒里，不知能有菊花无。"（王缙《九日作》）

第三十三期

王肇灿《龙多山踏青词》

本期解读的合川历史文化地标是龙多山，读取的诗文是王肇灿的《龙多山踏青词》。

一、历史信息

关于龙多山，我们需要知道的第七个历史信息，是"三月三"的民俗文化传统。

"三月三"是上巳节的俗称。作为汉民族的传统节日，该节日在汉代以前定为三月上旬的巳日，后来固定在农历的三月初三。

龙多山风光（合川区文化旅游委供图）

"三月三"庙会是龙多山传统的标志性活动。人们在这一天总要放下手里的活儿，或是进庙烧个香拜个佛，祈求一年的平安和收成；或是趁机在户外踏个青作个郊游，去除身上的晦气。而如今，龙多山庙会已从原来单纯的祈愿活动，演变成了集新风与旧俗为一体的文化活动。

历史上，文人踏青赋诗、男女交友恋爱是龙多山"三月三"的重要内容。因此，我们也可以把龙多山看成是一座有诗意的山和一座有情意的山。

毫无疑问，"三月三"也是一个文人墨客尽抒才华的日子。这一天，天朗气清、惠风和畅、草木葱郁，面对"高明深幽、变化万状"的龙多山，我们可以登高，可以赋诗，可以抒怀。有关这一点，从历代留下的诗词文赋中可以得到肯定。

二、作者简介

王肇灿，据有关资料记述，为清同治年间（1861—1875）定邑廪生。定邑，即定远县（今四川省武胜县），历史上隶属合州。廪生，即明清两代府、州、县学的"廪膳生员"。通常，经岁、科两试，成绩名列一等前茅且无品行不端者（其具体名额因州县大小而定），官府都会按时发给粮米或银两作为生活补助，这就是"廪膳"。廪生出身者，多为当地有着较大影响的文人贤达和社会名流。

三、诗文推送

龙多山踏青词

桐花天气草含薰，春到山头已十分。斟酌衣裳须称体，梅花衫子石榴裙。

比邻伯姊约寻芳，半带浓妆半淡妆。才上半山欢喜地，花枝挂着绣衣裳。

东崖泉下草青青，来往长亭又短亭。拾得宜男私作佩，痴情几个卜添丁。

云外鹫台起暮烟，衣香人影夕阳天。归来私向卿卿语，花事今年胜去年！

释义：（1）桐花盛开的季节，满目青山，草香怡人，这时的春已近十分。

（2）明天就要出门踏青了，穿什么衣裳呢？还是穿那件梅花衫子和那条石榴裙吧，毕竟那样才更得体。明天就要见邻家姐妹了，化什么妆呢？还是半带浓妆半淡妆吧，毕竟那样才更应景。

（3）欢天喜地地走在半山上，漂亮的衣裳却被挂在花枝上。东崖泉下草长莺飞，路边亭中人来人往。

（4）是谁家少男丢下的玉佩啊，让我这么凑巧地拾到。都说"哪个少女不怀春"，我不免想入非非，想到了那结婚生子的日子在相催。

（5）游历一天，太阳已落在西边，人影已变得斜长，衣裙已沾满芳香，鹫台

龙多山风光（朱美忠摄）

已泛起暮烟。

（8）归来我与姐妹窃窃私聊，想必是今年的好事要比去年强。

四、鉴赏提要

踏青，也称踏春，一般指春日郊游。踏青词，即歌咏踏青的诗词，多为以描摹春天景色和仕女出游作为心绪的表达。

该诗讲述了一个怀春少女出游踏青的故事。其描写细腻生动，颇具张力，特别是对她心绪的描写极为到家，可谓入木三分。

诗的起始，一句"桐花天气草含薰"便将春意推到了"十分"，似有"春色满园关不住，一枝红杏出墙来"的冲欲和架势。

为了龙多山的这趟寻芳之旅，少女精心打扮，斟酌再三，最后来了个"梅花衫子石榴裙，半带浓妆半淡妆"的幽雅"出镜"，让人眼前一亮。

一路上，少女受内心的驱使，急迫想感受春天的气息，欢快忙乱中，衣裙竟被花枝挂绕。可见她是在一路游览一路放飞自我，那颗怀春的心热烈滚烫、怦怦直跳。

紧接着，诗中用了崖下青青草、来往长短亭等喻指男女相聚、相别的诗文意象作为铺垫和渲染，推出了一个特别的情节——"拾得宜男私作佩，痴情几个卜添丁"，巧妙地刻画了少

龙多山"三月三"（李永光摄）

女神魂颠倒、情不自已的幻梦状态。那谈婚论嫁、生儿育女的幸福感，让少女既在景中游更在梦中游，故有"云外鹭台起暮烟，衣香人影夕阳天"的忘情时光。

诗的结尾，以两姐妹归来时的窃窃私语作结，一句"花事今年胜去年"，充分表达了少女的欲说还休和一种不可名状的兴奋，预示好事可期。

诗文中，作者借写少女的心事来表达自己的心情，是一种惯常的手法，这是需要我们特别注意的。

五、漫读拾遗

据古老传说，上巳节这一天原本是伏羲、女娲交合的日子。直到今天，在一些地方还有"三月三"祭祀伏羲、女娲的风俗。这说明上巳节的产生最初是和人们祭祀神灵、祈求生育子嗣有关，因而这一天也是众人游乐及青年男女相互交往、谈情说爱的日子。今天的龙多山有一个松林坡，命名为"情人坡"，表达的正是这个意思。

第五编

学士山\养心亭诗文选读

学士山\养心亭，作为宋代理学思想的发祥地之一，是合川曾经作为一个文化城市的标志。其文象集合了学士山、读书台、养心亭、养心堂、濂溪祠、甘泉洞、森楷路、涪江河口等多个视点，象征着合川的学术精神与文人气质，寓意着合川历史文化中的文气、文思和德行。

在有关学士山\养心亭历史文象的诗文词赋中，诸如周敦颐的《养心亭说》、魏了翁的《合州建濂溪祠堂记》、费广的《重修养心亭记》、张三丰的《濂溪祠秋夜抒怀》、邱道隆的《濂溪祠》、朱虎臣的《养心亭赋》、张森楷的《后正气歌》等诗文，都可以看成是合川历史文化与学术涵养的表达。

第三十四期

吴绮《学士山》

本期解读的合川历史文化地标是学士山／养心亭，主要视点为学士山，读取的诗文是吴绮的《学士山》。

一、历史信息

在嘉陵江与涪江交汇处的钓鱼城半岛上，有一座小山，圆耸秀润。放眼望去，在合川连绵的群山中，与其说它是一座山，还不如说它是一座丘。不

江上学士山（合川区摄影家协会供图）

过，历史上因为有名人往来其间，事迹昭著，故而以厚重的历史文化内涵而名声在外，正所谓"山不在高，有仙则名；水不在深，有龙则灵"。这山就是学士山，一座听起来非常有文气、事实上也的确很有文气的山。

与之相关也是第一个要出场的人物为唐代一个姓曲的学士。根据《合州志》记载，他的名字叫曲瑞，学士山就是因他常往小憩而得名。相传，曲瑞是唐文宗时期合州人，其人才思敏捷、勤奋好学，青年时便以精深的文学造诣享誉巴蜀，并官至翰林学士。后来，他告老还乡，常来此休闲读书，安享晚年。

全国各地被称作学士山的地方有很多，距离合川比较近的四川宜宾和泸州就分别有筠连学士山、龙马潭学士山，距离远一些的福建和浙江就分别有厦门学士山、湖州学士山。其取名和寓意几乎同出一辙，意在存一段历史，扬一地学风。这里，我们不妨借用清代吴绮的一首题为《学士山》的诗来作表达和分享。

二、作者简介

吴绮（1619—1694），字园次，号丰南，又号听翁，清代江苏江都（今江苏省扬州市）人。顺治十一年（1654）拔为贡生，后荐授为弘文院中书舍人。康熙时官至湖州知府，捕豪猾，修名胜，因失官意被弹劾而遭罢官。其诗词骈文多有盛名，才华富艳。著有《林蕙堂集》《艺香词》等。

吴绮与合川并无交集，但他的《学士山》一诗，读到最后似在写合川。

三、诗文推送

学士山

玉湖浸春烟，柔岚翠相接。遥睇学士山，与岘适屏列。
遇赏若争高，嵯峨况自别。地僻行无踪，榛莽不容屦。
绝顶老苍云，环坐席可设。茵染莓苔纹，足底过舟楫。
一经高贤来，霞上迹不灭。春物正骀荡，清晖共怡悦。
归来丝竹声，萧萧在林樾。

释义： 平静的湖面泛起淡淡轻烟，柔匀的薄雾缭绕在苍翠的山间。远远望去，学士山似与众山屏风般排列。它们好像是在相互争高，又好像是在独自展现。

虽说山就在视野中，可一路走去，那里是一个荆棘丛生、无法落脚的荒僻之地。不过，绝顶之上，有石台高悬如凌云，围坐可设席。置身其间，山麓清幽湿润，山底船帆摇曳。

感谢那些高尚贤良的学士，他们留迹于此，留名于此，有如天上云霞，都是他们的身影。

春风啊，你是那样的浩荡；春色啊，你是那样的迷人。学士山啊，我没有什么可以留给你，就让我归来的琴声在你林间穿行！

四、鉴赏提要

吴绮的诗歌以丰富的意象、细腻的描写和多样的形式而闻名。他擅长运用华丽的辞藻和富有节奏感的语言，展现细致入微的情感与无尽的想象。

这首《学士山》诗，以游历为线索，前六句写远眺，中六句写近行，末六句写回望，通篇都是赞誉、欣赏、联想，巧妙地将自然景物与人的思情相结合，给人以深刻而独特的触动。

"遥睇学士山，与岘适屏列。遇赏若争高，嵯峨况自别。"由画面的风景，写出了人世的性情。在与周边山岭的屏列并立、各显其异中，学士山仿佛在一争高下，仿佛在自我标榜。这几乎是作者精神意象的一种投射，借此来表达学士山的与众不同和作者寻学士山的一个理由。

"绝顶老苍云，环坐席可设。茵染莓苔纹，足底过舟楫。"立于学士山上，遥想当年那些文人大咖在这白云悠悠、绿草如茵、江天一色的景致中，或独处静思、怡然自得，或与友人环席而坐、高谈阔论，是多么的美好而又充满志趣呀。

"一经高贤来，霞上迹不灭。春物正骀荡，清晖共怡悦。"学士山的文气、仙气因有"高贤"而永续弥漫，不断地浸润着当地文人学士的心田。"归来丝竹声，萧萧在林樾"一句就是学士山文气的散逸、飘荡、回响。

诗的意象是诗人精神的投射。与其说作者是在写学士山，不如说是在写学士，是在写自己对高尚精神境界的追求。

五、漫读拾遗

古代学士在中国文化史上具有极其重要的地位，他们不仅是文化的传承者和创新者，也是社会的精英和领袖。他们不仅要有广博的学问，还要注重自身的品德修养，强调思想上的自由和独立。

作为官职的学士，他们是一群以文学、技艺供奉朝廷的人。唐朝时，学士地位很高，甚至可以参议朝政。到了宋代，授"翰林学士"者，就有当宰相的希望。清代大学士地位为正一品，为文职官吏之首。

在古代"学士圈"中堪称千古传奇的是有"一门三学士"之誉的苏洵、苏轼、苏辙。"三苏"在"唐宋八大家"中，占了八分之三，是宋代古文运动的核心人物。苏洵的文章说古论今，纵横评说，长于分析，很有气势，代表作是《六国论》。苏轼更是一代伟大的文学家，其诗意境清新、笔力雄壮、变化多端，其词视野开阔、想象丰富、雄健豪迈，其文代表了北宋文学鼎盛时期的成就。苏辙则是一个善于驾驭多种文体的散文家，其文"汪洋淡泊、深淳温粹，似其为人"。

"一经高贤来，霞上迹不灭。"学士山因学士而名，亦有学士之气。这气是文气，是士气，更是一地之文化风气。

杜光庭《读书台》

本期解读的合川历史文化地标是学士山／养心亭，主要视点为读书台，读取的诗文是杜光庭的《读书台》。

一、历史信息

北宋时期，合州学士山为张氏家族所有，于是便有了第二个需要出场的重要人物——名士张宗范。

张宗范，宋宁宗时期合州人，一个被誉为"品行优良、学识渊博"的浪漫文士。他喜耕喜读，除在学士山麓拥有一个荔枝园外，还在山顶建了一座

李白读书台

读书的亭阁，亭阁周边修有廊坊，种植有花草、修竹。这里江流环绕，视野开阔，山林清幽，有一股子清新脱俗之气，是一个堪比唐代诗人杜光庭笔下那座"读书台"的地方。

实际上，根据有关资料记述，在学士山得名之时，山上确有曲瑞读书台遗迹可考。

作为古代文士的"室外书房"，读书台，不论是前人的历史遗存，还是后世为纪念他们而专门设立，都值得我们特别珍视，因为它是中国传统文人精神的一个表征。从文化传承的角度看，这些读书台大多"景以人传"而为名胜，如四川射洪陈子昂读书台、四川江油李白读书台、四川广元司马光读书台、江苏吴县朱买臣读书台、江苏溧阳蔡邕读书台，等等。因此，曲瑞读书台是我们谈论学士山不可或缺的一环。

二、作者简介

杜光庭（850—933），字圣宾，号东瀛子，唐末五代处州缙云（今浙江省缙云县）人。唐懿宗时，考进士未中，后到天台山入道。僖宗时，为供奉麟德殿文章应制。随僖宗入蜀，后来追随前蜀王建，官至户部侍郎，赐号传真天师。晚年辞官隐居四川青城山。主要著作有《道德真经广圣义》《广成集》《青城山记》《武夷山记》《西湖古迹事实》等。

杜光庭是否到过合州，是否知道合州也有个读书台，我们不得而知，更是无从谈起。但是，这并不影响我们借用他的诗来注释合州学士山的文气与示象。

杜光庭画像

三、诗文推送

读书台

山中犹有读书台，风扫晴岚画障开。

华月冰壶依旧在，青莲居士几时来。

释义：诗中的晴岚，意指晴天空中仿佛有烟雾笼罩；画障，即画屏，这里指如画的自然景色；华月，即皎洁的月亮；青莲居士，即李白。诗文大意如是——

（1）走入山中，走上李白曾经读过书的山台，风吹过处，云烟消散，满目都是秀美的景色。

（2）那皎洁的月亮，犹如一把洁白明净的玉壶，还是那样高高地挂在天上，却不知我们的李白，那个在这里读过书的李白，几时能够再来。

四、鉴赏提要

"读书"刻石

这首《读书台》，系诗人游览小匡山，凭吊唐代大诗人李白遗迹后所写。

相传，李白家住青莲场外的阴平古道旁，因常有商旅往来，不免受到尘世烦扰，影响读书。于是，他选中了在让水河畔的一座小山上读书。此山，如笔指蓝天，清幽秀美，又有河水流过，清澈见底，天然一个读书的好地方。

诗的首句"山中犹有读书台"，一开始便把人们带入了李白少时读书的场景：山风吹来，云雾散去，满眼画屏，时光凝滞，一任读书人思绪驰骋。

紧接着，诗的后两句，作者由境及人，散发了思古之幽情：那轮照过读书台的明月依旧华光美丽，像一把有些冷意的玉壶一般悬在眼前，可是我们敬仰的青莲居士何时才能回来？

诗的语言，简洁明快；形象，具体生动；意境，开阔深远。

诗中自始至终洋溢着淡泊、宁静、自由的情怀，以读书台象征内心那方静谧而又安逸之地，充分表达了作者对精神独立和超然自得的憧憬与追求。

陈子昂读书台

五、漫读拾遗

关于古人刻苦读书的故事，我们从小便听得很多，诸如"韦编三绝""悬梁刺股""囊萤映雪""凿壁偷光"等不胜枚举。翻读诗文，那些劝学励志的诗句总是回响不绝：

"古人学问无遗力，少壮工夫老始成。"（陆游《冬夜读书示子聿》）

"但始书种多，会有岁稔时。"（刘过《书院》）

"贫者因书富，富者因书贵。"（王安石《劝学文》）

"粗缯大布裹生涯，腹有诗书气自华。"（苏轼《和董传留别》）

"千淘万漉虽辛苦，吹尽狂沙始到金。"（刘禹锡《浪淘沙九首（其八）》）

周敦颐《养心亭说》

本期解读的合川历史文化地标是学士山 / 养心亭，主要视点为养心亭，读取的诗文是周敦颐的《养心亭说》。

一、历史信息

正当张宗范的亭阁快要完工的时候，一个被后世合州士子奉为学宗的人出现了，他便是第三个需要出场的重要人物——周敦颐。

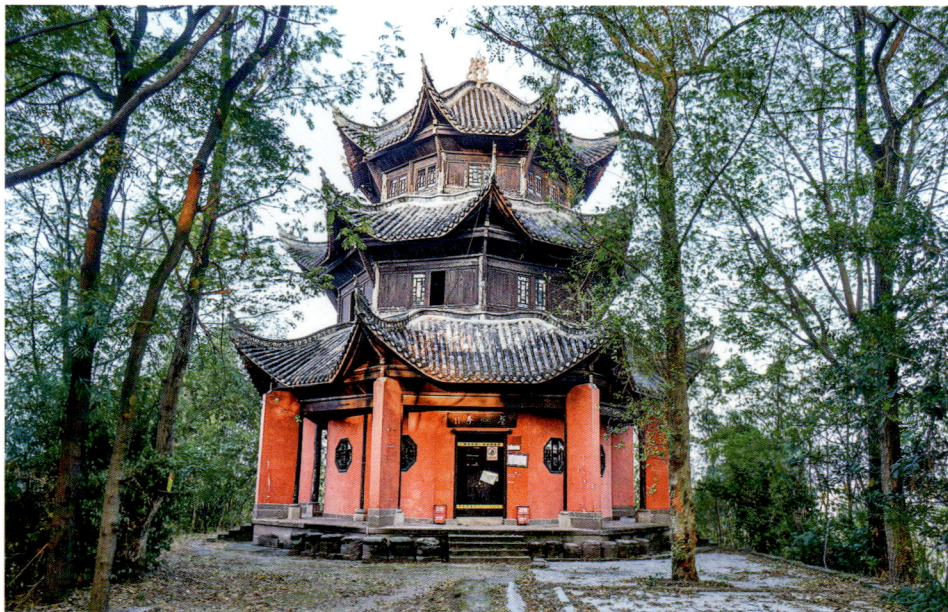

学士山养心亭（袁万林摄）

周敦颐通判合州，总计三年半载，与张宗范有亦师亦友的关系。应张宗范之邀，他来到学士山，对此处背山面水、视野开阔的环境和雅致讲究的亭阁十分赞赏，认为是一个读书、修身、养心的好地方。时值亭阁还未命名，周敦颐便欣然为之命名"养心"亭，并写了一篇《名张子养心亭说》（即《养心亭说》）的文章。

这篇文章，全文只有短短140字，因其思想精深，一举开启了中国儒家思想的新篇章。之后，周敦颐也因对传统儒学的创造性发展而成了宋代理学的开山鼻祖，居"北宋五子"之首，为中国历史上最著名的思想家之一。

二、作者简介

周敦颐，详见第五期"作者简介"。

三、诗文推送

养心亭说

孟子曰："养心莫善于寡欲。其为人也寡欲，虽有不存焉者，寡矣；其为人也多欲，虽有存焉者，寡矣。"予谓养心不止于寡焉而存耳，盖寡焉以至于无。无则诚立、明通。诚立，贤也；明通，圣也。是圣贤非性生，必养心而至之。养心之善有大焉如此，存乎其人而已。张子宗范有行、有文，其居背山而面水。山之麓，构亭甚清净，予偶至而爱之，因题曰"养心"。既谢，且求说，故书以勉。

释义：文中所谓"心"，系指人之本心、本性。按儒家的观点，人心本善，人性本善，在刚生下来时，人们的心性都是善良的，此乃人性的本质。

文中所谓"养心"，系指修身养性，即涵养与生俱来的善良心性。按儒家的观点，人的本性虽然天生善良，但受后天环境的影响它也会发生变化，变得不善。养心的目的，就是要使人的本性始终向着善的方向发展。

文中所谓"欲"，系指人心中那非正常的"贪欲"，即那些容易引起本心变恶、本性变坏的私心杂念、名利企图、损人言行等。按儒家的观点，要涵养本心，唯有减除"贪欲"才是其根本途径。

全文大意如是——

孟子说,修养心性没有比减少欲望更好的途径。在那些平时欲望少的人中,尽管也有失去善良心性者,但这样的人毕竟是少数;在那些平时欲望多的人中,尽管也有保持善良心性者,但这样的人毕竟也是少数。

在我看来,要涵养修持好善良的本性,仅仅要求减少欲望是不够的,还必须尽力去除欲望。影响心性变恶、变坏的欲望一经去除,便能生出一颗至诚之心,做到不自欺;便能拥有一个完美德行,做到不妄为。有至诚之心,便是贤人;有完美德行,便是圣人。

圣贤并非天生,而是经过后天不断地养心,逐渐修持而成。养心的方法大抵如此,根本的就是要尽最大可能保留人的善良、本性。

士子张宗范,是一个有德行又有文思的人。其所居之处背山面水,其所构之亭赫然矗立,此地清幽、静谧。我偶坐亭中,颇为喜欢,便为之题名"养心",并为之作《养心亭说》。

四、鉴赏提要

周敦颐《养心亭说》,借亭说"养心",开启了宋代理学思想的先河。

《养心亭说》书法作品

养心，即指修养心神，追求心灵的净化。按孟子的说法，养心就是修行、修性。这种修行、修性，首先要做到的是"寡欲"。寡欲就是少欲的意思。只有欲望少了，人才会自然而然地变得"精神爽"而"道心增"。因此，养心的要诀在于抑制欲望。

周敦颐在这篇文章中，延续了孟子之说，并加以了发挥。他指出，养心不止于"寡欲"，而要趋于"无欲"。只有无任何过当欲望，人才能立真诚、明事理，才能涵养出圣贤的品格和心性。圣贤不是天生的，是后天通过心性涵养成就起来的，而涵养心性全在于我们个人的努力，在于我们对欲望的无限节制。

上述思想后经程颢、程颐、朱熹、陆九渊、王阳明等的不断阐释，遂发展成了宋明理学。

宋明理学先是以程朱理学，后是以陆王心学的形态呈现出来，对中国社会政治、文化教育以及伦理道德都产生了深远影响。

宋明理学，亦称道学、义理之学，是一种既贯通宇宙自然和人生命运，又继承孔孟正宗，并能治理国家的新儒学，其核心为"理"，是宋明时代占主导地位的儒家哲学思想体系。对于这一体系的形成，周敦颐的《养心亭说》是开篇之作，是其端绪，功不可没。

五、漫读拾遗

不论是读孟子的儒家思想，还是读周敦颐的理学思想，清心寡欲都是一个十分重要的概念和范畴。克制自己内在的贪欲，是每一个修身有术的人希望达到的道德境界。因为欲望是心中的无底之壑，永远也不可能填满，唯有清心寡欲才能使人远离烦恼困扰，从而保持长久的快乐。

"清心寡欲"作为一个成语，源自南朝宋范晔的《后汉书·任隗传》，它讲的是这么一个人物故事——

东汉名臣任隗，从小便喜欢研究黄、老之术，他天性清静寡欲，不看重物质财富，常常用自己的钱财周济同族的贫苦人家，并收养抚恤那些鳏寡孤独之人。显宗皇帝听说后，非常感动，就请他入朝做官。

任隗非常注重道德修养。他不求名誉，以稳重正直、敢于直言上谏而闻名于世。汉和帝继位后，大将军窦宪专权朝政、作威作福，在匈奴没有侵犯边境的情况下还劳师远征，导致国库空虚。对此，众文官都不敢作声，唯有任隗和袁安两人严守正道，表示反对，甚至脱去官帽，于朝堂之上据理力争。众大臣都为他们感到危险和恐惧，他们却神情镇定、举止如常。由此可见什么叫"清心寡欲"带来的"无欲则刚"。

周敦颐讲"养心"，正是在这种清除杂念、保持心地清净、少生欲念的语境下，对儒家思想作出的新阐发。

第三十七期

魏了翁《醉落魄·人日南山约应提刑懋之》

本期解读的合川历史文化地标是学士山／养心亭，读取的诗文是魏了翁的《醉落魄·人日南山约应提刑懋之》。

一、历史信息

自周敦颐作《养心亭说》后，学士山已不再是那座仅有审美之形的山，而是一座有了思想之魂的山。那养心亭也不仅仅是一座势若飞动、檐牙高啄的读书亭了，而是一座可以代表合川一段历史文化的标志名亭。不过，这一切真正为世人所知晓和认可，还是在170多年后的南宋，因为一个名叫魏了翁的人。他便是第四个需要出场的与学士山有关的重要人物。

1226年，已成荒芜之地的学士山麓，人们在地下挖出了埋没多年的《养心亭说》石碑。其时，作为南宋大臣、著名学者、理学大师的魏了翁正出使

学士山养心亭（合川区摄影家协会供图）

川东，他知道了这件事后，觉得是一个弘扬理学的契机，随即奏请高宗皇帝为周敦颐、程颢、程颐、张载加封谥号，以示表彰；并致书掌管内务府的安少卿，请他指示在合州城北建瑞应山房，作为祭祀周敦颐的祠堂；在原养心亭的遗址上建养心堂，用以教育生徒。两宋的理学由此全面立于世，并成为正统之学，合州的学士山也由此成了宋代理学思想的发祥地之一。

在魏了翁的诗词中，能与学士山、养心亭气质相搭的很多，这里选了一首他与友人春游南山的词，希望大家能够喜欢。

二、作者简介

魏了翁（1178—1237），字华父，号鹤山，南宋邛州蒲江（今四川省蒲江县）人。南宋庆元进士，起家剑南西川节度判官，历任国子监正、武学博士等，长期在四川为官，知嘉定、汉州、眉州、遂宁、泸州、潼川等，可谓遍历蜀官，后拜兵部郎中，迁秘书监、起居舍人，再后又迁潼川路安抚使、知泸州，最后官至礼部尚书、直学士院，出任端明殿学士、金书枢密院事。

魏了翁是南宋中后期崛起于四川的新一代理学名家，在程朱理学上有很高的造诣和学术地位。他反对佛老"无欲"之说，推崇朱熹

魏了翁画像

理学，提出"心者，人之太极，人心又是天地之太极"，强调心的作用，和陆九渊接近。他能诗词，善属文，著有《鹤山全集》《九经要义》《古今考》等，词有《鹤山长短句》。

三、诗文推送

醉落魄·人日南山约应提刑懋之

无边春色。人情苦向南山觅。村村箫鼓家家笛。祈麦祈蚕，来趁元正七。

翁前子后孙扶掖。商行贾坐农耕织。须知此意无今昔。会得为人，日日是人日。

释义：诗文中的"人日"，系农历正月初七，传说是人类的诞生日；"提刑"，系官职名；"箫鼓"，指吹箫打鼓；"商行贾坐"，系指经商的买卖人。诗词大意如是——

（1）虽说春色无边、春意盎然，但人们还是愿意走出家门、走向南山，去寻觅那属于自己的春天。

（2）在去南山的途中，但见家家户户笛声起、户户村村箫鼓兴，人们趁正月初七这一天迎春祈福，祈求新的一年风调雨顺，祈求新的一年衣食富足。

（3）在庆祝活动中，人们扶老携幼，老人在前，子孙在后，颇有礼数。无论是来来往往的生意人，还是在家耕织的农户，无不参与其中，乐在其中。

（4）大家需要懂得，习俗不分古今，不分尊卑，只要会得为人，那么每天都将是"人日"，每天都将是招财纳福的节日。

四、鉴赏提要

这是魏了翁的一首"网红"词。没想到，穿越七八百年之后，它竟赶上了2022年的高考，成了全国高考语文Ⅰ卷的一道古代诗词鉴赏题，因而为万千学子所熟知。

这首词是作者当年约好友去南山春游，见众人都在过"人日"节，一时有感而发之作。

"人日"在古代是一个重要的节日。相传，女娲造人的时候，第一天造了鸡，第二天造了狗，第三天造了羊，第四天造了猪，第五天造了牛，第六天造了马，第七天才造了人。于是，人们后来便把农历正月初七当作"人日"，即人类的生日。

词的上阕，泛写了人们在这一天的活动。望着初春的景色，人们依然在四处寻春觅春，在憧憬着阳春三月的到来。刚过了一个热闹非凡的旧年，人们又在吹箫击鼓，祈盼着一个农桑丰收的新年。

词的下阕，作者由乡村场景写到了人际关系，提到了祖孙三代的相处之道，提到了各行各业人们的处世之道，那便是"翁前子后孙扶掖""商行贾坐农耕织"。

"人日"行春图

古人书斋

词的末句，"会得为人，日日是人日"，画龙点睛、高屋建瓴地指出，如果我们懂得了做人的道理，那么每天都是"人日"。这些做人的道理是什么呢？通观全词，我们可以概括出三点：一是珍惜美好，乐观向上，执着追求；二是注重生产，注重创造，期待收获；三是立足本分，各安其心，各得其所。

全词以朴实的笔触描绘了当时农村的风俗景况，具有浓郁的生活气息。作者以议论入词，情由境出，情至论随，自然妥当。

五、漫读拾遗

魏了翁除了一生为官、治学、办教育、工诗词外，还是一个知名的藏书家，自称"余无他嗜，惟书癖殆（完全）不可医"，先后收藏书籍达10万余卷。他曾写过一首文气十足而又豪情浪漫的诗，借以刻画自己与书的关系：

书生只惯野人庐，谁识潭潭省府居。
独坐黄昏谁是伴，紫微阁上四厨书。

这里的"野人庐"是指乡野村社，这里的"省府居"是指王府宫殿，这里的"紫微阁"是指诗人的住所。如果一定要解读一下，那便是：

谁说陋室寒舍就一定比不过王府宫殿？谁说黄昏独坐就一定是冷清寂寞？乡野之所，自有乡野之所的蝉鸣溪欢、幽旷高洁；读书之人，自有读书之人的有味诗书和灵魂归舍。

第三十八期

费广《重修养心亭记》

本期解读的合川历史文化地标是学士山/养心亭，主要视点为养心亭，读取的诗文是费广的《重修养心亭记》。

一、历史信息

南宋末期，合州成了宋蒙（元）鏖战的核心关键地之一，后来又历经元末明初的长期战乱，合州域内不少知名文化建筑或毁损或消弭殆尽，未得到应有的保护和传承。在魏了翁出使川东之后的240年中，学士山上绝大多数时间都是荒草丛生、残石卧地、废墟一片。

明成化三年（1467），终于有人提出建议，希望能重修养心亭。这人便是第五个需要特别出场的重要人物——费广。

根据费广的建议，时任合州知州的唐珣利用修建合宗书院的剩余建筑材料，在学士山原址重修了养心亭，将其作为纪念周敦颐、张宗范的祠堂，并在亭内绘了他们的画像，供人瞻仰；刻了《养心亭说》全文，镶嵌于壁上。与此同时，在亭下另建了养心堂三间，于

养心亭线图（刘智供图）

四围种树种竹、建园造圃、绕以围墙，用以接待游人歇息。由此，养心亭的面貌得以重见天光，学士山也因此焕然一新。

如此一件有功德有影响有意义的事，当有文字记载方能流传后世。于是就有了继任知州罗信节邀请费广写记一事，就有了本期选读的这篇《重修养心亭记》。

二、作者简介

费广（生卒年不详），字约斋（有书载其字孟博），明代合州人。明景泰五年（1454）进士，曾任浙江道监察御史、新宁县（今湖南省新宁县）县令等职。明成化初年，弃官回乡，是合州著名的乡贤人物。其为人秀伟、敦重，诗文颇工。著有《约斋诗文集》。

三、诗文推送

重修养心亭记

宋嘉祐初，濂溪周先生签书合州判官事，时合人张宗范从之游。先生至其所居之亭，题其匾曰"养心"，且为著其说。今性理群书所载者是也。后百有七十年，搜得石刻于地中。时鹤山魏文靖公奉使东川，乃奏为周、程易名，复移书太府安少卿，于州岗建瑞应山房，以祀先生。即张氏故址为养心堂，以馆生徒。创田以供粢盛廪饩。公复记其事于石甚详，一时崇儒重道，蔼然可想见其盛。历事滋久，所谓养心亭者空载名于郡乘，而颓圮废弃，仅见残碑断础远仆寒芜荒址间，过者不知其几，曾无一顾为之兴复，可慨也已！成化丁亥春，唐侯守合之又明年也，政通人和，百废次第就举。予间与语及是亭，便即怃然以兴复为任。寻旧址畚荆荑秽，鸠工取修儒学之余才以复其亭，耆石刻先生所为说，置座亭中为祠。绘先生并宗范像于壁，以昭景慕。复为养心堂三间，以待游息。严有门，缭有廊，周有垣墉，树有竹木。是年正月告成。侯率其僚属泊州之缙绅士夫往游观以落之。周旋顾瞻，整整秩秩，咸相健羡。谓百年废坠，一旦兴复，废兴虽自有时，然不遇唐侯之贤且能而知所重，曷克成就有如是者！郡学政张君敬谓，宜有以记之，记属于予。予闻先儒有言曰：夫人气烦则虑乱，视壅则志滞。君子必有游观之物，高明之具，使之清宁平夷，然后理达而事成，不可谓游观为非政。矧兹乃濂溪过化之地，亭说又作胜之功具，使凡仕与学者，虑烦志滞，而游观于斯，思所以养心，思所以寡欲，思所以无欲，勉尽希贤希圣之学，期造明通诚立之域，乱虑滞志无所容入，则是亭之有益于吾人也多矣！凡为素致名游观于州者，有不屈服退让推先是亭者乎？侯景行先贤，嘉惠来学，四视疲惫，簿书不暇，一顾为之，考其用心何如也？继兹而来游观者，既远想宗范之相与从容于昔时，又岂能忘唐侯注意振复于今日弖？侯名珣，字廷贵，登天顺丁丑科二甲，进士。其莅合也，如创修城垣，增修单公堤，多伟绩焉，是为记。

释义：关于费广《重修养心亭记》一文，已故合川历史专家、《合川县志》总编王爵英先生曾有译文如是——

宋嘉祐（1056—1063）初年，周敦颐（号濂溪）任合州通判（副知州）。当时合州学士张宗范追随他，常相师从。后张宗范在学士山麓建一新居，延周往

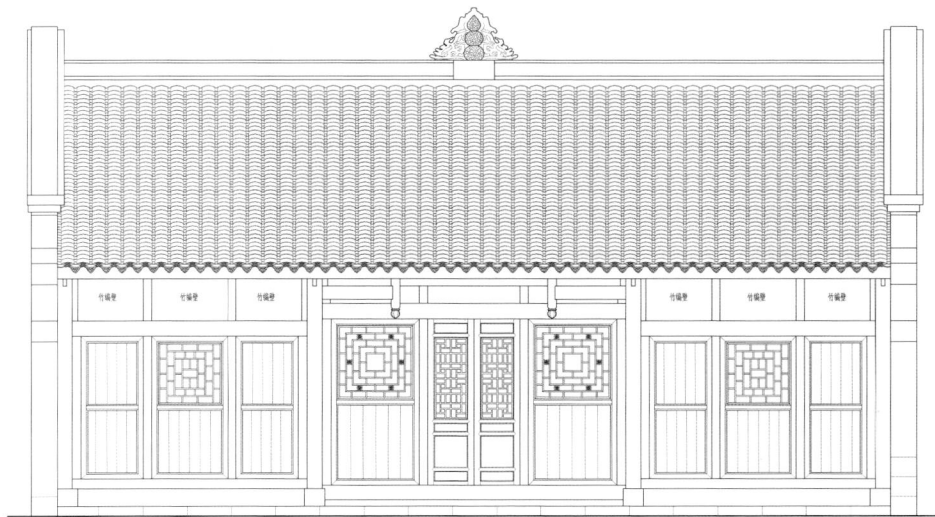

养心堂线图（刘智供图）

游，周去后题张的新屋为养心亭，并即席作了养心的学术讲话，那篇讲话就是现今《性理全书》中所载的养心亭记。170年后在张宗范所建的养心亭地下，发掘出周濂溪《养心亭记》的石刻文字。那时正值魏了翁出使川东，觉得《养心亭记》所代表的理学主张很有价值。因奏请皇帝为理学家周敦颐、程颢、程颐易名（加封谥号，以示表彰），并致书管内务府的安仲癸，请他指示在合州州岗建瑞应山房，作为纪念周敦颐的祠堂，在原来张宗范居宅遗址上建养心堂，以教育生徒，并置田业作助学奖学之用。这些事情办完后，魏了翁还专门写了《合州建濂溪祠堂记》刻石立碑，说明事情的原委。可以想见那时朝野上下重视儒家理学的风气。但是时久事迁，《养心亭记》仅见于文字记载，而实际建筑物，只存残碑断础仆卧于荒丘蔓草之中。路人目睹此情莫不感慨嗟叹，希望能得到恢复。成化三年春，正是唐公来合州的第三年春，政通人和，百废俱兴，我向唐公提出重修养心亭的建议，他也为文物废毁而慨叹，答应我他当以恢复为己任。果然不久，唐公就以修儒学的剩余材料，鸠工修复养心亭，新修的养心亭壁上刻养心亭记的全文，绘周敦颐和张宗范的像，以供人凭吊和拜祭，在亭下并另建养心堂三间，堂的周回建场圃、门廊和围墙，并种竹树，以供人憩息。当年五月完工，完工之日，州官、僚属和全城士绅都往游观。大家莫不啧啧称赞，交相庆贺。并且一致认为兴废的事情固然是常有的，但不是州官唐公的贤能，又哪能使百余年废毁之物焕然一新呢？随后接任的知州罗信节和州判王进都说这件事应该有文字记述，叫我作记。我以为儒家早就主张存正气以消除邪气，开视野以使人奋发，这就需要观赏名胜古迹以陶冶性灵，增强修养，增长才干。所以不能以修复古迹为非正

嘉陵江边（吴思伟摄）

道。况且这里是周濂溪先生亲历教化的场所。他的养心寡欲主张，是上追圣贤，叫人达到明通的精神境界的学说。养心亭修复以后，可以使人从参观纪念中兼顾此事。用心深远，不言而喻。来此参观

的人，当然不仅是瞻仰周、张二贤而已，对唐公兴复之功也是不能忘记的。公名珣，字廷贵，山西云间人，天顺丁丑（1457）科进士，到合州后如新修城垣，重修单公堤等，为州民做了很多好事。是为记。

四、鉴赏提要

《重修养心亭记》一文，在整个记述的过程中，不仅条理清晰、语言流畅、情感真挚，而且充满了理性的思考，较好地阐述了文物与文化的关系、文物与教化的关系。在作者看来，文化当以文物为载体，教化当以文物为观瞻。

学士山养心亭，是周敦颐亲历教化的场所。他的《养心亭说》提出了两个重要的观点：一是"修养至圣"，认为圣人不是天生的，是后天修身养性所致的；二是"寡欲至无欲"，认为去除贪欲是涵养心性的不二途径。这对后世的道德教育、人格培养以及理学的传承和发展都产生了深远的影响。

学士山养心亭，一个如此充满思想光芒的场所，一经重修，必将在文化教育中发挥出不可替代的作用。

由此观之，重修养心亭是一件功德无量的大好事，我们在瞻仰周敦颐、张宗范二贤的同时，也应该记住这位对重修养心亭作出重大贡献的人，他便是时任合州知州的唐公——唐珣！全文由此落脚到了对文化传承和保护的肯定。

感谢费广的提议，感谢唐珣的重修，一座历史文化名亭得以在合川遗存至今。

五、漫读拾遗

文中所说唐公，即时任合州知州唐珣。在合主政期间，他劝农兴学，锄强扶弱，为州民做了不少好事。天顺七年（1463）十月，他奉旨在合阳原址上重筑了合州城，计有城墙16.2里、城门11道。后又在城南增加了小南门和通济门，使合州城的城门由11道增至13道。他还建了合州最早的书院濂溪书院，重修了嘉陵江边的单公堤，重修了学士山上的养心亭，是一个颇有作为和政声的知州。

第三十九期

朱虎臣《养心亭赋》

本期解读的合川历史文化地标是学士山 / 养心亭，主要视点为养心亭，读取的诗文是朱虎臣的《养心亭赋》。

一、历史信息

今天我们所见到的养心亭（俗称"八角亭"），系明代重建、后经多次重修保存下来的一座清代古亭。该亭占地面积157.3平方米，为三层八角楼阁式木构建筑，亭顶为八角攒尖盔顶，亭身层层上收，上下檐之角参差错落，每层八方各开一窗，亭内为空心，每层均有木梯绕道至顶。亭基为素面八边形，高1米，边长4.5米，有普通塔道三级。建筑通高18.29米，外廊内檐墙为十二边形，三层面对面宽分别为13.65米、8.7米、6.65米。底层门额上有一匾，刻有"养心亭"三字。

养心亭（袁万林摄）

从明成化年间重建算起，养心亭仡立于学士山上已超过550年。作为一座独具特色的建筑艺术品，其建筑形式具有强烈的时代气息，它不仅具有较高的艺术和科学价值，更具有丰富的历史文化价值，是合川现存最重要的历史文化标志之一。

养心亭，作为合川的胜景观瞻，有才情之人无不为之吟诗作赋，倍加赞颂。这不，朱虎臣就写了一篇《养心亭赋》，特别值得一读。

二、作者简介

朱虎臣，生卒年不详，字寅士，号春浦，清代合州人。

根据《合川县志》记载，他生性和平，敦品励学。为诸生时，能诗与骈文，与彭光祥、禹湛（容后续介绍）齐名。曾同禹湛等分咏留春诗百首，虎臣为之序。善书法，行草摹王右军（羲之），真书学颜鲁公（真卿），皆能得其神似，时士大夫家及琳宫梵宇所在多有之。亦能画，不常作。尝写丑石于扇，赠禹湛，览者莫不伏其妙。终年50岁。著有《味醇轩古近体诗》15卷、《试帖诗》1卷行世。

朱虎臣画像

三、诗文推送

养心亭赋

烟树苍茫，江天晴敞。绕郭千家，孤亭十丈。学士买山，风流遗响。佳日春秋，片云还往。赤水之涯，青霄直上。地以人传，居同业广。断碣摩挲，奇文欣赏。伊古可怀，不思则罔。聿观厥心，克慎其养。

爰稽宋哲，偶托高岑。匪耽泉石，匪慕山林。自然云构，善也风临。兴来不浅，情往而深。凛乎三畏，励乃四箴。穷性天理，惜分寸阴。光明品概，潇洒胸襟。晴窗读画，幽鸟联吟。斯人落落，其德惜惜。百年一瞬，千古寸心。

溯厥渊源，资先砮错。周子濂溪，统开伊洛。世外昂头，尘中立脚。万念全消，纷华不著。好士公余，英才磊落。过访江皋，静观丘壑。舒啸登高，振衣凌阁。题以养心，事非外铄。自诚而明，由博反约。精一之传，孔颜所乐。冰雪聪明，烟云领略。花放水流，鸢飞鱼跃。以悠以游，无适无莫。

放眼乾坤，屏怀闻见。嗜欲难攻，天人不战。得主有常，沉几观变。毋敢驰驱，无然畔援。神动天随，坐忘情见。野竹编篱，闲花满院。黄叶澹秋，碧潭澄练。随意弄琴，有时掩卷。感而遂通，居之无倦。新自铭盘，旧曾铸砚。不动利名，岂移贫贱。儒雅是师，乡里称善。

维亭历久，胜迹何如。感怀兴废，搔首踟蹰。芳踪孰嗣？蓁莽谁锄？草留砌隙，莲出泥淤。沙横落雁，城接钓鱼。铜梁耸翠，石镜涵虚。明月皎皎，清风徐徐。怀开物表，游记情初。千秋卓尔，四顾愁予。贤哉处士，杳矣签书。大道终古，空山一庐。超然尘网，剩此幽居。学真养到，境与心殊。伊人宛在，尚友相于。

用是胜游，共追风雅。亦步亦趋，中岁中写。或枕东山，或吟白社。修禊及春，纳凉当夏。浴乎风乎，童也冠也。有客题糕，挈朋倾斝。证石自如，听松聊且。卧雪山中，寻梅林下。佳兴可乘，真乐不假。去怅隙驹，喧无车马。尘想俱空，俗情莫惹。公溥明通，存亡操舍。善良可迁，过或未寡。

问会心人，孰忘机者？至若精思，非徒远瞩。经草太元，奇探前躅。放鹤山青，狎鸥水绿。雅足移人，数难更仆。况夫亭台，聚此巴蜀。吏隐莫攀，岁寒堪录。小鲁凌虚，聚仙拔俗。澄鉴高撑，碧云层矗。思洛想涪，骋怀娱目。何如养心，有以窒欲。乐在其中，居慎其独。三月不违，七日来复。亭虽圮秃，碑可扪读。化过神存，灵钟秀毓。三生业参，一瓣香祝。随遇而安，反己自足。坦然无争，淡然无欲。

释义：（1）雨过天晴，云烟升腾，江天一色。看那城郭之中，有黎民千家，望那江岸之上，有孤亭十丈。因雅士所居，故而风流。山也风流，水也风流。春来秋往，风来云往。这风吹过赤水（这里指涪江）之涯；这云直上龙多山巅。学士山因学士而有名，养心亭因儒术而有声。抚那残存断碣，赏那千古奇文，思古之情，油然而生。人心本善，贵在养之。

（2）宋代的先哲们，他们虽偶托高山，却不避尘世、不慕虚名，而是于自然之中感悟本心、感思本性，尽心做一个"畏天命、畏大人、畏圣人之言"的人，尽心做一个"非礼勿视、非礼勿听、非礼勿言、非礼勿动"的人。他们追求学术，珍惜光阴，讲究光明磊落，呼吁天理良心，其高尚品性、潇洒胸襟，虽安静无声，却穿越历史、穿透人心。

（3）若说宋代理学的渊源，其肇始之人非周敦颐莫属，由他而有后来的程朱（程颐、程颢、朱熹）之学。周敦颐虽身处世尘，却不慕功名，不慕繁华，才情超凡，德行脱俗。公事之余，他好交雅士。在合州为官时，得士子张宗范之邀，登其所筑之亭，以"养心"为其亭命名。所说"养心"者，非图其外表也，而在于修其心性。心正则真，心诚则明。修得一颗晶莹之心，则自有花放水流、鸢飞鱼跃的烟云之景；修得一颗真诚之心，则自有冰雪聪明、以悠以游的孔颜之乐。

（4）身处世尘中，放眼天地外，养心之所至，便是天理存、人欲灭，便是自生定力、随机应变。以涵养之心观照世界，世界便于我无碍，我便进入心灵的自由王国，便能神动天随、坐忘情见。野竹编篱、闲花满院如此，黄叶淡秋、碧潭澄练亦如此。随意弄琴、有时掩卷如此，感而遂通、居而无倦亦如此。总之，有了这样的心性，人就是一个有坚定意志和恒心的人，就不会为名利而动心，就不会为贫贱而移志。

（5）悠久的养心亭啊，前世自是辉煌，今生可还安好？每每想到历史的兴废，我便惶恐焦急，有谁为它前来瞻仰，有谁为它锄去蓁莽？草在砌隙里生根，莲在污泥中发芽。看那沙横落雁、铜梁耸翠、石镜涵虚、濮湖夜月、瑞应清风等合州诸般景致，情形有如当初，而学士山之遗迹则是荒芜一片，四顾之下，难免让人心生愁念。濂溪先生，签书合州（指周敦颐在合州为官），事迹已是久远。宇宙之万事万物变化无常，独剩这一庐幽居（指学士山养心堂）超然世外，仿佛是在告白：伊人犹在，伊人犹在。

（6）今人来游，共追风雅，亦步亦趋，尽学前人。特别是那些士子，有想表不愿为官之心的（或枕东山），有想展归隐山林之意的（或吟白社）。人们春则前来修禊（古代旨在清除不祥、祈求平安的一种祭祀仪式），夏则前来纳凉。或领童冠少年沐浴风中，或与挚朋畅饮酒中，或个人走入松林参禅打坐，或独自踏雪寻梅寻找春信。他们乘兴而游，尽兴而归。经此一游，顿感光阴易逝、名利无边，都愿舍弃尘想、超脱俗情，努力做到公心广博、通达无碍，努力做到心量放宽、公平中正（指涵养心性的境界）。

（7）问那会心人（指善于领会别人没有明白表达意思之人），怎样才能做到忘机（指消除机巧之心，淡泊清静，与世无争）？有道是，一要远望，胸襟开阔；二要内省，精思细悟。

（8）至于说到前人的遗范，那便是忘情山水、隐避世尘。由此而改变性情者，不胜枚举。巴蜀之地，山川秀美，亭台云集，隐逸者众多。虽居官而不以利禄蒙心，犹如隐者，自是一类。处寒门而能淡泊自守，不以贫贱移其志者，又是一类。还有那些遁入山林的隐居者，他们更是升于空际而小众山，幽居仙境而脱凡俗。

（9）至于说到理学家们的智慧，那便是抑制欲望、涵养心性。修身养性，修

程颐《程子四箴》书法

的是一种道德精神和道德境界。颜回（孔子学生）的心可以长久地不背离仁德，而我们或许只能短时间地想到仁德罢了。

（10）养心亭的楼台虽已荒圮，可养心亭的碑记还能抚读。前贤胜迹，钟灵毓秀，得临此地，我辈三生有幸。养心之道，贵在随遇而安、反躬自省，贵在坦然无争、淡然无欲。

四、鉴赏提要

这是一篇关于养心亭的文赋。通篇为四言长体，它以散文的形式对合川景致进行了多方面的描写，并借景抒情，发表议论。其句子以四字句贯通全篇，其句式不仅错落有致还追求骈偶，其语音讲究声律谐协，其文辞讲究藻饰和用典，从一个方面，表现了合川恢宏的历史文化气度。

全篇以"养、心、莫、善、于、寡、欲"七字分别用韵，形成了七个相得益彰的自然段。

"养"字韵段，概述了养心亭所处环境、由来过往，引出了作者对周敦颐及其"养心"思想的追忆怀想。"绕郭千家，孤亭十丈""学士买山，风流遗响""断碣摩挲，奇文欣赏""聿观厥心，克慎其养"是其关键句。

"心"字韵段，作者开始进入正题。关于修身养性一事，不得不提宋代的贤哲们，他们不做隐世、遁逸之事，而是提倡存天道、去人欲，让人的真诚和善性由心而起，由心而生。他们在传承孔孟之道的基础上又不断穷究天理，希望找到道德的源头。所谓"斯人落落，其德惛惛。百年一瞬，千古寸心"，说的就是他们在探求和构建义理之学过程中的那份艰辛与不易。

"莫"字韵段，追述了宋代理学的渊源，提到了周敦颐在学士山题名"养心"亭并作说的情景，肯定了他作为理学鼻祖的崇高地位，也描绘了养心所带来的"花放水流，鸢飞鱼跃"的"孔颜之乐"。

"善"字韵段，作者赞颂了通过坚持"养心"至圣人之境的道德景象。这种道德景象就是"嗜欲难攻，天人不战"，就是"得主有常，沉几观变"，总之一句话，就是不为名利所动，不为贫贱所移。这一景象中有"野竹编篱，闲花满院"，有"黄叶澹秋，碧潭澄练"，可以"随意弄琴，有时掩卷"，十分美好而有趣味。

"于"字韵段，作者借用"合州八景"的描写，回溯了学士山、养心亭的初始盛况。那时的"怀开物表""尚友相于"与今日的"四顾愁予""境与心殊"形成鲜明对比，让人不得不发出千古卓尔、芳踪孰嗣、蓁莽谁锄的幽叹。

"寡"字韵段，作者将学士山、养心亭的精神意象幻化为自己内心的一趟胜景之游，可谓天马行空，任意往来。或枕东山，或吟白社，或修禊及春，或纳凉当夏，或证石自如，或听松聊且，或卧雪山中，或寻梅林下，目的就是一个——修身养性，修得尘想俱空、俗情莫惹。

"欲"字韵段，作者先是发问，"问会心人，孰忘机者？"后是议论，"何如养心，有以窒欲。乐在其中，居慎其独"。最后是作答，给出自己对养心的参悟：随遇而安，反己自足；坦然无争，淡然无欲。

五、漫读拾遗

《养心亭赋》中使用了大量的关于修身养性的概念，如观心、会心、诚明、慎独、大道、天理、自如、自足、忘机、无欲，等等。了解这些概念或者说知识点，是我们欣赏这篇美文的关键，也是我们认识学士山 / 养心亭这一文象的关键。

在众多关于修身养性的概念和知识点中，有两组概念特别具有劝谏和指导意义，为宋代程朱理学所倡导，一组叫"三畏"，一组叫"四箴"。

先来说说"三畏"。

所谓"三畏"，即"君子有三畏：畏天命，畏大人，畏圣人之言"。其语，出自《论语·季氏》。这里所称"畏"，是敬畏的意思；所称"天命"，是指上天的意志、自然的安排；所称"大人"，是指有大德行的人；所称"圣人之言"，是指那些具有大智慧的圣人典籍、训诂、言论。

就"君子三畏"的实质而言，"畏天命"，就是敬畏万物的发展规律，它既涉及人类面对的自然世界，也涉及人类自身的人性变化。"畏大人"，就是敬畏那些有德行的人。因为大人者，与天地合其德，与日月合其明，与四时合其序。"畏圣人之言"，就是敬畏古今圣贤的至理名言。圣人是权威，更是我们人生的导向标。

概而言之，君子的"三畏"，既是君子的人格标准，也是君子与小人的区别，更是君子的一种自律与自爱，是君子必须修持的一颗心，一颗敬畏之心。

再来说说"四箴"。

旭日东出养心亭（张东元摄）

　　所谓"四箴"，即"非礼勿视、非礼勿听、非礼勿言、非礼勿动"四句箴言。其语，出自《论语·颜渊》。"箴"是规劝、告诫的意思。

　　按程颐的阐释，"非礼勿视"（即视箴），就是要注意通过观察来辨别是非，避免被外界事物所蒙蔽，始终保持内心的安静。"非礼勿听"（即听箴），就是要注意做到内心有定向，不受外物所诱惑，能保持自己的正见和原则。"非礼勿言"（即言箴），就是要谨慎言语，避免说出违背天道礼法之言，从而引起心性的错乱。"非礼勿动"（即动箴），就是要保守规矩、保持善念，避免因私欲而任意妄为。这些箴言共同构成了"四箴"的核心思想，旨在指导人们在日常生活中努力做到言行一致、心性合一，以达到道德修养的提升和自我完善。

　　总而言之，只要我们视而能察、听之能审、言而有道、动能守诚，我们就能在修身养性的道途中，达到与圣贤同归的境界。

洪成鼎《游甘泉洞》

本期解读的合川历史文化地标是学士山／养心亭，主要视点为甘泉洞，读取的诗文是洪成鼎的《游甘泉洞》。

一、历史信息

在学士山养心亭的左侧下方，有一大岩穴，名叫甘泉洞。过去，洞中有一处泉流，终年滴水如注，叮咚作响，久旱不涸。洞壁有明代刑部侍郎、州人胡世赏的"洞落天泉"四字题刻，有清代合宗书院山长洪成鼎的《游甘泉洞》五言题诗。今天就让我们一起来读读这首诗文，感受一下学士山曾经有过的别有洞天。

二、作者简介

洪成鼎，生卒年不详，字子镇，号悔翁。清代随州应山县（今湖北省随州市）人。清开国功臣洪起元曾孙，乾隆三年（1738）举人，历任宜昌府鹤峰县训导、四川安岳县知县、合州合宗书院山长。

洪成鼎自乾隆四十二年（1777）起任合宗书院山长，在合州前后六年，对合州的文化教育有着突出贡献。诸如张乃孚、杨士鑅等皆其入室弟子。其为人古质，不修边幅，见客每以前辈自居，无所屈让。其性特高尚，讲授之余，往往青鞋布袜，搜访名山胜迹，入锦囊中。喜诵陶渊明诗，捉笔则效之。字仿米芾，颇得其意。

三、诗文推送

游甘泉洞

造物妙难思，融结特奇纵。山阿藏岩龛，嵡岈豁云峒。
危石乳窦潜，细脉注皱缝。高源来何方，一点透窾空。
寻丈滴石池，叮咚余瑶瓮。历落连漏沈，清泠泛音美。
匪疾亦匪徐，刻刻调自送。金烁旱岂枯，雪凝寒莫冻。
渟泓不盈坎，洞酌堪饮众。掬手滑若沿，心齿甘若渲。
碧香沦茗新，漫浣讵足重。倘逢桑苎翁，品第当谁共。
我来坐移晷，发须游仙洞。唏声时一闻，小啜涤幽衷。
叹彼灵液钟，肯为凡爇用。争如社鼓竞，况复壶觞哄。
缅怀如照僧，片稷坦禅颂。前哲就屖嵬，戒喧有深讽。
俯仰成古今，泉石自天供。何当结静缘，枕漱息尘梦。

释义：（1）造物之妙，不可思议，或融合凝聚，或新奇豪放。

寻丈滴石池

"甘泉灵乳"旧照

（2）山陵之下，有凹陷而成的岩壁；平谷之中，可见乌云乍裂似的洞石。石穴中生长着钟乳石，有细泉从岩隙中流滴。

（3）这滴水的源头不知来自哪里，只瞥见洞顶有一点儿孔隙。循着水滴落下之处，一方池子有如酒坛一般，坛满水溢。

（4）淅淅沥沥的落水如同计时的滴钟，清清冷冷，绵绵续续，不急不缓，相吐相吞。它夏不枯，冬不冻，始终都有一线甘泉等待人们自由取用。

（5）这泉水，捧在手里，有如薄绢，丝丝滑滑；饮在口中，有如乳汁，浓浓烈烈；用之煮茶，茶会更加新香；用之沐足，足便不再沉重。若由见多识广的茶圣陆羽来评，恐怕也难有同类与它媲美。

（6）我长坐在洞里，犹如身在仙境，唏笑一声，小啜一口，顿扫心中的烦恼和忧愁。感叹那灵液般的滴泉汇聚在池中，被凡人取，被凡人吮，热闹的场面好似社鼓不断响起，人们纷纷围坐而饮。

（7）想起当年那些建寺的僧人，他们在这里靠着一块粗布席地禅修的情景，那是多么的浑然有趣；他们出入山中，自性清净，那是多么的淡然飘逸。

（8）今天目睹这些伴过他们的泉流、山石，我似乎有了一份特别的思绪：怎么才能走出尘世的梦幻、保持内心的虚静？最好还是枕流漱石般地隐居山林。

四、鉴赏提要

邹可权"漱石枕流"题刻（浙江丽水）

该五言诗，细致描写了甘泉洞的造物妙思、奇特纵逸。作者从山陵写到山洞，从山洞写到泉源，从泉源写到滴池，然后又从清冷的水声泛音和不急不缓的流泉节奏，写到了冬暖夏凉的洞中气候和甘之若饴的池中水质，可谓绘声绘色，让人有亲临其境、如梦似幻的感觉。所作比喻，美不胜收，诸如"云峒""危石""乳窦""细脉""高源""窾空""瑶瓮""金烁""雪凝""若沿""若浑"等，极富想象。

如此美好的地方，对于作者来说，自然会有很多感慨。"唏声时一闻，小啜涤幽衷"，隐藏于内心的那缕情思被激起、被荡涤，于是便有了如下一番议论——

这灵泉堪为众人饮，堪为凡人用，任由世间"争如社鼓竞，况复壶觞哄"，而我却不慕这喧闹繁华，愿如那禅修的僧家，踏着前贤的足迹，"漱石枕流"，寻一方静地，过一种隐居山林、洁身自好的生活。

诗的末尾，"何当结静缘，枕漱息尘梦"，表现的是古代文人典型的精神洁癖和人格追求。如果说清幽的甘泉洞丰富了学士山胜境的内容，那么美丽的《游甘泉洞》诗则增添了学士山的文人精神。也难怪古人要将"甘泉灵乳"列为"合阳八景"之一，不是吗？

五、漫读拾遗

洪成鼎在《游甘泉洞》诗中，用了一个有关"漱石枕流"的成语典故，指代隐居生活。

这个成语最早出自曹操《秋胡行》中的"名山历观，遨游八极，枕石漱流饮泉"句。曹操写得很是潇洒、浪漫：我要历观名山大川，我要遨游天边四际，困了就以石头作枕，脏了就以流水漱口净身，渴了就以山泉为饮。于是便有了"枕石漱流"的文学典故。

"枕石漱流"后来又是怎么变为"漱石枕流"的呢？《世说新语》讲了这样一个故事：孙子荆年轻时不想做官，准备过隐居生活，他告诉王武子"当漱石枕流"（这明显是"枕石漱流"的口误），王武子乐了，笑他用石头漱口，用泉水作枕。孙子荆无奈，只好辩解："我用泉水作枕头可以洗耳（喻指耳根清净），我用石头漱口可以磨牙（喻指牙根坚固）呀！"

未曾想，一个口误居然把曹操创设的文学典故改出了新的意境。想庐山瀑布，一泻千里，冲刷着峭壁悬崖、溪涧石块，这不叫"漱石"吗？看一叶扁舟，坦腹江上、扣舷而歌，这不叫"枕流"吗？也许这就是"漱石枕流"一直沿用下来的原因吧！

张森楷《后正气歌》

本期解读的合川历史文化地标是学士山／养心亭，主要视点为森楷路，读取的诗文是张森楷的《后正气歌》。

一、历史信息

学士山、读书台、养心亭、养心堂、甘泉洞、荔枝园、曲瑞、张宗范、周敦颐、魏了翁、费广、胡世赏、洪成鼎，这些过去我们并未在意的地名、人名，今天看来，它们的集合和指向，无不说明学士山是合川一座充满文气的山，甚至可以说它是合川最有文气的山。

"文气"作为中国古代文论术语，它是指文章所体现的作者的精神气质，

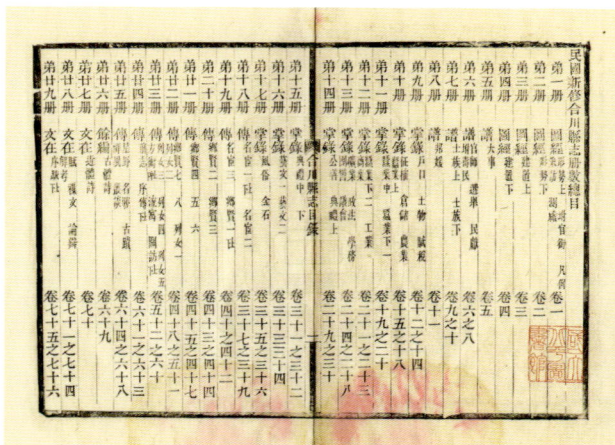

《民国新修合川县志》1922年初刻本册数总目（国家图书馆藏）

《民国新修合川县志》（方志出版社2017年版）

是作家们的内在精神气质与作品外在的行文气势相融合的产物。说到这里，我们得引出另一位需要特别出场的重要人物——张森楷。

张森楷与学士山的关联，不在生前，而在死后。

1928年，张森楷游历北方，以身殉学，客死他乡，无处安葬。人们为之叹惋，为之奔泪。幸得著名爱国实业家卢作孚的安排，最终得以将这位合川人民心中的大贤葬于嘉陵江畔，入土学士山麓。在这里，人们特地为他建了一个纪念堂，用以昭示后世。再后来，人们又将学士山下连接合阳嘉陵江大桥和南屏嘉陵江大桥之间的新修道路命名为"森楷路"，以为永远的纪念。

二、作者简介

张森楷（1858—1928），字元翰，号式卿，清代合州安全乡（今合川区狮滩镇）人。光绪十九年（1893）举人。我国近代著名史学家、教育家、实业家、社会活动家。曾任邻水、忠州、雅安县学训导和成都大学史学教授、川汉铁路公司总理等职。光绪二十七年（1901）创办四川蚕桑公社及国立四川蚕桑学校。民国三年（1914）主修《合川县志》。遗著有《史记新校注》《二十四史校勘记》《通史人表》《民国新修合川县志》等共29种、1214卷。

张森楷画像（李永生、田钥文绘）

三、诗文推送

后正气歌

正气久销歇，何人能践形。嗟予少孤露，生值角张星。

入世戆不合，安用觉冥冥。所以甘蛰遁，绝足明王廷。

秋赋三十年，犹然一灯青。微惜未闻道，特爱春秋笔。

史学亦多端，考据乃一节。故事及文字，爬疏费心血。

人表校勘记，小儒望咋舌。坐此廿载余，能苦同嚼雪。

杀青幸告成，何似周生烈。方拟藏名山，遽值亡胡羯。

独抱一编终，忍令大道裂。民国既成立，旧学不复存。

孔孟且见诋，余子更何论。卷怀退深藏，泛然若匏尊。

谁屑膺世纲，侯门事王根。顾欲伸民权，兼为养国力。

蚕社先一鸣，铁路竟三北。当道有豺狼，欲制不可得。

被发入深山，仰视苍天黑。郑公乃好事，书来劝家食。

复与世周旋，岂能视肥瘠。偶然问狐狸，亦非病狂易。

谁知俯仰间，异事传通国。昨者位宾师，今以伍盗贼。

沴气环成淄，中安容一白。皆浊有不能，合污安所极。

葆正以敌邪，我尝闻在昔。养兹浩然气，赓歌无愧色。

释义： 人间正气似乎久已消沉，有谁还会在意和践行？只叹我幼年丧父、孤立无助，若非有吉星相佑、得贵人相扶，我也许早已在俗世中埋没。因生性鲁莽刚直，不媚权贵，不贪名利，所以不慕官场、逃避社会成了我的归宿。三十载的科举考试路，我依然我行我素，为做学问甘愿在青灯之下日夜苦读。虽然一直未习得什么经世大道，却成全了一个据事直书的史笔"春秋梦"。史学方方面面，考据（学）只是其一。我沉溺于文字的旧事里，极尽所有心力，为的是撰成（连我自己都有些望而却步的）《通史人表》和《二十四史校勘记》。经过如同嚼蜡一般的苦苦创作20余年，拙作终于杀青成卷。然而，此时的我却有如三国时的周生烈，来不及功成身退，来不及隐居山林，一切都已发生改变。我只得独自守着这一堆卷册，不忍想那治学传统的毁裂。民国既已成立，旧学不复存在。圣人都遭遇诋毁，我辈又算什么角色？是啊，谁还在乎那些纲纪伦常，谁还会重视那些旧学之功呢！顾世事变迁，我弃文从商，经办实业，欲为国民伸张权利，欲为国家增添实力。可是啊，无论经理桑蚕实业，还是总理川汉铁路，总有一帮豺狼虎视眈眈、为非作歹、作威作福，让我万般无奈，不得不归隐山乡。幸得知县郑贤书的关切，我又做了合川县志的编纂，再次出山与混沌的世事周旋，与一帮狐狗贪官相抗相争。谁知转瞬间，怪事传遍全国。昨天我还是座上宾，今天却被诬为山中贼。沴气（灾害不祥之气）已拢成一片黑色，中间安能容下一点儿白？激浊扬清我或许做不到，但要我同流合污又怎么使得？就让我和着前贤文天祥的诗韵，吟唱一首我的《正气歌》吧！保持正气，抵御邪气，我无愧于天，无愧于地，无愧于天地间的浩然正气！

四、鉴赏提要

这篇诗文是张森楷蒙冤入狱后，有感于监狱环境恶劣、疫病盛行、军阀歹毒，而自己又誓不妥协，或许将会惨死狱中、不久于人世时的感愤之作。

全诗大致可以分为两部分。诗的第一部分，作者以清王朝的腐败衰亡为背景，重点回忆和描述了自己的身世经历、品格性情、治学过程和所取得的学术成就。诗的第二部分，作者针对军阀时代的暴力统治，想到自己自兴办实业以来，历经蚕桑公社、保路运动、修筑川汉铁路到隐逸回家、编修县志的过程。虽然自己是多么想为国家和人民做点事情，却无奈世道黑暗，屡遭磨难，要么遭诬陷，备受打压；要么遭通缉，被迫流亡，今日更是银铛入狱，受尽屈辱。然而，对于这一切，作者却依然初心不改，无怨无悔。

想到昔日文天祥在燕山狱中为国尽节的场景，与今日自己身陷囹圄的境况若同。自己当以前贤为师，即便是"奄息气尽之身"，也要同诸般"杂气"一战到底。这便是作者步文天祥《正气歌》韵，作了《后正气歌》的缘由。

在一般人看来，把自己一个小儒同史上一个大贤相提并论似有不妥，那么作者用自己的《后正气歌》与前人的《正气歌》相唱酬，勇气又何在呢？对此，作者的回答是，"养兹浩然气，赓歌无愧色"，人间的浩然正气是所有读书人都应秉持和追求的，因此我与前贤相唱和，缘何会有羞愧之色呢？更

森楷路前两江观景平台（合川区摄影家协会供图）

何况自己之所处，可谓是"沴气环成淄"，不养浩然气，何能"葆正以敌邪"？

张森楷就是张森楷，他的斗争精神和高尚人格永远值得我们珍视和学习。

五、漫读拾遗

文天祥《正气歌》碑墙

《正气歌》让我们记住了文天祥这位浩然正气的孤勇者。

那么，谁又是这位孤勇者眼中的孤勇者呢？或许就是被称为"四川虎将"的张珏了。张珏，18岁到合州参军，曾在钓鱼城保卫战中建立奇功而升为南宋中军都统制、四川制置使兼重庆知府，是当时战死蒙哥汗一举改变世界战场格局的绝世人物之一。1278年，重庆城破，张珏被俘，在押往元大都（今北京）途中，借故解下弓弦自缢殉国。

文天祥得知，很是感叹，作《悼制置使张珏》诗："气敌万人将，独在天一隅（角落的意思）。向使（假使的意思）国不亡，功业竟何如？"这首诗四句均系集杜甫诗写成。

"气敌万人将，独在天一隅。"这"气"是勇气、胆气、豪气，更是正气。

"向使国不亡，功业竟何如？"在文天祥那里，从来就没有什么成王败寇，有的只是气节、操守、忠诚和立德、立言、立功的"三不朽"。

第六编

『合州八景』诗文选读

　　『合州八景』，作为合川十大历史文化地标之一，是合川历史上最富美感、最有特质、最具辨识度的风景名胜。『合州八景』的命名始于明代，它是文人墨客对合川山水物象、人文景观的一次集中展示与提炼。由于命题贴切、典雅，而且对仗工整，400多年来一直受到人们的喜爱，象征着合川山川壮美、风光无限，寓意着人们对于故土的钟情与眷恋。

　　自提出以来，『合州八景』为历代文人墨客所反复题咏，形成的诗文数量众多、形态各异，争奇斗艳。『合州八景』诗虽然只有八题——《瑞应清风》《甘泉灵乳》《东津渔火》《涪江晚渡》《鱼城烟雨》《濮湖夜月》《金沙落雁》《照镜涵波》，但题这些诗的文人却是数量众多，其中最有影响的便有卢雍、张乃孚、刘泰三、于成龙、彭世仪、邹智等一众名人官宦。读老『八景』，写新『八景』，相信我们会对合川产生无尽的热爱。

第四十二期

朱椿等《合州山水》题诗

本期解读的合川历史文化地标是"合州八景",主要视点为合川山水,读取的诗文是朱椿等题的《合州山水》诗。

一、历史信息

合川有山,有水,山水格局独特。

说到山,有绵延横亘于东的华蓥山,有特立独行于西的龙多山,有拱卫

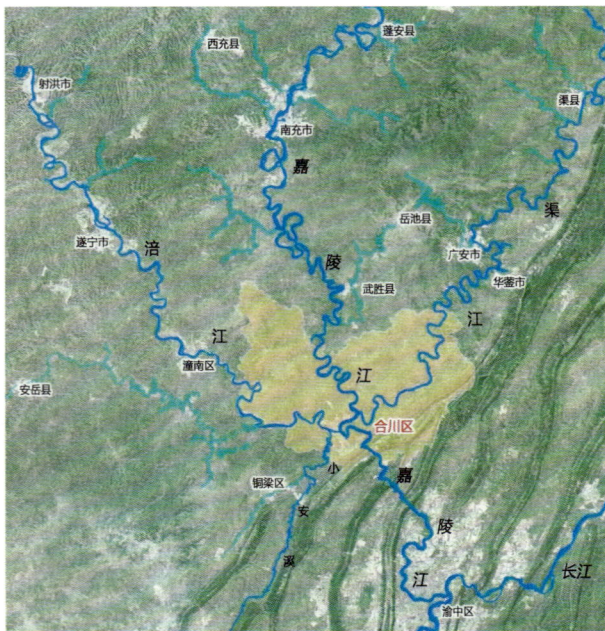

合川三江交汇、五水汇流图（王梅绘）

州城于中的铜梁山、东山（白塔坪）、云门山、龙游山,至于其他无数的丘陵群山更是密布于全域,山与山相望,山与山相连。

说到水,有从北部流入的嘉陵江,有从西而来的涪江,有从东而至的渠江,还有它们众多的支流溪河,堪称三江交汇,众川相凑,水流八方,舟行天下。

由山水而气候,而风景,而人文,而历史,逐渐构筑了合川这方地域的

山水文化、人文景观。

对于合川的山水文化，在民间，最为人们喜闻乐道的，是一种叫"竹枝词"的巴渝民歌。这种民歌经刘禹锡改作新诗后，逐渐发展成七言绝句的形式。由于其语言通俗、音调轻快，人们多用它来吟咏当地的风土人情，成了一种"有韵的龙门阵"。在清代中后期，"竹枝词"创作曾风靡合阳，所作诗词常常被冠以"合阳竹枝词"之名。这里，就让我们先来读读"竹枝词"中的合州山水吧！

二、作者简介

朱椿（1371—1423），明太祖朱元璋第十一子，洪武十一年（1378）受封蜀王，洪武二十三年（1390）就藩成都。现如今，成都红照壁还有他所建的皇城遗址。据史料记载，朱椿是一个本性"孝友慈祥"、喜好读书和做学问的人。他博综典籍，容止都雅，近儒生，能文章，在朝中有"蜀秀才"之称。

朱椿以"合阳竹枝词"的形式写合州山水算是比较早的，有引领之功，这也说明他是熟悉和懂得合川的。至于他是专门到过，还是顺便路过，我们不得而知。

王履吉（生卒年不详），字梦云，清代合州人。廪生出身，曾保举为五品衔，以做知县用，著有《合阳课艺》。

彭光煦（生卒年不详），事迹亦不详，只知其为合州人。

三、诗文推送

《合州山水》题诗

纯阳山外野人家，客为乘凉趁日斜。
一片香风何处起？藕塘初放白莲花。

——朱　椿

会江楼外客舟横，来去朝朝有送迎。
堤上垂杨堤下水，一般都是系离情。

——朱　椿

凌霄阁上月轮高，寻乐亭边草似袍。
两地书声相唱和，中间隔断涪江涛。

——王履吉

送行每在洛阳桥，唱断骊歌柳色娇。
回望青龙滩下水，烟花三月总魂销。

——王履吉

层层瓦屋与城齐，城外新堤接旧堤。
钓艇不知春水涨，渔人多在夕阳西。

——彭光煦

回环三水绕江城，对面山光画不成。
但使人心坚似石，任他波浪几时平。

——彭光煦

云雾合川（华长远摄）

释义：（1）题目系编者所加。

（2）合川城北旧时有地名叫藕塘湾。

（3）会江楼，系合川历史上最有名的城门楼，楼下便是嘉陵江与涪江的交汇处。

（4）凌霄阁、寻乐亭，一个在城北的瑞山义学内；一个在城南的合宗书院，两亭隔涪江相望，均是昔时合州城的重要地标。

（5）洛阳桥、青龙滩，系合州城外地名，处城西方向。这里所说的骊歌，是指告别的歌，即离别时唱的歌。

（6）古老的合州城，城墙高耸，房屋与城墙相齐，江边筑有防洪的单公堤、胡公堤。

（7）"回环三水绕江城，对面山光画不成"，说的是合川三江环绕，风景如画，即便是遭遇到了暴雨洪水的肆虐，它依然壮阔美丽。所谓"画不成"，就是难以用语言来形容，难以用笔墨来表达。

四、鉴赏提要

朱椿的两首题诗，一首是描摹纯阳山外的乡村景致，一首是书写会江楼外的送别离情。前者，诗人以一个出城纳凉的访客角色，如梦般地步入了一幅清新高洁的自然画卷。"一片香风何处起？藕塘初放白莲花"，让人身临其

境，如闻其香。莲的君子寓意，我们就不多说了。后者，诗人以一个登临会江楼的访客角色，直抒胸臆地吟诵了一首畅叙忧愁的离别曲，让人如处津岸、感同身受。"客舟""垂杨""流水"恰到好处地把会江楼外的物象与诗文的意象联系了起来。

相比较而言，王履吉的两首题诗则要欢快得多。"凌霄阁上月轮高，寻乐亭边草似袍"，写的是画面；"两地书声相唱和，中间隔断涪江涛"，写的是声音。有音画一体和形意兼具、声情并茂的美感。同样是送行，"回望青龙滩下水，烟花三月总魂销"，诗人胸臆中却少了几分离愁之苦，多了几分回忆与期待。

至于彭光煦的这两首题诗，需要提醒读者的是，三江之上，有春水漫涨时的渔舟唱晚，也有波浪滔天时的洪水肆虐。"层层瓦屋与城齐，城外新堤接旧堤"，说的是江与城的和平相处、和谐共生；"但使人心坚似石，任他波浪几时平"，说的是人心意志与自然灾害的斗争。

合阳之美，美在物景、美在心境，更美在人文精神。

五、漫读拾遗

山水诗文，自魏晋南北朝兴起之后，到唐代已完全进入成熟期。张若虚

合川渠江风光（周克春摄）

的《春江花月夜》，以月照春江的意境使无数读者为之倾倒。李白"一生好入名山游"，写下无数灿烂诗篇，令人为之惊叹。杜甫对祖国山水一往情深，《望岳》《登岳阳楼》等诗文堪称千古绝唱。孟浩然、王维被誉为唐代山水诗派的双璧。高适和岑参则以描绘塞外风光著名。在他们的倡导和影响下，中国历代山水诗异彩纷呈，在中国文学史上可谓光芒万丈、蔚为大观。

与山水诗并驾齐驱的是各类山水游记。由唐代元结、柳宗元的基础奠定，到宋代诸多名家的各辟蹊径，再到明清山水小品的绚丽多彩，一直发展到当代而历久不衰。一部《徐霞客游记》不仅让我们看到了美妙传神的景观描写，更是达到了科学与文学的完美融合。

山水是什么？山水是人们对于自然的敬畏，所谓"敬天之怒，无敢戏豫"是也。山水是人们对于造化之美的感受，所谓"蒹葭苍苍，白露为霜"是也。山水是人们对于自己精神的观照，所谓"仁者乐山、智者乐水"是也。

根植于中国山水文化的土壤，合川的山水文化同样艳丽芬芳，它早已长入合川的历史，进入人们的生活，是前人留给我们的一笔宝贵精神财富。2000年，合川历史文化专家池开智先生曾收录并精选编注过从隋唐开始至20世纪60年代，共计81位历代名人写合川山水的代表性诗作200余首，为我们做过一次较好地梳理（参见合川市政协文史资料委员会编印的《名人与合州——历代合川山水诗选注》）。

第四十三期

卢雍等《瑞应清风》题诗

本期解读的合川历史文化地标是"合州八景",主要视点为瑞应山、瑞应门,读取的诗文是卢雍等的《瑞应清风》题诗。

一、历史信息

作为"合州八景"中的第一景,"瑞应清风"指的是位于今钓鱼城街道的一道古城景观。昔时,合州城北有山似蟠龙,北宋景德年间,因天降祥瑞,人们遂称其为"瑞应山"。瑞应山处涪江、嘉陵江交汇地带,是合州城的靠山,有着别处不可比拟的景致和风光。

"合州八景"区位分布图（莫宣艳制图）

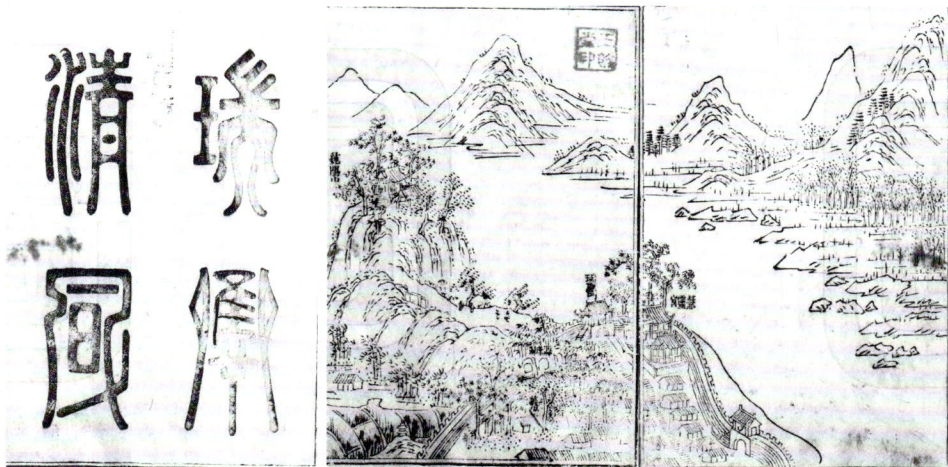

瑞应清风（引自清乾隆《合州志》）

据清光绪《合州志》载，"宋景德中，文本成瑞，山因得名。自纯阳开嶂，雉堞穹隆，竹树蓊蔚，襟带三江，俯视烟火万家，如列几席，西北一角，山色岚光，延（引来）爽挹（牵引）翠。每春禊（xì）秋社（人们祭祀土地神的两个节日），习习清风，飘然来襟袖间，洵（确实）州脉之爽垲（高爽干燥之地）也。"

如果要给这段文字作个旁白的话，那便是：在1004—1007年间，州城所处的那座山，林木茂盛、烟光幻彩，有树木生成形似"天下太平"的纹样，被看成是天降祥瑞。于是，人们便给州城内的这座山取名为"瑞应山"，山垭上的城门后来也叫"瑞应门"。这里，地居高处，远可观三江，近可览两山，每逢春秋两季，常有人来此结社祭祀，时有清风徐来、暗香盈袖，令人身心愉悦。一时间，景变成了风，风变成了景，遂命名"瑞应清风"。因为它突出表达了人们对安宁幸福生活的向往，故被列为"合州八景"之首。

二、作者简介

卢雍（1474—1521），字师邵，明代吴县（今江苏省苏州市）人。武宗正德六年（1511）进士，授监察御史。正德十三年（1518），以监察御史巡抚四川，有惠政，曾至阆州、合州，后迁四川提学副使。著有《古园集》。

张乃孚，详见第十七期"作者简介"。

三、诗文推送

《瑞应清风》题诗

山中嘉瑞昔曾闻，山下东风霭瑞氛。
巴蜀连年苦征馈，愿看木叶再成文。

——卢　雍

释义：昔日曾闻你山中嘉木成文，喻示天下太平；今天得见你山下清风徐徐，拂起瑞气祥云。瑞应山啊瑞应山，都说你是一座瑞应吉祥的山，那就请你再次昭示一番：早日结束这连年令人痛苦的征徭赋税，还我巴蜀百姓一个太平盛世。

城闉最高处，瑞应锡嘉名。木叶文成异，竹林风自清。
穆如吉甫诵，霭若故人情。披拂生连理，为书上太平。

——张乃孚

释义："城闉（yīn）"，泛指城郭。"锡"同"赐"，赏赐、赠予的意思。"为"

瑞应门（合川区摄影家协会供图）

瑞映（应）清风（周健绘）

同"伪"，假托、附会的意思。诗文大意如是——

城郭最高处，有山名瑞应。山上，古木参天、枝繁叶茂，似有千般模样；林间，月光乍泻、竹影婆娑，似有清风晓畅。这静穆的景象啊，简直就是在聆听一首王朝的颂歌。这凝霭的氛围啊，仿佛就是在目睹一场久别的相逢。在人们眼里，本不同根的草木连生在一起，便是吉祥的征兆。在人们心里，本有差别的木叶纹理附会成文字，那便是寄予的希望。愿一切太平美好的日子，有如这瑞应清风，吹遍山野吧！

四、鉴赏提要

作为一道景观，瑞应山是独特的，合州城是独特的，三江水是独特的。山、水、城的融合，绘就了一幅山在城中、城在江中、江在山中的灵秀画卷。这画卷有如春风抚摸，有如秋风送爽，令人自在轻松、心旷神怡，显示出一切都是那么的惬意，甚至可以说是得意。

如果说卢雍的题诗"巴蜀连年苦征馈，愿看木叶再成文"，表达的是对太平盛世图景的期许，那么张乃孚的题诗描绘的则是这幅太平盛世图景本身——

"穆如吉甫诵，霭若故人情"，说的就是这图景有如周代贤臣尹吉甫赞美周宣王的颂歌，有如在外游子感慨故人之间真诚的情谊。这是个典故，更是种象征，传递的是"瑞应清风"带给人们的吉祥、美好。

五、漫读拾遗

什么是"八景"？人们为什么要题"八景"、写"八景"、画"八景"呢？

所谓"八景"，其实是古代约定俗成的一个景观概念。人们将境内的八处代表景物予以评选命名，并由文化名人赋诗、绘画，目的是扩大宣传，提升影响，形成效应。这些代表性景观通常是一地著名景物的集合，是一地历史和人文的重要反映和象征。以"八景"作表达，折射出来的是人们对美丽家园的情深意长和对美好生活的无限向往。

关于"八景"的起源，说法各异。一般观点认为，"八景"最早起源于900多年前的北宋，当时著名学者沈括在《梦溪笔谈》中便利用了一个叫宋迪的人的绘画作品，概括出了一个地方的"八景"，并赋予了"平沙落雁、远浦归帆、山市晴岚、江天暮雪、洞庭秋月、潇湘夜雨、烟寺晚钟、渔村落照"八个充满诗意的名称。

"合州八景"有广义和狭义之分。狭义的"合州八景"特指"瑞应清风""甘泉灵乳""东津渔火""涪江晚渡""鱼城烟雨""濮湖夜月""金沙落雁""照镜涵波"八大景观，又称"合阳八景"。

广义的"合州八景"，除上述"八景"外，还包括合州域内的其他"八景"——

如，写钓鱼山景观的"鱼山八景"：嘉陵萦带、峰顶白云、沙滩响雨、古洞流泉、赤壁文光、天池夜月、东谷晴霞、西市晚烟；

如，写三庙镇风物的"鹤鸣八景"：冠诰迎阳、天城春色、戴花映日、许村烟雨、琉璃晓云、海龟晴雪、鹤亭古迹、蓝溪渔话；

如，写龙凤镇形胜的"龙多八景"：鹫台献瑞、飞仙流泉、怪石衔松、晴云绕翠、黄龙吐雾、赤城旧迹、横江白练、群峰堆翠，等等。

第四十四期

张乃孚等《甘泉灵乳》题诗

本期解读的合川历史文化地标是"合州八景",主要视点为甘泉洞、甘泉寺,读取的诗文是张乃孚等的《甘泉灵乳》题诗。

一、历史信息

作为"合州八景"中的第二景,"甘泉灵乳"指的是位于今钓鱼城半岛学士山东侧山腰处的一道洞泉景观。这里曾有甘泉寺,寺后有一岩洞,洞中常年滴水如注、叮咚悦耳、清甜甘冽。对此,清光绪《合州志》曾有过这样的描述:"(城)东渡江,寻山得径,则盘折东下,崖石欹嵌(qī qīn),有洞邃然,宛若堂奥,环以楹桷,酷热暑不能侵石。罅(xià)中清泉泻出,涔涔(而)滴,有声如奏素琴,掬以煮茗,味甘而洌,夜则竹籁松涛相和不绝,胡阁部自为仙境信哉。"

其大意是说,与州城隔江相望的学士山,山似鱼脊,岩石高峻,有洞深邃,酷暑难侵。洞中滴泉发出的声音如古琴一般动人,煮泡出来的茶水清香扑鼻、甘甜爽心。到了晚上,洞外的松竹随风而动,有

甘泉洞遗迹(袁万林摄)

如天籁，不绝于耳。难怪胡阁部赞它如仙境一般。

文中所称胡阁部，是指州人胡世赏，昔时穴中有他题名的"洞落天泉"四字。此"甘泉灵乳"景中的"灵乳"，系指岩石滴水处自然形成、悬空倒挂的乳锥和从乳锥流下的泉水。

合川，三江交汇、五水汇流，严格说来是不缺水的。人们之所以独爱这份甘泉，有其特别的寓意。洞中泉水喷珠滴玉、生生不息，可以象征财富、大气、阳光或敏锐。泉从地上出，大地厚德载物、泉水甘之若饴，亦可在精神上形容人心灵道德的纯美质朴。

二、作者简介

张乃孚，详见第十七期"作者简介"。

宋锦（1706—1772），字在中，号东郊，清代河南武陟县人，乾隆初及进士第，谒选得犍为知县。因在犍为政绩突出，三年考绩中，于乾隆九年（1744）被表彰为"卓异"，遂于乾隆十一年（1746）被推荐升迁为合州知州。

次年二月，宋锦正式到合州就任知州。他在合州知州任上的时间较短，

甘泉滴（灵）乳（周健绘）

主要做了两件事：一是重修了孔庙泮池、棂星门和濂溪祠池亭；二是续修了《合州志》。乾隆十三年（1748），宋锦因父亲去世回家服丧，离开合州。合州人民怀念他，将他的画像悬挂在濂溪书院。

此后，宋锦一直在广东为官，先后任德庆知州、崖州知州、惠州通判、琼州府知府、广州海防军民府同知（澳门军民府同知）。其"所到之处，俱有贤声"，深受当地百姓爱戴。

三、诗文推送

《甘泉灵乳》题诗

灵岩开石洞，德水纪甘泉。势未倾三峡，源疑泻九天。
菩提清共饮，琼液润同煎。若遇陆桑苎，名应第一传。

——张乃孚

释义：岩有灵性而开石洞，水有功德而成甘泉。这石洞虽不如（嘉陵）三峡那般险峻，可这甘泉却自天外浸流而来。如此纯净之水可与人清欢共饮，如此琼浆玉液可与人煮茶品茗。若得（茶圣）陆羽相遇，定会传为绝世第一。

洞门寂寂白云深，中有清泉冶素心。泻入药畦滋瑞草，挹来客座涤烦襟。
题岩昔日留高迹，空谷于今有足音。利锁名缰徒碌碌，无边风月让山林。

——宋　锦

释义：洞外云雾深深，洞中泉水滴滴。这纯净的清泉啊，流入药畦可滋仙草，掬来清饮可消烦意。"洞落天泉"是昔日文人留下的题记，"空谷传音"是今天自身得到的体会。人生碌碌，缘何为名锁为利缚？缘何不走进山林，把那无边风月细加品读。

四、鉴赏提要

与洪成鼎《游甘泉洞》诗不同，张乃孚的这首题诗开篇便是评论、赞美。

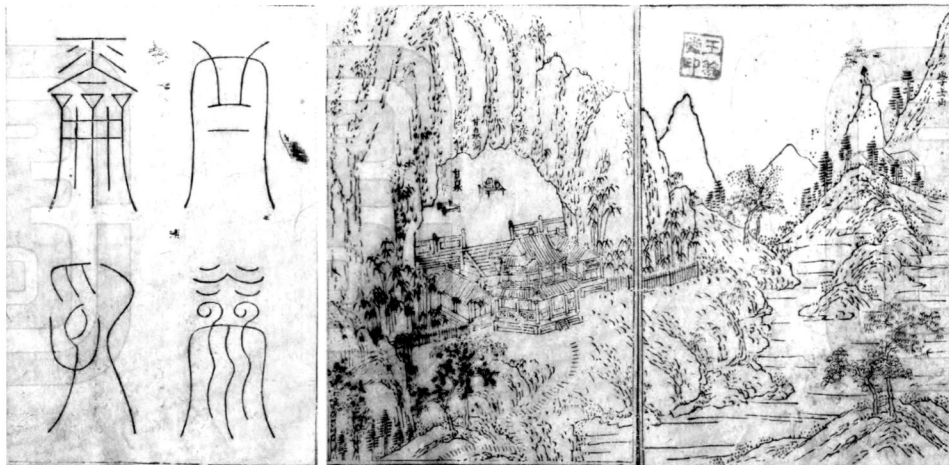

甘泉灵乳（引自清乾隆《合州志》）

"灵岩""德水"，一下便把"甘泉灵乳"这一景致带入了道德神话。"势未倾三峡，源疑泻九天"，一线细微落下的洞中滴泉与气势磅礴的嘉陵三峡作对比，居然比出了泻于九天之外的源头来，其夸张的程度不亚于李白那首"疑是银河落九天"的豪迈诗篇。"菩提清共饮，琼液润同煎"，更是把此水对人心灵的滋养、润泽推到了一个崇高的地位。用之烹茗，任由"茶圣"陆羽来评，我们也敢打赌，它不是唯一也是第一。这便是"甘泉灵乳"在"合州八景"中排名第二的原因。

本期推送的宋锦题诗，原名《游甘泉洞》，写得也不错。该诗的核心是追忆和赞颂了在洞中题过字的合州名贤胡世赏。

胡世赏，字存蓼，明万历二十九年（1601）进士，先后任礼部主事、户部郎中、荆州知府、浙江左部侍郎、刑部左侍郎。其一生"两起两落"，却始终能淡泊自守，有刚直不阿之声。罢官回乡后，胡世赏倾其所有帮助乡梓修筑堤防抵御洪水，凿平江中巨石便利水上交通，代缴税赋助州民渡过旱灾。他热心地方公益事业，是合州著名的贤德人物。

"题岩昔日留高迹，空谷于今有足音"，诗人联想着自己，表达了不愿为利"锁"、为名"缰"的心境。故有"利锁名缰徒碌碌，无边风月让山林"的胸襟。

五、漫读拾遗

甘泉，简言之就是甜美的泉水、美好的水泉。在中国传统文化中，甘泉可以指代多种不同的含义，在不同语境中也承载着不同的象征意义和文化内涵。通常，甘泉被认为是一种美德的象征，代表着人们对于理想、愉悦和宁静的向往。这种意象出现在古代文人的诗词歌赋里，多被用来形容一个美好的世界，或一种理想的生活。比如：

"愿以太平颂，题向甘泉春。"（皮日休《七爱诗·李太尉（晟）》）

"家人欲酿重阳酒，香曲甘泉家自有。"（苏辙《酿重阳酒》）

"晨霞出没弄丹阙，春雨依微自甘泉。"（韦应物《长安道》）

"清澄绝胜汉甘泉，一酌心魂自爽然。"（王世贞《甘泉》）

"甘泉穿石磴，山腹启禅扉。"（韩琦《过甘泉寺》）

第四十五期

于成龙等《东津渔火》题诗

本期解读的合川历史文化地标是"合州八景"，主要视点为东津沱、渔火，读取的诗文是于成龙等的《东津渔火》题诗。

一、历史信息

作为"合州八景"中的第三景，"东津渔火"指的是位于今合川城南东津沱湾的一道临水景观。东津沱系嘉陵江、渠江、涪江交汇后流经的第一个回水沱。它既是一个往来过江的渡口，又是一个渔船停靠的港湾。

据清光绪《合州志》载："涪、宕（指渠江）、嘉陵汇城下，而东折三四里许，回澜（回旋的波涛）成沱，东山寺则翼然临其上，古塔耸云，倒影横江，

东津渔火（引自清乾隆《合州志》）

每（至）暮烟明灭，夜色苍茫，远眺东津，点点渔火，出没恬波细浪中，与星月争光，欸乃(ǎi nǎi，开船的摇橹声)一声动，水面璀璨成花，亦佳境也。"

这里描述的是黄昏和夜幕下的东津沱景象。东津沱后山原名东山，山上有寺有古塔，寺钟飞声长空，塔影映衬天地，江上渔火在波光中荡漾，与日月星辰交相辉映，构筑了一幅与其他平原城市不一样的秀美画卷。

二、作者简介

于成龙（1617—1684），字北溟，号于山，清代山西永宁州（今山西省吕梁市）人。清顺治十八年（1661）以副榜贡生选授罗城知县，清康熙六年（1667）迁升合州知州，后迁任湖广黄州府知府，历任代理武昌知府，福建按察使、布政使、巡抚和总督，加兵部尚书、大学士等职。康熙二十年（1681）升任江南江西总督，三年后又兼管江苏、安徽两地巡抚政事，后死于任上。有《于清端公政书》8卷传于世。

于成龙画像

于成龙来合州时已52岁。在任上，他招徕流户，发展生产；陈请知府，免征鱼课；果敢决策，奖励耕作，对合州兵灾之后的恢复重建有开拓之功。他经常头顶斗笠，身穿布衣，带一仆人牵一瘦马，到乡下去访问民间疾苦，"无丝毫累民，民亦父母视之，不觉其为官也"，"州人号'于青天'"。

于成龙在20年的宦海生涯中，三次被举"卓异"，以卓著的政绩和廉洁刻苦的一生，深得百姓爱戴，被康熙帝赞誉为"天下廉吏第一"。

张乃孚，详见第十七期"作者简介"。

三、诗文推送

《东津渔火》题诗

夜静沙寒滩水鸣，云横露冷渡浮萍。

星垂两岸青燐见，故遣幽人撒网惊。

——于成龙

释义：君可见过夜静沙寒时的滩水空鸣？君可见过云横露冷时的浮萍飘零？在这幽暗孤寂的江上，一盏青燐般的渔火，照着一个撒网捕鱼的人，从而惊起两岸沉睡的星辰（预示着无限生机的来临）。

一片迷蒙景，灯光出远空。携来渔艇火，散射大江红。
雪浪翻沙月，银花卷岸风。推篷呼饮罢，结见逐臣贤。

——张乃孚

释义：夜幕降临，暮色撩人，放眼望去，薄雾中已无任何船行。驾起一叶扁舟，点亮一盏渔火，眼前波光粼粼，泛起红光一片。月光下，雪白的浪花翻卷在沙滩上；江风中，银色的星光闪烁在林岸边。此情此景，推开船篷，思怀畅饮，自己仿佛遇见了屈原这位被逐出的贤德良臣。

东津渔火（周健绘）

东津渔火（刘勇摄）

四、鉴赏提要

本期推送的两首题诗，虽然都是写《东津渔火》，但意境有很大差别，一首写得凄清、幽美，一首写得温暖、浪漫。

先来说于成龙这首题诗。诗一开篇便把人带进了一个夜静沙寒、云横露冷的深秋季节。第一句中的"滩水"，可以看作是诗人心中的愁绪；第二句中的"浮萍"，可以看作是诗人当下的境况。我们知道，于成龙知合州时，由于连年战乱，人口锐减，流民四散，地区经济十分凋敝，百姓更是苦不堪言。这时的东津渔火已然不复往昔的热闹非凡，有的只是"星垂两岸青燐见"。青燐，俗称鬼火，是腐烂的人和动物尸体分解出的磷化氢，在夜晚自燃时发出的光焰。

于诗的末句，"故遣幽人撒网惊"，为全诗的关键，只不过不太好理解。这是一个暗喻，意指舟上的渔火终归打破了一江沉寂。在前面铺叙的基础上，一个"惊"字，写出了东津渔火的灵光乍现。幽人即幽居之人、幽隐之人，这里指作者本人。此句喻示作者来到合州，决意像幽人泛舟江上一样，为自己点一盏渔火，撒一网星辉，努力恢复这方地域的活力与生机。因为"东津渔火"代表的正是诗人内心的那份希望与志向。

与于成龙题诗形成鲜明对比的，是张乃孚的题诗。

张乃孚的题诗，既有黄昏时分的如梦似幻、满天霞光，更有夜半时刻的唯美动人、古今穿越。其诗的前半部分，"一片迷蒙景，灯光出远空"，写的是朦胧夜色；"携来渔艇火，散射大江红"，写的是喧嚣场面。诗的后半部分，作者画风一转，由闹入静，于万籁俱寂处觅寻天光月色，尤其是"雪浪翻沙月，银花卷岸风"一联，动静相衬，明暗交替，有声有色，十分唯美。

诗的末两句，"推篷呼饮罢，结见逐臣贤"，说的是诗人推开船篷、呼饮唱怀之后，似与伟大的爱国诗人屈原来了个千年穿越，两人相见于江上，共话古今情怀，共享无边风月。

渔火是勤劳的象征，是希望的象征，总是给人以无尽想象。这几乎是所有《东津渔火》题诗赏读的一个基点。

五、漫读拾遗

渔火，通常指渔船上的灯光、火把和炊烟。渔火在文学作品中，象征着宁静的夜晚和劳作的停歇，是渔人不眠的守候。渔火，一般寓意着孤寂、惆怅中的光亮和希望。夜幕降临时的返航归船，或是夜深人寂时的滩头渡口，点亮一盏渔火，照亮的不仅是打鱼人家的生活，更是夜行人的心绪。

在夜色的掩护下，独自泛舟江面，享受静谧。这时，远处突然亮起一盏渔火，像是萤火虫闪烁在水上，若隐若现，独特而又神秘。那美丽的闪光，如同夜的精灵，引领着你想去一探那未知的美，此时让你写一首诗，将这一瞬间的美丽变成永恒的回忆。你会不会这样写呢："月黑见渔灯，孤光一点萤。微微风簇浪，散作满河星。"（查慎行《舟夜书所见》）

因为渔火，一幅本来阴冷暗淡的夜景图顿时显得波澜壮阔，气象万千，充满了审美情趣。这便是渔火的能量。

第四十六期

卢雍等《涪江晚渡》题诗

本期解读的合川历史文化地标是"合州八景",主要视点为涪江口、晚渡,读取的诗文是卢雍等的《涪江晚渡》题诗。

一、历史信息

作为"合州八景"中的第四景,"涪江晚渡"指的是位于今涪江一桥两岸的渡口景观。这一区域,江的北岸是合州城的文明门(小南门)渡口,江的南岸是隔江相望的南津渡口。南津岸上,有铜梁山横亘矗立,沿江地势则平整开阔,人口稠密,是合州城外最大的人口集聚区。战国时期,这里曾是巴国都城所在。

奔涌而来、奔流而去的涪江将合州城与古老的巴子城旧址分为了南北两处。过去无桥,每当夜幕降临,穿梭于涪江两岸南来北往的人们都会行色匆

涪江晚渡(刘勇摄)

涪江晚渡（引自清乾隆《合州志》）

匆地拥向渡口，乘船归家，于是便有了《合州志》上的这段描述：

　　"南津岸上，为巴子旧治，横亘铜梁，与州对峙，人烟稠密，无殊市邑。涪水从东（应是'西'）来，赴麻柳岸，注明月沱，当晚色暝蒙，烟波浩渺，待渡人归，络绎不绝，小艇兰桡，讴吟上下。回望江城，天然如画。"

　　江山如画，生活入画，这便是"涪江晚渡"展示出来的美景。

二、作者简介

　　卢雍，详见第四十三期"作者简介"。

　　张乃孚，详见第十七期"作者简介"。

三、诗文推送

《涪江晚渡》题诗

抱郭清江湮霭横，行人两岸各相争。

天寒日落归途远，又恐中流风浪生。

——卢　雍

　　释义： 诗中的"抱郭"，即绕着城郭；"清江"，即平静流动的江；"湮霭"，即云雾烟气。该诗大意如是——

　　黄昏时分，江水清冷，云雾霭霭，两岸行人争先恐后，急于乘船渡江。他们心里的那个急呀，不仅急在天色渐晚而归途尚远，还急在人多船少、风簸浪颠。

　　　　江云昏欲敛，落日渡南津。乱艇乘阳岸，中流鼓楫人。
　　　　绿波风细细，白石水粼粼。独向苍茫立，长歌怀采薇。

——张乃孚

　　释义：江天渐渐昏暗，日落云收的南津渡口人来人往。岸边，人们急着上船；江中，船工拼命摇橹。置身其间，又有江波浩渺、江风细细，又有流水清澈、白石闪耀。伫立在这苍茫的暮色中，我突然怀念起那些采薇而食的隐士来了。

四、鉴赏提要

　　卢雍的《涪江晚渡》所用的写作手法，可以说是对合州人民日常生活的白描：环抱城郭的江水清冷如常，薄暮之下，行人如倦鸟归巢，渡船回家。

涪江晚渡（周健绘）

"天寒日落归途远，又恐中流风浪生"，现实生活是多么的不易啊！涪江晚渡的意象，在诗人笔下，满篇都是同情和赞颂、怜惜，特别是最后一句的心理描写，感情细腻真挚，读后给人一种"我亦此中人"之感。

张乃孚的《涪江晚渡》所用的写作手法，则是一种写意：同样是"江云昏欲敛，落日渡南津"的背景，却多了几分"乱艇乘阳岸，中流鼓楫人"的喧嚣和热闹，多了一种"绿波风细细，白石水粼粼"的浅唱低吟。与卢诗不同，张诗题"涪江晚渡"的落脚点在于诗人自己。"独向苍茫立，长歌怀采蕨"，阐明的是自己立于市却隐逸于心的志趣。诗的末句由唐代王绩诗句"长歌怀采薇"化出，原意是说诗人之所处未得相识的知己好友，只能长啸高歌，隐居于山冈，其所抒发的是一种茫然若失、孤独无依、苦闷惆怅的心绪。不过张乃孚用在《涪江晚渡》中却是一种反衬，衬出的是合州城的活态生鲜，非常应景，一点也不违和。

五、漫读拾遗

"晚渡"是一个非常有传统文化特色的词语。作为黄昏时分人们往来乘船的场景，在中国古代文学作品中常被描绘成一幅美丽浪漫的画卷，蕴含着人们对旅途的羁绊、故土的眷恋、时间的流逝、人生的变迁、友人的怀念等复杂情感。

它既是具体的场景，又是情感的寄托、象征的符号。通过"晚渡"这一意象，诗家们更多地表达了他们对人生、时间、离别等主题的感悟和思考。这是需要特别引起注意的。

以"晚渡"为题材的诗词名句众多，这里随意选上数句，供大家一赏。

"半波风雨半波晴，渔曲飘秋野调清。"（陆龟蒙《晚渡》）

"茅茨落日寒烟外，久立行人待渡舟。"（钱选《秋江待渡图》）

"鸥鸟似知人乍别，飞来飞去渡船头。"（程炎子《天台陈山夫寄别用韵》）

"得风先送孤舟渡，过岸将为万里行。"（陶安《晚渡》）

"晚渡呼舟急，寒日正苍茫。"（李光《水调歌头》）

"一水分吴越，孤舟寄死生。"（释文珦《钱塘晚渡》）

"悠悠看晚渡，谁是济川人。"（文天祥《又呈中斋（其一）》）

第四十七期

张乃孚等《鱼城烟雨》题诗

本期解读的合川历史文化地标是"合州八景",主要视点为钓鱼山和鱼城烟雨,读取的诗文是张乃孚等的《鱼城烟雨》题诗。

一、历史信息

作为"合州八景"中的第五景,"鱼城烟雨"指的是今三江交汇处的钓鱼城山上的一道自然和人文景观。

这里三面环水、一面临沟,可谓地势陡峭、壁立千仞。山上林木葱翠、塘池散布,有钓鱼城古战场遗址2.5平方公里。每当春眠觉晓,或云烟升腾,或晨曦初露,或薄雾蒙蒙,或细雨霏霏,钓鱼城总是显得特别的苍郁、梦幻、深沉。

鱼城烟雨(刘勇摄)

鱼城烟雨（周健绘）

　　"鱼城烟雨"中的"鱼城"即指钓鱼城，"鱼城烟雨"中的"烟雨"即指春日细雨，这是一个典型的引发思古幽情的意象。关于这一点，清光绪《合州志》中的记述更是说明了这一点："江之东岸，山曰钓鱼，壁立千仞，翠插天半，依山为城，据江作堑，宋人筑之，以御元也。数百年断垒荒台，灭磨于磷青火赤间。际春晓将暾，澹烟微抹，细雨轻霏，秀削天然。崱屴（zè lì，高大险峻）奇特，与巴渝佛图（即今重庆渝中区浮图关）雄峙东川。思王（坚）公设险之意，吊前人守战之功，巍然独有千古。"

　　很显然，"鱼城烟雨"这一景的落脚点是对王坚、张珏等钓鱼城保卫战中的英雄们的怀想追念。

二、作者简介

　　张乃孚，详见第十七期"作者简介"。

　　于成龙，详见第四十五期"作者简介"。

三、诗文推送

《鱼城烟雨》题诗

鱼山标胜概，百仞倚苍冥。雨洗孤城白，烟浮废垒青。
晓妆开嶂黛，佳气瀹山灵。壁立自今古，真堪作画屏。

——张乃孚

释义：诗中的"鱼山"即指钓鱼山，"胜概"即指美景，"苍冥"即指苍天，"孤城"即指钓鱼城。诗文大意如是——

钓鱼山堪称合州胜景，其雄伟的山势仿佛倚天耸立。雨过的山色依然清新如常，历经时日的城塞却是废墟一片。青黑如黛的山峰有如新妆出镜，飘浮的云气浸润着山间的奇珍宝藏。那一段段陡峭的悬崖，壁立古今，有如扇扇画屏，绘着日月云霞。

石城遥望碧云端，峭壁荒凉烟水寒。
屈指兴亡几许事，清风明月在江干。

——于成龙

鱼城烟雨（引自清乾隆《合州志》）

鱼城烟雨（刘勇摄）

释义： 诗中的"石城"即指钓鱼城，"江干"即江岸，全诗大意如是——

驻足远眺，由石头垒筑的钓鱼城似在云端之上、光芒万丈，可细加打量，它却是峭壁生荒、江水寒凉。历史就是这样，往事如烟、变化无常。要不是江上清风、岸上明月的提示，我们或许还在那里纵论时间的短长。

四、鉴赏提要

作为"合州八景"最著名的人文景观，"鱼城烟雨"的魂在于钓鱼城，在于钓鱼城保卫战这段永载史册的历史。两位诗人的写法可谓完全不同，但内核高度一致。

张乃孚的写法，是以景论史。通篇以写景为主，不作评说，却又在所表达的意象中透出了那段荡气回肠的历史记忆。"鱼山标胜概，百仞倚苍冥"，突出了山的峻峭依然；"雨洗孤城白，烟浮废垒青"，写了城的衰落流变；"晓妆开嶂黛，佳气瀹（yuè）山灵"，说了景的精神永恒；"壁立自今古，真堪作画屏"，则表达了历史像一面镜子，可以让我们清醒地知道：与人生短暂虚幻相对的，还有超然世外的旷达。

于成龙的写法，是以史书景。所谓"石城遥望碧云端"，赞美的是钓鱼城筑城的奇功至伟和超凡智慧；所谓"峭壁荒凉烟水寒"，书写的是钓鱼城保卫战的坚韧不拔和胜利后的烟消云散。所谓"屈指兴亡几许事，清风明月在江干"，大有"滚滚长江东逝水，浪花淘尽英雄"的意味。从全诗看，算是一首慷慨悲歌，在让读者感受苍凉悲壮的同时，又营造出了一种淡泊宁静的气氛，有历史兴衰之感，更有人生沉浮之慨，体现出了一种高洁的情操和旷达的胸怀。

五、漫读拾遗

烟雨，不难理解，是指如烟似雾的细雨。在中国古诗词中，它并不局限于字面意思，而是一个拥有丰富内涵的文化意象。文人墨客笔下的烟雨，常常与寂寥愁苦、豁达超脱等情感相关联，诠释了作者对历史与生命的深切感悟。古诗词中的烟雨主要有以下几种意象——

一是以朦胧迷离之景，传达深邃幽美的意境。如杜牧那句"南朝四百八十寺，多少楼台烟雨中"（《江南春》），烟雨笼罩下的江南古寺，仿佛披上了一层细纱，朦胧、梦幻、诗意、唯美。

二是以缠绵幽深之姿，寄托寂寥愁苦的情绪。如辛弃疾那句"烟雨却低回，望来终不来"（《菩萨蛮·金陵赏心亭为叶丞相赋》），借助烟雨迷蒙之景，抒发自己的壮志难酬，诉说了"拍手笑沙鸥、一身都是愁"的苦情。

三是以灵动飘逸之态，表现豁达超脱的情感。如苏轼的"一蓑烟雨任平生"（《定风波·莫听穿林打叶声》），将朦胧迷离的烟雨，以"一蓑"为单位，化抽象为具体，传递出昂扬向上和豁达超脱的人生态度。

四是以散发升腾之气，催生思怀故人的幽情。张乃孚的这句"雨洗孤城白，烟浮废垒青"和于成龙这句"石城遥望碧云端，峭壁荒凉烟水寒"便是。

第四十八期

彭世仪等《濮湖夜月》题诗

本期解读的合川历史文化地标是"合州八景",主要视点为濮湖、夜月,读取的诗文是彭世仪等的《濮湖夜月》题诗。

一、历史信息

作为"合州八景"中的第六景,"濮湖夜月"指的是位于今合阳城街道濮湖社区内的一道自然景观。该地旧名"濮岩",因岩下的石龙江畔有清泉涌流成湖、形圆如镜而被称为"濮湖"。有关濮湖的景致,在清光绪《合州志》中是这样记述的:"濮岩有香泉,在石龙江畔,形圆如镜,得月最先,旧名濮岩,今易以湖月为宜也。夏秋涨溢,西溪成巨,浸(彼)林峦,浩渺烟树浮沉,仿

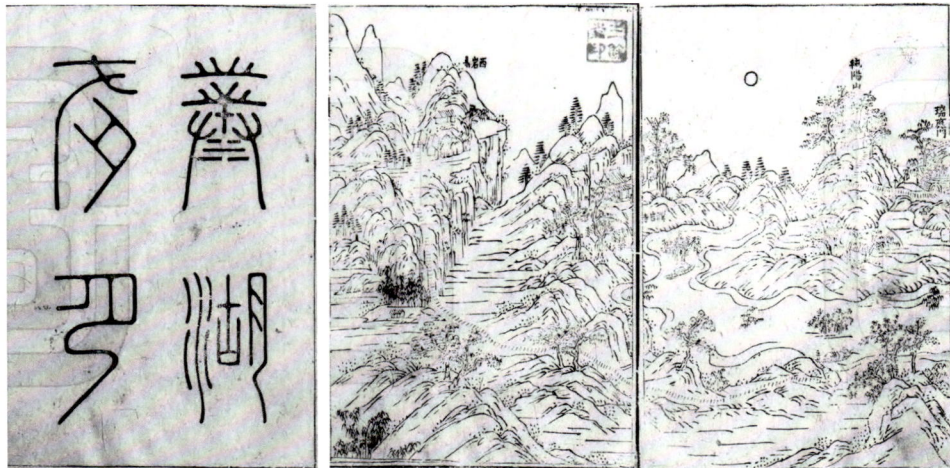

濮湖夜月(引自清乾隆《合州志》)

佛鉴湖景象。"

不难看出，这里山水相映，树木相衬，景色怡人。每当皓月东升，倒入水中，如月空，如镜鉴，泛舟其上，满船清辉，着实让人心旷神怡，流连忘返。

遗憾的是，因城市开发，早在20世纪后期濮湖已不复存在，濮湖夜月的景致由此也只能永存诗文之中。

二、作者简介

彭世仪（1758—1815），字象可，号约斋、柏里，清代合州城（今合川区合阳街道）人。与清乾隆四十八年（1783）同批中举的张乃孚、杨士鑻和乾隆五十七年（1792）中举的冯镇峦，并称"合州四子"，为清代合州文化学术的八大领军人物（合州"前四子"加"后四子"）之一。著有《过庭集》《出塞集》《齐州集》等诗集。

据《合州志》载，彭世仪天资聪颖，不慕仕途，醉心诗文、书法。其诗有"无古无今、自在流出"的说法，特别是那首《夜雨寺怀古》，"选胜寻山径，登峰造佛堂。相期听夜雨，不觉对夕阳。殿古苍苔满，林空夏木长。清泉烹活火，一漱齿牙香"，堪为经典名篇。

自会试落榜后，彭世仪便摒绝仕途，主攻书艺，穷研古人碑帖，出游名山大川，以自然之瑰奇灵秀融于笔端，其行草书淋漓顿挫，流利轻圆，为时人称道，在清代四川籍书法家中独树一帜。清末著名学者、诗人、书法家何绍基曾评论其字有"变化无穷，真如丈八金刚，不知头脑所在"的特点。

刘泰三，详见第六期"作者简介"。

三、诗文推送

《濮湖夜月》题诗

观涨携朋辈，寻幽荡小舟。几湾随曲折，疏树半沉浮。
路入龙溪口，天空佛石头。晴岚开朗处，长啸四山秋。

——彭世仪《濮湖泛舟》

释义：水满溪涨，朋辈相约，寻着幽静，一路荡舟而行。划过曲折的几字湾，穿过沉浮的半身树，便是龙溪口的尽头。昂首望去，濮岩峭壁上的石佛造像，好似神仙下凡一般，迎面扑来。在那云开雾散之处，四面山围可谓秋意正浓。

路转峰回复几弯，沿溪不计浅深间。斜穿云树招凉入，直到濮湖载月还。
近水草迷荒冢暮，倚窗人共野鸥闲。趁风返棹前津去，看尽城南江上山。

——刘泰三《濮湖泛舟》

释义：经过百转千回的溪湾，掠过高低起伏的山峦，穿过清凉幽深的云树，濮湖夜月的美景如水银泻地般铺陈在我面前。暮色中，水草扑朔、荒冢迷离。那轮高高的圆月啊，不知寄托了多少倚窗人的长夜未眠；那满船的清辉啊，不知激起过多少漂泊者的长情思念。趁着长风，我返程划向江外的渡口，突然间城南的山川疾驰而来，如万马奔腾一般，让我好不畅意，好不快哉！

四、鉴赏提要

彭世仪这首《濮湖泛舟》，以白描式的写景贯通全篇，写了河水涨溢时对濮湖的整体印象。

随着小船的摇荡，诗人与朋友们沿着曲折的河湾来到湖中，只见一些树

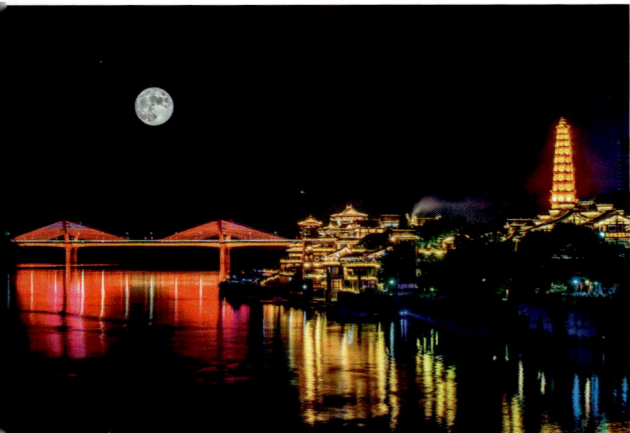

月是故乡明（陈显红摄）

东津湾夜色（周旋摄）

涪江北岸濮溪口（周天禄摄于1984年）

木半淹在水中，如有沉浮。上山的道路在龙溪口已是尽头，抬眼望去，天空下，满眼都是濮岩的摩崖造像，即"佛石头"。这时，山中的雾气逐渐散开，秋天的景色呼之欲来。

诗的末句由唐代诗人吕岩（吕洞宾）诗句"一声长啸海山秋"化出，诗人以前面的"佛石头""开朗处"和这句中的"四山秋"作景物描写，表达了自己欲超脱人世纷扰，追求内心宁静，做到返璞归真的性情。

刘泰三的这首《濮湖泛舟》，则采用了虚实结合、动静结合的写作手法，由濮湖的山景写到了州城的大景，表达了诗人船行水上的愉悦心情，赞美了合州的四时风光。

诗的前四句描写的是诗人进濮湖观游时的景色，其游兴之高、情感之丰富，从"斜穿云树招凉入，直到濮湖载月还"两句便可窥见一斑。

诗的后四句描写的是诗人出濮湖观游的景色，这里有对"近水草迷荒冢暮"的描写，更有对"倚窗人共野鸥闲"的想象。"趁风返棹前津去，看尽城南江上山"，似有苏东坡《江上看山》的豪放。比较起濮湖的小景来，这可是合川的大景。大山大水，城南得见，字里行间，充满了诗人对优美的自然景色的欣悦。

五、漫读拾遗

明月，作为人们思想情感的载体，在古诗文中有着多重的意象——

人们常以它寄托相思之情，抒发思乡怀人之感。月的阴晴圆缺与人的悲欢离合极其相似，因此有"但愿人长久，千里共婵娟"的各自珍重和"举头望明月，低头思故乡"的静夜怀想。

人们常以它渲染离愁别绪，表达身世感伤。月的清冷与人的凄凉心情极其相似，因此有"故国不堪回首月明中"的痛彻心扉和"今宵酒醒何处？杨柳岸，晓风残月"的怅然若失。

人们常以它营造清幽气氛，烘托悠闲旷达情怀。月的高远清幽与人的放松状态极其相似，因此有"明月松间照，清泉石上流"的静谧之境和"人闲桂花落，夜静春山空"的闲情逸致。

人们常以它蕴含时空永恒，感慨世道变幻和人生短暂。月的年年如斯没有尽头与人的世事无常没有尽头极其相似，因此有"古人今人若流水，共看明月皆如此"的情非得已和"淮水东边旧时月，夜深还过女墙来"的无奈感慨。

卢雍等《金沙落雁》题诗

本期解读的合川历史文化地标是"合州八景",主要视点为金沙碛、落雁,读取的诗文是于成龙等的《金沙落雁》题诗。

一、历史信息

作为"合州八景"中的第七景,"金沙落雁"指的是位于嘉陵江、涪江交汇处的一道江滩景观。

清光绪《合州志》在述及"金沙落雁"时,曾有这样一段描述:"会江门外,水势合流,冲激盘旋,突起沙洲,作州捍门(这里指水口处形成的两座相对峙的沙洲),朝暾(tūn,刚出的太阳)射之,镠(liú,成色好的金子)铣(xǐ,

金沙落雁(引自清乾隆《合州志》)

有光泽的金属）夺目，多麸金也。九秋（深秋）水落，雁阵惊寒而来，人字初斜，邻芦直下，白蘋（指水中浮草）红蓼（即红蓼草），爪印泥沙，暮霭江烟，嘹鸣曒晓（旭日初升时），高吟沙头杜老舟之句。"

简单来说，金沙即指金沙碛，在嘉陵江与涪江的交汇处，由水流裹挟泥沙所致。每当朝阳射来，沙洲之上，有如粒粒麸金，光芒耀眼。时值深秋，大雁缓缓飞来，落足沙岸，或走或停，或观或戏，好一幅生鲜的场景：水边有精灵闪动，滩上有爪泥四溅，空中有如诗鸣叫，它们仿佛是在学着杜甫，吟诵着"江花未尽会江楼"的绝妙诗句。

二、作者简介

卢雍，详见第四十三期"作者简介"。

于成龙，详见第四十五期"作者简介"。

三、诗文推送

《金沙落雁》题诗

沙碛江心射日黄，西风吹雁落云行。

黄金虽珍不可宝，还向江田觅稻粱。

——卢　雍

释义：作者以"落雁"比喻自己，以"金沙"喻示名利，以"稻粱"表达对高尚品德的向往和对美好生活的追求。诗文大意如是——

阳光下，那江心的沙碛金光灿灿，引来无数南来过冬的大雁。要知道，这金沙虽好却并不是什么珍宝，真正续命的还是那濒江农田里的稻粱秋草。

金沙依旧挂滩长，孤雁飞飞下夕阳。

烟断水寒栖不定，稻粱觅处是他乡。

——于成龙

"作州捍门"的金沙落雁旧址（杨安平摄）

"合州八景"之一的金沙落雁旧址（罗明均摄）

释义：长长的沙滩，金光闪闪，宛似梦中家园，夕阳下，一只孤雁款款飞下。可寻来找去，这里不是烟笼便是水寒，安有一处栖息的地方？可怜的落雁啊，你还是向着那稻粱的方向另往他乡吧！

四、鉴赏提要

这两首诗写得都很简练唯美，富有哲理。

先来看卢雍这首诗。江心的沙碛被太阳照射得一片金黄，随风而至的大雁从云中落下。眼前的这片景色如黄金般闪烁，然而它不是我的向往，我所向往的是飞向那稻香满原的"江田"（濒江的农田），那才是我的生命所依。卢雍的这首诗一读便知，他写的不是景，而是雁，是他自己。

于成龙的这首诗何尝不是如此：江岸的长滩依旧金沙铺地、光芒耀眼，一只离群的孤雁从夕阳中飞落而下。原以为这里可以栖息停留，却不知夕阳西沉，雾霭迷蒙、风凛水寒，不可居留。要寻求自己的安身之所，看来还得飞向有黍稷稻粱的他乡。

两首诗都采用了拟人的写作手法，把自己比作那只被诱惑了的落雁。金沙的寓意是功名利禄，稻粱的寓意是自己的内心所求。诗人借金沙落雁，表达了自己不为名利所羁，追求内心高洁和自由的精神人格。这是传统文人心志的体现。

五、漫读拾遗

大雁在古诗文中主要有这样几种象征寓意——

一是作为信使、家书的象征。大雁因为南来北往非常准时，引发了人们对它鸿雁传书的想象。杜牧那句"凭君莫射南来雁，恐有家书寄远人"（《赠猎骑》），指的便是。

二是作为游子漂泊羁旅、思念家乡的象征。如欧阳修那句"夜闻归雁生乡思，病入新年感物华"（《戏答元稹》），指的便是。

三是一种孤独无依的象征。由于大雁成群飞行，一旦掉队，便孤立无援。如蒋捷那句"壮年听雨客舟中，江阔云低、断雁叫西风"（《虞美人·听雨》），指的便是。

四是一种哀伤、凄苦的象征。由于大雁常于秋季迁徙，而秋季又是万物萧瑟的季节，不免肃杀凄凉。李清照那句"雁过也，正伤心，却是旧时相识"（《声声慢·寻寻觅觅》），指的便是。

五是一种壮阔豪迈的象征。碧天之下，高空之中，晚霞尽燃，大雁列阵掠过，着实令人震撼，有宽广之美、沧桑之感。白居易那句"风翻白浪花千片，雁点青天字一行"（《江楼晚眺》），指的便是。

第五十期

邹智等《照镜涵波》题诗

本期解读的合川历史文化地标是"合州八景",主要视点为照镜石,读取的诗文是邹智等的《照镜涵波》题诗。

一、历史信息

作为"合州八景"中的第八景,"照镜涵波"指的是今合川盐井街道照镜村和草街街道龙洞沱的一道水石景观。

据清光绪《合州志》载:"龙洞沱下,有石如镜,屹立江心,高可三四丈,根盘水底,涌出波面,山光远映,嵌空圆澈,与巴峡仁寿争灵奇。唐王刺史题名,明邹立斋赋诗,贞珉宝墨,共相辉耀。今列八景,永堪砥柱中流。"

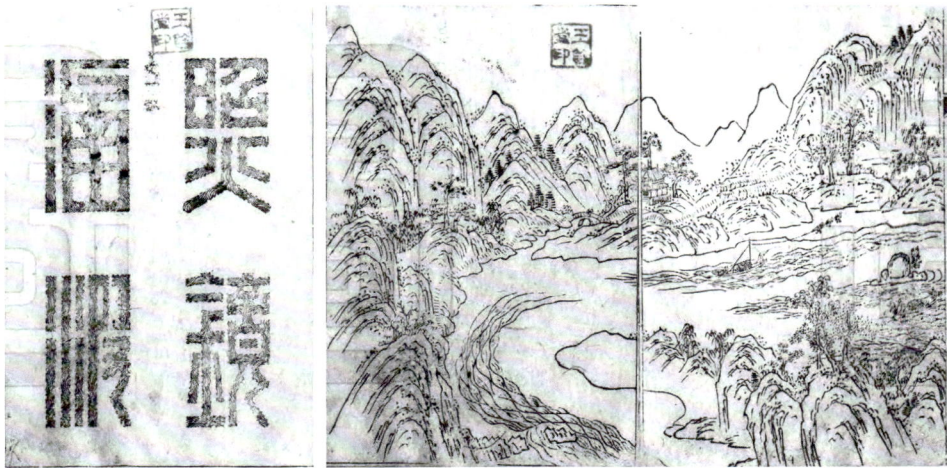

照镜涵波(引自清乾隆《合州志》)

其意思是说，龙洞沱下，有一天然巨石，形状如镜，屹立江中，堪为中流砥柱。远远看去，这巨石植根水底，涌出波面，仿佛一轮圆月嵌在了明澈的天空中，与岸边的山光树木交相辉映，风景别样美丽。关于这块巨石，除唐大历年间合州刺史兼侍御史王铤为它题记并刻于石上外，明翰林院庶吉士、合州人邹智曾为它赋过诗。

照镜涵波中的江中巨石是合州的一大独特景观，隋唐时期合州所属石镜县和宋元时期所属石照县的命名都源于此石。只可惜，草街航电枢纽蓄水后，这一景观已永沉江底，不复存在。

二、作者简介

邹智（1466—1491），字汝愚，号立斋，别号秋因子，明代合州西里云门镇（今合川区云门街道）人。成化二十二年（1486）解元，二十三年登进士第，授翰林院庶吉士。因不畏权贵，敢于冒死进言针砭时弊，被誉为"直声动天下"。弘治二年（1489）受诬下狱，被贬谪远逐，任广东石城（今广东省廉江市）千户所吏目，后被广东总督秦纮招去修书。次年，病逝于任上，时年26岁。明熹宗初年，被追谥"忠介"。遗著计有《立斋遗文》等5卷。

张乃孚，详见第十七期"作者简介"。

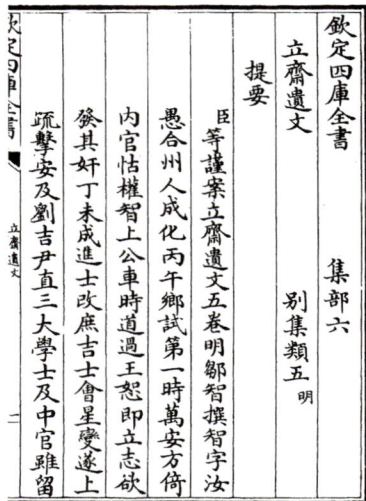

收录于《四库全书》的《立斋遗文》

三、诗文推送

《照镜涵波》题诗

江中一大石，砥柱中流立。

左右无攀援，任它波浪起。

万古此江山，万古此镜石。

——邹　智

释义：看那江中巨石，砥柱在洪流中，特立又独行，不惧风和雨。为石，它纯正刚直，万古不移其志；为镜，它沉静深邃，万古不变其性。

屹立何年石，团圝手可扪。涵波侵月魂，照镜拥云根。
星斗光常护，鱼龙势欲吞。江山与终古，忠介句犹存。

——张乃孚

释义：那年深日久的巨石啊，可谓珠圆玉润，细手轻抚，恰如一江春水缓慢滑流。月光照耀下，它幻成水波荡漾；云彩簇拥中，它变得平静如镜。满天的星光一心想呵护它，满江的鱼龙一心想侵吞它。可它，江山禀性，始终如一，亦如刻在石上的邹智诗句："万古此江山，万古此镜石。"

四、鉴赏提要

邹智的题诗原名《石镜》，是一首典型的颂诗。它主题明确，情感炽热，言辞夸张，语意直白，有一种气势如虹、横跨古今、霸气外露的景象，读之

照镜涵波（杨安平摄）

让人心生感叹：这一景不愧是"合州八景"中最独特、最压轴的一景。

与邹智诗相唱和的张乃孚诗，展现给我们的则是另一种风格：隽永、含蓄、怀古。诗的头两句，"屹立何年石，团圝（luán）手可扪"，描绘了此石的形态模样；诗的三四句，"涵波侵月魂，照镜拥云根"，赞美了此石的天地灵性；诗的五六句，"星斗光常护，鱼龙势欲吞"，展现了此石的砥柱英姿。说到诗的末两句，"江山与终古，忠介句犹存"，"忠介"即邹智，既对应了邹诗题句，又将意思作了引申，如果用一句白话来解读，那便是：江山万古，镜石万古，忠诚耿介的先贤精神万古。

五、漫读拾遗

在古代诗文中，镜子不仅仅是一个普通物件，更是一种通脱淡泊的文化象征，文人骚客们总是喜欢用它来比喻人心，强调其纯正无偏和作者的心灵虚静。

其意象蕴含着君子赞美之情。古镜肝胆难隐，对事物的反映客观、真实，不隐晦，不欺骗，有君子之风。如这句，"我有一面镜，新磨似秋月"（贯休《古镜词》）。

其意象发引着愁人悲叹之情。镜可鉴人，立于镜前，顾影自怜，前尘往事，多有伤感，人们难掩对人生际遇的感慨和悲怜。如这句，"塞上长城空自许，镜中衰鬓已先斑"（陆游《书愤》）。

其意象寄托着离人悠悠别情。破镜难圆，秋水乍起，愁云飘荡，离人一别，便是漫漫长夜的无尽相思与期盼。如这句，"破镜重圆人在否，章台折尽青青柳"（苏轼《蝶恋花·佳人》）。

此外，其意象还见证着情侣的绵绵爱情，投射着友人的浓浓思情。如这句，"美人有宝镜，价值千黄金。曾与郎君同照影，又与郎君同照心"（徐熥《破镜行为陈大赋》）。

总之，置身于古典诗文中的镜子是多情的。它的光可鉴人、澄澈高洁的品性征服了无数的诗人，并被用于表现作品的血脉和灵魂。

铜镜如此，石镜亦如此。这也是照镜涵波最终能列"合州八景"之一的根本原因。

第七编

文笔塔\文峰塔诗文选读

文笔塔\文峰塔，作为合川十大历史文化坐标之一，二者是合二为一的。通过文笔塔、文峰塔，再集合魏了翁的瑞应山房和合宗书院的寻乐亭、光霁堂等旧时公共文化建筑，足以讲述一段厚重而有温度的合川历史，足以展示一段富于智慧而有魅力的文化传承。它们象征着合川的重文兴教，象征着合川的斯文一脉。

作为合川人心目中的宝塔，不论是业已毁损的文笔塔还是依旧伫立的文峰塔，它们的建造均以开天地元气、壮合州文风设喻，是一种物化了的精神意象。由于其自身建筑宏伟、塔势凌人、直冲霄汉而成了人们崇拜、敬畏和描摹的对象。

描写文笔塔和文峰塔的诗文主要有：李作舟《创建东山慈恩寺文笔塔碑》、陈大文《白塔坪晓憩》、刘泰三《登慈恩寺白塔》、强望泰《增修文峰塔碑记》、朱虎臣《文峰塔成纪事》、释昌言《登文峰塔口占》、冯镇峦《瑞映山房怀古》、萧望松《重葺寻乐亭》、杨士錤《光霁堂喜雨》等。登塔观景，以诗赞塔，或许我们对合川的人文精神会多一层理解和认识。

第五十一期

王启霖《合阳竹枝词》

　　本期解读的合川历史文化地标是文笔塔／文峰塔，主要视点为古塔，读取的诗文是王启霖的《合阳竹枝词》。

一、历史信息

　　塔，不仅是高大的建筑，也是风水的象征，是一种文化遗产。

　　塔的起源可以追溯到古代印度。据说佛陀曾让一位建筑师修造一座塔来纪念他的弟子斗罗菩提的成就，于是便有了最初的塔。后来随着佛教的传播，

合川文峰塔（林家祥1939年摄于小南门码头）

文峰塔与文笔塔区位示意图（莫宣艳制图）

塔的建筑形式随之兴起，其功用主要是供奉或收藏佛骨、佛像、佛经、僧人遗体等，故称佛塔。

14世纪以后，塔逐渐世俗化，更多地被人们赋予祈求人杰地灵、多出人才和点缀风景、以壮观瞻的功用。对于这类塔，在中国，人们习惯性地称为"风水塔"。简单来说，就是通过建塔可以很好地镇压妖邪，让当地的风水旺盛起来。

在塔的类型中，文昌塔最为人们所看重，被视为一种可以"旺文启智、催文催贵"的"重器"，象征着一地的文化昌明和德行善治。文昌，原属星官名，即人们常说的"文曲星"或"文星"，也有称"文昌帝君"的。

历史上，合川最著名的文昌塔有两座，一座叫"文笔塔"，一座叫"文峰塔"。两塔建设时间虽有前后，却并存超过150年。两塔并峙耸立的壮观景象，犹如横空出世的两支巨笔，在当时绝对是一道奇观，妥妥的地标建筑。

二、作者简介

王启霖（生卒年不详），清咸丰五年（1855）合州贡生。

贡生，在清代又称"明经"，指饱读"四书五经"的学生，是科举时代地方献给朝廷的人才。从地方层面来讲，当时的贡生已算是高级知识分子了。

据《合州志》称，王启霖"博览群书，工诗词；高尚不乐仕进，教授乡间，以德义陶其后进"。这不，妥妥的一个儒学"先生"形象。

三、诗文推送

合阳竹枝词

落日红侵绿柳丝，闲寻城外漫题诗。

东津渔火南津渡，塔影横空笔二支。

释义：诗文中的"东津"，系指东津沱江湾，为渔船停靠之地，有"合阳八景"之一的"东津渔火"之称。"南津"，系指合州城南，有南津渡口与合阳城相连。"笔二支"，系指文笔、文峰两塔，因形状如笔，故有此称。诗文大意如是——

在春意盎然的黄昏时分，落日倒射大江，映红了岸边的杨柳。我漫步吟诗在合州城外，望向东津沱湾和南津渡口，只见两支"塔笔"倒映水中，横越天空，好一道壮丽的景色跃入眼帘、激荡心中。

四、鉴赏提要

王启霖的这首《合阳竹枝词》，写得确实很美很有气势。

"东津渔火南津渡，塔影横空笔二支"，说的就是文笔塔与文峰塔并峙耸立时的宏阔场景。东津渡映衬文笔塔，南津渡映衬文峰塔。渡的意象是久别重逢，塔的意象是文气冲天。两渡两塔，岸上水边，一高一低、一明一暗，既错落有致，又交相辉映，共同构建了一幅人文气息浓烈的山水景物画。

这画、这景出于自然，却又胜在人工，可谓天工开物、独具匠心，让人无法评说。

五、漫读拾遗

塔是一种古老的建筑形式，在不同文化和宗教中具有不同的意义。总概起来，大致有以下几个方面：

（1）宗教的精神意义：在佛教中，塔是佛陀的象征，代表着智慧与慈悲。

文笔塔旧址眺望合川城（周旋摄）

在伊斯兰教中，塔楼代表着对信仰的宣示。

（2）文化的象征意义：在中国，文昌塔是尊师重教的象征，代表着对教育和文化的重视；风水塔是祈愿求福的象征，代表着对环境的重塑和再造。

（3）历史的地标意义：许多古塔常常因为承载着厚重的历史而成为一个城市古老的象征。如西安的大雁塔、小雁塔，不仅是唐代文化的象征，更是古代丝绸之路起点的标志。

（4）诗文的美学意义：塔可以象征权力与高贵，可以喻示稳定与力量，可以寓意吉祥与美好，可以代表光明与方向，等等。

合川的文笔塔、文峰塔，既是文昌塔，也是风水塔，有着十分明显的文化象征意义。

第五十二期

刘泰三《登慈恩寺白塔》

本期解读的合川历史文化地标是文笔塔/文峰塔，主要视点为东山、白塔（文笔塔），读取的诗文是刘泰三的《登慈恩寺白塔》。

一、历史信息

文笔塔最后的身影（林家祥摄于1960年）

需要再次说明的是，文笔塔与文峰塔是两座塔，在今天我们能看到的文峰塔修建之前近200年，文笔塔便已伫立在今东津沱后山顶上，其地古称"东山"。

据史志记载，明万历四十六年（1618），有堪舆风水人士提出建议：可以在东山建塔，以开天地元气，壮合州文风。在众人的要求下，经由奉直大夫程宇麃和陕西布政使李作舟两位合州籍人士的奏请和朝廷的批准，合州地方官宦陈元初、程嵩华、何绍鹤、王约吾、黄凤岗、李石镜等捐资修建

白塔坪望夕阳西下（合川区摄影家协会供图）

白塔坪上"俯眺一州低"（合川区摄影家协会供图）

了该塔，并于万历四十八年（1620）七月一日建成。

　　该塔因势如"彩笔铜龙，欲冲霄汉"而得名文笔塔。文笔塔与东山慈恩寺相邻，又称东山慈恩寺文笔塔。由于文笔塔通身呈灰白色，人们又称它"白塔"，东山及慈恩寺也由此被俗称为"白塔坪"和白塔寺。

　　关于白塔坪的景致，清代合州知州陈大文曾在他的《白塔坪晚憩》一诗中有过吟诵："拄杖攀萝径，人行缥缈间。绿烟迷白塔，黄叶满青山。字剥痕犹在，亭空水自闲。目穷无限景，日落不知远。"

　　文笔塔自建成之后几经修缮，直到1967年被拆毁，前后一共存在了347年。

二、作者简介

　　刘泰三，详见第六期"作者简介"。

三、诗文推送

登慈恩寺白塔

放艇依津岸，登峰借石梯。高吟层塔上，俯眺一州低。

云雨苍茫合，江城草树迷。鱼台未招隐，空想钓磻溪。

释义：诗中所称"招隐"，是征召隐居者出仕的意思；"磻溪"，是姜子牙隐逸垂钓的地方（相传姜子牙在渭水之滨的磻溪垂钓，遇到周文王，后被尊为"太公望"，他辅佐周文王和周武王灭商建周，由此成为兵家鼻祖、武圣、百家宗师）。全诗大意如是——

从东津沱岸边登石梯上山，置身于慈恩寺白塔，会是一种什么样的心情呢？有道是："欲穷千里目，更上一层楼。"在这层塔之上，可以凌空赋诗，可以俯瞰合州城。只可惜云雨袭来，草树迷离，眼中江水苍茫，城池空冥。这不禁让我想到了对面的钓鱼城。若不是因有战事的需要征召贤能（之人），恐怕（在钓鱼城保卫战中建有大功的）冉家兄弟还只能在自己的家乡空怀报国之志，空有满腹才情。

四、鉴赏提要

诗人由合州城下放舟至东津沱渡口，先是登石梯上山，后是登木梯上楼，可谓一登再登，以致登峰造极。由此视角观景、抒怀，自是天上人间。"高吟层塔上，俯瞰一州低"，是何等的意气风发，指点江山啊。

与诗的前半部分所表现的那份明快、激昂不同，诗的后半部分，诗人采取了明暗对比的手法，通过"云雨苍茫合，江城草树迷"两句描写，一下子就让外在景物变得苍茫、迷蒙，借以铺垫一个景不遂人愿的意境，从而引发了"鱼台未招隐，空想钓磻溪"的诗意主旨。什么意思呢？就是诗人的"怀才不遇"，或者说是诗人的迷茫和隐忍。

东山对面便是钓鱼山，慈恩寺白塔对面便是传说中的"钓鱼台"。诗人由目之所及，联想到了轰轰烈烈的钓鱼城保卫战。如果不是战事的需要、国家的需要，像冉琎、冉璞这样的隐士很难出世，更无法建立奇功。世间事就是这样，若不是当年遇到周文王，姜太公还隐钓于磻溪，还只是一个默默无闻的隐士。这就表现出了诗人急于想为国家做点事的心情。

五、漫读拾遗

读刘泰三《登慈恩寺白塔》，需要明白一个特别的知识点，那便是中国的隐逸文化（或称隐士文化）。

在古代，有这么一群人，他们胸怀锦绣，满腹经纶，却厌恶官场，无心仕途，或离群索居，著书立说；或流连山水，纵情诗酒，他们就是我们常说的隐士。

历史上见诸记载的第一位隐士，当属上古时代的许由。尧帝因知其贤德，欲禅让君位于他，可他坚辞不就，甚至觉得听到这种话都玷污了自己的耳朵，于是便跑到颍水边去掬水洗耳，然后隐居山林，卒葬箕山之巅。

从那时起，历朝历代的隐士或真或假，或多或少，可谓层出不穷。他们或终身不仕，或中途归隐，或半仕半隐，或功成身退，或隐以待机，或隐以求仕，可谓类型多样。他们或小隐隐于野，或中隐隐于市，或大隐隐于朝，可谓不拘一格。他们或身隐，或心隐，或身心兼隐，可谓情趣无穷。此种现象，归结成了一个专门的概念，就是"隐逸文化"，或称"隐士文化"。

由士人隐逸而形成的隐逸文化，对中国古代文人的文学、品格以及社会生活等方面都产生了深远的影响。按梁漱

白塔坪步道（谢婧摄）

嘉涪交汇文峰塔（周旋摄）

溟先生的说法，隐逸文化是中国文化特有的一种现象，它已深入中国读书人的血液中，成了一种精神基因。

由于隐士大多是一些熟读经书、多才多艺的士子，是文化精英，因而他们很大程度上便成了中国文化的载体，有的甚至成了中国文化的符号和象征。如"五柳先生"陶渊明、"五湖倦客"范蠡、"高卧东山"谢安、"披裘钓泽"严子陵、"梅妻鹤子"林逋，等等。

就文学艺术创作而言，有人做过统计，古诗中约有三成的诗歌出自隐士之手。中国传统的山水诗、隐逸诗和文人画所反映的大多是隐士的眼光与情怀。

隐逸文化的精神象征，是追求简单朴素及内心平和，不寻求认同而自得其乐。它代表了一种超越世俗、追求精神富足的生活方式。特别是那些有志之士在报国无门、无处施展才华的情况下，选择隐逸，既是一种现实逃避，也是一种内心追求。

第五十三期

强望泰《增修文峰塔碑记》

　　本期解读的合川历史文化地标是文笔塔／文峰塔，主要视点为文峰塔，读取的诗文是强望泰的《增修文峰塔碑记》。

一、历史信息

　　与东山文笔塔相比，南津文峰塔的修建不仅晚了近两个世纪，而且还经历过一波三折，才有今天的模样。

　　清嘉庆十五年（1810），山东兖州（今山东省邹城市）举人董淳任合州知州。他在上任当年的三月，便集资修建该塔，为该塔的创建人。不过，他在任时间不长，年底便离任了，当时建塔工程才刚刚过半。

文峰塔（廖国伟摄于2007年）

接任董淳的是10年前曾出任过合州知州的安徽歙县人曹蘧（qú）。曹蘧继续修造，历时一年竣工。其塔共有九层，高十一丈一尺八寸（合37.2米），题名"振兴塔"，取振兴文风之意。

然而，在振兴塔建成后的20余年中，合州学子的科举成绩却并不见长。道光十四年（1834）八月，合州诸生参加三年一次在省城举行的乡试，考中举人的仅有两人。翌年秋，又值恩科，合州考生竟无一人上榜。这对山川秀美、人才辈出的合州来说，无疑是难以启齿的羞愧事。

大失所望的合州五老七贤们一致认为，合州原来是人杰地灵的好地方，造成这一文风不振、人才难出的根本原因，首先是南津渡旁的振兴塔欠挺拔，没有那种"塔势如涌出，孤高耸天宫，登临出世界，磴道盘虚空"的非凡气势，更与此间鼎足而立的学士山养心亭和东山顶上的文笔塔不相适应，名为"振兴"实为"不振"。

于是，以傅思任、李廷韺（yīng）、刘泰吕、彭懋琪等为首的士绅纷纷投书当时的合州知州李宗沆，要求增加振兴塔的高度，并更名为"文峰塔"，以此来提振合州的山川灵气。

然而，在文峰塔增建工程尚未完工之时，李宗沆又离任而去。接下来是陕西韩城人、进士强望泰知合州。他在了解到事情的缘由后，除按原计划继

文峰塔（蒋文武摄）

续修建外，还将塔增加至十三层，通高十八丈六尺八寸（合62.2米）。至此，一座众人皆满意的文峰塔最终得以定格、落成。

二、作者简介

强望泰（1793—1844），清代韩城（今陕西省韩城市）人。嘉庆二十二年（1817）庶吉士，后赐进士。清道光初年（1821）入川，曾赴四川懋功（今四川省金川县）总理屯务。

在蜀18年中，强望泰先后多次担任成都水利同知，管理都江堰十余年。其间，每年淘滩作堰，使灌区14个州县旱涝无患，人民安居乐业。强望泰在都江堰历史上写下了人生光辉的一页，为川人、国人所敬仰，是都江堰最突出的十二大治水功臣之一。

强望泰在合州任知州时，曾经勘治合州嘉陵江虬门、巨梁二滩，改善了航道。位于合

强望泰塑像

川盐井街道沥鼻峡上河湾的巨梁滩，自右岸伸出一长340米的石梁，古时滩险水急，交通极为不便。强望泰以利民便民为己任，倡修巨梁滩，经过疏凿治理，大大方便了当地百姓的出行和合州往来船只的运输。

1844年，强望泰调重庆府，不久去世，只活了51岁。他一生忠烈传家，爱国爱民，勤奋敬业，清廉为官，厚文博学，重文兴教。去世后，蜀地百姓为他立祠塑像。100多年来，香火绵延，人们从心底缅怀他纪念他。

三、诗文推送

增修文峰塔碑记

丁酉夏，州治南之文峰塔增修功竣，予减从往观。严以崇门，绕以周垣，中有文昌旧殿，加之丹黝，后置环房三，前列碑亭二翼，如屹如焕乎，一新少焉。拾级而上，层历十三，高十八丈有奇。东望鱼城，西望龙游，南望铜梁，北望云门，郁郁苍

苍，朝供如笏。下视嘉陵、涪、宕，三江汇流塔下，蜿蜒数十里，出峡而东，如襟如带，予不禁恻然叹曰：壮哉观也，江山灵淑，俱萃于斯，奕奕奎光，照耀四境，合阳贤哲，从此兴矣。

释义：道光十七年（1837）夏，修建于城南的文峰塔竣工，我轻车简从前往观览。首先映入眼帘的是气派、高大的前门。前门两边延展出去的是环绕的围墙。围墙内部有重新修葺并加绘了彩色的文昌旧殿，殿后是环形布置的三间房屋。列于塔前的两座碑亭，给人以如虎添翼之感。文峰塔立于正中，如屹如焕，有如一个清新俊逸、精神十足、刚刚成人的"新少"。拾级而上，登顶十三层、十八丈高处，举目四望，东有钓鱼山，西有龙游山，南有铜梁山，北有云门山，山山郁郁苍苍，有如朝堂之上官员手持的玉板，相向而来。近处嘉陵江、涪江、渠江汇流于塔下，蜿蜒数十里，如襟如带，东流出峡谷深山。我不禁感叹：如此壮丽景象、秀美山川荟萃于此，如此奎宿之星、文明之光照耀四境，合阳的贤德哲思、文章人才，从此兴矣。

四、鉴赏提要

强望泰《增修文峰塔碑记》，给我们重新认识合川、发现合川的美提供了一个新的视角。

文章首先交代了文峰塔增修竣工时的建筑布局。前有崇门，中有文昌宫，后有环房，塔前有碑亭，四周有城垣围合。置此格局中，文峰塔如屹如焕，俨然一个清新俊逸、欣欣向荣的"新少"。

接着作者拾级而上，展开了对四周景观的描写——

立于塔上，极目远眺，东有钓鱼山，西有龙游山，南有铜梁山，北有云门山，山山拱卫，郁郁苍苍，既藏风，又聚气，可谓一塔统四山、激荡无数山。不仅如此，嘉陵江、涪江、渠江三江交汇，江江拥趸，如襟如带，汇流于塔下，再蜿蜒东出，堪为"江流万古"。

在作者看来，如此灵淑江山，如此奎光雄塔，一经重塑，便是别开生面、石破天惊。有如此"壮哉观也"，何愁贤哲不兴、文风不振。由昔日的文笔塔到如今的文峰塔，已然是合州人的一大精神标识。

五、漫读拾遗

在诗文中，有一种诗歌形式叫宝塔诗。宝塔诗，形如宝塔，以诗之名，借塔成文，是旧体诗的一种杂体。这种诗体的外形非常奇特，它从一字句或两字句的塔尖开始，向下延伸，逐层增加字数至七字句的塔底终止，如此排列下来，构成一个文字的等腰三角形，形似山、似塔，故有宝塔诗或塔形诗之称。宝塔诗有单宝塔诗和双宝塔诗之分，这里分别选上一首，大家一起来认识认识，也感知一下古代文人对于宝塔的诗文意趣。

翁，

古童，

时运通，

白发蓬松，

是太公令兄，

出入考场一生，

有幸碰见我纪公，

恩赐你秀才可怜虫！

以上是清代才子纪晓岚奉命视学福建，主持闽省院试，发现一个七十高龄的老童生的试卷又被打入"劣卷"，怜其老迈，特赠宝塔诗一首，赐他个秀才，要他回去别考了。怎么样，这个纪晓岚有点像影视剧里的那个纪晓岚吧！

茶。

香叶，嫩芽。

慕诗客，爱僧家。

碾雕白玉，罗织红纱。

铫煎黄蕊色，碗转曲尘花。

夜后邀陪明月，晨前命对朝霞。

洗尽古今人不倦，将知醉后岂堪夸。

以上是唐代诗人元稹的一首双宝塔诗《茶》，先后表达的意思有三：一是从茶的本性说到了人们对茶的喜爱；二是从茶的煎煮说到了人们的饮茶习俗；三是从茶的功用说到了茶能提神醒酒。

由此可见，诗家对宝塔意象的重视和对塔形结构的运用已到了痴迷的程度。

第五十四期

朱虎臣《文峰塔成纪事》

　　本期解读的合川历史文化地标是文笔塔 / 文峰塔，主要视点为文峰塔，读取的诗文是朱虎臣的《文峰塔成纪事》。

一、历史信息

一支健笔欲凌云（罗康摄）

　　文峰塔为十三级密檐式砖塔，石砌塔基，宝瓶塔顶。塔身呈八边形，底层边长为4.82米，周围长38.56米，内空直径约4米，然后逐层上收。塔的11层以下塔心为实体，至顶层为通间，内空直径约2米。塔内有螺旋形踏道207级绕实心柱盘缘可上至11层。

　　塔的每层有供祭祀的神像龛，第12层以下各龛为石刻圆雕，第13层为木刻奎星执笔立像，俗称"魁星点斗"，其性质同奎阁，即专以供奉"文昌帝君"的文昌阁。我们知道，在传说中文昌帝君熟读诸子百家，酷爱书籍，日夜手不释卷，刻苦攻读，是人间文人的偶像，被冠以"奎星"。这也正是文峰塔的主旨内涵。

塔外每层洞门上方，均有楷书横额四言句，如"欲穷千里、更上一层、欲罢不能、俯瞰嘉涪、扶摇直上、路入蓬瀛、春风如意、气象万千"等，系用青花瓷碎片镶嵌，迄今仍熠熠生辉。塔刹为金属结构，呈圆锥形，直径0.7米，与塔身内部粗大的钢骨接合，使之稳固，并有避雷针的作用。

从1810年算起，文峰塔距今已有214年历史，因其保存完好，现为重庆市文物保护单位。

二、作者简介

朱虎臣，详见第三十九期"作者简介"。

三、诗文推送

文峰塔成纪事

南津拥出势超群，学士东山鼎足分。百岁老翁能系日，一支健笔欲凌云。当年根柢先求固，此日流风只在勤。不敢登峰昂首望，回澜如挽障川文。

释义：学士，这里指学士山，山上有著名的养心亭。东山，即今白塔坪，为文笔塔之所在。流风，这里指先代流传下来的好风气。勤，即勤奋。回澜，指回旋的波涛。障川文，指祝颂的词句。诗文大意如是——

地处南津渡口处的文峰塔岿然屹立、独标高格，与学士山的养心亭和东山（白塔坪）的文笔塔构成三足鼎立之势，重造了文明运程的新地标。合州文化昌明的过往依旧能够得到延续，有如眼前这支凌云的健笔，将在继往开来中书写新的传奇。有了好的根柢（基础）就能厚积薄发，有了好的遗风（学风）就能业精于勤，唯有如此，我们才会不惧登高望远，不负那些赞美它的诗文颂词。

四、鉴赏提要

在作者眼里，文峰塔的增修是一重大历史事件，它有再造合阳灵景、赓续先代流风、重振人文精神之功。

作者以纪事方式写诗，饱含深情，极尽赞美，却又不失真诚、富有内涵。

"南津拥出势超群，学士东山鼎足分"，说的是因文峰塔的屹然而起，形成了养心亭、文笔塔、文峰塔三方并峙的文化新示象，这一示象是对合川文脉的完整延续和圆满加持。

"百岁老翁能系日，一支健笔欲凌云"，展现了文峰塔高耸、刚健之势。笔者，文也。在人类历史长河中，能留住时光的，或者说能在时光中留存的，唯有文化与精神。"百岁老翁"意指合州的辉煌过去，"一支健笔"意指合州的崭新未来。

"当年根柢先求固，此日流风只在勤"，说的是合州从来不缺钟灵毓秀的自然本底，也不缺百代风流的人文精神，我们需要发扬光大的是那份好学上进、勤奋不辍、上下求索的优秀传统。一个"勤"字，点出了合州人文中最为闪耀的本质。

"不敢登峰昂首望，回澜如挽障川文"，说的是文峰塔如此巧夺天工、自然天成的胜状，着实让人心生敬畏，开启了合州未来的无限可能，让我们赞美它、祝颂它吧！

江上古街（周旋摄）

五、漫读拾遗

既然"勤"是合州人文中最为闪耀的本质，那我们就借机再来读读那些勤奋惜时的诗句吧！

"志士惜年，贤人惜日，圣人惜时。"（魏源《默觚》）

"人寿几何，逝如朝霜。时无重至，华不再阳。"（陆机《短歌行》）

"天可补，海可填，南山可移。日月既往，不可复追。"（曾国藩《曾文正公集》）

"惊风飘白日，光景西驰流。"（曹植《箜篌引》）

"书痴者文必工，艺痴者技必良。"（蒲松龄《聊斋志异》）

"立身以立学为先，立学以读书为本。"（欧阳修《欧阳文忠公集》）

"书卷多情似故人，晨昏忧乐每相亲。"（于谦《观书》）

杨士�《光霁堂喜雨》

本期解读的合川历史文化地标是文笔塔／文峰塔，主要视点为光霁堂、寻乐亭、合宗书院，读取的诗文是杨士鏻的《光霁堂喜雨》。

一、历史信息

说起文笔塔、文峰塔，我们不得不提的一个地方便是合宗书院。如果说文笔塔、文峰塔是合州文化教育上的"虚功"，那么合宗书院则是"实做"。

合宗书院建于明嘉靖十年（1531），其最初为南宋理宗时（1225）为纪念周敦颐所建的养心堂。养心堂以馆生徒，并置有田产供给廪饩（lǐn xì），是比较早的官办学堂。明成化中，知州唐珣赓续文脉，复兴养心堂，用新的规制建成濂溪书院，又称周子书院。濂溪、周子都是指周敦颐。合宗书院建立时不仅依据了濂溪书院的旧制，还在名称上特地凸显了周敦颐作为合州学术之宗的

合川南城昔日"万顷黄金铺南亩"（罗明均摄于1984年）

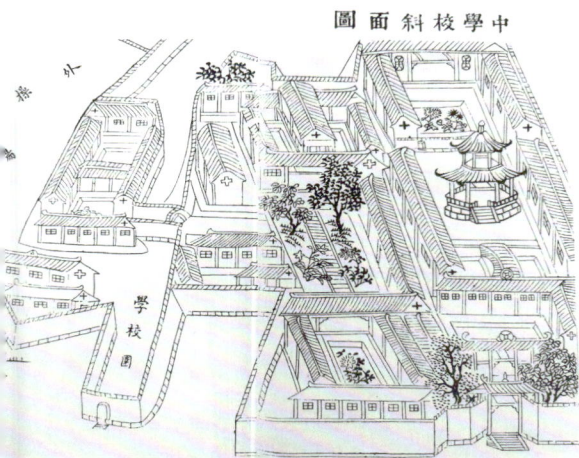

合川中学堂（引自《民国新修合川县志》）　　　　　　　合州文庙（引自清乾隆《合州志》）

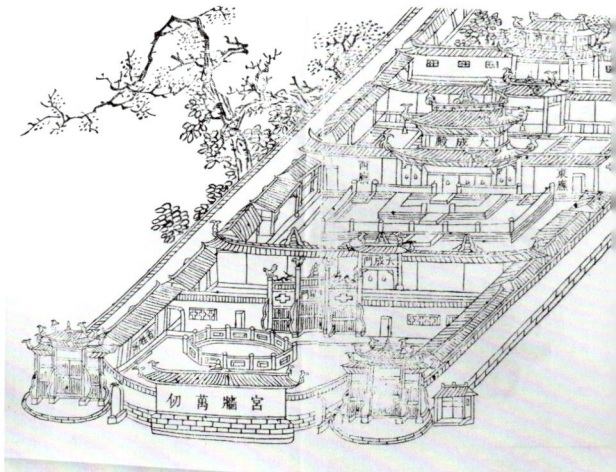

地位，故有其名。院中心位置有堂，称"光霁堂"；院内莲池之上有亭，称"寻乐亭"。因此，在合州的古诗文中"光霁堂""寻乐亭"常用来指代合宗书院。

　　清光绪三十年（1904），清政府实施新政，合宗书院改为合州学堂，两年后又改为合州中学堂，顺次下来便是今日的合川中学。因此，合川中学在谈论校史时，总是以合宗书院为其根脉和前身。

　　在李宗沆、强望泰增修文峰塔时，曾一并对合宗书院进行了增建培修。为此，合州民众还纷纷解囊，以图合州的文化教育得以振兴。

二、作者简介

　　杨士鑅（生卒年不详），字振斋，号绿村，清代合州城（今合川区合阳街道）人。乾隆四十八年（1783）举人。嘉庆初，选授浙江富阳（今浙江省杭州市富阳区）知县。旋即调任仁和县（今浙江省杭州市），迁杭州府西塘堤工海防同知，再调补广西柳州（今广西壮族自治区柳州市）知府，并作道台记名，以备升用。后死于任上，享年60岁。

　　作为合川人的骄傲，杨士鑅不论为学为官，都是楷模。为学，他自幼聪慧勤奋，才气纵横，诗词骈文，无不工丽。为官，他忠于职守、多有政声，尤其是在杭州西塘堤工海防同知任上，亲历沿海所属考察海防地理形势及鱼盐之利，并参汇古今条说，著有《海塘挈要》一书，共12卷，被时人视为"海塘秘宝"。

三、诗文推送

光雾堂喜雨

昨夜三更风雨吼，半天鞭起蛟龙走。水势争驶涌江涛，江城如一秋叶柳。
朝望南山雾不开，上有密云封洞口。直下洞溪流潺潺，万顷黄金铺南亩。
我本无家借地居，砚田何如良田有？熏风吹散桐阴凉，寻乐亭中书侑酒。

释义： 南山，此处指铜梁山。洞口，即铜梁洞洞口。南亩，此处指南屏平坝田野。砚田，喻指读书人的"文房四宝"。熏风，即和风。书侑（yòu）酒，喻指以读书佐酒的生活方式。诗文大意如是——

昨夜三更，雷鸣电闪，暴风骤雨，仿佛有蛟龙被驱驰在空中行走。一觉起来，嘉陵江、涪江水势急涨漫涌，把整个合州城荡涤得如秋天的一片叶柳。晨起的铜梁山依然云雾紧锁，看不清山形轮廓，更不用说铜梁洞那神秘的洞口。直流而下的溪水潺潺作响，万亩稻谷有如黄金覆盖在南岸的平坝田畴。我一个读书人游荡在此，哪敢与那些拥有良田的人比富有？和风吹来，桐阴凉凉，酷热顿消，就让我在合宗书院的寻乐亭中以诗书当美酒吧！

四、鉴赏提要

《光雾堂喜雨》一诗，借用"喜雨"的意象，表达了作者在合宗书院学习时的思绪烦扰和对学业精进、人格升华的内在渴求。通篇洋溢着一种去除名利羁绊后的轻松愉悦和乐观爽朗之情。

诗的前四句，重点写了作者期盼已久的一场狂风暴雨。这场雨以其磅礴的气势荡涤了整个江城，真是令人痛快淋漓、喜不自禁。

诗的中四句，作者以铜梁山上山下雨后的两种不同景状，喻示两种不同的处世态度。"朝望南山雾不开，上有密云封洞口"，是幽静，是隐逸，是人格的高尚，为出世的人生态度。"直下洞溪流潺潺，万顷黄金铺南亩"，是喧闹，是显赫，是名利的追逐，为入世的人生态度。前者不易，后者不耻，这两种人生态度不知纠结过多少读书人啊。

诗的后四句，作者直抒胸臆，点明题意。"我本无家借地居，砚田何如良田有？"抒发了自己甘于淡泊的士子情怀；"熏风吹散桐阴凉，寻乐亭中书侑酒"，表达了自己超然物外的自在洒脱。一场喜雨就这样，解开了作者对名利的迷思与纠缠。

五、漫读拾遗

如果说合宗书院是合川历史文化的重要标识之一，那么光霁堂则是合宗书院的重要标识之一。"光霁"乃"光风霁月"的缩称，意思是形容雨过天晴时万物明净的景象，多用作比喻开阔的胸襟和心地。其语出自黄庭坚《豫章集·濂溪诗序》，称"舂陵周茂叔（周敦颐），人品甚高，胸怀洒落，如光风霁月"，意在赞美周敦颐的人格精神和道德境界。据不完全统计，仅包含"光风霁月"四字的诗词就有近百首，诗词章句更是不计其数，这里且与大家分享数句。

"光风霁月心无累，胜水佳山意有余。"（胡居仁《题濂溪旧隐》）

"远径溪流水自圆，光风霁月渺无边。"（董嗣杲《题濂溪书院》）

"胸襟洒落，光风霁月澄寥廓，生平素志惟丘壑。"（叶秀发《醉落魄·自寿》）

"如今欲识濂溪面，只把光风霁月寻。"（林光《南安偶题七首（其六）》）

"胸怀自洒落，风月特寓形。"（胡仲弓《光风霁月》）

"好一似，霁月光风耀玉堂。"（曹雪芹《红楼梦十二曲·乐中悲》）

"诗成断雨流云外，人在光风霁月中。"（钱时《新亭薄暮》）

读完这些诗句，我们再来读杨士�《光霁堂喜雨》，是否又多了一层理解呢？

第五十六期

萧望崧《重葺寻乐亭》

　　本期解读的合川历史文化地标是文笔塔／文峰塔，主要视点为寻乐亭，读取的诗文是萧望崧的《重葺寻乐亭》。

一、历史信息

合宗书院寻乐亭（李永生据《民国新修合川县志》合川中学堂绘）

　　说了这么多有关文笔塔、文峰塔的信息，或许有人会问，这塔真的灵吗？其实，你懂得的。但这并不重要，重要的是人们需要借此形成群体意识，需要借此提振信心、看到希望。

　　据李宗沆《增修文峰塔及合宗书院小引》载，明代近300年间，不计会试恩科和乡试考中者，仅三年一次在京城举行的会试正科，合州人考取进士者就有47人之多。而在清代200多年间，却鲜有这样的盛况，最糟糕的时候，如嘉庆十二年（1807）、十三年（1808）在乡试中合州学子连中个举人都成了困难，这确实让合州人脸上无光。要知道，明代合州只有7万多人口，而清代光绪年间合州人口已达60万人之多。

不过，看官别急，终清一代，合州虽然只出了区区10个进士，却也有值得骄傲的"合州四子"与"合阳四俊"（又称合州"后四子"）八大才子。

这八大才子大多为合宗书院学生。与其说他们的精神投射是东山之上的文笔塔或是嘉涪岸边的文峰塔，还不如说是合宗书院的寻乐亭。寻乐亭之于合宗书院犹如大名鼎鼎的爱晚亭之于大名鼎鼎的岳麓书院。"寻乐"之名，意在愿学子们以寻儒学之道为乐，即周敦颐所说的孔颜之乐。

有关寻乐亭的修建，前面的篇章已有所提及，本期选读的诗文是《重茸寻乐亭》。

二、作者简介

萧望崧，清代合州举人，工诗文，喜唱酬，对合阳名胜多有所咏。

三、诗文推送

重茸寻乐亭

未入春风座，来登寻乐亭。隔江人感旧，开院士横经。
水近先延月，龛增欲摘星。如何志温饱？心苦学前行。

释义：重茸，即再次修茸。春风座，比喻温和可亲，给人以教益的气象或境界，这里指合宗书院。感旧，即怀念旧情。开院，即创建（开设）书院。横经，即听讲时横陈经书。延月，即得月。龛增欲摘星，系指重修时增设了业已毁坏的龛中"奎星"。前行，这里喻指前贤、圣人。诗文大意如是——

还未走进合宗书院，我便想到要先登重新修茸的寻乐亭。由涪江北岸到涪江南岸，合宗书院已历数百年。念及旧情，当年学子们听讲时横陈经书的场景，可谓庄重虔诚。今天，焕然一新的寻乐亭因有莲池的倒映而接引明月，因有亭楼的增延而势攀星辰。登得此亭，顿让人生发高昂的精神。寻乐亭啊寻乐亭，我们该如何寻乐？又该如何安贫？那还得苦心孤诣学前贤，学圣人。

四、鉴赏提要

寻乐亭建于合宗书院的莲池之上，是学子们追求道德、学问的一种精神意象。重葺寻乐亭，蕴含的是一种学风、人格、精神的传承。以此切入，全诗写得春风拂面、感怀至深、气象宏阔、趣旨高远。

起始两句，作者以春风座喻合宗书院，以寻乐亭表守道之象，俨然一个高洁之人在登高况之地。

三四两句，作者展现了对合宗书院教学场景的回忆。"开院士横经"五字，写出了以文化人的非凡气势和文化独有的力量。

五六两句，作者以眼前的景象，预示未来之可期。借亭下莲池之水，我们可揽天上之月；借塔上增修的神龛，我们可摘域外之星。

末尾两句，作者总括全篇，点明题意。"如何志温饱？"可用安贫乐道作答，这是寻乐亭本身的寓意。"心苦学前行"，当是道学精神的传承，这是"重葺"的意义。

五、漫读拾遗

合宗书院的寻乐亭为什么取名"寻乐"亭？这里所说的寻乐，寻的到底是什么乐呢？为此，我们不得不来说说儒家的一个经典概念——"孔颜之乐"。所谓"孔颜之乐"，是指孔子和他的学生颜回在追求道德学问的过程中，所体验到的那种超越物质、超越世俗的快乐与满足，它是儒家倡导的一种精神境界，或者说是一种人生理想，抑或是一种处世态度。

孔子所谓"学而时习之，不亦说乎"，讲的是学习之乐；"有朋自远方来，不亦乐乎"，讲的是交友之乐；"知之者不如好之者，好之者不如乐之者"，讲的是知识和性情得到满足之乐。这些乐处表现出的无一不是一种积极的人生态度。

孔子所谓"饭疏食饮水，曲肱（gōng）而枕之，乐在其中矣"，讲的是自己安贫守义之乐；"一箪食，一瓢饮，在陋巷，人不堪其忧，回（指颜回）也不改其乐"，讲的是颜回专注学问之乐。这些乐处表现出的无一不是一种更为纯粹更为深刻的精神追求。

孟子曰："独乐乐不如与人乐乐，与少乐乐不如与众乐乐。"其所谓"父母俱在，兄弟无故，一乐也；仰不愧于天，俯不怍（zuò，惭愧）于人，二乐也；得天下英才而教之，三乐也"，讲的都是一种超越物质之乐。范仲淹所谓"先天下之忧而忧，后天下之乐而乐"，讲的是一种超越世俗之乐。这些乐处表现出的无一不是一种崇高的精神境界。

在儒学理论中，"孔颜之乐"还包括人与天地万物同体的境界（乐处）、与"理"合一的境界（乐处）、与事功合一的境界（乐处）。这些境界（乐处）分别代表人与自然、宇宙以及社会责任的和谐统一，即精神的升华。

通过如此一番理解和认识，我们再来读《重葺寻乐亭》，寻乐亭的文象寓意和精神意义自然就十分突出了。

孔子与弟子颜回

第五十七期

冯镇峦《瑞映山房怀古》

本期解读的合川历史文化地标是文笔塔/文峰塔，主要视点为瑞应山房、"合州四子"，读取的诗文是冯镇峦的《瑞映山房怀古》。

一、历史信息

文笔塔、文峰塔、合宗书院这类文象，让你想到的一定是一个文人墨客熔铸清辞、代不绝吟的文学之乡。

的确，合州就是这样一片以其盘深的文林根底，不断推陈出新的文化故土。继两宋文化学术领先巴渝之后，明清时期，合州又在人才培养及文学创作上留下了光辉灿烂的篇章。

这里要提到的一个群体概念便是"合州四子"。所谓"合州四子"，是指清乾隆四十八年（1783）中举的张乃孚、杨士鑅、彭世仪与乾隆五十七年（1792）中举的冯镇峦。他们是这一时期合州文化学术的领军人物。前三者我们已经读过他们的诗文并做了介绍，本期要了解的便是冯镇峦和他的一篇《瑞映山房怀古》。

二、作者简介

冯镇峦（1760—1830），字远村，清代合州西里沙鱼桥（今合川区沙鱼镇）人。乾隆五十七年（1792）举人。历任合宗书院山长，华阳（今四川省成都市）、广安（今四川省广安市）教谕，清溪（今四川省雅安市汉源县）县学训导。清代著名小说评论家。

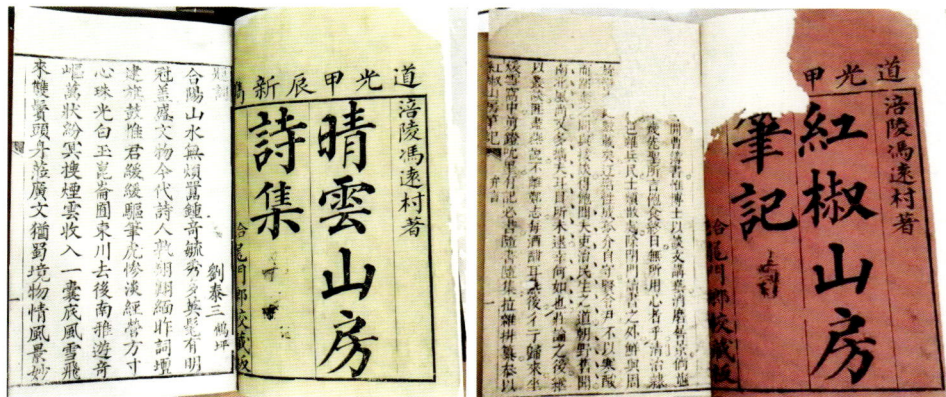

冯镇峦《晴云山房诗集》《红椒山房笔记》

　　冯镇峦一生仕途颇为不顺，先后经历三次省闱、三次礼部应试都不第，49岁才以大挑二等获铨教职，51岁任清溪训导，一任便是20年。道光十年（1830），升任广州龙门（今广东省惠州市龙门县）知县时，年已71岁，在赴任途中突发疾病而亡故。

　　比起仕途来，冯镇峦的学业和学术成就却堪称一流。他少习儒业，从学于舅父苟莲峰等诸乡贤。有关史料称他"勤谨深思，究心经史，好客喜游，

耽于吟咏"。他不仅通经文、工书画，更以诗词古文见长，与同州张乃孚、杨士鑅、彭世仪齐名，为"合州四子"之一。

　　冯镇峦是评点《聊斋志异》的著名理论家。其理论贡献已为当今学术研究所肯定。

　　冯镇峦反对纪昀对《聊斋志异》"诬谩失真，妖妄荧听"的批评，肯定《聊斋志异》的虚构是"似真似幻，诞而近情"，认为"（蒲松龄）先生此书，议论纯正，笔端变化，一生精力所聚，有意作文，非徒纪事"。其评点理论特质最为鲜明，"在小说

冯镇峦评《聊斋志异》

理论史上具有里程碑意义"。

其遗著有《晴云山房诗集》《红椒山房笔记》《片云诗话》《黎雅诗话》《读史随笔》《批点古文左翼》《冷斋图说》《读聊斋杂话》《晴云山房丛钞》等十余种，堪称宏富。

三、诗文推送

瑞映山房怀古

真伪不并立，辨义难通融。谁将双南金，下等严山铜。

怀古稽前宋，党祸纷群蒙。流毒伪学禁，水火势相攻。

嗟哉蜀之西，乃有鹤山翁。道衍程朱脉，炯如日在中。

奉命来合阳，道国推信崇。针芥缘正合，先型契深衷。

山房披榛莽，改祀树丰隆。作记名瑞映，大义光熊熊。

间世挺人豪，庶常凛孤忠。缅维数君子，正谊垂无穷。

后先光俎豆，一派肇元公。众女疾娥眉，谬肆谣诼工。

薄雾掩日月，万古清苍穹。此风沿至竟，堪怜后之恫。

苍蝇乱黑白，聒耳闻飞虫。一士苟持正，相形愧匪躬。

吠声矜附和，金铄将无同。我来时异代，道范瞻衡嵩。

款客山一房，瑞木郁青葱。古人不可作，高台生清风。

释义： 题目中的瑞映山本为瑞应山，瑞映山房本为瑞应山房。相传瑞映（应）山房为南宋学者魏了翁居所，历代曾多次修葺，故址在瑞映（应）山下，今合阳街道苏家街。诗文大意如是——

（1）是就是是，非就是非，判定是非的标准是不能迁就通融的。这就好比没人会将"双南金"（喻杰出人物）等同于"严山铜"（喻一般人物）一样。

（2）考之于前宋，因朋党之祸而使朝堂之上是非难辨、真假难分，一时间儒学正统不断衰落式微，儒学精神遭到打压限制。各方势力可谓相互争斗，水火不容。

（3）值得肯定的是，西蜀魏了翁继宋代理学一脉，并将其发扬光大，使之如日在中，光耀世间。

（4）前有周敦颐任职于合州，弘扬儒学思想，开启理学端绪，后有魏了翁奉

迎接朝阳（周旋摄）

命出使东川，来到合州，借《养心亭说》石碑的发现，上书朝廷，使理学成为国之道学而被尊崇。两位堪为圣贤的前辈一前一后如磁石相合来到合州，在我们心里烙下了深刻的印记。

（5）想那魏了翁寓居过的杂草丛生的废弃旧屋，有幸改为祭祀他的祠堂，并赋名"瑞映山房"，是一件多么有正义价值和得人心的事啊。

（6）受他们思想影响，明时合州又出了一位孤勇忠贞、"直声动天下"的耿介之臣——邹智。缅怀起他们来，真是道范庄严，影响宏廓。

（7）望着青葱茂密的瑞应山，伫立在魏了翁的旧居前，我辈所处时代，有先贤的道范如衡岳嵩山一般耸立在面前，可瞻仰可学习，实乃有幸。虽说我们成为不了古之圣贤豪杰，可他们的高尚情操却能如这瑞应清风一般，激励着将来。

四、鉴赏提要

自古正邪不两立，真伪有分明。作者开篇便以"真伪不并立，辨义难通融"来表达自己对于是非曲直的爱憎；以"谁将双南贵，下等严山铜"来表达自己对优秀人物的敬仰。由此，为后面的怀古叙事提纲挈领。

面对眼前的瑞映（应）山房，作者追忆了周敦颐通判合州开启儒学新篇的功绩，追忆了魏了翁对推动程朱理学立为正统之学所作的贡献，追忆了合州人邹智凛然直谏的忠心。这些人物俨然历历在目，都是尊奉义理的德行君子，为世人所敬仰所祭祀。所谓"缅维数君子，正谊垂无穷"，颂的就是他们的风范。

然而，朗朗乾坤，却难免会有"薄雾掩明"的黑暗。有时是"众女疾娥眉，谬肆谣诼工"，有时是"苍蝇乱黑白，聒耳闻飞虫"，这就需要我们细加判别，敢于秉公理、持正义，不与之同流合污。

末尾部分，作者借景抒怀，回应开篇。"我来时异代，道范瞻衡嵩""款客山一房，瑞木郁青葱""古人不可作，高台生清风"六句，说的是作者的怀古之思：回望过去，先哲先贤已为我们树立了一座有如衡（山）嵩（山）一般伟岸的道范丰碑，我辈虽然无法望其项背，亦当竭尽所能，让他们的道德情操永照后世。

五、漫读拾遗

冯镇峦被称为"文教先贤"，是个教育的实干家。在清溪做县学训导时，面对清溪县囿于"道不传""文学缺"的窘境，他积极奔走呼号，终于在道光四年（1824）创建了颇负盛名的崃山书院（即今四川汉源一中的前身）。崃山即邛崃山脉，因清溪位于邛崃山脉南麓，故有此名。

崃山书院的落成，开启了汉源文教圣殿的大门，自此之后汉源文风为之一振，崃山书院走出的举人、秀才不胜枚举。这里记下一副冯镇峦题崃山书院的对联，供大家一赏："道德衍（衍生）虞夏商周，问谁为（堪为）先生（圣贤）弟子；文章传汉魏唐宋，待汝作理学名臣。"

道德、文章是古代读书人的两大修为，前者指思想品德，后者指知识学问。道德是文章的承载，文章是道德的教化。因此这副对联很有韵味，上联发问下联作答，自问自答，自答自问。

第五十八期

戴光《崇丽阁记》

　　本期解读的合川历史文化地标是文笔塔/文峰塔，主要视点为崇丽阁、合州"后四子"，读取的诗文是戴光的《崇丽阁记》。

一、历史信息

　　与"合州四子"相提并论的是清代末期的"合阳四俊"。"合阳四俊"又称合州"后四子"，他们是清同治初年由学政张之洞选送入成都尊经书院学习的丁治棠、张森楷、戴光与后来入院学习的彭耀卿四人。他们各以经、史、辞赋、八股文见长，是当时四川学界公认的合州人才。"合阳四俊"均为举人，其中戴光、彭耀卿还成了进士。

　　因张森楷在前面的诗文选读中已作简介，加之戴光是本期诗文的作者，而彭耀卿的有关事迹又待考证，这里只介绍一下丁树诚。丁树诚（1837—1902），字治棠，号化隐子，合州云门镇（今合川区云门街道）人，清末经学家、文学家。16岁时以第一名入州学，因家中贫困，22岁即出为馆师。37岁时辞职到成都，入锦江书院，后转尊经书院学习，专攻经学，

崇丽阁（望江楼）

对《毛诗》《三礼》研究极深，与著名经学大师廖季平齐名，有"丁治棠，守其常；廖季平，出其奇"之谚，为清末著名的经学家、文学家。

关于丁树诚，值得特别一提的是，光绪九年（1883），他主讲合州瑞山书院，次年受聘合宗、瑞山两书院山长，时间长达8年之久，为合州造就了不少人才。

二、作者简介

戴光（1840—1919），字子和，晚年号蹇叟，清代合州渭溪场（今合川区双槐镇）人。光绪二十年（1894）进士，曾任盐城知县等职，著有《百家姓新编》《蟠龙山庄烬余文集》等。幼而好学，因其诗作慷慨激昂，被认为放荡不羁，久不能成为州学生。张之洞督学四川，在经古考场见其卷中诗"秋风吹散杜鹃魂"句，极为赞赏，遂得以进州学，随后以高才生资格入成都尊经书院学习。

光绪十二年至十五年（1886—1889），四川总督刘炳章重建了崇丽阁（即今成都望江楼），向全省名士征文，戴光撰文《崇丽阁记》，独被采用，文才更是名噪一时，为当时四川"文学八家"之一。

戴光故里双槐镇五星桥（双槐镇供图）

三、诗文推送

崇丽阁记

崇丽阁成，乡党章以赋，祎（yī）以颂，铺陈缔构，纳诸石室矣。然厥（jué）指有崏（duān），逮事或觖（jué），弗可以无记。

昔先王分星测土，经野辨方，凡以奠康黎献，阜殖物产。故建都作邑，必度阳观泉。于是乎夷险卑高，浐流峙洼，缺者补之，陷（xiàn）者矗之，而台榭葺焉，楼阁嵌焉，非徒适观游、恣（zì）燕、豫巳（sì）也。

蜀为梁州，辟拓上古，稽井络于乾度，奠巛（chuān）宫于地纪，浐皋弥望、沃野千里。昔在蜀山蚕丛之后，杜宇开明之君，耸都门以二九，翘飞阁目四百，两江珥市，九桥扃（jiōng）流，靡不肖岳挚天，凭冈表阙，崔如、巍如、镇如、键如。张仪既经楼以五重，公孙继踵，蔚以十层。由兹以逝（shì），时则有瞰江之阁，时则有回澜之塔，经之营之，作无虚代。夫是以天府充实，陆海填珍，育者、莳（shí）者、赋者、贡者，委时乎岷峨，于牣（rèn）乎江汉，而元泽诞敷，灵英昌福。以道鸣者，以德鸣者，以文鸣者，以行鸣者，希不弁（biàn）髦于天下，炤（zhào）烂乎竹素，验斯昭应，遡（sù）厥创艁（同"造"），讵（jù）不彰明较著哉？逮遘（gòu）明季，烬于劫灰，勘（xiǎn）复肖然，陵谷沧田，荆棘芜蔓者，二百余有年。

方今圣皇绥宁，百举咸熙，乃睠（juàn）西顾，扃（jiōng）钥惟蜀，矤（shěn）肘腋瀛甸，财赋奥区，肆（yì）其圮（pǐ）坠，毋乃戚（qī）乎？于是荐绅先生咸集耆（qí）旧迹湮址，审地阞（lè），询谋规划，佥（qiān）谓阁宜。俶（chù）筹缗（mín）繦（qiǎng），烝（zhēng）然乐输逎（qiú）。

庀（pǐ）五材，鸠六工，濒江购基，甃（zhòu）石为邱，跨以傑（jié）阁，拱以横楼，缭以周垣，错以芳坞。磨耆（huā）之，而雕镂之，而藻缋之，而金碧之，而丹臒（huò）之。构则五重，顺行度也；缘则四阶，应时许也；深则八寻，叶节风也；

级则七旋，法斗宿也。

　　是役也，需土之工以万计，石之工以千计，木之工、镂之工、则准石金之工，以百计；缋（同"绘"）之工则准金。经始丙戌之冬，落成己丑之春，糜金万有奇，而规模初具。工役略蒇（chǎn），兴作岂易言哉？于是名以崇丽，以为不巍不崇，不足以摄坤舆之雄也；不壮不丽，不足以作方州之气也。

　　登斯阁者，近瞩郊垌（dòng），将城狐社鼠胡以靖之？宿莽泽萑（huán）胡以芟（shān）之？鸿嗷鸠聚胡以恖（shū）之？远览荒徼（jiǎo），将三危乘墉，孰藩篱之？六诏瞵闒（tà），孰金汤之？黑水革囊、金沙篾船，孰阻遏之？于斯乎笔为之筹，米为之聚，将以绸缪阴雨，而磐石苞桑。则斯阁之熙，岂直宏都邑之制作，开文物之奋落哉？若夫流连风景，鬯（同"畅"）适襟怀，既殊兴缔之指，亦乖时措之宜，蒙无取焉。

　　释义： 该文的主旨思想集中反映在结尾部分，大意如是——

伟岸的崇丽阁，既巍既崇，足以统摄江山的雄放；又壮又丽，足以展示一地之气魄。

　　假使当政者在登楼眺望时，能从看到的眼前风景，联想到该如何去清除那些倚仗权势为非作歹的人，消灭那些有如狐鼠般为盗为寇的人，防止那些鼓噪起来为恶为霸的人；假使当政者在登楼眺望时，能从看到的远天边陲，联想到该如何去防范那些犯城的边境暴民，抵御那些来侵的六诏联盟，拒止那些攻来的羌彝部落……那么，他们便会未雨绸缪、积极作为，或囤粮积粟，或固防城池，或安抚流民，或搞好外交，以确保属地安全、边地和平、国富民安。

　　所以，崇丽阁的修建，绝非只是为了恢复旧物、增色都邑，而是另有深意。如果仅仅是从流连风景、畅适胸怀去想，那就与缔造者的初衷相违相背，就显得肤浅无知了，就显得不合时宜且无足可取了。

四、鉴赏提要

　　"崇丽阁"的名字，出自晋代大文学家左思《蜀都赋》中"既丽且崇，实号成都"句中的"崇""丽"二字，以称赞其宏伟壮丽。清光绪十二年（1886），崇丽阁在成都锦江南岸开始修建，历时三年，于清光绪十五年（1889）建成。

《崇丽阁记》，作为修阁的一篇记述文章，写得可谓是说古论今、气吞山河、洋洋洒洒、字字珠玑。文章底蕴深厚、思想深邃，读起来有景有物、有史有论，充满了家国情怀。

引言部分，作者首先说明了给楼阁写记的必要性，即补诗歌和辞赋之缺，让修造之事得到全面客观记述，以便归档存史，流传后世。

正文第一部分，作者开篇便讲了此番修楼筑阁的目的。它绝不仅仅是为了游观和娱乐，而是依据古代天文地象观，用天上星座对应地上方位，以测定地理区域，指引人民择吉而居、有序铺排生产生活。

正文第二部分，作者通过回溯从蜀山之地到天府之国的

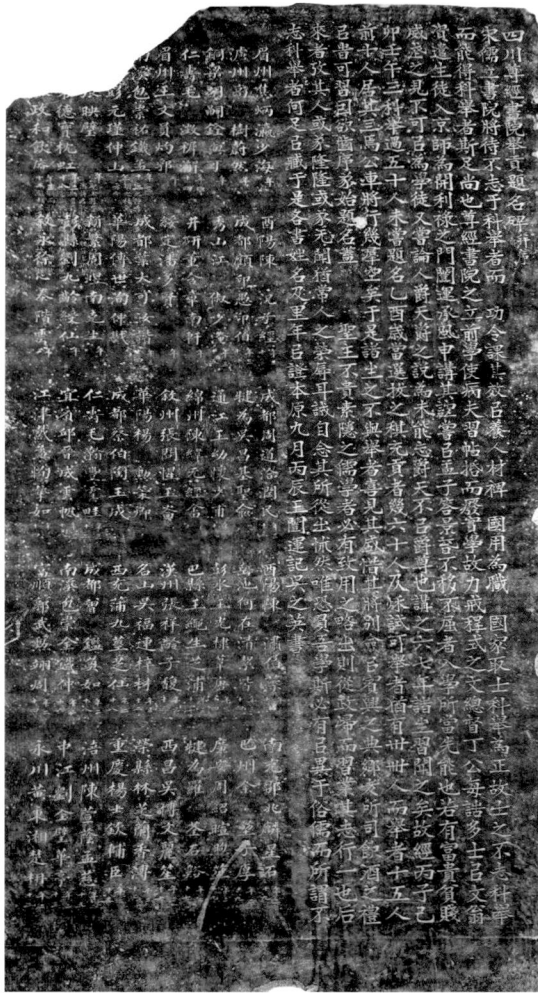

《四川尊经书院举贡题名碑并序》拓片

灿烂文明，指出崇丽阁的建造是记录社会历史、反映人民创造、传承古老文明的大好事。

正文第三部分，作者以写实的手法，讲述了崇丽阁修造的过程和不易，表达了蜀地民众聚力兴川，期望再现天府之国盛景与辉煌的强烈愿望。

正文第四部分，作者通过层层铺叙、层层设问的手法，讲了崇丽阁对于当政者治蜀兴川的种种警示。

登得斯楼，极目远眺，眼底是风景，心中是家国，这才是筑楼者的初衷和寄以登楼者的希望。

五、漫读拾遗

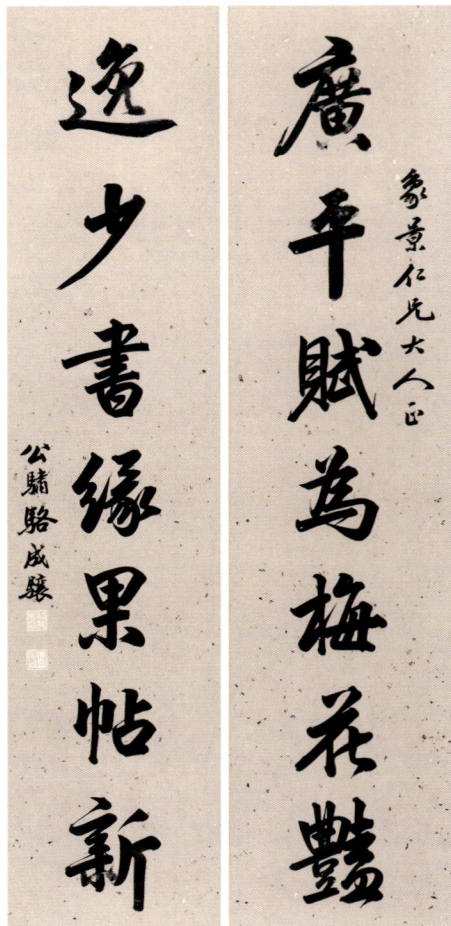

骆成骧手书联

崇丽阁，因临江又被称作"望江楼"，是成都历史文化名城的标志性建筑。那么，问题来了：在古代，人们为什么要费尽心机造这样一座外表壮观的楼呢？

相传，蜀中文人为求科举兴旺，最初曾在锦江之畔修建了一座二层宝塔，专门供奉文曲星神像，这塔叫"成都塔"。各地学子争相祭拜，结果人才辈出、文风炽盛。后来人们嫌其名称不够文雅，便改名为"回澜塔"。"回澜塔"在明崇祯末年不幸倾倒，塔上文曲星神像也随之损毁。此后蜀中文风便一蹶不振。究其原因，按风水的说法，是因为文运随锦江而流逝消散。

有鉴于此，蜀中乡绅便于清光绪十二年（1886）动议并筹款在回澜塔原址重建以振文风，并取名"崇丽阁"。

崇丽阁建成之后的第一次科举，蜀中一下子出了12名进士，六年后还出了清朝第一个蜀籍状元骆成骧（追溯起来，距上一位蜀籍状元杨慎金榜题名时已有380余年），人们深感神奇。

第八编

钓鱼城诗文选读

钓鱼城，作为合川十大历史文化地标之一，因为著名的钓鱼城保卫战而名扬四海，是合川最具代表性的历史文象。它象征着合川人民热爱和平、敢于斗争、坚韧不拔、英勇无畏、开放包容、和合天下的内在精神。

其文象寓意包含悲悯之心、大美之德、坚韧之志、英雄之气。总之，它是一座有关战争与和平、有关民族冲突与融合、有关文明交流与互鉴的历史之城、英雄之城。

据不完全统计，有关钓鱼城的古诗文多达140余首（篇），其中无名氏的《钓鱼城记》、明代邹智的《钓鱼城志后跋》、清代罗惜的《钓鱼城赋》、李开的《飞鸟楼赋》、冯镇峦、王元丰、张衡同题的《钓鱼城怀古》、刘泰三的《钓鱼城》、丁树诚的《登钓鱼城》、陈毅的《钓鱼城口占》、郭沫若的《钓鱼城访古》等，都是钓鱼城怀古诗文中的杰作。

第五十九期

无名氏《钓鱼城记》

本期解读的合川历史文化地标是钓鱼城，读取的诗文是无名氏的《钓鱼城记》。

一、历史信息

钓鱼城是重庆十大文化符号之一，是合川人民最引以为傲的文化地标。

钓鱼城有三张名片，一张是国家级风景名胜区，一张是全国重点文物保护单位，还有一张是国家考古遗址公园。不过，这些只是一个方面，最重要

《钓鱼城》歌剧剧照（尹宏杰摄）

钓鱼城古战场遗址文物点

的还在于它是一处具有普遍价值的世界级文化遗产。

有关钓鱼城的文象信息，细说起来，不仅可以概括为一湾石佛（钓鱼城石刻群）、两大传说（钓鱼台传说、双王墓传说）、三江形胜（嘉陵江、渠江、涪江形胜）、八大风景（"鱼山八景"），还可以概括为卅载硝烟、满城英雄、千年遗风、万古坚城。这座城，仿佛是一部系列长篇，需要我们慢慢地读慢慢地品。

当然，所有的一切都还得从钓鱼城保卫战这一世纪之战讲起，本期选读的《钓鱼城记》，是合川历史文献中极为重要的篇章之一。通过它，我们可以大致了解钓鱼城坚守36年的主要详情和经过。

二、作者简介

无名氏，顾名思义，作者姓名、生卒年、事迹不详。其文引自明万历《合州志》卷一，初名《无名氏记》。

三、诗文推送

钓鱼城记

山在州治之东北，渡江十里至其下。其山高千仞，峰峦岌岌，耸然可观。其东南北三面据江，皆峭壁悬崖，陡然阻绝。修城之后，凿山通路，路曲次之，方可登临。其西南稍低，于此筑城，高二十仞。城之门有八，曰护国、青华、镇西、东新、出奇、奇胜、小东、始关。其山周回四十余里。峰顶有寺曰护国，堂殿廊庑百有余间，宋绍兴间，思南宣尉田少卿所建。至元戊戌，为兵火焚熄灰烬。寺门之外，突然一台，曰钓鱼台，其上平正，可坐数十人。上有巨人足迹，年代虽远，风雨不能磨灭，岸边插竿之目犹存。此台在山之岭，俯视大江，悬岩千仞，相去险远，钓可施乎？名为钓台，似不侔矣。窃尝稽之，古之洪水为患，荡荡怀山襄陵，此山三面据岩，渠、嘉陵二江自西北而来，冲于山之西，流至合州城下则与涪江会同，皆浩浩荡荡环绕山足而东下。

往古水患之际，势必环抱此山，则钓鱼之名，必自始矣乎。

钓鱼城之于合川区位示意图（莫宣艳制图）

后有石庵，凡二十四片斸（zhuó）成，乃开山祖僧石头和尚自造也。宋高宗南渡之后，北兵益炽，彭大雅奉命入蜀，令郡县图险保民，太尉甘闰至州，观此山形势可以据守，故城之。郡目王坚，发郡所属石照、铜梁、巴川、汉初、赤水五县之民，计户口八万，丁一十七万，以完其城。西门之内因沟为池，周回一百余步，名曰天池。泉水汪洋，旱亦不涸，池中鱼鳖可棹舟举网。又开小池十有三所，井九十二眼，泉水春夏秋冬足备不干。城中之民，春则出屯田野，以耕以耘，秋则收粮运薪，以战以守。厥后，秦、巩、利、沔之民，皆避兵至此，人物愈繁，兵精食足，兼获池地之利，是以能坚守力战而效忠节。东有沟曰天涧，沟东北有山曰天涧岭。龟山与鱼山对峙，城上呼语相闻，元宪宗蒙哥以此驻跸。

王坚去任之后，继任乃安抚张珏也。有谋略，应敌出奇，制胜尤有过人。其时北兵大营驻汉中，利、沔初冬严寒，则来攻围；春夏喧热，则复退去。己未岁，值大旱，自春至秋，半年无雨，北兵围逼其城，意城中无水，急攻之。一旦至西门外筑台建桥楼，楼上接桅，欲观城内之水有无。城内知其计，置炮于其所。次日，宪宗率其兵于下，珏命城中取鱼二尾重三十斤者，蒸面饼百数，俟缘桅者至其竿末，方欲举首，发炮击之，果将上桅人远掷，身殒百步之外。即遗鲜活之鱼及饼以赠，谕以书曰："尔北兵可烹鲜食饼，再守十年，亦不可得也。"时北兵遂退。宪宗为炮风所震，因成疾，班师至愁军山，病甚，遗诏曰："我之婴疾为此城也，不讳之后，若克此城，当赭城剖赤而尽诛之。"次过金剑山，温汤峡而崩。期年之间，世祖皇帝即位，北兵大集，总元帅蒙古等军于本州云门、虎头、渠口、鱼村、富峪、石子山等处，连营对垒，攻围甚急。而城中出奇制胜，或击却之，或掩袭之，斩获累捷。

是后不敢久留城下，春去秋来，出没不常者十有余年。安抚张珏，以功升渝州制置使，继以王立为安抚。立至任，益严守备，兵民相为腹心。声息稍缓，即调兵讨捕邻邑之降北者，取果州之青居城，复潼、遂州境土，攻铁炉城堡，承命旌赏，擢授迁秩矣。奈何天运告终，少帝北狩，二王航海，故忠义之士，不克遂志效忠。至元丁丑，北兵围攻甚急，加以两秩被旱，人民易子而食，王命不通三年矣。戊寅春正月，渝城为守门者献之北兵矣。制置张珏被俘，而渝（鱼）城孤而无援矣。北军毕至攻城，且曰："宋已归我国久矣，尔既无主，为谁守乎？"城中之民，惶惶汲汲，危如累卵釜鱼，知其祸在顷刻，然皆协力而无异谋。王立命众曰："某等荷国厚恩，当以死报。然其如数十万生灵何？今渝城已陷，制置亦擒，将如之何？"愁蹙无计，归家不食。其家之义妹者，乃所掳掠北营北平渠帅之妻名熊耳夫人。初至，王立问之，答云："妾姓王氏"，立乃喜曰："作吾之妹，侍我之母，待获尔夫，俾其完聚。"待之若同母之妹，已数年矣。至是，熊耳夫人，亦忧城危祸及。素知有兄在北营而不敢言，因见王立之忧而告之曰："妹本姓李，今成都总兵李德辉是吾亲兄。若知安抚待我恩礼，必尽心上闻，亲来救此一城人民。"立乃大喜，即令致书。熊耳夫人尝为兄作鞋有式，兄甚爱之。仍作一鞋以奉，必见手泽为信。遂遣儒生杨獬等潜赴成都纳款。

李相得其降书，知妹在鱼城，喜不自胜。乃遣使星驰赴阙闻奏，仍领兵亲至城下。先遣獬归，语王立，黄夜竖降旗于城上。次日，北兵见说纳款降，欲登城而门闭，壁坚而不能入。又次日，乘舟至城下，民皆欢呼，焚香望拜，李相公麾退围兵。汪总帅蒙古军曰："我等攻守此城十余年，战而死者以万计。宪宗皇帝亦因此城致疾而崩。临崩遗诏，来降必因攻困致毙，赭城剖赤，当上为先帝雪耻，下为亡卒报仇。"李相谕慰未决。又数日，朝使适至，奉诏旨："鱼城既降，可赦其罪，诸军勿得擅便杀掠，宜与秋毫无犯。"李帅仍推其功于汪总帅，赍（jī）立降书，大军随退。李相令城中之民，悉力修城筑门，旬日仍徙其民复旧治所。士农工商各复其业，黔黎老稚，咸感李相再生之恩。安抚王立，随李相至京，奏贺对品，蒙授怀远将军、合州军民安抚使。合民遂于城之西南隅，建楼立祠，以奉李忠宣公。岁时祭祀，以报其恩云。

钓鱼城（朱美忠摄）

释义： 在《钓鱼城记》中，作者较为全面地记述了钓鱼城的历史过程，所涉及人物、事件众多，背景关系较为复杂，其内容梗概如是——

（1）在合州城东北十里许，有一座三面临江、四面为峭壁悬崖的山，一眼望去，山势耸然、峰峦岌岌。人们据此筑城，修起城墙八公里，开设城门八座（即护国、青华、镇西、东新、出奇、奇胜、小东、始关八门）。峰顶有寺院称护国寺，始有堂殿廊庑百有余间，后被毁。寺前有一石台名为钓鱼台，台上、台边分别有传说中的巨人神足印和他钓鱼插杆的孔洞。寺后有石庵，系寺院创始僧人石头和尚建造。

（2）宋高宗迁都临安（今杭州）后，为抵御蒙军侵扰，四川制置使彭大雅令各州县择险要之地筑城以保国安民，太尉甘闰观钓鱼山形，认为可以据守，便开始筑城。此后，经过多次营造，待到王坚完善城防体系时，城中不仅有地可耕种，还有泉水可饮用，人们"春则出屯田野，以耕以耘，秋则收粮运薪，以战以守"。此后不久，秦、巩、利、沔等州逃难民众也纷纷前来加入，一时间，钓鱼城人口剧增，兵精粮足。

（3）蒙哥汗率大军攻打钓鱼城时，历经多次战斗均不能破城。为窥城中虚实，他命令部下在钓鱼城西门外筑台，以便从台上观望城内守军虚实。一日，蒙哥汗命部下士兵登台窥望，士兵攀缘台上所立长杆，正在瞭望时，城上一阵矢石突然飞来，不仅长杆打断，杆上的人也被击落在数丈之外，就连蒙哥汗本人也为炮风所伤。第二天，张珏（实为王坚）命人在钓鱼台上竖起一根长杆，并取来三十斤大鱼两尾、大块面饼数百，再附上书信一封，通过发炮的方式投入蒙军阵中。信上称：尔等北兵，请你们烹食我们的鲜鱼和面饼吧！就算你们再攻十年，也不可能攻下我固若金汤的钓鱼城。于是蒙军只得退下。蒙哥汗得信，从病床上负痛爬起，愤怒地留下遗诏："我的伤病，皆因攻城而起，万一我死了，你们将来也要攻下这座城，杀尽全城军民，以为我报仇雪恨。"

（4）元世祖忽必烈继位后，元军多次攻打钓鱼城，城亦不可得。相反城中军民出没无常，出奇制胜，使围攻之师不得不完全撤退，这样又坚守了十几年，直至张珏升任四川制置副使兼知重庆府后离开合州去到重庆。

（5）张珏调离后，王立遂成为钓鱼城守将。他进一步严明军纪，加强防守，还不时调兵讨捕临近州县叛降者，收复青居城及梓潼、遂州等部分失地。无奈天运告终，南宋灭亡，忠义之士已无忠君之事，忠义之城已无朝廷之命。

（6）1277年，元军再度围攻重庆。1278年，重庆沦陷，张珏被俘。此时的钓鱼城形势万分危急。一方面，合州大旱，两秋失收，粮草不济；另一方面，朝命

万古钓鱼城（刘勇摄）

不通，外援断绝，人心惶惶。

（7）为安定人心，也为了给自己留条后路，王立对全体军民说："我深受国恩，今天已是以死相报的时候了，但我又不能只顾自己而置大家于不顾。希望大家处变勿惊，只要我在一天，我便保证大家不受屠戮。"

（8）回至家中，就在王立愁靥无计时，其义妹熊耳夫人告诉他，她本姓李，为当今成都总兵安西王相李德辉之妹。于是王立便修书一封，并以熊耳夫人做的一双布鞋为信物，派人潜至成都，希望李德辉能救一城军民。

（9）李德辉得到降书，又知其妹在钓鱼城，十分欣喜。他一面派人奏明朝廷，一面亲自率兵赶至合州。

（10）来到合州，李德辉便以安西王相兼西川行院副使的身份与围城的东川行院军首领商量受降之事，殊不知却遭到东川行院军首领的抵制，核心的问题还是要不要按蒙哥汗的遗命实施屠城。对此双方争执不下。

（11）数日后，诏书至，"鱼城既降，可赦其罪，诸军勿得擅使杀掠，宜与秋毫无犯"。至此，钓鱼城开门投降，围城之军随即退去，战争状态结束。

（12）根据李德辉的命令，大家合力修城筑门，恢复合州城。不日，民众均从钓鱼山迁回，士农工商也各自复其业，东川大邑合州城得以还其旧貌。合州民众有感李德辉的再生之恩，遂在城西南为他建楼立祠，每年祭祀，以示纪念。

四、鉴赏提要

这是一篇有关合州军民坚守36年抗击蒙（元）之师的历史记录，是我们认识和了解钓鱼城不能不读的珍贵文献。

记，是古代的一种文体，属散文性质，其功用主要是记叙描述事物，并通过写景、状物、记人、叙事来抒发作者的感情，表达作者的观点。

《钓鱼城记》从三个方面为我们展示了一幅宏阔的战争图景。一是介绍了钓鱼城的概貌，主要写了钓鱼山的地理形势、名称由来、佛寺城垣。二是记述了钓鱼城的兴废，重点写了甘闰、二冉的"筑城"，王坚、张珏的"守城"，王立、熊耳夫人的"献城"。三是描写了钓鱼城的神圣，重点写了合州军民的御敌智慧、斗争精神、辉煌战绩。

文章用了很大篇幅记叙了钓鱼城战后的和平收场，以"合民遂于城之西南隅，建楼立祠，以奉李忠宣公。岁时祭祀，以报其恩云"作结，表达了作者的见解。

全文条理清楚、线索明晰、语言生动、内容具体、感情充沛、叙述客观，是一篇难得的史记。

五、漫读拾遗

钓鱼城坚守36年，最后以朝廷不屠一人为条件开城投降，结束了战争状态。其中最有功德的一个人，便是元朝安西王相李德辉。正是通过他的斡旋和极力主张，才没有造成钓鱼城的悲情结局。为感李德辉的功德，合州人民在城中建楼祀之，并以李德辉的谥号"忠宣"命名该楼。

张乃孚曾写过一首《登忠宣楼》诗："长空初纵目，信步上南楼（忠宣楼）。雨霁山余黛，江寒水带愁。壮怀天际远，好句（佳句）坐中收。不醉涪陵（合川历史上曾置涪陵郡）酒，庾公（庾信，北周文学家、诗人）空此游。"

该诗最后两句为点睛之笔，间接表达了合州人民的人情之味和感恩之心：登忠宣楼缅怀其大恩大德，不畅饮两杯家乡的美酒，岂不枉此一游，岂不有负自己（如庾信那般）对家乡的一片深情。

第六十期

任逢等《钓鱼台》题诗

本期解读的合川历史文化地标是钓鱼城，主要视点为钓鱼台，读取的诗文是任逢等的《钓鱼台》题诗。

一、历史信息

钓鱼城之名源于钓鱼山。钓鱼山，山高400米，远望呈鱼形，山顶周回6.5千米，总面积380万平方米。因嘉陵江、涪江、渠江交相环绕，使得钓鱼山三面临江，一面临堑，四周沟壑纵横、山堡拱卫，从而构成了一方天险境地。

钓鱼城筑城之前的钓鱼山，有两大传说：一个是关于钓鱼台的，一个是关于双王墓的。

钓鱼台，在今护国寺前右侧，为一天然临崖石台。相传远古时，洪水泛滥，人们纷纷上山避难。因连天大雨，无处觅食，人们饥饿难耐，命悬一线。这时，幸得天帝垂怜，命一巨人神下凡救济，才给他们带来一线希望。正是靠着巨人神从嘉陵江钓取的鲜鱼，人们才躲过了这场劫难。不久，洪水退去，灾民还家，巨人神上天复命。一年后，人们上山拜祭上苍，在巨人神持竿垂钓的地方发现有一对宽一尺许、长三尺许、深五寸的凹坑，形似巨人神脚印。后来，人们便将这尊临崖石台称作钓鱼台。

双王墓，在今钓鱼城北面插旗山顶，为一传说中的封土堆遗迹。相传春秋战国时，巴人在江之南，濮人在江之北，双方为争夺钓鱼山，进行了三天三夜的生死决战，最后两国国王会盟于山上，互刺而死。有鉴于此，两国王子应百姓休战和好的请求，决意将他们父王的遗体合葬于钓鱼山上，以示永远结束纷争。这便是"双王墓"（俗称双王坟、皇坟）的来历。

钓鱼台的传说，赋予了钓鱼山"悲悯山"的寓意，寄托着合川人民对自然神灵主宰的敬畏。

双王墓的传说，则赋予了钓鱼山"和平山"的寓意，寄托着合川人民对安宁祥和生活的向往。

二、作者简介

任逢，字千载，南宋眉州眉山(今四川省眉山市）人。宋孝宗淳熙间进士，授西充县丞。历任温江知县、嘉定府通判、合州知州、礼部郎中。其诗文在《宋代蜀文辑存》《眉山县志》中有载。

宋宁宗嘉定六年（1213），任逢以朝请郎知合州。在合州任上，他有感于合州的自然、人文、历史未有系统记述，便干了一件十分有意义的事：著了合川历史上第一部地方志书《垫江志》（30卷）。只可惜这部珍贵的志书今已不存。

家渔归，南宋眉州眉山人，生平事迹不详。其名总是容易让人联想到唐代诗人刘长卿的两句诗："渡口月初上，邻家渔未归"，其寓意是归来重逢、团

星耀钓鱼台（华长远摄）

聚圆满。嘉定八年（1215），家渔归来到合州，并登钓鱼山，算是合州山水的知音。

朱涣，字济仲，南宋永福（今福建省永泰县）人。孝宗乾道二年（1166）进士。其作品有《齐天乐》《百岁令》《寒夜曲》等。南宋绍熙年间（1190—1194），朱涣曾游历合州，其诗《钓鱼矶》作于1191年，曾刻于钓鱼山上。

三、诗文推送

《钓鱼台》题诗

不慕渭水滨，岂借严陵境。
巨人留神迹，持竿钓月影。

——任　逢《钓鱼台》

释义： 不必美慕姜子牙隐居垂钓的渭水滨，不必美慕严子陵隐居垂钓的富春江。这里有巨人神垂钓时留下的足迹，这里有我日日寄托心境的嘉陵月影！

暂脱尘羁入古蓝，西风送我与禅参。涨开二水虬朱鬣，岚隐诸峰玉碧簪。
两武深痕堕尘迹，一椎打就踏云庵。自怜把钓人多老，消息遥遥自渭南。

——家渔归《访钓鱼小供》

释义： 我暂时脱离尘世的羁绊，来到风景如画的钓鱼山，在古老的寺院里，伴着秋风静静把禅参。山下，嘉陵江、涪江涨起水来，犹如虬龙红色的触角一般。山中，云里诸峰耸立天边，宛若玉簪青绿化身一般。巨人神的足印深深地留在了钓鱼山，护国寺的身形高高地踏进了云层间。那追名逐利的心啊，催得人日日变老，我怎不自顾自怜地来把初心寻找！

钓鱼矶上闲著身，胸次应无一点尘。
偶尔不逢周汉主，此心端弗愧前人。

——朱　涣《钓鱼矶》

　　释义：登上钓鱼山，站上钓鱼台，我顿感身心俱闲，没有了一点俗尘的愁烦。即便一生都遇不上像周文王和汉光武帝那样的礼贤下士之主，只要我保持内心的平静与高洁，我也不会羞愧在姜子牙、严子陵这般世外高士的面前。

四、鉴赏提要

　　因有钓鱼台之名而有钓鱼山之名，而有钓鱼城之名。钓鱼台是钓鱼山的一处远古遗迹，是钓鱼城的一个景观地标。自古以来，钓鱼台便是人们游览钓鱼山的打卡地和为文赋诗的歌咏地。

　　任逢的《钓鱼台》，以"不慕渭水滨，岂借严陵境"开篇，自信地认为姜子牙垂钓渭水滨之"隐"和严子陵垂钓富春江之"隐"皆不如巨人神垂钓钓鱼山之"隐"，借此盛赞钓鱼台胜迹。这一点着实巧妙高明、不输志气。诗的后两句"巨人留神迹，持竿钓月影"，其核心在于"钓月影"。这里的月影代表了诗人心中的那种平静与悠然，寄托了对美好未来的向往和憧憬。

　　家渔归的《访钓鱼小供》，写的是诗人自己——一个身处名利尘世的访客，为钓鱼山景致所征服的感怀。在这里，诗人陶醉于古寺禅林意趣中，感

钓鱼台雪景（罗应摄）

悟于钓台胜迹逸事里，尘封的内心世界得以打开。故有"暂脱尘羁入古蓝，西风送我与禅参"的轻快和"涨开二水虬朱鬣，岚隐诸峰玉碧簪"的气场。"自怜把钓人多老，消息遥遥自渭南"，说的便是追名逐利实不易，悠然从容更为难，感叹功名利禄催人老，何时才得自在心？

　　朱涣的《钓鱼矶》，可以看作是对任逢《钓鱼台》的一种唱和，其特点在于行文简洁明快、直抒胸臆。前两句重在写心境，后两句重在表志向。读后，一个寄情山水、没有名利羁绊的高洁之士形象跃然纸上，颇有心灵"治愈"之效。

五、漫读拾遗

　　在中国文化中，垂钓被认为是一种能够体现人格精神和人生思考的活动，它不仅能让人忘却心中的委屈和愤懑，获取心灵的安慰，还能让人在参化天地之气中得到某些启示。在古代，它不仅是士大夫寄情山水的象征，寓意着追求内心宁静与平和的人文精神，也是出世者等待入世机会、报效国家的一种表现形式，如我们所知道的磻溪垂钓，暗示的就是有才能的人终将得到赏识和重用的机会。

　　有关钓鱼台的典故多指姜子牙、严子陵等高人钓鱼的地方，有忘情山水、不慕名利的寓意。本期推送的这三首诗，几乎毫无例外地表达了一种超然世外的内心追求。

第六十一期

耶律铸《述实录·四十韵》

本期解读的合川历史文化地标是钓鱼城，读取的诗文是耶律铸的《述实录·四十韵》。

一、历史信息

作为重庆十大文化符号之一的钓鱼城，首先是座英雄之城。

13世纪是蒙古人的世纪。自成吉思汗统一蒙古诸部后，他和他的子孙们便不断开疆拓土、八方征战。经过三次大规模的西征和数度大规模的南征，到1259年，这个最初的小小游牧民族已构建起了一个横跨欧亚大陆、面积达3450多万平方公里的庞大帝国。

正是在这种背景下，宋蒙战争中的钓鱼城保卫战因合州军民的死战死守，一举击溃蒙古大军的猛烈进攻，并致蒙哥汗战死于钓鱼城下。

以蒙哥汗战死为标志的钓鱼城保卫战，前后坚持了36年，不仅再次书写了人类战争史上以少胜多、以弱胜强的经典案例，而且还直接改变了世界战场格局，对欧亚、对世界、对中华民族产生了广泛而深远的历史影响，是中西方文明进程中不得不提及的重大事件。

今日读取的这篇《述实录·四十韵》，可以让我们从另一侧面来认识蒙哥汗和钓鱼城保卫战。

蒙哥汗画像

二、作者简介

耶律铸（1221—1285），字成仲，号双溪。辽太祖长子耶律倍九世孙，金尚书右丞耶律履之孙。其父，为大家熟知的《古文观止》编注者耶律楚材。耶律铸出身显贵，三入中书，世受蒙古族恩典。作为元朝的一代诗人，著有《双溪醉隐集》。

1258年，蒙哥汗征蜀，时年37岁的耶律铸奉诏率领侍卫从征。因勇智过人，屡立战功，深受蒙哥汗青睐。1259年，蒙哥汗战死于合州钓鱼城，耶律铸亲护其灵枢北归，是钓鱼城保卫战整个过程的亲历者和知情者。

耶律铸画像

三、诗文推送

述实录·四十韵

承天圣祖开天业，四海为家尽臣妾。规模宏远古无比，统绪岂惟垂万叶。
揭来海水不扬波，向见灵河已清澈。除天所覆乐心戴，愈见人情皆感切。
折冲猛锐尽陈力，骨鲠贞良咸就列。恭行天罚攘挽枪，著就鲸鲵殊翦截。
列圣未出无名师，历世弥光先圣烈。

推亡固存非一国，迷不知时非俊杰。世许青野食前言，不若犬偷及鼠窃。
诬天复敢拘行人，妄专狙诈夸明哲。国犹摄生贵处顺，水背流时源易竭。
即今日削尽疆场，其势得无忧迫胁。若然仍不畏天威，曷异螳螂怒当辙。
未知其可将蛮触，相与区区较优劣。

武王问罪挥天戈，征发诸军自仑碣。翠华遥下五云来，辄报锦城氛祲灭。
扈跸貔貅三十万，争欲先驱扫妖孽。博熊攫豹捷飞猱，赴险蹈虚矜胆决。
纷驰传檄启途使，英荡辅之龙虎节。悬崖万仞入云端，前马不行应气摄。

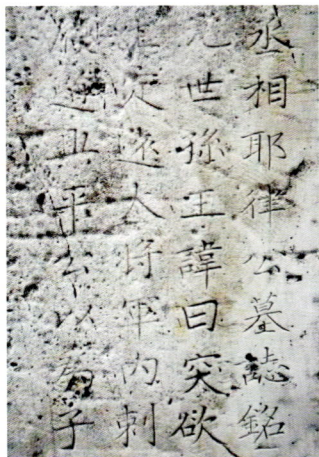

耶律铸墓志铭

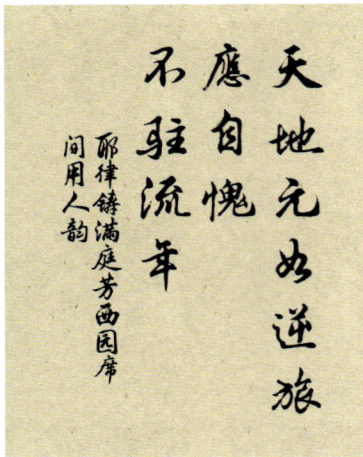

耶律铸词句

虹梁缥缈驾层霄，高兴动人殊可悦。

若非由蜀道登天，岂与飞仙得相接。　腾倾湍瀑翻惊涛，怒震横流还送折。
千岩万壑殷晴雷，卷起千堆万堆雪。　　飞阁尤非地上行，剑门呼似中天裂。
壁立千寻冷翠屏，碧霞城拥清都阙。　　振衣直上玉女台，下视烟尘望吴越。
五丁碎徙青黛山，万簇蚕丛乱堆叠。

金城虽包裹全蜀，胜负莫非由勇怯。　　孰云无所骋骁骑，闭口势何劳捕舌。
天衷应未诱蚩萌，堪叹颛蒙与天绝。　　宁知皇化如时雨，欲济迷津作舟楫。
会闻蓬阆朝真仙，箪食壶浆尽迎谒。　　纷纷诸将无虚日，争奏归明争献捷。
旌门敕树受降旌，异致穷民遂安帖。

莫如天欲降何如，英猷一旦为虚设。　　无雷东陟孤山峰，惊风西卷旗杆折。
龙桥忽焉悉中圮，鼍鼓鼛然寻亦歇。　　忍令飞驾鼎湖龙，持拔龙髯坠尘劫。
笛声唤得梦回来，梅梢犹印西窗月。

　　释义：题目中的"四十韵"主要是指一首诗中韵脚的数量为四十个。四十韵
的诗往往是长篇诗作。由于韵脚较多，内容上可以有更丰富的铺陈。诗人能够利
用这一篇幅来详细地叙事、抒情或者议论。全诗大意如是——

（1）修宪宗（蒙哥汗）《征蜀道录》时，我常常要熬到三更天（即晚上9点至11点）才休息。深夜，闻笛声醒来，想起实录事迹，仿佛梦里一般，不免悲伤感怀，便付之以诗，以慰思念。

（2）想当年，我太祖（成吉思汗）五攻西夏，北攻乌梁海诸部，西攻乃蛮，南攻金国，并收降畏兀儿人，其领土封域宏阔辽远，堪称东尽东海，西尽西海；其黄金家族分枝散叶，可谓直系绵延，旁系繁衍。

大安元年，海晏河清，天降祥瑞，我太祖（成吉思汗）奉天承运，经略中原，令天下倾心拥戴，百姓无不感激涕零，猛将无不冲锋陷阵，良臣无不尽心辅佐。由此开始，我太祖（成吉思汗）、太宗（窝阔台汗）、定宗（贵由汗）、宪宗（蒙哥汗）不断开疆拓土，八方征战，以罚罪之师，惩除妖孽，其丰功伟绩光芒万丈、普照万邦。

（3）想那逆天的南宋王朝，迷惑无知，不识时务，有如鸡鸣狗盗。先是乞和于我，后又背信弃义，竟杀我信使苏巴尔罕等于青野（今陕西省略阳县境内），拘我使臣嘿密什等于长沙（今湖南省长沙市境内），奸诈狡猾之徒，还妄称什么明哲睿智之人。

国之生命犹如人之性命，只有细加持养，方能太平和顺。水不顺流，什么样的源头都将走到尽头。今日之征战，已是势所必然。你南宋王朝，不畏天威，与螳臂当车又有何异？你还自不量力，想以区区之力与我蒙古帝国争胜？

（4）想我蒙古攻宋，亦如昔年武王伐纣。军出昆仑，声势浩荡；兵出碣石，锐不可当。刚一入蜀，便有云顶之捷，怎不让我30万大军涌动热血。虽说蜀道之难难于上青天，我军儿郎却不愁攀缘，不惧熊豹，不输猱猿。

一路檄文纷驰，意在昭告征讨之事；一路虎节授信，意在招抚受降军民。

都说人心比天高，今日得见入云霄。悬崖之上，马蹄之下，是桥阁飞架，是护栏广筑。

有幸借蜀道经过飞仙岭，那可是青城道士徐佐卿化为仙鹤直上九霄的地方啊！其瀑飞流直下，其涧回环曲折，其声响彻千岩万壑，其水卷起雪浪朵朵。

剑州东北，有两山对峙，犹如剑门中断；有飞阁相通，犹如天马行空；有千寻峭壁，犹如翠屏屹立；有碧霞城阙，犹如天帝所居。向上看，仿佛玉女振衣上台；向下望，好似在吴越烟尘中穿越。整个蜀地，满是重峦叠嶂，满是青烟缥缈，既像是五丁搬放的块块神石，又像是蚕丛堆砌的万千蚕山。

（5）蜀地，四处金城汤池；我军，一路金戈铁马，狭路相逢，自是勇者争

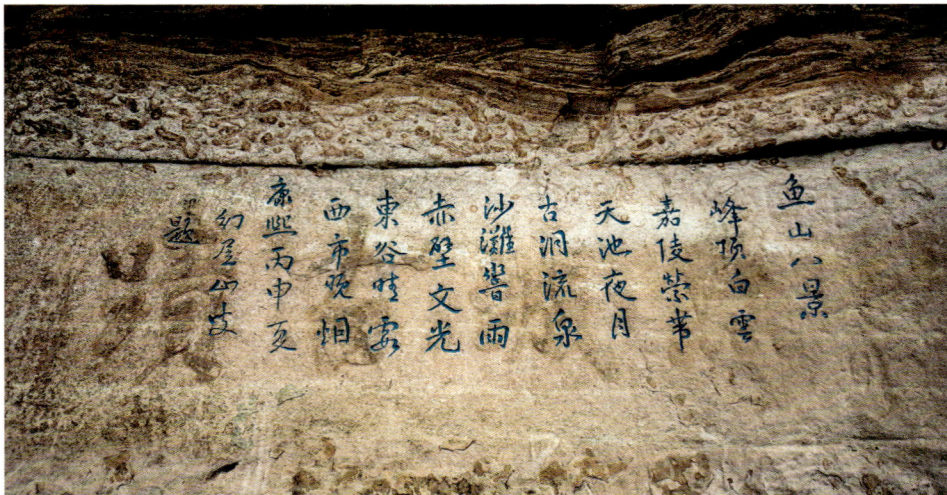

钓鱼城八景名题刻（刘勇摄）

胜。谁言我骁骑万群，不如它（苦竹隘）坚城一座？只叹他（杨立）童蒙无知、痴人说梦，只叹他愚顽不化，不肯来降，直落得城破人亡。

幸得它蓬州、阆州（守将）迷途知返，归顺我朝。更因我诸将乘势而为，令蜀中各州或望风而逃，或开门请降。一时间，降将云集，民来归附。

（6）真不知天意若何，我大汗的怀柔政策（指劝降钓鱼城）形同虚设，我东山的兵士营帐坠裂，我西山的驻军旗杆折断。攻钓鱼山时，搭起的浮桥又从中毁坏，大架战鼓三声过后也哑然失色。怎忍看，我宪宗皇帝乘龙升天，崩于合州钓鱼城下。

（7）笛声把我从如梦般的思绪中唤回，站立窗前，梅梢之上依然还是那轮当年明月。

四、鉴赏提要

《述实录·四十韵》，既是一首长篇颂歌，也是一首长篇史诗。全诗回忆了作者随蒙哥汗攻蜀的战争场面。

诗中对当时蒙古军征蜀的历史背景、战事经过、招降而不轻易屠杀的政策，以及宋军将领纷纷投降和闻风瓦解的狼狈状况，均有所反映。对蒙哥汗战死于钓鱼城下的情节，虽着墨不多，但字里行间仍有所表露。这对于研究宋蒙战争及南宋末期四川政治、军事，都有其参考价值。

耶律铸的诗，工于造境写意，总体上呈现流畅、清新的风格，其赋多为律赋，有频用典故、旁征博引的特点。就其诗文艺术特色来讲，既有豪迈粗犷的纵马驰骋一面，也有晓畅清新的生活情调一面。

作为一首颂歌，《述实录·四十韵》可谓极尽夸张、赞美之能事，溢美之词充盈笔端，写出了蒙哥汗大军兵锋所指，宋军一路望风而逃的情形。这从另一个侧面也印证了钓鱼城保卫战的英勇无畏和它所创造的世所罕见的历史奇迹。

五、漫读拾遗

蒙哥，全名孛儿只斤·蒙哥，成吉思汗四子拖雷的长子，1251年继位，史称蒙哥汗。对于蒙哥，我们需要有些了解：

首先，他是一个性格内向、沉默寡言的人。根据有关资料记述，他的生活较为俭朴，常以狩猎为乐。

其次，他是一个有着雄心壮志又能积极作为的人。他登基时已43岁。继位后便立即整顿逐渐废弛的朝纲，强化了汗位权力和统治力。

再次，他是蒙古帝国成吉思汗后最为重要的大汗。因为他的存在，蒙古帝国内部才和平了许多年，没有内斗，一致对外，且连年攻城略地，终于经过不断地西征和南征，成就了帝国的巅峰时期。

最后，他的刚愎自用、一意孤行终究葬送了自己的区区性命。蒙古军队以20万之兵对合州军民3万之力，是有绝对优势的。他本可以更有策略，更有耐心，更懂得回旋，却因自己的一意孤行，败下了阵来。

蒙哥的战死，改变了世界战场格局，给历史带来重大的转折和影响，有其偶然，也有其必然。关于这一点，还请读者自行思考。

第六十二期

李作舟《鱼山曲》

本期解读的合川历史文化地标是钓鱼城，读取的诗文是李作舟的《鱼山曲》。

一、历史信息

钓鱼城名胜古迹众多，就其历史脉络而言，当是先有宗教遗迹，后有景观建筑，再有军事城塞、纪念场所和今天的旅游设施。

说到钓鱼城的宗教文化遗迹，第一要提的便是护国寺。

护国寺（刘智摄）

护国寺位于钓鱼山中央南端，共两重大殿，前后殿间由一天井隔开。前殿为罗汉堂，后殿为药师殿，总占地面积3500余平方米。

据明万历《合州志》记载，护国寺为唐朝石头和尚所建，"石头和尚俗姓郝，合州人，自幼入景德寺为僧，号四祖师……因凿石出火有悟，回州于钓鱼山建护国寺。后甃（zhòu）石二十四片为龛，全身入门自掩，端坐而逝"。元大德二年（1298），该寺遭兵火焚毁。明弘治七年（1494），合州知州金棋，于原址重建护国寺，后世累有补修。现有护国寺系清雍正五年（1727）重建。道光十三年（1833），该寺住持和尚智慧又进行

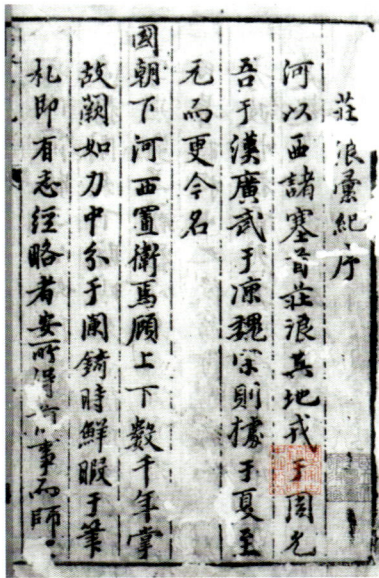

李作舟撰《庄浪汇纪》序

了培修。根据其碑记，寺门颜额"护国寺"，门柱对联"城号钓鱼三江送水开巴堑；寺名护国孤嶂飞云控蜀疆"，还有重建题记及佛教故事浮雕。

护国寺，在历史上系合川四大名寺之一，与护国门城楼和"护国名山"石坊一道共同构建了钓鱼城的护国精神意象。

二、作者简介

李作舟（1566—？），字二溟，明代合州（今重庆市合川区）人，万历二十年（1592）进士，历任翰林编修、浙江学政等职，先后担任过山东、陕西布政使。李作舟博学、工诗、能文，编撰有《庄浪汇纪》等。钓鱼城上"独钓中原"四字，是他留下的最为珍贵的手迹。

三、诗文推送

鱼山曲

山月高，江水深，落月照江流，孤臣天地心。

溽浆来，俙盏舞，宋为鱼，金为饵，天下事，可知矣。

"独钓中原"石坊（张东元摄）

北风怒，南风道，余家冉家好男子，钓起山河二百秋。

我非捕鱼者，长歌当钓史。

丈夫出奇报天子，应与此山争巍垒，悠悠万古长江水。

释义：在曲词中，作者以"孤臣天地心"喻指合州军民对国家的赤胆忠心；以"湩浆来""傺盖舞"喻指蒙古对南宋采取的既交好又施压的策略；湩浆即牛奶，傺盖即塔察儿（大蒙古国将领）；余家冉家好男子，系指以余玠、冉琎、冉璞为代表的钓鱼城守将。全文大意如是——

山月高悬，江水奔流，落月是孤臣的赤胆忠心，江流是天地的永恒不灭。

想当初，蒙古为钓到南宋这条大鱼，以联合灭金为诱饵，既交好又施压，天下大势早已注定。

就像北风怒号、南风道劲一样，宋蒙之战堪比一场大戏。我钓鱼城下，因有余玠、冉琎、冉璞的文韬武略和力战坚守，独独撑起了南宋江山数十度春秋。

我非超然世外之人，我要高歌钓鱼城，我要高歌那些赤心报国、立下奇功的英雄。他们的万世英名应与钓鱼城同在，应与滚滚长江水同在。

四、鉴赏提要

作者以高亢明亮的曲风、朗朗上口的曲词，歌了鱼山，颂了英雄，赞了历史，把钓鱼城的丰功伟绩和不朽精神书写得荡气回肠、雄浑深邃、响彻云霄。

"山月高，江水深，落月照江流，孤臣天地心。"一开篇作者便祭出了合州军民心中的天地至理、家国情怀、赤胆忠心。

"溰浆来，侪盏舞，宋为鱼，金为饵，天下事，可知矣。"紧接着，作者回溯了当时蒙古、金国、南宋三足鼎立的天下态势，说的是雄心勃勃的蒙古国采取联宋灭金策略，既灭金又图宋，以致一场狼烟四起的宋蒙战争不可避免。

"北风怒，南风遒，余家冉家好男子，钓起山河二百秋。"接下来，作者重点讲述宋蒙战争，说的是四川守将余玠采纳冉琎、冉璞兄弟建议，在"全蜀关键"的钓鱼山筑城，一举打退蒙古军进攻，致蒙哥汗阵亡，从而取得了钓鱼城保卫战的辉煌胜利，延续了南宋江山20年寿命。

"我非捕鱼者，长歌当钓史。"说的是作者难掩自己对钓鱼城的敬仰之情，决意为它长声歌吟，让世人记住这段壮烈往事。

"丈夫出奇报天子，应与此山争魂垒，悠悠万古长江水。"说的就是合州军民的报国之心、英雄之气必将与山川同在，与历史同存。

全曲一路高歌，首尾相衬，感情充沛，格局完整。

五、漫读拾遗

今天，护国寺山门外还有一建于明万历四十六年（1618）高三丈许的石坊。石坊正背面的横额上都刻有进士李作舟书写的"独钓中原"四个径尺大字。所谓"独钓中原"，意指当时的南宋王朝唯有钓鱼城军民在与蒙（元）军队孤军奋战，独撑战局，延续宋祚。

第六十三期

张佳胤《大江东指钓鱼城》

本期解读的合川历史文化地标是钓鱼城，读取的诗文是张佳胤的《大江东指钓鱼城》。

一、历史信息

说起钓鱼城宗教文化遗存，还要提及的便是"佛湾"。

唐宋时期，钓鱼山是著名的石佛道场。其南侧的一段陡崖，之所以被后世民间称作"佛湾"，其缘由就在于这里集中了钓鱼城最主要的摩崖造像和题刻。据不完全统计，钓鱼城共有摩崖造像29龛、摩崖题刻72处。其中，最令人拍案称道的有"一奇""三绝"。

所谓"一奇"，是指钓鱼山摩崖造像中的悬空卧佛。该卧佛就一块悬空的巨型崖石的内壁雕凿而成，身长11米，肩宽2.2米，着双领下垂袈裟，头为高

"钓鱼城"题刻（刘勇摄）

肉髻，两耳间距1.8米，赤足，双脚宽1.2米。它背北面南，头西脚东，袒胸露肌，面形丰满，端庄慈祥，情态自然，是一座构图严谨，比例匀称，既大刀阔斧，又精雕细琢的摩崖造像。其雕凿时间为唐朝晚期，距今已越千年。

所谓"三绝"，是指钓鱼山摩崖题刻中的"佛号大字"题刻、"一卧千古"题刻、"钓鱼城"题刻。此三者并称钓鱼城"摩崖三绝"。

"佛号大字"题刻，碑面高3.4米，宽2.6米，面积8.84平方米。上有楷书、线刻"无量寿佛""释迦文佛""弥勒尊佛"12个大字，每字高0.8米，宽0.7米，为北宋著名文学家石曼卿手书。

"一卧千古"题刻，碑面高0.74米，宽2.73米，面积2.02平方米，上有楷书、阴刻"一卧千古"四个大字，每字字径0.65米，为南宋著名学者王休手书，其题刻笔力雄健，气势不凡，令观者无不为之赞叹。

"钓鱼城"题刻，碑面高0.96米，宽2.4米，面积2.1平方米。"钓鱼城"三字字径0.7米，为清乾隆四十五年（1780），时任合州州尉的会稽（今浙江省绍兴市）人沈怀瑗手书。该题刻为护国寺僧一清泐石，刻艺精湛，再现了作者"笔锋俊逸醋沉"的神韵。

二、作者简介

张佳胤（1527—1588），字肖甫，号崌崃山人，明代合州铜梁县（今重庆市铜梁区）人。嘉靖二十九年（1550）进士。初知河南滑县，后迁按察使。隆庆时进右金都御史，巡抚保定。万历中升兵部右侍郎，后任兵部尚书兼右副都御史、协理京营戎政、总都蓟辽保定军务。因与权贵不和，于万历十四年（1586）致仕回乡，两年后病逝，初被追赠少保，天启元年（1621）追谥"襄宪"。

张佳胤自幼聪慧机敏，7岁时即可日诵书千余言。成人后，文武兼备，堪称"高才贵仕"。《明神宗显皇帝实录》称他"才猷卓荦（luò），遇事勇敢，屡平大难。中外倚重"。《列朝诗集小传·张宫保佳胤》称他"镇雄边、定大变、入正枢席，以功名始终"。

张佳胤像

　　张佳胤才气纵横、工于诗文，常与王世贞等人唱和，为明文坛"嘉靖七子"之一。所谓"嘉靖七子"，是指明代的文学流派，成员包括李攀龙、王世贞、谢榛、宗臣、梁有誉、徐中行、吴国伦、余日德、张九一、张佳胤等前后"七子"。他们主张"文必秦汉，诗必盛唐"，强调复古运动。张佳胤的作品以诗歌和散文为主，著有《奏议》22卷、《崄嵊山房集》65卷等。

三、诗文推送

大江东指钓鱼城

（原题为《万历仲春陈五岳学宪招游钓鱼山未赴承枉篇章答之》）

大江东指钓鱼城，使者乘舟自在行。壁垒尚含天地色，江川不尽古今情。苔留屐迹参差见，云爱松门次第生。如此胜游难授简，野人虚负挂冠名。

　　释义：题目系编者所加。诗中的"使者"，系指游览钓鱼城的陈五岳一行；"难授简"的意思，是指难以应邀赴游；"野人"，系作者自称，有隐居山野、远离尘世之意；"挂冠"，是指辞官，隐喻为不以为官为志向。全诗大意如是——

　　大江急流奔涌，一路向东，直指钓鱼城，诸君沐浴在春风里，自在欢愉，荡舟而行。那陡峭险峻的钓鱼城拔地而起、直上云端，一眼望去，天地浑然一色。那川流不息的江水滔滔不绝，仿佛还在讲着往昔的故事，发出对历史沧桑的慨叹。大家乘兴而游，青苔之上，留下的足印参差迷乱，层层叠叠；松林之间，绕动的云烟，随行而生，又接续而散。如此盛景，如此盛事，我却不能应邀赴游，

钓鱼城悬空卧佛（合川区摄影家协会供图）

真是枉负了那颗归隐自然的心，空有了那不以为官为志向的名声。

四、鉴赏提要

张佳胤的诗歌以七律、五律和七言古诗最具代表性，或叙写山川风景、羁旅乡愁，或抒发奔走边塞、戎马倥偬的胸襟怀抱，或抨击社会弊端、感叹志士沦落，其情感真实充沛、风格豪迈俊朗，形象慷慨奋厉，有较高的艺术价值。

《大江东指钓鱼城》一诗，系作者因未能参加友人邀约出游而作的一首应答诗。

这次受邀出游的地点是自己家乡的钓鱼城，时间是1573年。当时作者已在右佥都御史巡应天（今江苏南京）十府任上两年，正值仕途大有作为之时。是年，因遇兵变，作者亲赴九江，平定兵变。后因安庆兵变勘狱辞不合，迁南京鸿胪卿，就地转光禄卿，算是遇到了仕途上的一个小挫折。

诗的前两句"大江东指钓鱼城，使者乘舟自在行"，说的是钓鱼城山环水绕的大气豪迈和友人启行出游的自在轻快。

"壁垒尚含天地色，江川不尽古今情"，说的是经过数百年的岁月洗礼，钓鱼山上的钓鱼城已然和天地同色，钓鱼山下的嘉陵水依然滔滔不绝。处此江山胜地间，人们自然而然地会生发浓浓的思古幽情。

"苔留屐迹参差见，云爱松门次第生"，说的是没有战事的钓鱼山是多么的清雅幽静，人们不仅心向往之，更是纷纷前来览景凭吊。

"如此胜游难授简，野人虚负挂冠名"，表达的是作者因公务在身不能从游的遗憾，并由事及人，自嘲空有隐居山野之意却为名利羁绊所困的窘迫心境。

全诗借钓鱼城昔年的战场壁垒和眼前的奔流江川，隐喻自己的家国情怀和使命担当。由此解了读者对"如此胜游难授简，野人虚负挂冠名"的疑惑，写作手法堪称高明。

五、漫读拾遗

历史上，合州所属有六县，包括今重庆市铜梁区地域范围在内，时称铜梁县和巴川县。两县名人除前面提及的明朝大臣、文学家张佳胤外，还有度正、阳枋两位值得特别一提。

度正（1166—1235），字周卿，合州巴川县（今重庆市铜梁区）人，官至礼部侍郎。在思想文化上，度正曾为宋代理学家朱熹门徒，学问精深，名望甚高，被誉为"朱熹高徒第一人"，时人赞其"细大弗遗""精识博闻""守师道如守孤城"，著有《性善堂稿》《濂溪先生周元公年表》（亦称《周子（敦颐）年谱》）等。

阳枋（1187—1267），字正父，合州巴川县人，早年从度正游，毕生潜心治学，人称"大阳先生"，编有《伊洛心传录》《朱文公易问答语要》《九献图》《易学正说》等，后人则集有《易说图象讲义》《字溪集》，著述堪称宏富，于宋代重庆推为第一。

由于他们及其弟子们对理学的弘扬和阐发，使得宋代合川的学术思想和学术文化，与当时全国的理学和四川的"蜀学"相互联系、相互影响，比肩而立，遂成为一个派别和一个重要的组成部分。

正是基于他们对宋代理学的贡献，合州的学术文化开创了一个鼎盛时期。在这一时期，合州一改过去单一的政治、军事邑州的地位，而跻身于全国文化城市的行列。

第六十四期

李开《飞舄楼赋》

本期解读的合川历史文化地标是钓鱼城，读取的诗文是李开的《飞舄（xì）楼赋》。

一、历史信息

"钓鱼城上暮烟横，钓鱼城下水盈盈。多少游人来自去，不知飞舄是何名。"清代合州诗人王启霖的这首《合阳竹枝词》，写的是南宋合州著名的古建筑——飞舄楼。

该楼建在钓鱼山护国寺后的高地上，为当时骚人墨客登临聚会、吟诗赋辞的地方。"飞舄"一名，出自《后汉书·方术传》中的"王乔飞舄"典故，意指可以乘着飞行的仙鞋，后来借指宾客，为宾客的雅称。

该楼建成于公元1171年，系合州石照县令杜定修建。建成后，他特地邀请了当时的两位大手笔为飞舄楼题名、作赋。题名的这位是当年以文采、书法著称于巴蜀的资州（治今四川省资阳市）通判李如晦，作赋的这位是杜定的好友——当年的赋家高手李开。

钓鱼城控扼三江，飞舄楼独标高格。宋蒙战争爆发，飞舄楼遂成为合州及兴戎司的衙署。随后利

飞舄楼碑（池开智摄）

东路安抚使徙治钓鱼城，设安抚司于此楼。余玠与王坚、张珏等南宋抗元名将，曾在此运筹帷幄，调兵遣将，谱写了钓鱼城抗战的光辉篇章。从那时开始，飞鸟楼即被"武道衙门""帅府""将军府"之称所替代，为钓鱼城保卫战的中枢核心。

二、作者简介

李开，字春卿，北宋建中靖国元年（1101）生于安徽广德县（今安徽省广德市），绍兴十八年（1148）进士。

三、诗文推送

飞鸟楼赋

环山出云，架天为梁，渺三江之合流，瞰万井之耕桑，浩烟海之眯目，恍尘宇之多乡。毫发丘山，教论短长，我不屑于此来，蘁氛埃于薄书之场。西风满扇，看人如蝇，探之不可，尔来成朋。嗟世缘之滚滚，峻阔步于骞腾。前者柅，后者掣，初念已清，后念旋继，是孰为哉？身与世驰，心与物制，胸次棼丝，山川成蔽。欲登高以避人，增豪气于目翳；畅楼居之入云，未始不涵于人间世也。

吾友杜子，得邑山间，襟怀洒落，眼中无山，谓吏尘之染人，已丝悲之变颜。江流汩汩，二水拱揖，会城下以汹涌，待主人之肃客。杯酒不丰，客或违言，咕谯以移，怒奔一城于何山之巅。缓带拯溺，其亦可及。信仙人之所好，尚四载之先策。尔民不知，杰观凌巍，不画而图，霞织雾霏。端天津以立表，酌北斗以引丝。卷月上府，星沉寂景，物之不作，独长啸如金玉之有遗音。五隘此世，岂独于今。锵钧天之无余响，而电裳之不可委蜷。有云在空，有御为风，舍车而徒，风云孔从。帝顾我以一笑，班列仙之和雍，脱人间之凡埃，莹天上之神丰。我念一归，谁其弋之。彼殆见吾之兀兀，而岂知此特其善者机耶。

华表柱头千岁归，江皋如故井邑非。

君今晚作桐乡想，弋鸟汝名名翚飞。

释义：

（1）云起四围，天似房梁。钓鱼山之形胜，可谓三江交汇、万顷农桑。烟云之中，水波浩渺；市井之上，熙来攘往。我不屑为一地说短论长，也不愿在那本是尘埃的书场（指俗人俗事俗语）里再让尘埃飞扬。

（2）今日立于楼台之上，沐春风浩荡，看人海茫茫。人们因缘际会，成群结队，奔着鱼山而来，奔着飞鸟楼而来。

（3）叹红尘滚滚，名利纷扰。人们总是欲壑难填、你争我夺，总是初念刚清、后念又起，总有那么多没完没了的尘想与执念。面对纷繁复杂的俗世和永不安宁的内心，人们想到了山林，想到了隐世，想到了外在的高洁之物。喜欢登高远望者，意在寻求清静，开阔视野；喜欢登楼入云者，意在释怀内心，超脱尘世。

（4）我友杜定，此地为官，襟怀洒落，心中高洁，常称官场纷乱、名利累人。所领石照县，有嘉陵江、涪江二水拱卫。两水交汇于城下，交通便利，舟楫繁忙，人来客往。

（5）因酒不丰、菜不盛，访客或有讥笑之举、责备之言，郁闷得我友杜子怒奔于钓鱼山巅。身居高处，忽觉心定神闲、心结顿解。于是便信仙人（隐士）之所好，经过四载筹谋，筑成飞鸟楼。

（6）宏伟的飞鸟楼耸立于巍峨的山巅，与自然景物交相融合，那真是一道不画而图、霞织雾霏的绝美风景啊！其楼如华表立于天津（星座）之上，如银勺出于北斗（星座）之中。月照其上，星沉景寂，物之不作，只一声长啸如金玉之遗音隐约散开。

（7）从古至今，关山阻隔。钧天之响，不能隔空传越；击闪之电，不能信马由缰。望那天上之云、空中之风，冥想中，我仿佛是在弃车而走，又仿佛是在悬浮而游，一路上风云随从。只见天帝顾我一笑，我便入列仙班，其姿容、其仪态、其神志，无不超凡脱俗，无不与仙人一般。

（8）待我回神过来，不知是谁拽了我。他恐怕只是看到了我兀兀（茫茫无知）的样子，却不知此中有何奥妙玄机矣。

（9）飞鸟楼啊飞鸟楼，你必将流芳千载，纵使世事有沧桑之变，你也会像那亘古的江水与河岸，永远不变。杜定友人啊，你的德政留在了他乡也等于是留在了故乡，你以"飞鸟"为楼取名，你的声名也必将如楼般高峻壮丽。

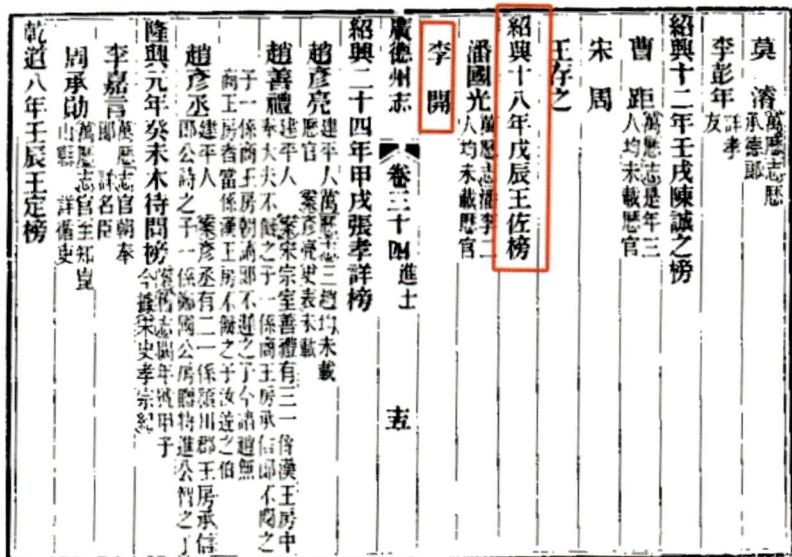

《广德州志》卷三十四有关李开的记载

四、鉴赏提要

《飞𫛭楼赋》是一篇难得的佳作，为历代《合州志》所收录，足见合川人民对它的喜爱。

在赋中，飞𫛭楼的雄伟壮丽是一个维度，钓鱼山的大美景致是一个维度，合州人的精神意象又是一个维度。

百年前的1923年，合川人戴美渠曾写过一首《钓鱼城怀古》，刻于钓鱼城始关门外的石壁上，诗的开篇便是："君不见钓鱼之山高插天，飞𫛭楼影横苍烟。又不见古佛高卧西崖畔，巨人一去迹留传。"高耸的钓鱼山、壮丽的飞𫛭楼、悬卧的古石佛、救世的巨人神，全都寄托着合川人民对这方水土的热爱与眷恋。

《飞𫛭楼赋》以凡人畅游仙界的视角写景致，又以天人俯察尘宇的视角写人文，其写作思路是：站在飞𫛭楼上，瞰合州景致，"环山出云，架天为梁，渺三江之合流，瞰万井之耕桑，浩烟海之眯目，恍尘宇之多乡"。

我虽不屑于做那"毫发丘山，教论短长"般的无聊比较之事，却也十分愿意为这"西风满扇，看人如蝇，探之不可，尔来成朋"般的胜地发表议论——

世缘滚滚，执念不断，皆因名利欲望所致。人在世尘，自然便是"身与世驰，心与物制，胸次梦丝，山川成蔽"。

荷之高洁在于出淤泥而不染，人之高洁在于经世纷扰而能超然。杜子就是这样一个历经人世纷扰、宦海浮沉而又襟怀洒落、眼中无碍的人。他不在意自己的"杯酒不丰"和受人责备，决意修楼筑阁，"缓带拯溺"，引领清风正气。

飞舄楼的"杰观凌巍，不画而图，霞织雾霏"彰显了一个别样的景致，这景致让人想象驰骋，一任思绪天马行空：

这里，"端天津以立表，酌北斗以引丝"，"卷月上府，星沉寂景，物之不作，独长啸如金玉之有遗音"。身处其中，"有云在空，有御为风，舍车而徒，风云孔从"，还有"帝顾我以一笑，班列仙之和雍，脱人间之凡埃，莹天上之神丰"。

赋的末尾四句，可谓单独成篇，说的是江山千古，斯楼千古，说的是一个承载人们情感和记忆的楼台地标，正如它"飞舄"之名一样，高峻壮丽地矗立在我们心中。

五、漫读拾遗

由东晋干宝的《王乔飞舄》我们得知一个关于"飞舄"的故事——

汉明帝时，尚书郎河东人王乔任邺县令。王乔通仙术，每月初一，能够从县里到朝廷。汉明帝奇怪他每次来，都未乘车骑马，便密令太史暗中监视他。太史报告说，王乔快到的时候，总有一对野鸭从东南方向飞来。于是明帝派人埋伏守候，见那对野鸭飞来，便用网捕捉，结果得到的却是一双鞋。让尚书识别，却是明帝永平四年时赐予尚书官属的鞋。

因王乔通仙术，这鞋在王乔那里便成了可以飞行的仙鞋，后来为宾客的雅称。飞舄楼翻译成今天的意思便是贵宾楼或嘉宾楼或仙宾楼。

第六十五期

杨慎《钓鱼城王张二忠臣祠》

本期解读的合川历史文化地标是钓鱼城，读取的诗文是杨慎的《钓鱼城王张二忠臣祠》。

一、历史信息

一直以来，钓鱼城都被视作是一座忠义之城。忠义，作为一种精神，是中华文化核心价值观的体现。所谓忠，讲的是忠于国家、忠于人民；所谓义，讲的是信义、正义、道义、情义。从1243年到1279年的36年中，钓鱼城英雄辈出，可谓满城忠义。

钓鱼城忠义祠（合川区摄影家协会供图）

为纪念这些忠义之士，明弘治七年（1494）在朝中任给事中的合州人王玺，于回乡守孝期间建了"王张二公祠堂"，即后来人们所说的"王张祠"。祠内祭祀钓鱼城守将王坚、张珏。到了清代，因移址重建，祠中祭祀余玠、冉琎、冉璞、王坚、张珏五人，遂更名为"忠义祠"。随后，忠义祠又因增祭王立、熊耳夫人、李德辉，相继改名"功德祠"和"贤良祠"。最后，在清光绪七年（1881）祠宇的再次重建中，王立、熊耳夫人和李德辉牌位被移居别室，遂恢复"忠义祠"原名。

现有忠义祠坐落在与护国寺一墙之隔的两级台地上，整座建筑由正厅、耳房和左右厢房组成。来到正厅大门，迎面是高悬的"忠义千秋"四个金色大字，楹柱上有知州华国英所撰的一副对联："持竿以钓中原，二三人尽瘁鞠躬，直拼得蒙哥一命；把盏而浇故垒，十万众披肝沥胆，竟不图王立二心！"对于王立的开城投降，因思想角度不同，人们会有不同的认识和评价，实乃正常，我们不能苛求于古人。

忠义祠自建立以来，陪伴和守护它的不仅有清风明月，更有它门前那棵象征合川人民自强不息、英勇顽强精神的黄葛树。忠义祠正厅门前的黄葛古树栽种于明天启年间（1621—1627），距今已有近400年的历史，而今却依然树大根深、枝繁叶茂，这或许就是钓鱼城精神的一种守护和传承。

二、作者简介

杨慎（1488—1559），字用修，号升庵，四川新都（今四川省成都市新都区）人。明武宗正德六年（1511）状元及第，授翰林院修撰，兼经筵讲官，校《文献通考》，参与编修《武宗实录》。嘉靖三年（1524）因卷入反对世宗皇帝越礼的"大礼议"事件，被杖责罢官，谪戍云南永昌卫（今云南省保山市），前后长达30年，直至去世。明穆宗时追赠光禄寺少卿，明熹宗时追谥"文宪"。其著述多达400余种，涉及经史方志、天文地理、金石书画、音乐戏剧、宗教语言、民俗民族等，被后人辑为《升庵集》。

杨慎画像

　　杨慎与钓鱼城的关系，需要回溯到明嘉靖十八年（1539）。那一年，他从谪贬之地云南永昌到重庆"领戍役"，事毕，去遂宁妻家，正好取道嘉陵江、涪江，路过合州，便信步登临了钓鱼城。实际上在这之前，他已是合州的熟人了。1517年他弃官回川时，就曾经过合州，并写下一首想象奇特、境界恢宏、慷慨激昂的山水诗《出嘉陵江》，对合川自然风光大加赞誉。

三、诗文推送

钓鱼城王张二忠臣祠

钓鱼城下江水清，荒烟古垒恨难平。睢阳百战有健将，墨翟九守无降兵。犀舟曾挥白羽扇，雄剑几断曼胡缨。西湖日夜尚歌舞，只待崖山航海行。

　　释义：该诗为作者途经合州登钓鱼城时的即景之作。诗中所谓"睢阳百战"，系指唐代"安史之乱"时，张巡、许远合兵据守睢阳，竭力抵抗叛军，后因援断粮绝，而致城陷被俘，却至死不屈的典故；所谓"墨翟九守"，系指春秋战国时期，公输盘拟攻宋，墨子赶去制止，墨子以守方角色与公输盘做了一次进攻推演，结果是公输盘九次进攻均被墨子所阻的典故；所谓"犀舟曾挥白羽扇"，系指晋之顾荣稳坐舟中，泰然挥动白色的羽扇，击溃陈敏叛军，使其不得渡江的典故；诗中所谓犀舟，喻指坚舟；所谓"曼胡缨"，喻指进攻钓鱼城的蒙哥汗。全诗大意如是——

　　钓鱼城下江水清清，钓鱼城上（充满家仇国恨和凛然正气的）云烟犹存。发生在这里的钓鱼城保卫战，好比唐代"安史之乱"中的"睢阳之守"，英勇不屈，誓死不降；又好比春秋战国时的"墨子之守"，固若金汤，坚不可摧。那守城的王坚、张珏啊，简直就是历史上的顾荣在世，他们指挥若定，好似在轻挥

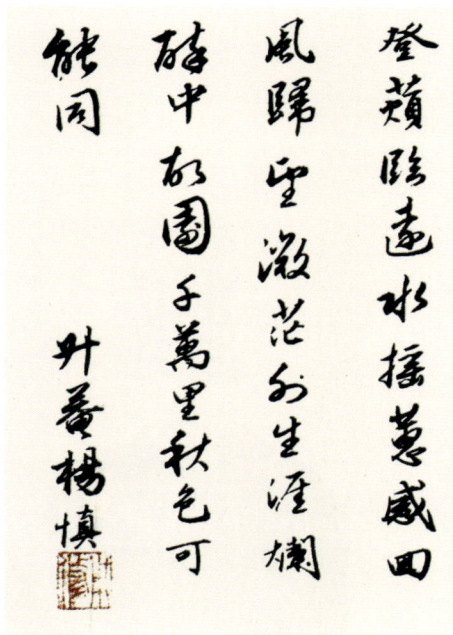

杨慎手迹（成都市新都博物馆藏）

钓鱼城忠义祠（资料图片）

王坚纪功碑（池开智摄）

羽扇般的漫不经心中，便一举让蒙哥汗受伤致死，全军撤退。恨只恨那南宋的君臣们日日笙歌、醉生梦死，最终导致崖山蹈海、惨遭灭亡的结局。

四、鉴赏提要

　　震惊中外的钓鱼城保卫战，一举击溃了蒙哥汗30万大军的进攻，从而改变了宋蒙之间乃至当时整个世界的战场格局，为南宋王朝赢得了重整旗鼓、重拾江山的大好机会。然而，合州军民的英勇抗战、精忠报国是一回事，南宋王朝的腐化堕落、醉生梦死又是一回事。

　　作者开篇便直抒胸臆。望着汹涌奔流的嘉陵江水和钓鱼城的荒烟古垒，一个"恨"字道出了作者胸中的愤愤不平。这"恨"体现了他对南宋王朝的哀其不幸和怒其不争。要知道，钓鱼城在南宋王朝灭亡后仍然坚守了三年之久。

　　在诗中，作者借用"安史之乱"时张巡、许远的"睢阳之守"和春秋战国时墨翟解带为城的"墨子之守"两个典故，赞誉了钓鱼城山防体系的坚不可摧、牢不可破。同样，作者又通过借用顾荣稳坐舟中、轻挥羽扇、击溃叛军的典故，赞誉了王坚、张珏取得的辉煌战绩。

　　诗的末尾，作者笔锋一转，将一曲颂歌化为一曲悲歌。钓鱼城开庆元年之战，导致了蒙古贵族集团为争夺汗位的内部战争，从而为南宋王朝创造了励精图治的绝佳机会，可是南宋朝廷日夜笙歌、自甘苟且，造成了赵昺皇帝崖山蹈海的悲惨结局。

　　虽然南宋王朝枉费了钓鱼城军民的忠心赤胆，短命了，灭亡了，但钓鱼城的精神得以永存。这也难怪第一段的末句"荒烟古垒恨难平"又作"荒烟古垒气犹生"。这气,说的就是钓鱼城古战场的凛然正气和英勇之气。

五、漫读拾遗

作为"明代三才子"(杨慎、解缙、徐渭)之首,杨慎自幼聪慧过人、博览群书。其诗词曲各体皆备,自成风格。大家最为耳熟能详的大概就是这首《临江仙》了:"滚滚长江东逝水(喻指时光),浪花淘尽英雄。是非成败转头空。青山依旧在,几度夕阳红。白发渔樵(喻指隐居不问世事者)江渚(zhǔ,意指江岸)上,惯看秋月春风。一壶浊酒喜相逢。古今多少事,都付笑谈中。"如果要释义一下,那便是——

岁月,如滚滚长江之水,日夜向东流。多少英雄就这般湮没在了历史的尘埃中。任一切功过是非,到头来都成了一场虚空。

青山依旧在,夕阳依旧红。瞧那看淡世事的隐者,纵使白发飘飘,还能与岁月同框。我们真该携一壶村酒,醉享这相逢的时光,让那所有的往事都付诸人们的笑谈中。

第六十六期

邹智《钓鱼城志后跋》

本期解读的合川历史文化地标是钓鱼城，读取的诗文是邹智的《钓鱼城志后跋》。

一、历史信息

钓鱼城坚守36年，是世界军事史上罕见的奇迹。钓鱼城保卫战直接改写中国历史，间接改写世界历史，其英勇顽强的精神四海传扬。然而，此城因南宋的腐朽灭亡而最终不得不开门投降。大厦将倾，独木难支，这或许是人们感到无奈而又愤愤不平的原因。要是蒙哥汗不被战死，世界会是怎样？要是南宋王朝能励精图治，历史会怎样？对于这样的假设，人们总是津津乐道。虽然历史从来没有假设，可人们对于历史的反思和总结从未断过。

二、作者简介

邹智，详见第五十期"作者简介"。

三、诗文推送

钓鱼城志后跋

余尝观天下之大势矣，立国于北者恃黄河之险，立国于南者恃长江之险。而蜀，实江之上游也。敌人有蜀，则舟师可以自蜀沿江而下，而长江之险敌人与我共之矣。由此言之，守江尤在

于守蜀也。元南侵必自蜀始，岂非有鉴于此欤！冉氏弟兄受知余
玠，而首划钓鱼城之策，王坚、张珏且战且守，至死不渝，岂非
有鉴于此欤！向使无钓鱼城，则无蜀久矣。无蜀，则无江南久
矣。宋之宗社岂待崖山而后亡哉！呜呼，当兹城之成也，宋无西
顾之忧，元无东下之路。使贾似道能用汪立信之策，陈宜中能用
文天祥之策，下流与上流齐备，内郡与外郡并力，天下事未可知
也。天时不齐，人事好乖，令人有千古不平之愤。

释义： 我曾对天下大势有过观察：凡在北方立国的王朝多依赖黄河天险，凡
在南方立国的王朝多仰仗长江天险。而蜀地四川，属长江上游。敌人一旦占有蜀
地，就可以自西向东、沿江而下，使长江天险之地利为敌我双方所共有。由此而
言，守长江的关键在于守蜀地。蒙（元）侵宋从攻蜀开始，是这样一个考量；余
玠采纳冉氏兄弟之策筑钓鱼城，是这样一个考量；王坚、张珏且战且守、至死不
渝，还是这样一个考量。假使钓鱼城失守，很快蜀地便会失守；而蜀地一旦失去，
整个江南也就会很快失去。这样一来，南宋的江山社稷也就等不到20年后（崖山
败亡时）了。

钓鱼城建成之时，南宋已无西顾之忧，蒙（元）已无东下之路。这时，假如
贾似道能采用汪立信之策，陈宜中能采用文天祥之策，朝廷上下能心往一处想，
江南内外能劲往一处使，那当时的天下格局则很难预料了。叹只叹钓鱼城（保卫

钓鱼城奇胜门元军攻城地道（合川区文化旅游委供图）

战）带来的战略机遇转瞬即逝，叹只叹南宋王朝的自取灭亡。每每想到钓鱼城的这段历史，不得不令人心生千古不平之愤啊！

四、鉴赏提要

作为一种文体，跋文多写在书籍、文章等的后面，一般由作者或相关人士撰写。作为作者的自述，多用于说明作品的背景、创作的意图、心情、过程等。作为他人的记述，多用于对作品的解读和评价，或是对作者的肯定与赞许。

本文以"立国于北者恃黄河之险，立国于南者恃长江之险"立论，肯定了钓鱼城之于蜀、蜀之于南宋的利害关系，得出了"向使无钓鱼城，则无蜀久矣。无蜀，则无江南久矣"的结论。这一结论非常符合当时的历史事实。

然而，上述立论只是"天时、地利、人和"三大要素中的"地利"，固不足以成为南宋王朝不被灭亡的根本原因。

说到天时，只可惜"钓鱼城保卫战"带来的"宋无西顾之忧，元无东下之路"的重大机遇，却被南宋朝廷在"暖风熏得游人醉，直把杭州作汴州"中给白白地浪费掉了。为此，作者一笔带过，不想赘述。

最后，作者以"人和"作设，"（假）使贾似道能用汪立信之策，陈宜中能用文天祥之策，下流与上流齐备，内郡与外郡并力，天下事未可知也"，表达了对南宋君臣的失望和对南宋灭国的不平之愤。

全文不仅立论客观、说理深刻、逻辑严密，而且还饱含深情，表现出了一个合州人说合州事的那份真诚与直率。

五、漫读拾遗

邹智幼年秉性聪异，刻苦用功。居龙泉庵（今合川区云门街道下街歇马庙）读书时，因家贫无钱买灯油，靠焚落叶借光读书三年。15岁考取州学生员。20岁以乡试第一名中举。面对乡人的争相祝贺，邹智赋诗言道："龙泉庵内苦书生，偶捷三巴第一名。世上多少难了事，乡人何用太相惊？"表达了自己不图功名富贵，要对社会作更大贡献的胸怀。

作为庶吉士，邹智本只是翰林院内一个学习、办事的小人物，须待3年考

东新门（合川区摄影家协会供图）

试合格后才能被授以官职，因此他并无参政言事的责任。可就在这3年中，他却连连上书明宪宗、明孝宗，敢于不畏权贵，冒死进言时政弊端，以致招来杀身之祸。

邹智高风亮节，以直谏而遭贬致死。同时代的进士张吉把他比作汉代的贾谊、陈亮。《四库全书总目提要》评价他"智疏劾权奸，直声动天下，于君国之间，缠绵笃挚，至死不忘"，"与……沽名者，相去万万"。

从明天启年间在瑞应山下建忠节祠纪念他起，以后合州人修建祠或亭纪念他更是历代不绝。民国年间，云门镇邹智读书岩前曾建有邹公亭，亭前有对联曰："五百年汉水西来，问万里江山有几辈孤亭千古？八千里燕京北上，爱大明君国独先生抗疏万年。"由此可见，合川人民对邹智怀念之深。

第六十七期

陈在宽《钓鱼城怀古》

本期解读的合川历史文化地标是钓鱼城，读取的诗文是陈在宽的《钓鱼城怀古》。

一、历史信息

除有着厚重的历史文化外，钓鱼城还有着独特的山水文化。这里是三江交汇的风景眼，是四时光影的打卡地，还是自然造化与人文精神交相辉映的会客厅。

历史上，"鱼城烟雨"被视作合州绝美的风景，为"合州八景"之一。

关于"鱼城烟雨"，从风水学的角度来说，它不仅是一种景象，更是一种

钓鱼城晨雾（张光俊摄）

启示，有着神秘而又特别的意义，代表着吉祥、蜕变与升华。钓鱼城常被称作"鱼城"。"鱼城烟雨"所指乃钓鱼城总体风貌，既有实体景观，又富神话色彩——

远远望去，钓鱼山酷似鱼形，插旗山最高处似鱼背，双王坟下方像鱼头和鱼鳃。通常，合州城区下雨前，钓鱼城必出现征兆。这征兆就是双王坟下喷出雾气，似鱼嘴鱼鳃在吐烟雾，由小到大，随之笼罩全山，接着，雨即临头。这种现象，据传为巴濮二王因在山上会盟互刺而死，天帝怒其血污秽染胜地，罚二王于坟底悔过。凡二王悔过祈天相助时，则以烟雾为信，天帝得报后即命雨伯施水冲洗山上血污，以赎二王之罪。据此传说，文人便将钓鱼山地形环境与神话结合，命名该景为"鱼城烟雨"。

当然，钓鱼山的景致绝非一个"鱼城烟雨"能涵盖的，"鱼山八景"的题名说法，还有"峰顶白云、嘉陵萦带、天池夜月、古洞流泉、沙滩响雨、赤壁文光、东谷晴霞、西市晚烟"，这里就不多作介绍了。

在中国传统文化中，烟雨有着深刻的寓意，它既是一种景象的描述，更是一种情感、一种精神的表达。作为一种景象，它是凄美的，代表着人们对自然和生命的敬畏；作为一种情感，它是怀旧的，代表着人们对过去的回忆与向往；作为一种精神，它是积极的，代表着人们经历磨难却依然坚强。总之，烟雨是一种独特而又深刻的表达方式，是自然美景与人文精神相结合的产物。理解这一点，我们再来读陈在宽的《钓鱼城怀古》，自然就有了一把开锁的钥匙。

二、作者简介

陈在宽（1802—1882），字敬敷，号裕斋，清代合州人。咸丰元年（1851）贡生。其诗文功力深厚，与胞兄陈在德同著有《众星堂余草》二卷。

陈在宽一生中，曾三次主讲瑞山书院，为合川的教育作出积极贡献。我们知道，瑞山书院是合州最有名的两所书院之一，著名爱国企业家卢作孚便毕业于此。当然，这是后来的事了。清同治七年（1868），他第三次主讲瑞山书院时，已双目失明，不能阅览学生课业，便让其子陈炳煊读而听之，有当修改之处，立即口授其词，由其子炳煊代书，诸生获益匪浅。

钓鱼城观嘉陵云海（袁万林摄）

三、诗文推送

钓鱼城怀古

我来凭吊陟高冈，指点残碑姓字香。流水不堪思往事，寒山依旧爱斜阳。
干戈想象平芜远，草木萧疏故垒荒。回首兴亡多少憾，鱼城烟雨暮苍苍。

　　释义："陟（zhì）"，即攀登的意思；"指点残碑姓字香"，即指因从残碑上读
到英雄的姓名而生发出的崇敬、感伤；"平芜"，系指杂草繁茂的原野。全诗大意
如是——

　　我信步登上高高的钓鱼城山冈，尽情来把钓鱼城的英雄们凭吊。残碑上还能
读到他们的名字，那是多么令人崇敬与感伤。城下的流水啊，或许已不记得这里
发生过的往事；远处的山峦啊，依旧沐浴着西斜的太阳。想象中，那金戈铁马的
战场，芳草萋萋、平坦空旷，而如今却是树木稀落、壁垒荒凉。历史的流光见证
了多少人世兴衰啊，而所有的一切又都被满城的烟雨所笼罩。

四、鉴赏提要

　　陈在宽的这首《钓鱼城怀古》有着怀古诗的一般结构：临古地—思古人—
忆往事—叹兴亡。其风格含蓄沉郁又不失雄浑壮阔。

"我来凭吊陟高冈，指点残碑姓字香。"作者由高冈残碑，联想到了钓鱼城保卫战，联想到王坚、张珏等一众英雄，由此有了一个抒怀的情感触发点。

"流水不堪思往事，寒山依旧爱斜阳。"作者选择"物是人非"的对比模式，将穿越时空依然存在的寒山斜阳与历史的流水往事进行比较观照，抒发出时空更替的流变之感。

"干戈想象平芜远，草木萧疏故垒荒。"作者由钓鱼城现实的衰败联想到它当年的伟岸雄姿，进一步抒发了盛衰变迁的沧桑之感。

"回首兴亡多少憾，鱼城烟雨暮苍苍。"在诗的最后，作者落脚到历史的兴亡，落脚到人世的无常，一股难抑的忧国伤世、孤寂失意之情瞬间迸发，让人的思绪久久停留在暮色苍茫的鱼城烟雨中。

从怀古的角度，鱼城烟雨确是钓鱼城最好的表达。

五、漫读拾遗

有关钓鱼城的诗歌，绝大多数都是怀古诗。

在中国古代诗词中，怀古诗是内容和思想都比较沉重的一类作品，往往是诗人处于某种背景之下，前往瞻仰或凭吊历史古迹，回顾古人功绩或遭遇，自己内心产生强烈共鸣，不禁发出对古人的敬仰慨叹，抒发对物是人非的悲悯伤感。其情感基调一般都比较苍劲悲凉。

怀古诗常见的主题有以下三类：

一是悲叹怀才不遇。如杜牧的"东风不与周郎便，铜雀春深锁二乔"，把赤壁之战的胜利，完全归功于偶然的东风，借此感慨自己的怀才不遇。

二是抒发昔盛今衰的慨叹。如刘禹锡的"旧时王谢堂前燕，飞入寻常百姓家"，表现的是诗人对盛衰兴败的无限感慨。

三是揭露当政者的昏庸腐朽。如林升的"暖风熏得游人醉，直把杭州作汴州"，表现的便是南宋统治者的不思进取，自甘堕落。

此外，还有哀叹、同情底层人民生活的。如张养浩的"伤心秦汉经行处，宫阙万间都做了土。兴，百姓苦；亡，百姓苦"等。大家可以自行找来读读。

第六十八期

陈毅《钓鱼城口占》

本期解读的合川历史文化地标是钓鱼城，读取的诗文是陈毅的《钓鱼城口占》。

一、历史信息

从物质形态上讲，钓鱼城首先是一座山，一座江流环抱的山；其次是一座城，一座以山为基的城；再次是一座塞，一座用于战争防御的军事要塞。

从精神层面上讲，钓鱼城这一"带头大哥"，与它在嘉陵江、涪江、渠江沿线的兄弟城塞一体，共同构建了一个庞大的山城防御体系，这一天才般的创造体现了中华民族伟大的战争智慧和不朽的历史文化。

以钓鱼城为核心和标杆的山城防御体系，开创了古今中外战争史上战区防御的先河。其特点有四：一是以险筑城、城塞一体；二是以城为点、以江为线；三是主辅有序、梯次配备；四是耕战结合、亦兵亦民。

这一体系堪称中国古代筑城防御体系的奇迹之作，为世界军事文化作出了特别贡献。它是我国继春秋战国时期的城池体系和秦汉时期的长城体系之后的又一

"古钓鱼城"题刻

种全新的防御体系。其城塞的构筑规模和所具备的军事功能，都远远超过了欧洲中世纪的贵族城堡和日本、阿拉伯地区的军事城堡，是中国古代军事防御设施建设史上的一次飞跃。

二、作者简介

陈毅（1901—1972），字仲弘，四川乐至人。中华人民共和国十大元帅之一，中国人民解放军创建人和领导人之一，伟大的无产阶级革命家、军事家、外交家。诗词作品收入《陈毅诗词选集》。

三、诗文推送

钓鱼城口占

钓鱼城何处？遥望一高原。

壮烈英雄气，千秋尚凛然。

释义：题目中的"口占"，是指即兴作诗词，不打草稿，随口吟诵出来。诗中的"高原"，系指海拔较高、地形起伏较小的大片平地，这里喻指钓鱼城古战场，是作者基于战争场面的一个宏阔意象；"千秋"，一千年，泛指很长久的时间。

四、鉴赏提要

《钓鱼城口占》是一首传诵度极高且特别容易记忆的诗作。作者以问答句开篇，一问一答，气势如虹，卓尔不凡。

"钓鱼城何处？遥望一高原。"这高原既是自然的高原，也是历史的高原，更是诗人灵魂的高原。

立于高原之上回溯过往，感怀先烈，诗人一任情感宣泄、思绪驰骋。充盈的内心世界和高远的志向追求与眼前这座古老城寨融为一体，穿越千载，纵贯古今。

"壮烈英雄气，千秋尚凛然。"钓鱼城是一座英雄之城、忠义之城，有一股子豪迈之气、骨鲠之气、浩然之气，这气与日月同辉，与天地共存。

全诗语言简练直白，却又十分有气度、有厚度、有温度。与其他歌咏钓鱼城的文人诗相比，俨然少了许多伤感与失意，多了几分乐观与进取。例如，比之王嘉宾的《钓鱼城》："逆虏凭陵褫汉旌，英雄力屈恨难平。鸟啼旧垒烽烟淡，岛下荒城草木腥。落日微歊蘋藻荇，空林犹闻鼓鼙声。精忠永照巴江水，驻马触伤万古情"，个中差别是显而易见的。

五、漫读拾遗

1926年底至1927年3月，陈毅曾在合川从事士兵运动三个多月。当时正值第一次国内革命战争时期。为策应国民革命军北伐，中共中央指示重庆地委成立由杨闇公、朱德、刘伯承组成的军事委员会，决定在四川泸州、顺庆（今

钓鱼城西城墙（官明英摄）

钓鱼城九口锅遗址（刘之华摄）

钓鱼城镇西门（刘勇摄）

南充）组织起义。为确保泸（州）顺（庆）起义计划的成功，陈毅到驻防合川的国民革命军第二十八军第三师工作，任政治部组织科科长。

合川是连接泸州、顺庆的交通枢纽，战略位置十分重要。来到合川后，陈毅迅速深入各驻防点开展工作。为宣传士兵，他亲自为《武力与民众》撰写复刊宣言，并担任主要撰稿人；他亲自到军官教育团讲政治课，讲北伐战争形势。为推动党的组织工作，他特别注意发展共产党员，在军官教育团中成立了中共合川军队小组。同时，他还兼做学生会和工、农、商三会的工作。

1927年3月12日，纪念孙中山先生逝世两周年大会在合川瑞山公园举行。陈毅亲自为会议书写"孙中山先生精神不死"九个大字横幅并发表主题演讲。在演讲中，他积极宣传孙中山"联俄、联共、扶助农工"三大政策，赞扬孙中山的革命精神，致使会场气氛十分热烈，"打倒帝国主义，铲除军阀"的口号响彻云霄。像这样的大会，在合川的过去还从未见过。

1927年3月31日，重庆群众在打枪坝举行抗议英帝国主义炮轰南京的集会，遭到反动军阀的残酷镇压，重庆的革命形势开始陡转直下。4月1日，"三三一惨案"消息传到合川，陈毅不得不离开合川，转移他处，继续从事革命活动。

在合川期间，陈毅曾与范英士登临过钓鱼山，当他考察了王坚、张珏等人的事迹后，对这些英雄的民族气节和大无畏精神给予了很高的评价，随即口占了这一诗作名篇。

第九编

凤凰山\古圣寺诗文选读

凤凰山\古圣寺,作为合川十大历史文化地标之一,是由其地域所在的凤凰山、草街子、嘉陵江和其历史遗存古圣寺、逸少斋、周子池、普希金林等文象视点集合而成,其有尊崇、纪念、创造、斗争和圣殿的寓意。它反映了伟大的人民教育家陶行知先生的一段光辉岁月和思想光芒,它彰显了全民族抗战中的合川力量,它是合川近代以来文化倡明、教育维新、红色革命的重要象征。

有关凤凰山\古圣寺历史文化地标的诗文,如果算上陶行知先生的著作、各路名家的讲演,还有育才学校师生的文章,应该是极其丰富的。我们可以读读释昌言的《古圣寺古柏行》,陶行知的《创造宣言》《育才学校校歌》《荷叶舞歌》,翦伯赞的《记古圣寺》,梁漱溟的《怀念我敬佩的陶行知先生》,艾青的《夏日书简》,黄开富的《我为育才开水井》等,借以重温那段充满教育救国理想的激情岁月。

释昌言《古圣寺古柏行》

本期解读的合川历史文化地标是凤凰山／古圣寺，主要视点为凤凰山、古圣寺古柏，读取的诗文是释昌言的《古圣寺古柏行》。

一、历史信息

如果说凤凰山有名，那是因为它山上有个古圣寺；如果说古圣寺有名，那是因为它有幸成为育才学校校址。全民族抗战时期，伟大的人民教育家陶行知先生在此办学，其"生活教育""创造教育"和"民主教育"理论得到成功实践，集毕生思想之大成，为中国教育竖起一座崭新的丰碑。陶行知常被认为是孔子后的"孔子"，古圣寺则常被视作是"陶圣寺"，而所有育才学校的师生都称自己是凤凰山的儿女。

古圣寺（袁万林、杨德正摄）

在育才学校开办之前，凤凰山并不有名，就连许多合川人也不一定知道它或者说熟悉它，以至于很多时候都白白地辜负了"凤凰"这一美丽的山名。

我们知道，合川地域所在的川中盆地丘陵与川东平行岭谷交界处，是世界三大褶皱山系之一的华蓥山。嘉陵江横切华蓥山余脉九峰山、缙云山、中梁山，在合川和北碚邻近地区形成了嘉陵江三峡。凤凰山就坐落在华蓥山麓和嘉陵江畔的这一崇山峻岭中。

凤凰山，山的正中是平整的台地，山的西北是深陷的谷槽，山的东面是略有起伏的丘陵，山的南面是向下倾斜的梯田。因整个山岭形似凤凰饮水，故有其名。这里视野开阔、环境清幽、植被茂盛，是一方充盈着天地灵性之地。古圣寺便营建于山上。古圣寺常被人们称作"凤凰山古圣寺"，二者相融于一体，断然不可分割。

考诸文献，凤凰山并无成片的梧桐可栖凤凰。不过，这里却有千载的古柏与佛寺相伴。凤凰山古圣寺的古柏长什么样呢？不妨让我们透过诗文的图示，去访上一访，借机感受一番古圣寺的"古"。

二、作者简介

释昌言（1808—1862），俗姓万，字虎溪，清代长寿县（今重庆市长寿区）人。华蓥山伏虎寺住持，其人善诗能文，为四川著名诗僧，时人称"诗人清挺"，著有《华蓥山寺》《虎溪诗草》等。

三、诗文推送

古圣寺古柏行

凤凰山上凤凰台，中有古柏郁崔巍。年深多历沧桑变，重破天荒手自栽。
大悲楼下金沙布，云阶九级石栏护。观音手拂杨柳枝，朝朝暮暮洒甘露。
龙蟠蠖屈影婆娑，前身准拟化兜罗。高枝不受斧斤伐，劲节频经风雨磨。
曲曲根并菩提长，一旁侍立如合掌。有时低头欲听法，盘空老干摩云响。
何日英灵托慈航，顿教生面忽开张。碧崖梦绕三生愿，一幅红绫一瓣香。
主人为我夸奇特，大材肯比黄杨厄。亭亭独抱雪霜操，青青不改岁寒色。
丞相祠前树参天，杜公爱惜有诗传。此山此树生佛舍，遥遥千载相比肩。

世有数典不忘祖，柏子焚香薰牒谱。狮吼三空降龙虎，手招凤凰复飞舞。吁嗟乎，古圣古！

释义：（1）古老的凤凰山托起一座平坦的高台，高台上有古刹，更有与古刹相伴、伟岸挺拔、郁郁葱葱的千年古柏。想当初，凤凰山一片荒凉，正是那些开基立刹（建立寺庙）的人种下株株柏木，才让它见证了古圣寺的岁月沧桑与兴衰之变。

（2）都说"家有黄杨，必出栋梁"，可比较起黄杨来，古柏才是大材。古圣寺能有如此古柏，着实奇特。这奇特的背后是古柏不惧雨雪风霜，不惧寒来暑往，始终保持着孤高正直、不屈不挠、虚怀若谷的节操和本色。

（3）追忆过往，凤凰山是古老的，古柏树是古老的，古圣寺是古老的。若能一如既往践行佛陀的指引（即狮吼），以精深的佛法（即三空），消除贪欲的业障（即龙虎），励精图治（即手招凤凰），古圣寺自会浴火重生（即凤凰飞舞），再耀禅林。

四、鉴赏提要

俗语说，"千年松，万年柏"。在诗人的眼里，古圣寺的古柏更像是一位与天地同行的时间老人，它见证着古圣寺的由来过往，更承载着凤凰山的历史文化。

诗的开篇，一句"凤凰山上凤凰台，中有古柏郁崔巍"，让我们看到了一个美丽而又神圣的地方，看到了一个代表着吉祥昌瑞、万古千秋的地方。

接着一句"年深多历沧桑变，重破天荒手自栽"，更是把我们拉回到了古圣寺开基立刹、柏树苗苗壮成长的时刻。

诗人以拟人化的手法，讲述了新植的柏树是如何在佛法的加持和佛寺的呵护下经风雨、历岁寒的过程。前有"观音手拂杨柳枝，朝朝暮暮洒甘露"，中有"高枝不受斧斤伐，劲节频经风雨磨"，后有"何日英灵托慈航，顿教生面忽开张"。如此这般，古圣寺的古柏历练得非同寻常，堪为"大千世界"中的一幅红绫、一瓣心香。

与此同时，古柏的生长也弘扬了佛法，成就了佛寺。在接下来的叙述描写中，诗人先是借寺庙住持对古柏的夸赞，颂扬了古柏"亭亭独抱雪霜操，青青不改岁寒色"的上上品格，后又以"诗圣"杜甫笔下的锦官城古柏作类比，表达了对古圣寺古柏的崇敬与爱惜。

"此山此树生佛舍，遥遥千载相比肩"，说的是比肩而立的古柏、佛舍，相互依存，共生共荣，互筑灵性，这便是诗人心中最美的"因果"。谁说古柏不是古寺，谁说古寺又不是古柏呢？

最后，诗人有感而发："世有数典不忘祖，柏子焚香薰牒谱"，表达了他热切期望

黄帝手植柏（资料图片）

古老的古圣寺能在继往开来中，更好地弘扬佛法、光耀丛林。一句"狮吼三空降龙虎，手招凤凰复飞舞"，再加上结尾句"吁嗟乎，古圣古"的赞叹，完完全全将自己的诗情置顶到了高潮，并不断产生回响。

五、漫读拾遗

《古圣寺古柏行》诗中所称"丞相祠前树参天，杜公爱惜有诗传"，是指唐代诗人杜甫在拜谒三国时期蜀国丞相诸葛亮祠时所作的《蜀相》诗。诗的全文是：

丞相祠堂何处寻？锦官城外柏森森。映阶碧草自春色，隔叶黄鹂空好音。

三顾频烦天下计，两朝开济老臣心。出师未捷身先死，长使英雄泪满襟。

在这首七律诗中，作者通过赞颂诸葛亮的才智、功业，叹惋他的壮志未酬，借以抒发了自己四处漂泊、报国无门的郁闷心情。

第七十期

翦伯赞《记古圣寺》

本期解读的合川历史文化地标是凤凰山 / 古圣寺，主要视点为古圣寺、育才学校，读取的诗文是翦伯赞的《记古圣寺》。

一、历史信息

据《重修凤凰山古圣寺碑记》内容推测，古圣寺始建于明朝隆庆年间（1567—1572），最初是供奉圣人的地方，故有古圣寺之名。后经康熙、雍正、乾隆、咸丰时期的几次大规模修建，总占地面积达4390平方米，总建筑面积为2419平方米（现存）。寺内建筑有五级台阶，分为五部分，在中轴线上分别有山门、牛王殿、大雄宝殿、观音殿、善堂，两旁是钟鼓楼、厢房、回廊、天井、花坛、石阶，其布局一层比一层高，层层叠叠，其建筑金碧辉煌、雄伟壮观。

亦如凤凰山被淹没在了合川众多的名山中而鲜为人知一样，古圣寺也同样被淹没在了合川众多的名寺之中而鲜为人知，直到1939年陶行知在这里开办育才学校。

如果说古圣寺可以用"深山藏古寺"来形容的话，那么育才学校则可以用"桃李遍天下"来礼赞。光阴荏苒，时光如梭，昔日的古圣寺已淡出历史，今天的育才学校旧址已是全国重点文物保护单位。一个产生过现代圣人的地方终归是不会被遗忘的。这不，一篇《记古圣寺》即刻便帮我们开启了那段难忘的时光记忆。

二、作者简介

翦伯赞（1898—1968），维吾尔族，湖南省常德市人。中国著名历史学家、社会活动家、教育家。他与郭沫若、范文澜、吕振羽、侯外庐并称马列主义新史学"五名家"，一生治学严谨、著作宏富。主要著作有《历史哲学教程》《中国史纲》《中国史论集》《历史问题论丛》等，主编有《中国史纲要》上、下两册。

翦伯赞

1940年2月13日，在风雪交加之夜，翦伯赞按照党的指示，来到重庆。随即，任中苏文化协会总会理事兼《中苏文化》副主编，同时担任冯玉祥的中国通史教师。1945年，毛泽东赴重庆谈判期间，他应约到毛泽东居处聚谈，并协助毛泽东和周恩来对冯玉祥等做了不少统战工作。

在寓居重庆10年中，他一边开展史学研究，一边从事教育。他曾两度到访古圣寺，为育才学校的孩子们授课，每次都能停留一段时间，开设有关中国史的系列讲座，深受师生们的欢迎。

三、诗文推送

记古圣寺

古圣寺，是我们不能忘记的一个地方，我之不能忘记古圣寺，正和我之不能忘记陶行知是一样的。而且毋宁说，正是因为这里曾经是陶行知生活教育发育滋长的地方，曾经是陶行知首创的育才学校的校址。

古圣寺在北碚草街子（实为当时的合川县、今天的合川区草街子——编者注）附近的丛山中，草街子是嘉陵江西岸的一个小市镇，去北碚约三十华里。这个寺院，何时兴建，不得而考，但寺内有一座重修古圣寺的碑刻着明朝的年代（忘记是什么年号），知道它的兴建是在明朝或在明朝以前。

寺院建在一个平坦的山头之上，在这个山头的西北是深陷的谷槽，东面是起伏很小的丘陵，南面是向下倾斜的梯形的山田。

　　寺院的规模很大，几乎占领了整个山头。坐北朝南，一连三重正殿，在正殿后面，还有一个藏经楼。四面绕以围墙，围墙皆施短椽，以瓦覆之，若古之宫墙。山门南开，东西皆有耳门。整个寺院皆在林木荫翳中，嘉树青葱，盛暑不热。只有南面没有树木，因而自山门纵望，可以看到几十里外的山峰。

　　走到山门附近，便可以看见两棵黄桷树，枝叶扶疏，从围墙里面把枝叶伸张出来，垂到围墙的外面，左右对称，夹山门而交柯。

　　走进山门正面便是一堵照壁，照壁上有一个神龛，自育才创立后，神龛已用木板封闭，据说龛内神像，古怪凶狞，孩子害怕，由此可以想见这个神像的塑造，一定很生动，大概是守护寺院的门神之类。转过照壁，是一个宽大的丹墀，丹墀中平铺石板，这在过去，也许是善男信女斋会之场，后来却成为育才学生游戏的地方。

　　在丹墀两旁，有东西厢房，厢房有楼，下层用长方石块砌筑，上层梁木为楼，结构精致，在这以前也许是招待施主的客房，后来已改为教员住室。而西厢房的楼房，曾经一度是陶先生的住室。

　　由丹墀拾级而上，是第一神殿，雕梁粉壁，丹楹刻桷，内有神像数躯，皆涂以金彩，垂以锦幔。自育才迁入，这个神殿已改作两个课室，在两个课室之间抽出一条走廊，走廊两壁贴满了学生的壁报。

　　由此往后，又是一个小小的丹墀，丹墀中有两个花坛，花坛上的花木已经凋谢，在丹墀两侧，四大金刚左右对立，金刚塑像高二丈余，五彩装

古圣寺（合川区文化旅游委供图）

潢，神气活现。由此拾级而上，是第二层神殿。第二层神殿较第一层神殿更为壮丽，但其中已无神像，据说已为道士迁走。自育才迁入以后，这个神殿的正中，已改为阅报室，阅报室的左右则是学校的办公室。

由此再往后，拾级而上，是第三层神殿。这座神殿的规模，更为宏大，正中有趺坐佛像一尊，全身缕金，七宝庄严，最为精工之作。自育才迁入，这个神殿的正中已改为礼堂，礼堂两侧亦为课堂。

由此再往后，则为藏经楼，这里已不属育才的范围，是住持道士的禅院。

在这三层正殿的两旁，有僧房、厨房及杂作等房数十间，绮疏连亘，户牖相通，当年为僧众食宿之所，现在已为育才师生切磋之地。

古圣寺的内容，大抵如此。但当时育才学生的范围，不仅在古圣寺的围墙以内，在围墙以外还有它的机构。出山门往西的丛林中，有新置的石桌石凳，这是育才的好多课堂。出山门往东，有一块大空坪，这是育才的运动场。在空坪的北端，有一个经过人工修建的天然土台，这是育才学生排练戏剧的舞台。此外，出山门往南，越过一个山坡，沿着一条小溪前行，有一座当地大地主的院落，这是育才绘画组学习的课室和宿舍。最使我不能忘记的是寺南的三间草舍，这几间草舍去寺约二百步左右，由寺院到草舍，有一条平坦的山路可通。这三间草舍是陶先生新盖的图书室，里面藏有《图书集存》一部和其他的古书若干种。在这草舍前面，有一个小小的花圃，栽种着各种各样的花木，红紫烂漫，不可胜言。在这草舍的周围，却是菜园，这些菜园都是学生自己种的。此外，在靠近山门的地方，

有两个池塘，可种藕养鱼，每到夏天，荷花盛开。这池塘的周围，便是育才师生的乐园。像这样幽静而美丽的地方，真是不可多得。但我之（所以）不能忘怀这里，还不在这里的风景，而是因为这里聚居着两百以上可爱的天才的孩子和这些孩子可敬的先生，特别是方与严、马侣贤、屠公博、廖意林这几位陶行知的真诚信徒。

我在困居重庆十年中，曾经两度访问古圣寺，替这些孩子讲课，用陶行知的话说："给他们以做一个合格公民的知识。"我记得第一次是1941年的冬天，这次讲了三星期，从古到今，把中国史讲了一通。第二次是1944年的秋天，这次讲了十一天，替他们解决一些中国史上的问题。

在这两次讲学中，我发现了陶行知生活教育的奇迹。十几岁的孩子，能够在座谈会上侃谈时局，从国内到国际，从政治到军事，了如指掌。能够写出文学的创作，能够自编剧本，自己导演，能够自己作曲、作歌，能够写生、速写，能够画出星夜的图谱。从这里，我看出陶行知生活教育的原则，是一面加强政治教育，同时并不忽略文化教育，而这也许就是奇迹出现的缘故。自然思想与生活的一致，学习与生活的结合，更是他的生活教育的特色。

陶行知生活教育的奇迹，就发生在这古老的寺院之中，使人的奇迹代替了神的奇迹。现在陶行知——这伟大的人民导师，已经逝世快两年了。育才学校一部分迁到了重庆，一部分迁到了上海。古圣寺已经冷落了，但这座古旧的寺院，在我的头脑中永远不会磨灭。假如有一天，我能三访古圣寺，而我又有权更改这座寺院的名字，我一定把它改名为"陶圣寺"，以纪念这位"孔子之后的孔子"。

四、鉴赏提要

古圣寺是陶行知"生活教育"发育滋长的地方，与其说作者是在记古圣寺，不如说是在记陶行知。

文章一开篇，作者便写道："古圣寺，是我们不能忘记的一个地方，我之不能忘记古圣寺，正和我之不能忘记陶行知是一样的。"在这里，古圣寺已然是陶行知，陶行知已然是古圣寺。

当古圣寺被人格化之后，作者便开始用他那建筑学家般的笔触展开了对

古圣寺全景（尹宏杰摄）

古圣寺地理环境、空间格局、建筑形态、校园陈设的描述，其记述是那样的精细、准确，仿佛一幅工笔画一样。

作者的两次到访，一个重要的发现，便是见证了陶行知生活教育所产生的奇迹。这奇迹发生在古老的寺院中，"使人的奇迹代替了神的奇迹"，是何等的伟岸辉煌啊！

在文章的最后，作者不禁生出了一番议论："古圣寺已经冷落了，但这座古旧的寺院，在我的头脑中永远不会磨灭，假如有一天，我能三访古圣寺，而我又有权更改这座寺院的名字，我一定把它改名为'陶圣寺'，以纪念这位'孔子之后的孔子'。"既做到了首尾呼应，又进一步升华了主题，将古圣寺与陶行知融为一体，铸就成了一座新的圣殿。

五、漫读拾遗

古圣寺，最为显眼的是它的大山门。这山门是一座石质牌楼，两旁的八字墙向南呈放射状伸出，整体给人以雄伟、庄重而又不失包容、亲近之感。只是其左右两边所刻"檀林""忠孝"四个大字与我们记忆中的寺院多少有些违和，让人心生突兀。

原来，这是时任国民政府军事委员会副委员长的冯玉祥为保护育才学校不受外界干扰破坏而特意题写的。其字尽管用楷体书就，却有隶书风范，自见奇逸、雄媚、朴茂。育才学校本是一所难童学校，特别需要多方的支持。应陶行知先生邀请，冯玉祥将军兼任了育才学校的副校长，其所题字，镌刻于门前显眼处，无疑是育才学校的两道"护符"，各方势力不敢轻易冒犯。

黄开富《我为育才开水井》（节选）

本期解读的合川历史文化地标是凤凰山／古圣寺，主要视点为水井、井泉，读取的诗文是黄开富的《我为育才开水井》。

一、历史信息

85年前，已经落寞衰败、失道于正途的古圣寺，之所以能最终走向自己的辉煌，成为我们今天谈论中国教育和合川历史文化的话题，全赖陶行知先

古圣寺院落（合川区摄影家协会供图）

生在这里创办育才学校。今天，我们说古圣寺，最为确切的称谓应该是"育才学校旧址"。

育才学校是陶行知先生在抗战背景下创办的一所难童学校。学校以"选拔有特殊才干之难童，作人才幼苗之培养"为其初心，目的是要为中国的平民教育开辟一块试验田，就是要为民族的斗争和解放培养人才。

育才学校旧址记录了陶行知先生在合川长达六年之久的光辉岁月，是他教育思想和实践集大成之地。他所推动的生活教育运动在这里达到了顶峰，取得了最高成就。可这一切却又是从开水井、租校舍开始的。今天，就让我们从水的源头开始开启一趟历史寻踪之旅吧！

二、作者简介

黄开富（生卒年不详），四川渠县人。曾以"追求真理，服务人群"为宗旨创办四川平昌中学，后辗转重庆多地，执教于兼善、蜀都、求精等著名中学。任兼善中学地理教师并兼卢作孚秘书时，受陶行知先生委托，负责在合川草街子凤凰山古圣寺打理租赁庙屋、维修房屋、开井修路等育才学校开办中的前期工作，深得陶行知先生的赞许。

三、诗文推送

我为育才开水井（节选）

几天后，陶先生遣人送了信来，约我到清凉亭一谈。我去了，他就说他要在合川草街子的古圣寺开办育才学校，要我先带几百元前去开水井。我感到突然、意外，马上说道："我不懂账，我不会理财，我也从没有开过井，我实在办不了。"他说："应该懂账，应会理财，应能开井！"他一面说，一面写，一面又在画。笔一停，就叫我上前，并指着写的念："'入款出据，出款取据，有账必录，当天结算，绝不拉移。'这二十个字，你都认得吗？你都理解吗？"我说："都认得，都理解。"他又指着画的新式簿记说："左边记入账，右边记付账，须得说明的，就注在备考内，这你能按表记录吗？"我说："都能。"他笑道："你在会计学校毕业了，你就会理财了，你就懂记账了！"又说："咱们办学校，（得）先找水源，先开水井，

陶行知在水井旁（资料图片）

这极（为）要紧。我也从没开过水井，我也不会开水井，但民间有这样的能工巧匠，正待我们去发动，去借用，去使用。只要咱们不摆架子，尊重他们，适当地满足他们的要求，他们就一定会积极努力，争取把工作做好的。你就这样去开水井吧！"又说："抗战建国，急需大量人才。我要在大后方的四川开办育才学校，就是为抗战建国培植人才。你是四川人，知道四川事，会说四川话，又是大学生，又是中学教员，这就具备了了不起的本领。我已经和你们的张校长（张博和）谈了，他同意我借用你四天。"我激动得很，突然的想法全没有了。我道："我愿意去开水井，井开起了才回来！"

下午出发，陶先生亲自送我上船，他肩并肩地和我走着，并轻言细语对我说："古圣寺是个古庙，是个大庙，现在只有一个极不振作的和尚，又丑又脏，决莫嫌他丑！决莫说他脏！你们去了，在哪里食宿，定要由他指定，决不能自由行动！先要了解情况。用人用物，就地取材。按计划行事，按时价开支！一切有了头绪，才回来。"他说一句，我记一句。我上船时，握着他的手说："一切按照先生的指示行事！有了头绪，我才回来。"

草街子在北碚的上游，乘木船去，水路三十里。船夫黑憨憨的，四十来岁，就是草街子的人，家离古圣寺不远，他说古圣寺离草街子三里，是个三层殿的大庙子，满山松树，有田土六十亩。现在只有一个和尚，光贪酒喝，田土当完，一身破烂。上层殿被同善堂占了，每年给他点租金，哪够他花！挨着古圣寺，有个魏寿龄，看得到火色，爱帮个忙，说硬话，做硬事，（爱）打抱不平，外号魏斗硬。哪一方的事，有他不落，无他不起。船抵草街子，我们到镇上打了两斤白酒，买了两封合川桃片、两串豆腐干、一包盐花生米送和尚。

走拢古圣寺，和尚接到礼物，只念"阿弥陀佛"。我向他说明了来意，并请他安排了食宿的地方。一间古屋子，灰尘真够多，什么都没有，厨房里只有锅灶，木柴、米菜油盐俱无。跟我一同前去的学生陈铭问我怎么办？我说："自己动手！先到农家买米买菜，分油分盐，买谷草，借扫帚。"陈铭是农家子，十七岁了。他去了不久，就把所需的买好借好，一背背回。他烧火煮饭，我扫屋安铺。把晚饭吃了，我拿着电筒去拜访魏斗硬，把陈铭留下，陪他喝酒，听和尚谈话。

次日早上，我同和尚攀谈："育才学校能在你的古圣寺开办起来，你也有无量的功德。育才学校在你这里办起来了，你也一定能得到人们的尊重，你的生活也一定能得到改善，绝不会没饭吃，没衣穿……"他听了两掌一合："阿弥陀佛，大慈大悲！"

早饭后，魏寿龄带了三个人来：一个会开水井，一个老石匠，一个易璧光。他指着易璧光对我说："你们在生活上、工作上有什么困难，尽量对他说。他耐烦，懂行情，会办事，最可靠。"我们一同先到陶先生指定的开井处去勘查。会开井水的和老石匠都说："这里是个干梁梁，斜背上从没看到有浸水出来，不能在这里开井。"大家东勘西察，选在有浸水冒出的小溪的上一台处。这里正当古圣寺的右侧，距寺只有一箭之远。会开水井的和老石匠说："这里在小溪的上面，浸水向上冒，并不是从小溪来的，是从山后来的。这里叫凤凰山。凤凰山就到这里截止。它后面还有主峰。主峰后又连大山。这股泉水来得远。这里开井不费事，只需下打五尺深就行了。井上再砌几轮石条，就把地面上的不干净的山水排开了。"

正在这时，忽然来了一个穿戴华丽的贵妇人，还带了一个向导，两个随从。我一打听，说是国民党中委张继的夫人。她来的目的，是要租用古圣寺办保育院。我又一打听，陶先生在这里开办育才学校，并未取得租佃权，叫我来开水井，不过是先搭个脚步而已。我计上心来立找魏寿龄商量，一面开井，一面租佃古圣寺，请他大力维持。他说："陶行知先生是我国有名的教育家，他在这里办育才学校，比张继的夫人来办保育院强多了。我欢迎陶先生来这里办育才学校，更何况陶先生来过，你又来了，开水井的地方也确定了。现在我们就说古圣寺已被陶行知办的育才学校租用了。要把和尚刨在手里，使他只向陶先生这一方。"又说："古圣寺是个大庙，是个古庙，三层宝殿，还有满山的松树，六十亩田土，除上层殿已被同善堂占用外，我建议育才学校全部租入手中，租入以后，又把田土仍出租给原来租种的农民，学校只租用二、三层殿和保护好松林——这黑压压的松林，是凤凰的羽毛，是我们这一方的风水，定要保护好。还要通过草街子的乡公所和古圣寺原有的佃户以及团方四邻，办到一响众响，大家才没话说。"我道："高见，我完全同意。但我人地生疏，全要借重兄台！"他点点头："事不宜迟，跟着就办。"他对易璧光说："你去通知租种古圣寺田土的老佃户和团方四邻，你跟原佃户说，当育才学校的佃户比当古圣寺的佃户硬扎、利索多了——一佃落板，绝不会今后加压，明年加租，筋筋绊绊无了日。你跟团方四邻说，育才学校在我们这里办起来了，人人都沾光。你通知到了，就到草街子来包一桌席。我们在乡公所等你。"又对我说："好，我们一道去会乡长。"

乡长瘦瘦的，说话瞳仁只是转。我见了他，说明了来意，请他准许，请他支持。他道："这对我们这里来说，是件很好的事，我们当然全力支持。"又问："陶先生现在在哪里？"我回道："现在住在北碚火焰山公园的，是卢次长（卢作孚）的安排。"接着，魏寿龄一五一十地向他谈了个通场。正在这时，易璧光又来了。他又把古圣寺原有的佃户和团方四邻的赞同意见向乡长谈了。乡长听了又道："大事不过于地邻保甲，既然四面八方都通过了，我们也只有赞成的份。"

下午，把原来的四家佃户的家长和当地的保长、甲长请拢，魏寿龄和易璧光也参加，当面同和尚和乡公所的干事协商，经过三小时的讨论，约定次日上午在古圣寺订合同。

第二日的上午，人马齐到，当众写好合同，和尚、育才学校校长陶行知、四个佃户，分别在合同上签字、盖章。陶行知先生不到，由我代签字代盖章。乡长、保长、甲长、出约人也都签了字，盖了章。至此，陶行知租用四川合川草街子古圣寺作为开创中国育才学校的校舍的大事顺利完成了。

第二天早饭后，开井的土工、石工都行动起来了。易璧光跑得脚板不挨地，魏寿龄也来帮他跑，午饭后，我回到北碚向陶先生交代所办的事，陶先生紧紧地握着我的手说："为育才学校要在古圣寺奠基，我搞了三个多月都未达到目的，而你去三天就办好了，这多难得，你真能干！"我道："这是陶先生开明，领导得好，信任我，而我又学陶先生放手信任魏斗硬、易璧光的结果。"

同年秋季开始，育才如期开学行课。育才的学生，多为流亡的孤儿，

古圣寺水井（资料图片）

全部公费。所用毛巾、鞋袜、衣料、被料、饭碗和菜碗，都是我四面八方托人在产地买的批发，价值比在当地购买便宜多了。我为育才购置种种，所花现金以万计，账目清楚，单据确凿，没有拉移。易璧光为育才采购，直到育才于抗战胜利后迁到上海为止。叶家礼连续在育才工作两年多。他极机灵，只要画个样子，他就照样做成，无不叫人满意。育才演剧用的道具和多种相架，一概是他制造的。他和易璧光都是开创育才的见证人。

四、鉴赏提要

管子曾说："水者何也？万物之本原，诸子之宗室也。"按陶行知的说法，"咱们办学校，（得）先找水源，先开水井，这极（为）要紧"。受陶行知委托，作者独自来到古圣寺，开启了一段难忘的赴命之旅：四天内为育才师生找到水，开好井。

作为对这趟使命之旅的回忆，作者以口语表达的方式记录了整个找人帮忙、沟通协调、租房佃地、掘井取水的全过程。其文质朴无华，不作修饰却又引人入胜。特别是那些人物对话语言生动有趣，富于乡土气息，让人过目不忘。文中人物，除陶行知形象本就丰满厚实外，那个"看得到火色，爱帮个忙，说硬话，做硬事，（好）打抱不平"的"魏斗硬"，那个"耐烦，懂行情，会办事"的易璧光，那个喜得两掌一合便念"阿弥陀佛，大慈大悲"的和尚，那个"瘦瘦的，说话瞳仁只是转"的乡长，那个说话只在关键处的"牵井"人以及老石匠，无不是刻画得入木三分。

一段难忘的经历似在作者的口述中不经意地完成，实则反映了一个偏僻的乡村社会在抗日战争这一大背景下，对中国未来的觉醒和力量的凝聚。

五、漫读拾遗

井是中国历史最悠久的文化器物之一，也是农耕社会最重要的文化符号之一。井有生命之源的寓意，也有社会秩序的寓意，既代表着生机活力，又寄托着故土乡愁。由井而泉，更是具有了诗意的象征。历代以井泉为题材的诗句亦如井泉一般，层出不穷，佳句不断。如：

"井上新桃偷面色，檐边嫩柳学身轻。"（长孙氏《春游曲》）

"金井梧桐秋叶黄，珠帘不卷夜来霜。"（王昌龄《长信秋词》）

"涧花入井水味香，山月当人松影直。"（温庭筠《西陵道士茶歌》）

"至德今何在，平墟井有泉。"（李绅《泰伯井》）

"窗竹影摇书案上，野泉声入砚池中。"（杜荀鹤《题弟侄书堂》）

"流泉得月光，化为一溪雪。"（袁中道《夜泉》）

"天平山上白云泉，云自无心水自闲。"（白居易《白云泉》）

美吧！当然！

第七十二期

陶行知《育才学校校歌》（《凤凰山上》）

本期解读的合川历史文化地标是凤凰山／古圣寺，主要视点为凤凰、涅槃，读取的诗文是陶行知的《育才学校校歌》（《凤凰山上》）。

一、历史信息

凤凰是中国古代传说中的神鸟，是百鸟之王，是集合了各种动物特征于一体的想象性动物。中国人赋予了凤凰很多美好的特征：美丽、吉祥、善良、宁静、有德、自然。所有这些，大概就是我们的前人将古圣寺所在的山取名

育才学校师生在古圣寺山门前

为凤凰山的寓意吧！

不过，凤凰更具有"涅槃重生"之象，只有历经烈火的煎熬和痛苦的考验，方能获得重生，并在重生中实现升华。释昌言那句"狮吼三空降龙虎，手招凤凰复飞舞"是如此，育才学校师生们那句"我们是凤凰山的开垦者，要创造出新的凤凰山"更是如此。

凤凰山古圣寺，是育才学校师生们的家，他们在这里开垦、耕耘，在这里进步、成长，更在这里为中华民族的浴火重生而奋斗、歌唱。今天就让我们走进育才学校师生们的心里，听听这些凤凰儿女的心声吧！

二、作者简介

陶行知

陶行知（1891—1946），原名陶文濬，安徽省歙县人，伟大的人民教育家、思想家，伟大的民主主义战士、爱国者，中国人民救国会和中国民主同盟的主要领导人之一。

陶行知毕生致力于教育事业，创立了生活教育理论，提出了"生活即教育""社会即学校""教学做合一"三大主张，开展了乡村教育、普及教育、国难教育、战时教育、民主教育等运动，推行"工学团""小先生制"，倡导素质教育、创造教育，创办平民就读学校、安徽公学、育才学校和社会大学等多种类型学校，为中国教育的现代化作出了开创性贡献，其教育实践和教育思想影响广泛而深远。其主要著作有《中国教育改造》《古庙敲钟录》《斋夫自由谈》等，后世集有《陶行知全集》12卷。

三、诗文推送

育才学校校歌（凤凰山上）

我们是凤凰山的儿女。

我们是凤凰山的小主人。

凤凰山是我们的家，

我们的学校，

我们的乐园，

我们的世界。

我们是凤凰山的开垦者，

要创造出新的凤凰山，

新的家，新的学校，新的乐园，新的世界。

我们要虚心，虚心，虚心，

承认我们一无所知，一无所能；

我们要学习，学习，学习，

达到人所不知，人所不能；

我们要贡献，贡献，贡献，

实现文化为公，天下为公。

我们要修炼智慧之眼，

磨出金刚之喙，

展飞大无畏之翼，

涵养一心向真之赤心。

观！

静观大千世界。

啄！

啄开未知之门。

飞！

飞入神秘之宇宙。

找！

找出真理之夜明珠，

衔回人间，

装饰在每一个人的额前，

照着人类在狂风暴雨的黑夜里，

稳步迈进，

稳步迈进，

走到天明，

唤起东升的太阳；

小先生走上讲台上课

陶行知与学生们

得到光，

得到热，

得到力，

创造幸福的新中国，新世界。

真即善，

真即美，

真善美合一。

让我们歌颂真善美的祖国，

真善美的世界，

真善美的人生，

真善美的创造。

四、鉴赏提要

育才学校校歌，为陶行知1943年11月28日所作，原名《凤凰山上》。

歌词第一段，作者借育才学校所在的凤凰山喻示祖国秀美山川。这山川因统治者的腐败无能和侵略者的百般欺凌，几乎快要荒芜。为此，我们要做"凤凰山"的开垦者，要创造出新的"凤凰山"，使之成为我们新的"家"、新的"学校"、新的"乐园"、新的"世界"。

歌词第二段，作者反复鞭策学生们，要再三地虚心，要再三地学习，要

育才学校学生的歌舞活动

再三地贡献，以期能从"一无所知，一无所能"到"人所不知，人所不能"，去实现那个"文化为公，天下为公"的新的"世界"。

歌词第三段，作者用诗一般的语言，鼓励学生们要以"眼""喙""翼"的力量，要以"修炼""磨出""展飞"的力量，要以"智慧""金刚""大无畏"的力量，去涵养一颗"向真之赤心"，去静观"大千世界"，去啄开"未知之门"，去飞入"神秘之宇宙"，去找出"真理之夜明珠"，不断照耀人类从"狂风暴雨的黑夜里"走到天明，走向东升的太阳，从而得到光、得到热、得到力，创造一个幸福的新中国、新世界。

歌词的最后一段，作者落脚到对真善美的颂扬上，落脚到以真善美的人格去拥抱真善美的祖国、真善美的世界、真善美的人生、真善美的创造上。这便是陶行知教育思想所引领的未来和方向，这便是育才学校师生们凝聚起的精神和力量。

五、漫读拾遗

为了更好地了解育才学校的校歌，我们不妨拓展学习一些有关赞美凤凰的诗词佳句——

"凤兮凤兮归故乡，遨游四海求其凰。"（司马相如《凤求凰》）

"凤凰台上凤凰游，凤去台空江自流。"（李白《登金陵凤凰台》）

"昆山玉碎凤凰叫，芙蓉泣露香兰笑。"（李贺《李凭箜篌引》）

"凤凰于飞，翙（huì）翙（鸟飞时翅膀挥动状态）其羽，亦傅于天。"（先秦《诗经·大雅》）

"身无彩凤双飞翼，心有灵犀一点通。"（李商隐《无题·昨夜星辰昨夜风》）

第七十三期

梁漱溟《怀念我敬佩的陶行知先生》

　　本期解读的合川历史文化地标是凤凰山 / 古圣寺，主要视点为逸少斋，读取的诗文是梁漱溟的《怀念我敬佩的陶行知先生》。

一、历史信息

　　在凤凰山上，除了古圣寺，还有两处育才学校遗存是我们不得不提及的：一是逸少斋，二是周子池。

　　今天先说逸少斋。育才学校开办后，师生们都有了较好的安顿，唯独陶行知先生还缺一个办公和住宿的地方，学校还缺一个图书资料室。于是，大家便在距寺门二百步外的地方盖起了三间简陋的土墙草房。陶行知入住后，为之取名"逸少斋"。

　　逸少，原指我国著名书法家王羲之（字逸少），后泛称美少年。王羲之被誉为"书圣"，是文人骚客们极为推崇的风流人物。陶行知以"逸少"命名自己办公及下榻之处，既指育才学校诸生，又指自己的教育救国理想，意在"览当今之逸少，想后来之英童"（梁

逸少斋

武帝《净业赋》)。

在这里，陶行知曾接待过周恩来、邓颖超、冯玉祥等众多名人。1940年9月24日，周恩来与邓颖超一道来到育才学校，在逸少斋接见了育才学校老师及各组学生代表，为他们分析抗战形势，鼓励他们好好学习，不断增强斗争本领。结束时，应师生们的请求，还特地为他们题词作留念。周恩来的题词是"一代胜似一代"，邓颖超的题词是"未来是属于孩子们的"。

可以说，逸少斋是一盏高擎的明灯，它照亮的不仅仅是育才学校的生活教育之路，也是中国教育的真理探索之路。

二、作者简介

梁漱溟（1893—1988），蒙古族，原名焕鼎，字寿铭，曾用笔名寿名、瘦民、漱溟，以漱溟行于世。原籍广西桂林，生于北京。中国著名思想家、哲学家、教育家、社会活动家、爱国民主人士，现代新儒家的早期代表人物，有"中国最后一位大儒家"之称。主要著作有《印度哲学概论》《东西文化及其哲学》《漱溟卅文集》《中国文化要义》《人心与人生》等。

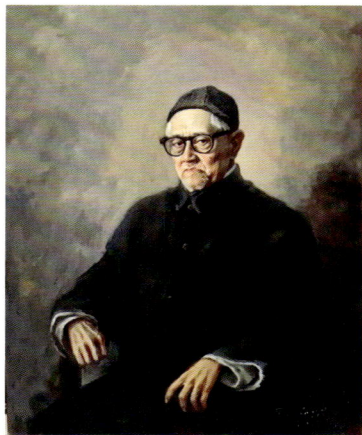

梁漱溟画像

梁漱溟与陶行知都曾致力于中国平民教育和乡村建设运动，他们既是同道，更是挚友。抗战全面爆发后，陶行知到了重庆的合川，梁漱溟则到了重庆的璧山，继续致力于平民教育。

三、诗文推送

怀念我敬佩的陶行知先生

顷者（前不久）戴自俺、刘大作两位同志为陶行知先生诞生90周年将出版纪念册事访问于我，要我写一些追怀回忆的文章。我少于陶先生一

周恩来、邓颖超在育才学校（版画）

美国援华联合会赠送大批儿童读物给育才学校，陶行知与美国友人一起把图书分发给孩子们

岁，今既八十有九，脑力衰颓，笔墨迟钝，然而我又何敢辞谢不敏呢？

想到我亲切结识的盖世人物而衷心折服者不外三个人。而陶先生实居其一，其他二人便是毛泽东主席和周恩来总理。莫笑我把服务社会的教育家和秉国钧的政治家毛周二公相提并论为可怪，须知三位先生大有相同之处：这就是他们的襟怀气概都卓然地向着世界全人类，廓然没有局限，从而三位先生在我心目中实同一钦重的。

毛主席领导群众创建起新中国。周总理信乎为遗爱在民的好总理，却天生是毛主席身旁第二把手。陶先生终身奔波乡野之间，在教育界独辟蹊径，风动全国，论其业绩，固自不同。

当1946年陶先生在上海逝世时，我曾发表一篇悼念文章，有云："陶先生是一往直前地奔赴真理的一个人，好恶真切分明。有时不形于色，却力行不怠，沉毅踏实。许多人受他感动，就跟随他走……我简直要五体投地向他膜拜！"

陶先生不可及处：他本是游学外洋，回国后做大学教授的人，竟然脱去西装革履，穿起布衣草鞋，投身乡村要和农民打成一片，创办起晓庄乡村师范学校，志在以乡村小学为中心，推进广大社会的改造。

对于昔年晓庄校内外教学做合一的一切措施，我在1928年初次访问时参观考察，一日之不足，次日再往，曾写有一篇较详的记述刊入我的教育论文集，今不复述。1931年我即在山东邹平县创行乡村建设运动，这次请于陶先生后，从晓庄借调杨效春、张宗麟等诸君来邹平帮助我工作。其后张治中将军到邹平参观，又聘请杨效春先生为他的家乡建起黄麓乡村师范学校。

1937年抗日军兴，国民政府初有国民参政会之设置，陶先生与我同膺为参选政员。然在第二届则政府视为"左"倾者多不入选，陶先生居其一。1939年我从华北华东巡历各游击区域之后回川，联合两大党以外人士共同发起统一建国同志会之组织，陶先生亦参加。但陶先生仍忙于其教育事业，在合川县澄江镇草街子古圣寺办起育才学校，收容战乱中流离失所的少年儿童百余人。1940年春我亦送次子培恕入学。

其时培恕年12岁，却于学校对陶先生为人而有深刻印象。据他举例诉说有如下几点：（一）全校师生员工百数十人和乐相处。（二）学校经济有困难，大家却清苦而愉快地生活着。（三）陶先生似乎很忙，难得来校，他一来时便面有喜色。他像是一位长者，却又是平等亲切一员。（四）学校与当地群众恍若相联相通，正亦改造着它所附近的社会环境。

行文至此，可以结束。陶先生为人可爱可敬……

四、鉴赏提要

在梁漱溟心中，陶行知是他有过"亲切结识"并"衷心折服"的三大"盖世人物"之一，其"襟怀气概都卓然向着世界全人类，廓然没有局限"。

陶行知让人不可及之处，在于他"本是游学外洋，回国后做大学教授的人"，"竟然脱去西装革履，穿起布衣草鞋，投身乡村要和农民打成一片"，这样的志向和情怀怎不让人"五体投地向他膜拜"呢？

然而，文章的精彩之处却不在这里，在文章的结尾，在结尾的少年印象——一个12岁的小小少年对陶行知的印象。对于这个印象，作者在概括时，完全不假修饰，却又让人感到陶行知的可敬可爱。其朴素甚至有些笨拙的行文堪称老辣。

五、漫读拾遗

说到陶行知，说到育才学校，有个地方我们不得不提，那就是重庆管家巷28号——育才学校重庆办事处。

管家巷28号，又被育才学校师生们亲切地称为"管二八""管二爸"。它是一座长方形的四合院，抗战初，曾是四川盐业公司的仓库，后遭日机轰炸，仓库就此废弃不用。1942年1月，陶行知的育才学校驻重庆办事处在此设立。不久后，由陶行知创办的生活教育社和由他任主编的《战时教育》杂志社等也迁入。它也是陶行知夫妇在重庆城区工作生活的居所。

1946年1月，由陶行知创办的重庆社会大学在此举行开学典礼，参加开学典礼的有周恩来、冯玉祥、张澜、史良等一众名人。以陶行知倡导的大学之道在"明民德"、在"新民"、在"止于至善"为宗旨的重庆社会大学，采取灵活的办学方式，很快成了国统区内革命的新型学校和民主运动的营垒。

育才学校重庆办事处是育才学校的一个重要组成部分，是我们研究育才学校历史、研究陶行知教育思想的宝贵资源。

第七十四期

陶行知《荷叶舞歌》

本期解读的合川历史文化地标是凤凰山／古圣寺，主要视点为周子池，读取的诗文是陶行知的《荷叶舞歌》。

一、历史信息

周子池是育才学校又一重要遗存，它紧邻古圣寺山门右侧，每逢夏日，凉风和煦，荷花盛开，荷叶浮舞，让人感到清新惬意。

育才学校初创时，这里是一个臭水坑，蚊蝇乱飞，臭气熏人，是陶行知带领师生们挖走了臭泥、灌上了清水、栽上了荷花，才有这臭水坑变荷花池的奇迹和美景。

陶行知命名荷花池为"周子池"，意在纪念宋代周敦颐。周敦颐曾写过一篇《爱莲说》，赞荷花出淤泥而不染的高尚品格。于育才学校所在的合川而言，

育才学校"周子池"（廖国伟摄）

周敦颐还曾担任合州通判四年，其间，积极兴学办学讲学，是合川教育史上的开宗人物。

周子池承载的不仅仅是对周敦颐个人的纪念，更多的是寄托着陶行知对学生们的希望和对中国教育的理想。

二、作者简介

陶行知，详见第七十二期"作者简介"。

三、诗文推送

荷叶舞歌

（一）

天上团团月，地上团团叶。生就玉精神，好似仙姊妹。看不清，是明月美，还是荷叶美？是明月美，还是荷叶美？

（二）

活泼小弟弟，美丽小妹妹，我和人跳舞，这是第一回。看不清，是明月美，还是少年美？是明月美，还是少年美？

育才学校学生在荷池边读书

今日育才小学学生写生

（三）

前日清风来，为莲花做媒，我们竟狂舞，好险蹩了腿。刚相见，人似清风，心儿清似雪。人似清风，心儿清似雪。

（四）

半天落好雨，田里长黄金。喜煞众姐妹，唱歌又弹琴。一声声，化作珍珠，滚向叶中心。化作珍珠，滚向叶中心。

（五）

若问我来历，敦颐最先言。但开君子花，流芳千万年。仍旧是，出身污泥，污泥不能染。出身污泥，污泥不能染。

（六）

若问我前程，义山笔传神。笑语止凶暴，潇湘贤主人。同记取，留得残荷，可以听雨声。留得残荷，可以听雨声。

（七）

舞罢力不支，葬我周子池。甘心情愿事，魂魄入污泥。待来年，翠盖复展，玉立报相知。翠盖复展，玉立报相知。

（八）

凤凰引创造，河山招胜利，胜利同回家，欢乐宁有极？莫负情，暗自东去，留我独在西。暗自东去，留我独在西。

（九）

跳舞为跳舞，时代已不许。一切为创造，创造为除苦。假设同意，明年今夜，再邀荷叶舞。明年今夜，再邀荷叶舞。

四、鉴赏提要

1941年，国民党反动派发动震惊中外的"皖南事变"，一时间，反动势力甚嚣尘上，正是在这时，陶行知先生以周子池的荷花为意象，写了这首《荷叶舞歌》，以"但开君子花，流芳千万年"和"出身污泥，污泥不能染"的歌词来教育学生和鼓励人们在污浊的社会里做人中的荷花，保持冰清玉洁的情操。他把歌词交给音乐组，让每个学生为它谱一首曲子，然后由教师集中精彩的乐句，整理成舞曲演出。由于有很强的针对性和思想性，深受好评，后来这首赞周子池的《荷叶舞歌》成了育才学校的保留节目。

五、漫读拾遗

陶行知作为现代著名教育家，其诗歌作品充满了对生活、自然和教育的思考与感悟。他的诗歌作品对儿童的教育和成长有着很大的启示和帮助。这里不妨再选录几首供大家读读。

自勉并勉同志

人生天地间，各自有禀赋。为一大事来，做一大事去。
多少白发翁，蹉跎悔歧路。寄语少年人，莫将少年误。

每事问

发明千千万，起点是一问。禽兽不如人，过在不会问。
智者问得巧，愚者问得笨。人力胜天工，只在每事问。

一文钱

公家一文钱，百姓一身汗。将汗来比钱，化钱容易流汗难。

艾青《夏日书简》

本期解读的合川历史文化地标是凤凰山／古圣寺，主要视点为明家院子、普希金林，读取的诗文是艾青的《夏日书简》。

一、历史信息

陶行知在古圣寺创办的育才学校，是个名家荟萃的地方。比如，文学组组长是艾青，音乐组组长是贺绿汀，戏剧组组长是章泯，舞蹈组组长是戴爱莲，绘画组组长是陈烟桥。

来校兼过课或举办过讲座的有翦伯赞、田汉、丰子恺、何其芳、吴玉章、任光、周谷城、秦邦宪、萨空了、徐迟、姚雪垠等。

育才学校文学组教室　　　　　　　　育才学校音乐组教室

来校作过演讲的有郭沫若、茅盾、夏衍、曹靖华、刘白羽、周而复、周扬、邵荃麟、艾芜、戈宝权、沙汀等。

可谓是名人办校、名师任教、阵容豪华、班底厚实。育才学校在他们的不懈努力与支持下，始终充满了民主与进步的活力，充满了爱国、救国的斗争精神。

学校明面上是陶行知创办的一所私立学校，实则是由教师和学生中的共产党员组成的中共育才学校支部领导。学校既不按照国民政府的要求设训育课，也不使用国民政府的教科书，因此被视为抗战时期国统区的一个特殊存在，是个"小解放区"或者说是个"小延安"。

育才学校在合川办学七年，为国家培养了500多名各类人才。他们中，有的在抗日战争时期便奔赴了前线，有的在解放战争时期便牺牲于战场或国民党监狱。他们值得我们永远地记住和怀念。新中国成立后，育才学校学生遍布全国各地，他们或成为党政机关、文化教育机构领导干部，或成为文学、艺术、自然科学的专家学者，为建设新中国奉献了自己全部的聪明才智。其中，比较著名的人物便有杰出的无产阶级革命家、政治家李鹏，著名音乐家陈贻鑫、杜鸣心、杨秉荪，著名艺术家伍必端，著名舞蹈家彭松、叶宁，著名陶行知思想研究大家胡晓风等。

二、作者简介

艾青（1910—1996），原名蒋海澄，浙江金华人。现代著名诗人、作家。他"一生追求光明"，被认为是中国现代诗的代表诗人之一，在世界上亦享有盛誉。主要作品有《大堰河——我的保姆》《向太阳》《艾青诗选》等。

艾青画像

1940年6月，艾青从湖南来到重庆，很快便被陶行知聘为育才学校教师，任文学组主任。在育才学校，他的住房被安置在凤凰山下的明家院子。明家院子前面是一块狭长的低洼地，为郁郁葱葱的苍松翠柏所覆盖。艾青常带学生们来这里朗诵诗文、交流思想。学生们为纪念俄国伟大诗人普希金，将这片树林命名为"普希金林"。我们知道，普希

陶行知（坐者左二）与受聘担任育才学校自然组顾问的中国科学社生物研究所所长秉农山（坐者右一）等人员合影

金是俄罗斯现代文学与语言的创始人，19世纪俄罗斯浪漫主义文学主要代表，被后世誉为"俄罗斯文学之父""俄罗斯诗歌的太阳"等，高尔基称他为"一切开端的开端"。

"普希金林"的命名可以看作是育才学校的一个开端，一个诗的学校的开端。陶行知曾说："要把育才办成一个诗的学校，要以诗的真善美来办教育。"由此，在诗人艾青的直接影响下，育才学校读诗、写诗蔚然成风，成了一个充满诗意的学校。

三、诗文推送

夏日书简

我们来到这里已一个星期了。我们住的是一个已经古旧了的大院子，这院子的原来的主人，我想，该是一个起码要有一百个佃户才供养得起的大地主；但这家庭早已衰落了，老主人已在去年死去，他的儿子死得更早，留下他的孙子——一个三十几岁的游手好闲的鸦片烟鬼，和三个孙女，和老的小的一起六七个人。

这院子在一个小山的脚边，它的四周差不多有一里宽，在这么大的地面上，砌了一层五尺高的基石，这基石，如我刚才所说，就至少该有一百个佃户被沉重地压在下面。

育才学校把这院子的大部分租下来，每年二百八十块钱，用以作为一部分教员的宿舍，于是这院子，这原是在衰落中荒废了的大院子，住满了一些文学的，戏剧的，音乐的，以及绘画的青年。

院子的前面，是顺着山的斜度向下凹进的一条窄长的低地，这低地被一片非常茂密的杂木林所遮覆，里面有一条因久旱而干涸了的小溪，现在只剩下几片不连续的积水，流水的声音早已哑默了。

这里育才学校的文学组的小朋友把它命名为"普希金林"，用来纪念诗人逝世的一百零三年。而林子里，还有一条由稚小的手所开辟的道路，这道路，也由小朋友给了一个魅人的名字——"奥涅金路"。

假如走路的人从这山地经过，走近这小林，当会看见一块画了一个有着丰密的美髯和环住了厚厚的鬈曲的长发的清秀的脸的木牌，在那木牌上，画像的旁边，就用方头字写了"普希金林"。而"奥涅金路"的牌子，则是隐没在那柏树和女贞和桦子树之间。

沿着钢琴的声音所传来的方向，朝着另一个小山的松林间寻觅，一个壮丽的寺院就隐现在里面，这就是育才学校。

那寺院离我住的院子不到一里路，但这一段短短的路程，所走的却完全是上坡或下坡。

我所担任的功课是文学讲话，同时他们要我负责文学组，现在还没有开始。

我是欢喜这山地的。站在稍稍高一点的山坡向远方看：何等的旷野的壮观！无数的山互相牵连着又各自耸立着，褐色的，紫色的，暗黛色的，浅蓝色的山！温和的，险峻的，宽大的山！起伏不平的多变化的山！映在阳光里的数不清的山！

岩石，茂林，夹谷，峰峦，山与山之间的窄小的平野，沿着山向上延展的梯田，村舍，零散在各处的村舍……构成了这旷野的粗壮而富丽的画幅。

我就生活在这环境里。每天我起来很早。我起来时月亮还在我的房子里留下最后的光辉。因为白天太热，我常趁这时候写一点东西。但我写的并不多，一到天大亮了就被一些谁都不容易逃避的日常琐事所打断。

上午看一点书。躲在床上看，这是最近才有的坏习惯。到午后一时左右照例是听见了敌机马达的震响声，等这声音将临近我们的上空了，我们就出去……于是一架、两架、三架，而一连几天了都是二十七架。于是眼见它们向北碚与重庆方面消失……不久，就紧缩着心听着远方的轰炸声……

但我却在一种始终如一的信念里，一种只能出于最高的理智和最强的情感的信念里，非常宁静地过着日子，我非常安宁地信任自己的工作，像一个天文学者信任他由于数字证明某颗行星在某个时间内一定要陨落的工作一样。

于是，我在这种信念里，显得有些庸俗地自满了。

当我戴着麦秆编的宽边的草帽，穿着草绿色的布质的褪色的军裤，和缝补了好多次的白衬衫，脚上是麻制的草鞋，手上拿了一根爬山用的木杖，我常常发现自己有些可笑——这些不像那由于狂热而割伤了耳朵，又用狂热画了包扎了绷纱布的脸的自画像的，忘戴着草帽的凡·高（Van Gogh）么？那老是用极强烈的黄色去歌赞太阳的庄稼汉？而当我走过了一片玉蜀黍的林子，又走进了一片玉蜀黍的林子，闻着被太强烈的阳光所蒸晒的干土的气息，我岂不像那可怜的彭斯（Burns）或是那些欢喜向家畜致礼的可怜的田园诗人么？

我将在这里住下去。一天，人们把我最初介绍给小朋友们，我曾说："我将要向你们学习，我要向比我年轻的一代学习，因为中国假如不向年轻的一代学习是没有希望的。"这些孩子最大的不过十六七岁，但他们经历了多少的患难了啊！他们从沦陷了的家乡跑出来，尝尽了饥饿与流亡之苦……于是他们都变得很坚强，知识与能力都超过了他们的年龄所能具有的程度。

在我没有到这里来之前，我已经看过他们里面的一个孩子的诗作，那诗作，比我们每日所看到的报章杂志上的作品还要显得新鲜一点；同时，我还听说，他们里面有立志要做鲁迅和高尔基的。而我的那可怜的小诗集《北方》，他们竟每人都手抄了一本。

而更可贵的是他们对于真理的拥护的热情。他们最富有热烈的探讨的兴趣。他们常常一群一群地散坐在树木或是岩石上，在谈论着他们所接触到的新的问题。我常常担忧：我的气质和我的习惯会不会妨害他们对于我的接近？但我必须努力使自己和他们生活得和洽，至少使我成为他们的可以坦白相处的朋友。

每天黄昏时，我们散步。普希金林我们将会多去走走，因为它离我们住的院子太近了——不，它是横列在我们住的院子前面的低地上。改天，我还想找几个小朋友帮忙搬几块石块做凳子，这样，我们岂不是可以在林子里朗诵诗人的"奥涅金"和其他的诗作么？……但是，我们不久恐要举行夏令营了，或许我们会在一个小镇的街上出壁报，贴街头诗……即使要朗诵，恐怕也将在茶馆里举行呢……

啊，我所说的太芜乱了。

四、鉴赏提要

夏日书简，即夏天写的书信。作者以写信的方式，记录了在重庆合川古圣寺的一段生活经历，赞美了合川东部华蓥山区的自然美景，颂扬了育才学校师生们的学习热情，表达了自己对未来美好生活的想象与期待。

相对于日军轰炸的恐吓，相对于生活经历的苦难，在作者笔下，孩子们的表现更多的是乐观向上，是成熟坚强，是对真理的热烈拥护。受其感染，作者决意与孩子们一道，努力学习，勇于创造，感悟希望——

"改天，我还想找几个小朋友帮忙搬几块石块做凳子，这样，我们岂不是可以在林子里朗诵诗人的'奥涅金'和其他的诗作么？……但是，我们不久恐要举行夏令营了，或许我们会在一个小镇的街上出壁报，贴街头诗……即使要朗诵，恐怕也将在茶馆里举行呢……"

今天，我们已经很难理解在

古圣寺建筑一角

日军狂轰滥炸的战争背景下，作者跟孩子们在一起生活，居然还是那么的快乐，对未来美好生活还是那么的有信念。感谢这份夏日书简，给我们留下了一段如此珍贵的情感记录。

五、漫读拾遗

艾青是个诗人，我们自然应该选读一首他写的诗，而且是他在重庆写的诗。艾青初到重庆，便亲身经历了日军对重庆的狂轰滥炸。面对日军的暴行，诗人义愤填膺，以笔作枪，以一个战士的姿态写了一首诗，名字叫《抬》。

请你们让开
请你们走在人行道上
让我们把他们抬起来
请你们不要拥挤
请你们站在街旁
让我们把他们抬起来
请你们不要叫嚷
请你们用静默表示悲哀
让我们抬起他们来

这是一个妇人
她的脑盖已被弹片打开
让她闭着眼好好地睡
让她过一阵能慢慢地醒来
让我们抬起她送回她的家
让她的家属用哭泣与仇恨安排

这是一个服务队的队员
灰色的制服上还挂得有他的臂章
你们认识他么——他的脸已蒙上了土灰
无情的弹片打断了他勤劳的臂

请你们让开，请向他表示悲哀
他已为了减少你们的牺牲而被残害

请你们不要挤，这里还有更多的
他们都是伤兵住在伤兵医院里
他们在前方受了伤躺在床上
等着伤好了再上战场
现在无耻的敌人已把医院炸倒
现在他们已受到了更大的创伤

请大家让开
让我们抬起他们来
请大家站在旁边
让我们抬着昇床走来
请大家记住
这些都是血债……

诗的意思应该很好懂，这里就不作解读了。

第七十六期

端木蕻良、贺绿汀歌曲《嘉陵江上》

本期解读的合川历史文化地标是凤凰山／古圣寺，主要视点为草街子、嘉陵江，读取的诗文是端木蕻（hòng）良和贺绿汀的歌曲《嘉陵江上》。

一、历史信息

说了凤凰山、古圣寺、逸少斋、周子池、普希金林，以及育才学校的名人大咖和优秀学子们，不妨让我们再回头来说说草街子，说说嘉陵江。

草街子是古圣寺的地理坐标，是育才学校在合川的空间定位。作为嘉

冯玉祥教授育才学校学生游泳的嘉陵江"龙杠"（周云摄）

陵江边的一个码头小镇，它背靠华蓥山脉西山坪——老岩头山区，处嘉陵江沥鼻峡和温塘峡之间，始建于清乾隆年间，原名安吉场。清光绪年间，由于嘉陵江的一次大洪水，原有场镇被冲毁，乡民们只得以茅草盖屋，结草房成街，故被叫作"草街"，也就是草房街的意思。"草街"在当地人的口语表达中通常会加个"子"字，于是便有了"草街子"的称谓。因为是嘉陵江上的一个邮路节点，草街子便成了古圣寺育才学校的地名指代，为育才学校的通联地址。

草街子所处的嘉陵江，古称"渝水"，是重庆简称"渝"的由来。嘉陵江一头连着中华民族的父亲山秦岭，一头连着中华民族的母亲河长江。它是合川的母亲河、北碚的母亲河、重庆的母亲河，也是育才师生流亡寓居时的母亲河。身在嘉陵江畔，凝望嘉陵江水，漂泊徘徊的人们无时不起思乡之情。一曲《嘉陵江上》，唱出了国家的苦难、民族的悲伤，更唱出了亿万同胞奋起抗争的决心和意志。

二、作者简介

年轻时的端木蕻良

端木蕻良（1912—1996），原名曹京平，满族，辽宁省昌图县人。现代作家，新中国成立后曾任北京市作家协会副主席。主要代表作有《科尔沁旗草原》《大地的海》《土地的誓言》《曹雪芹》等。

1937年11月20日，国民政府内迁，重庆成为战时首都。1938年8月，端木蕻良随流亡人群辗转来到重庆，在内迁至重庆北碚夏坝的复旦大学任教并编辑《文摘》副刊。

抗战时期的夏坝，为大后方著名的"三坝"文化区之一，与成都的华西坝、重庆的沙坪坝齐名。这里地处嘉陵江北岸，与北碚隔江相望，聚集了300多名教授、副教授、讲师，他们中有众多著名的诗人、作家、艺术家。也正是在这里，端木蕻良触景生情，想到自己远在东北的家乡为日军所占领，想到祖国大好河山不断遭到沦陷，心有切肤断肠之痛。于是一首堪与《松花江上》媲美的诗歌便因他的情感抒发而催生在了嘉陵江上。这首后来被谱成歌曲的散文诗，名字就叫《嘉陵江上》。

贺绿汀（1903—1999），湖南邵东人，中国现代音乐家、教育家。新中国成立后，曾任中国音协副主席、上海音乐学院院长。主要音乐作品有《天涯歌女》《四季歌》《游击队歌》《嘉陵江上》《牧童短笛》《森吉德玛》《晚会》等，著有《贺绿汀音乐论文选集》。

1939年，应教育家陶行知的邀请，贺绿汀来到重庆合川草街子古圣寺，任育才学校音乐组组长。合川草街与北碚夏坝同处嘉陵江上，两地并不远，仅隔一座山脉。在学校任教的生活虽然艰苦，却也相对安定。这时的贺绿汀，除了培育人才外，也迎来了他的第二个创作高峰。其中最具代表性和影响力的便是他为之作曲的《嘉陵江上》。

年轻时的贺绿汀

三、诗文推送

嘉陵江上

那一天，
敌人打到了我的村庄，
我便失去了我的田舍、家人和牛羊。
如今我徘徊在嘉陵江上，
我仿佛闻到故乡泥土的芳香，
一样的流水，
一样的月亮，
我已失去了一切欢笑和梦想。
江水每夜呜咽地流过，
都仿佛流在我的心上！
我必须回到我的家乡，
为了那没有收割的菜花和那饿瘦了的羔羊。
我必须回去，从敌人的枪弹底下回去！

我必须回去，从敌人的刺刀丛里回去！

把我打胜仗的刀枪，放在我生长的地方！

四、鉴赏提要

作为诗文的《嘉陵江上》，端木蕻良寄托的是对自己故乡的思念，表达的是要"打回老家去"的决心。其沉重的思念与坚定的决心洋溢在字里行间，既催人泪下，又催人奋进，蕴藏着不可阻挡的精神力量。

作为歌曲的《嘉陵江上》，贺绿汀吟唱的是对同胞亲人的感同身受，怒吼的是对日本侵略者的切齿痛恨。其悲愤的心情与悲壮的气质行进在音符曲调中，最终把人的精神从痛苦徘徊转到坚定果敢，从悲伤无奈转到英雄气概。一句"我必须回到我的家乡"，朗诵式地从低音区唱出，接着一句大声疾呼式地高唱"我必须回去，从敌人的刺刀丛里回去"，更是将人的坚定意志和誓死信念推到了极致。

五、漫读拾遗

提起歌曲《嘉陵江上》，就不得不提同样是抗日歌曲的《松花江上》。两者在历史情感上是一致的，但各自的基调又有所不同。

《松花江上》的歌词简洁朴实，按其内容和情感发展脉络可分为怀故、漂流、呼唤三个层次。全曲通篇都体现着流亡者的痛苦、悲伤情绪，令人肝肠寸断。

与之相比，《嘉陵江上》的基调无疑是更加悲愤和昂扬的。如果说《松花江上》表达的更多的是国破家亡的苦痛，那么《嘉陵江上》表达的更多的则是不屈抗争的信念意志。这也是它诞生之后立刻受到民众欢迎并广为流传、充满艺术生命力的一个重要原因。在抗日战争中两首歌曲都很好地发挥了"号角"和"武器"的作用。时至今日，我们仍能从这两首歌曲中感受到砥砺前行的力量，它是我们党百年艰苦奋斗历程带给我们的力量。

第十编

涞滩古镇诗文选读

涞滩古镇，作为合川十大历史文化地标之一，因有晚唐以来的石刻、宋代以来的古镇、明清以来的建筑而被命名为国家级历史文化名镇。它由下涞滩码头集市、二佛寺及附属遗迹、古瓷城及城寨老街共同组成，承载着深厚的农耕文明底蕴，象征着三江生民的生生不息，寓意着传统、安定、祥和、秩序，是一个充满着物质烟火气和精神香火气的历史文象。

对于大家十分熟悉的涞滩镇，不知为何，历代文人雅士的笔触并不多，名篇佳作更是乏善可陈。不过，流行于百姓口中的各种传说倒是不少。或许，这正是我们打开涞滩这一历史文象的最好途径。关于涞滩的诗文和传说，我们可以读一读冯镇峦的《端午前一日约同人泛艇渠江龙桂溪至涞滩即事》《伏日同人游鹫峰禅院纳凉》和释昌言的《渠江舟中口占》等诗作，以及《重建鹫峰禅寺记》《古御榕传说》等记述文章。

第七十七期

释昌言《渠江落照》等

本期解读的合川历史文化地标是涞滩古镇，主要视点为涞滩、渠江，读取的诗文是释昌言的《渠江落照》和《渠江舟中口占》。

一、历史信息

涞滩古镇地处合川东北部的渠江西岸，距合川城区32公里，因所在地的渠江江心有险滩，滩中水洼密布、水流湍急，常常让人有一种不知是江在流动还是滩在流动之感，故名涞滩。

涞滩古镇首先是一个江畔人家的场镇。因此，欲说涞滩，必先说渠江。

涞滩之于合川区位示意图（莫宣艳制图）

渠江发源于陕、川、渝、鄂四省市交界的大巴山区，全长720公里，在合川汇入嘉陵江。渠江古称宕渠，有着悠久的历史和文化。流域内的宣汉罗家坝文化遗址，其时代从新石器时代、商周时期、春秋战国时期一直延续到汉代，距今约4500年，是巴人发祥地遗址，其价值不亚于德阳三星堆遗址。流域内的渠县城坝文化遗址，为古代賨国都城，是賨人文化遗址。賨人，又称板楯蛮，建有自己的国家——賨国。賨人勇猛彪悍、崇尚武力，被后世学者称为"东方斯巴达人"。賨人在历史上多次帮助王朝作战，充当先锋，战绩显赫。南北朝时期，因战场纷争，大量贵州僚人迁入渠江流域，并设东宕渠僚郡。因此，我们不得不说渠江流经涞滩，给涞滩甚至是给整个合川的历史文化都带来了一份独特而又神秘的气质。这种影响和气质，是合川历史文化中不可或缺的重要组成部分。

二、作者简介

释昌言，详见第六十九期"作者简介"。

三、诗文推送

渠江落照
山爱斜阳晚，天连远岸低。
日霞红万丈，倒射大江西。

释义：西边的斜阳因山的爱怜而越发光芒，远处的低岸因水的映射而越发悠旷。瞧那万丈红霞倒射在大江之上，是多么的震撼与辉煌啊！

渠江舟中口占
细叠云笺一卷收，联吟风雨太绸缪。
此行不负春江水，赢得新诗厌小舟。

释义：诗中，"绸缪"即缠绵的意思；"厌小舟"即塞满或装满小船的意思。诗文大意如是——

天上云层如桌上诗笺，一卷一卷，细叠慢收；空中风雨如舞台联袂，交织缠绵，偕行吟唱。我迎着新风，淋着新雨，只为赋得满船诗篇，不负一江春水！

四、鉴赏提要

在《渠江落照》里，落日犹辉，落日犹煌。每当天色渐晚，劳累了一天的太阳总是尽其所有、尽其所能地散发着它最后的光芒，这样的场景美不胜收，令人陶醉不已。

比起朝霞来，落霞似乎更加深沉，更有温情，更有故事，更令人眷恋。由此，作者用自己独爱的斜阳落照渠江，渠江自然就是深沉的，有温情的，有故事的，令人眷恋的。

"日霞红万丈，倒射大江西"两句，可谓形象飞动、光辉灿烂，堪称大美。这也表达了作者此时此刻的大好心情，用心花怒放都不足以形容。

如果说《渠江落照》的曲调是高歌唱颂的话，那么《渠江舟中口占》的曲调则是浅唱低吟。

"细叠云笺一卷收，联吟风雨太绸缪"，说的是作者行舟于满目春色、细雨微风的渠江之上，思绪飘飞、诗意绵绵的场景。

"此行不负春江水，赢得新诗厌小舟"，说的是诗人此行一边游览，一边作诗，身心愉悦，收获满满的心情。

跟着诗人前行的步伐，我们能感受到那种人行画里、笔走云天的放飞状

渠江风光（刘勇摄）

俯瞰涞滩（熊良伟摄）

态，那种随风而吟、随雨而唱的自在状态，那种戏弄一江春水、满船诗篇的潇洒状态。这就由衷地赞美了渠江的美丽、神奇和力量。

五、漫读拾遗

从前，曾有人发问：三点水加一个来来去去的"来"，念什么？我说不出来，别人便告诉我念"来"。正当我庆幸自己又多认识了一个字时，别人又问：三点水加一个来来去去的"去"，念什么？我当时还真是蒙了半天，难不成念"去"？哈哈哈！由此我便知道了，什么叫思维定式。

正如涪江的"涪"、北碚的"碚"一样，涞滩的"涞"在词典里并没有什么特别的字义解释。它们都是我们先人观物取象而会意成字的结果。"涞"的物象前面已说过，是指湍急的流水，"碚"的物象是指由江边延伸至江中而凸起的大石，"涪"的物象则是指江中浮起的水泡。由这些物象分别演化成为一地之名称，是非常独特而又具有标志性的，涞滩是这样，涪陵是这样，北碚也是这样。

第七十八期

黄庶《和刘卿材十咏·草市》

本期解读的合川历史文化地标是涞滩古镇，主要视点为涞滩场、草市、集镇，读取的诗文是黄庶的《和刘卿材十咏·草市》。

一、历史信息

涞滩古镇初始于宋乾德三年（965），距今已有千年的历史，先后经历了一个靠江设里、行商坐贾、因市建场、而后有镇的渐进过程。草市，这种农村群众自发组织起来的市场是其最初的形态。涞滩东临渠江，因有水码头与陆路连接，便自然成了当地商品的集散地，形成了涞滩场。

下涞滩——最早的涞滩场（熊良伟摄）

涞滩场分为上场和下场两部分。上场即上涞滩，下场即下涞滩。上涞滩盘踞于高出渠江江面80多米的鹫灵峰上，东、南、北面为悬崖峭壁，西面连接平坝丘陵，承担着陆路货物交易功能。

下涞滩是最初的码头草市所在，是涞滩镇的起始，后来也一直承担着与码头运输相关的商业功能。

上下涞滩有驿道相连，以前纯粹是靠着搬运的脚力将两场的功能融为一体，因此这里曾是挑夫云集的地方。

既然是市集，场内自然就有商铺、客栈、仓库等，自然就有回龙庙、桓侯宫、文昌宫等民众开展商品贸易、议事集会和文化活动的公共场所，自然就有热闹喧嚣的市井生活。

二、作者简介

黄庶（1019—1058），字亚夫，晚号青社。北宋洪州分宁（今江西省修水县）人。仁宗庆历二年（1042）进士，与王安石同榜，先后在一府（长安府）三州（凤翔、许州、青州）任辅佐官员。1055年，任康州（今广东省德庆县）太守、朝散大夫。嘉祐三年（1058）死于任上，时年40岁。

黄庶为人刚正，为官清廉，忧公如家，品行端正，饱读诗书，擅长诗文，有《伐檀集》传世。

黄庶画像

关于黄庶，需特别提及的一点就是，他是北宋大文豪、大书法家黄庭坚的父亲。他曾以远古神话中高阳氏的八个才子，即"八恺"，为子女取名。黄庭坚兄弟六个，有四个兄弟的名字来自"八恺"：大哥黄大临，二弟黄叔达，三弟黄苍舒。黄庭坚名中的"庭坚"，是远古时期圣贤皋陶的字，皋陶是舜帝的良佐，为人正直而有智慧，被后世誉为"中国司法始祖"。

三、诗文推送

和刘卿材十咏·草市
冲市柴鱼集，应山鸡犬号。
问知人苦乐，米价不多高。

释义：冲市，即上市交易。应山，即山的回响。集，指集中、集会。号，指发出叫声。全诗大意如是——

人们将打来的柴、捕来的鱼等货物纷纷拿来交易。热闹的市集，鸡鸣狗吠，嘈杂之声引起山鸣谷应。又是一年好收成，又是一年米价稳定，自然也就乐了农人，乐了商人，乐了每一个赶集的人。

四、鉴赏提要

在诗里，作者生动描绘了乡间市场欣欣向荣的繁盛景象。以此为背景，表达了对百姓生活的特别关切。

所谓"冲市柴鱼集，应山鸡犬号"，可作"柴鱼集冲市，鸡犬号应山"解，指的是樵夫打的柴、渔夫网的鱼、农人养的鸡、猎人赶的犬纷纷前来赶集上市，整个市场人声鼎沸、鸡犬嘈杂，热闹非凡。

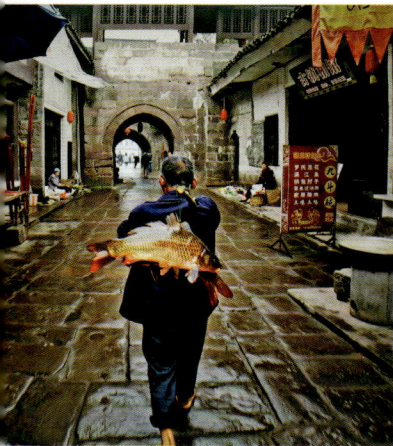

涞滩赶集人（韩云民摄）

涞滩瓮城"草市"（高露摄）

古镇夜色（刘勇摄）

　　所谓"问知人苦乐，米价不多高"，指的是人们期待一年劳作能够有个好的收成，社会的物价能够保持稳定。

　　从产品的生产到产品的交换，草市功不可没，它是农业社会不断发展、进步的显著标志。作为草市的涞滩场，当初就是这样一个市场。

五、漫读拾遗

　　农耕文明中的市集是一个热闹之地，充满着物质的烟火气，常为诗人所描绘。如：

　　"草市多樵客，渔家足水禽。"（李嘉祐《登楚州城望驿路，十馀里山村竹林相次交映》）

　　"卖花担上，买得一枝春欲放。泪染轻匀，犹带彤霞晓露痕。"（李清照《减字木兰花·卖花担上》）

　　"昨日入城市，归来泪满巾。遍身罗绮者，不是养蚕人。"（张俞《蚕妇》）

　　"黄叶雾开山市集，见人凫雁忆横塘。"（范椁《至富屯》）

　　"小市花间合，孤城柳外圆。"（唐庚《春归》）

第七十九期

冯镇峦《伏日同人游鹫峰禅院纳凉》

　　本期解读的合川历史文化地标是涞滩古镇，主要视点为鹫峰禅寺（二佛寺）、摩崖造像、禅宗道场，读取的诗文是冯镇峦的《伏日同人游鹫峰禅院纳凉》。

一、历史信息

　　二佛寺摩崖造像作为全国重点文物保护单位，是学术界公认的世所罕见的佛教禅宗造像聚点，是著名的佛教禅宗道场。禅宗文化在我国的世俗信仰和文化艺术中曾有着十分广泛的影响。涞滩古镇区别于其他古镇，其最大的特点就在于它的镇寺一体，是一个禅宗古镇，即镇在寺周，寺在镇中。

　　二佛寺，古名鹫峰禅寺，因其主佛雕像的尺度在当时蜀中居第二，故有其名。整个佛寺分为上下两殿，占地9150平方米。上殿坐落在鹫峰山顶，殿宇庞大，殿堂雄伟。下殿为两楼一底的重檐歇山式建筑，依托两块分离的巨

鹫峰禅寺"善财"石刻（唐瑞斌摄）　　　　鹫峰禅寺"龙女"石刻（唐瑞斌摄）

鹫峰禅寺全景（华长远摄）

石形成自然的山门，柱、枋、檩子则完全以自然山岩的走势和岩体的状况布局，参差错落于跌宕起伏的山岩上，整个建筑给人以檐拱翼翅、势若飞动的视觉冲击和美感。

寺内有各类摩崖造像1670余尊，石刻面积700余平方米，所刻群雕堪称一绝，与川渝石刻一道，共同代表了宋代石刻的精华，是中国佛教摩崖造像艺术的重要组成部分。

过去，二佛寺曾因唐僖宗遣重臣前来拜祭，祈祷政权的稳定、国家安宁，而驰名蜀中，闻达于华夏。今天，涞滩二佛寺摩崖造像因国家对石窟寺、石刻艺术的重点保护和传承而彰显价值，活在当下，不得不说这是涞滩人文景观之幸，是合州历史文化之幸。

这里，就让我们一道，随着冯镇峦的笔触和诗情，去感受一番鹫峰禅院的清凉之夏吧！

二、作者简介

冯镇峦，详见第五十七期"作者简介"。

三、诗文推送

伏日同人游鹫峰禅院纳凉（节选）

炎官张大网，何处踏层冰？白汗挥如雨，青山兴可乘。
凉寻方外趣，淡结素心朋。鹫岭诸天近，涞滩合境称。
女墙新设险，鹿苑旧同登。寺古抛尘劫，堂深却暑蒸。
蹑云梯曲曲，卷雾阁层层。伏日微飔动，松窗爽气凌。
披襟驱褦襶，适意濯清澄。户爱遥峰立，人争曲垣凭。
岩环五百佛，稗饭一千僧。轮藏沿今昔，钟鱼阅废兴。
广明唐甲子，檀舍宋山陵。两院当年辟，三车此地凭。
焚修分上下，梵呗听轩腾。捷足超猿狖，寻檐掠隼鹰。
直从霄际落，转自谷间升。满月容光现，莲花世界宏。
探奇情正切，演法句偏增。别厂元堪悟，危楼唤欲罍。
泉声铿滴沥，罄影耸崚嶒。夹石人穿洞，缘梁鼠瞰灯。
神龙潜隐约，祇树梦频仍。境寂幽怀畅，言忘众虑凝。
潮音清拂拂，屦响静冯冯。选胜疑空蜀，临江妙拟滕。
庄严狮子座，标帜象王缯。

释义：（1）那主管夏日的神仙，好似撒下了一张巨型的网，让人无法逃避那翻滚的热浪。我挥汗如雨，乘兴登上鹫岭山，意在与几位同人找寻一份世外的清凉。

（2）鹫岭山高耸入云，与鹫峰禅院和涞滩场一道共称涞滩。涞滩的悬崖上新修了一段女儿墙，连起了这一山一寺一场。

（3）放眼望去，鹫峰寺还是那座度人困厄、消解烦恼的古寺，不过它早已笼罩着一袭酷热暑气。

（4）伸向云端的石梯盘延弯曲，卷起云雾的楼阁层层叠叠。

（5）三伏天，只要有微风轻起，便会送来松林间的凉意。我敞开衣襟，摘下斗笠，顿觉清爽快意。

（6）上到鹫岭山顶，我终于明白了人们为什么喜欢把家的大门朝向笔架似的山群，进而喜欢站在视野开阔的矮墙前凭栏眺望。

（7）鹫峰禅院历史悠久、规模宏大、风景秀丽。那环岩的500尊石刻佛像，

鹫峰禅寺摩崖造像（李永光摄）　　　　鹫峰禅寺"释迦牟尼佛"石刻（周旋摄）

那满堂的千人饭食，那藏经的古老书架，那一直沿用的铁钟木鱼，无不诉说着寺院的辉煌过去。

（8）从唐代广明二年僖宗遣使祈祷的声名鹊起，到宋代锁定上下两院格局的全面兴盛，一幅幅寺僧焚香修行或拜佛作法的画面摄人心灵。

（9）就鹫峰禅院的营造而言，其建构，势若飞动，如猿猴，又如隼鹰；其体势，错落参差，如从云雾落下，又如从谷间升起；其造像，仪容丰满，如月满西楼般广深，又如莲花世界般宏阔。

（10）探奇的心情越是急迫，脑海中的佛经法句越能涌现。这雄伟而又充满灵性的庙堂啊，仿佛是在召唤我尽快进入，进入一个清凉幽静的世界。

（11）入得山门，但闻泉流滴沥有声，但见石佛发髻高束。人们从夹石的洞中拥挤穿行，鼠在横梁的高处窥视香灯。因山就势的空间中似有神龙隐隐作现，又似有想象中的灵山胜景呈现。

（12）如此寂静，只听得江中潮音轻拂、院内屐声模糊。如此幽怀，怎不叫人妄念自消，疑虑自除。

（13）寻遍蜀中名胜，独有鹫峰禅院堪为绝胜，其地有如佛祖所坐之讲席处，其形有如帝王所着之丝帛状。

四、鉴赏提要

在佛教禅宗里，"清凉世界"是用来描述一个远离尘世烦恼、超脱世俗享乐的境界。在这个境界里，人们不再受到喜怒哀乐等情绪的干扰，心灵达到了一种清净安宁的状态，就像夏日清晨山岚上的风一样，透着沁人心脾的清凉气息。这是一种内在的精神追求和心理状态。

作者在炎炎夏日，与同人一道游鹫峰禅院纳凉，纳的就是上述这样一个"清凉世界"。

开篇六句，作者便交代了此行的背景和目的。背景是"炎官张大网，何处踏层冰"的三伏天，一个动辄挥汗如雨的难耐季节，目的则是"凉寻方外趣，淡结素心朋"，借游览观瞻，与友人畅叙幽怀。

接着，作者便以游历为线索展开了对鹫峰禅院的描写。一句"鹫岭诸天近，涞滩合境称"，从总体上概括了鹫岭、涞滩、渠江的气势不凡与如诗如画。

"岩环五百佛，稗饭一千僧""轮藏沿今昔，钟鱼阅废兴"，说的是鹫峰禅院的规模宏大与历史悠久。

"直从霄际落，转自谷间升""满月容光现，莲花世界宏"，说的是鹫峰禅院上殿立于山顶、下殿沉于崖间的天造地设与仪容风姿。

"泉声铿滴沥，髻影耸崚嶒""夹石人穿洞，缘梁鼠瞰灯"，描绘了依崖而建的下殿内的景致，既闻泉声滴沥，更见佛像耸倚；既有人穿夹石的窥探，又有鼠瞰香灯的视角。若非亲身游过禅院的人，着实难以想象它的奇特迥异。

"选胜疑空蜀，临江妙拟滕"，作者不禁感叹：放眼巴蜀，还有什么地方比得过如此胜景呢？

诗中还有不少既写景物又写佛理和心景的佳句，就不再赘述，留由看官去自我品读。

五、漫读拾遗

关于涞滩二佛寺，有件事需要特别一说，那便是二佛寺社仓。

所谓社仓，是指古代为防荒年而在乡社设置的粮仓，为旧时中国各地储粮备荒的一种社会习俗。社仓又称义仓，其基本管理机制是：于丰年时平价收购或低息收存部分余粮，于荒年时平价出售或低息出借所存储粮。古有"建社仓以备荒年，创书院以兴文教"的说法。

根据二佛寺《社仓碑记》所述，乾隆五十九年（1794），二佛寺便设有社仓，后又于嘉庆二年（1797）、同治九年（1870）重修。

"我佛慈悲"这句颂语，是僧家在面对自身精神困厄和世间苦难时生发的一种信念。在普通民众眼里，佛门之地，讲的就是一个"慈悲"，讲的就是一颗善心。在二佛寺内设义仓以备荒年之需，或许就是人们基于对宗教的信仰，在面对世事无常时所做的一种理性选择。

第八十期

杜甫《宜居》

本期解读的合川历史文化地标是涞滩古镇，主要视点为城塞、堡垒、市镇，读取的诗文是杜甫的《宜居》。

一、历史信息

上涞滩临崖观江，环境清幽，风光秀丽，是不可多得的风水宝地——和平时期是极好的躬耕养心之地，战乱时期是绝好的安营扎寨之所。涞滩古场镇其独特之处也正在于此。它以建城的方式建寨，以建寨的方式建城，亦城亦乡，亦商亦农，是一个完美的山乡城堡、山乡城寨。

涞滩古城寨始建于清嘉庆四年（1799），完工于同治元年（1862），历经60余年的经营才得以建成。其建筑智慧有三：一是全部采用经过精细加工的青条

涞滩古镇（刘勇摄）

石砌成，既因地制宜、就地取材，又坚如磐石、固若金汤。二是在大寨门处建有瓮城，瓮城城门共八座，四座开行便于进出，四座封闭便于藏兵。三是以耕助防，平战结合，寨内有自耕自足的水田、旱地、水井，寨外有多条乡间小道修至城下，可快聚可快散，可暂时防守，可长久防守，堪称防御性堡垒的标杆。

二、作者简介

杜甫，详见第四期"作者简介"。

三、诗文推送

宜 居

城隅峭壁峻，端居逼临城。翠巘深临水，荒芜数百营。

市肆烟尘闹，山人林壑静。岂无车马客，相望自开扃。

释义：诗中的"城隅"，即城角；"端居"，即平常居处，这里指民房；"翠巘（yǎn）"，即青翠的山峰；"市肆"，这里指市镇；"车马客"，即贵宾；"扃（jiǒng）"，指门扇。诗

涞滩风光（刘勇摄）

涞滩古镇城门（刘勇摄）

文昌宫戏台（陈倩摄）

文大意如是——

从山脚向上仰望，但见城角立于峭壁之上，险峻异常。从城上向下俯瞰，但见民房附于城池之下，鳞次栉比。青翠的山峰紧临浩荡的江水，四下里一座座军事营垒已成荒郊野岭（指多年无战事）。市镇内，人来人往，熙熙攘攘；林壑间，山人隐逸，树木参天。莫道闲居之所没有贵客，遥见车马自有房门大开。

四、鉴赏提要

这首诗并非写涞滩的，却又实实在在地写出了涞滩的样貌。城郭沿峭壁修筑，农户于城外散居。鹫岭之上城寨高耸，渠江脚下远水奔流，"城""池"之间有翠巘深壑，市肆之内有烟尘繁华；乡野之中有林静人闲，驿道之上是人来人往，城楼之下是寨门的时闭时开。这里的确是一个让人有安全感而又宜居的地方。

五、漫读拾遗

"文昌宫里柳依依，谁折长条赠我归。"每每从涞滩回返，我们都会不自觉地想起唐代王圭的这两句诗，因为文昌宫之于涞滩，同样是一个不可或缺的存在。

文昌宫是涞滩城寨中最为重要的公共建筑，至今保存完好。

据宫内木碑记载，该宫始建于咸丰年间（1851—1861），清同治年间（1862—1874）扩建，是一座采用文庙规制与道教宫观相结合的四合院组群建筑，占地约2000平方米。整个宫庙坐北朝南，南边为一座一楼一底歇山式雕花戏楼，东西两边为厢房，中间为一长方形院坝。

这里曾经是涞滩镇的学宫。据说，过去每年农历二月初三，相邻区域的文人士子便要来到文昌宫举行"文昌会"，吟诗作文祭拜"文曲星"。在举办"文昌会"的同时，还有一些民俗表演和戏剧表演。近现代著名川剧表演艺术家吴晓雷（合川肖家人）、金震雷（合川涞滩人）等都曾在此出演过。

第八十一期

周云《经磬霁日》传说

本期解读的合川历史文化地标是涞滩古镇，主要视点为经磬、霁日，读取的诗文是周云的《经磬霁日》传说。

一、历史信息

涞滩既有珍贵的历史遗存，又有美丽的自然风光；既是水路交通的中转码头，又是陆路交通的分支节点。按说，为之吟诗作赋的文人骚客应是络绎不绝，可翻遍合川有关历史记述，却鲜有诗词作品，倒是流传于当地百姓口中的民间传说十分丰富。在《合川区非物质文化遗产——涞滩传说》一书中，收集了多达63个反映涞滩场的民间传说。本期我们就以周焕然口述、周云采写的《经磬霁日》来为全书结尾吧！

涞滩禅韵（廖国伟摄）

二、作者简介

周云,1967年生,重庆市合川区非物质文化遗产项目"涞滩民间故事传说"代表性传承人。他从小生活在重庆合川涞滩,在倾听老人和前辈们讲述的涞滩民间故事中成长,搜集整理了大量鲜为人知而又为涞滩增光添彩的民间故事传说。

三、诗文推送

经磐霁日放光芒

位于渠江西岸的涞滩二佛寺,披山戴河、充满禅意,有讲不完的禅宗故事。

在涞滩二佛寺下殿前方不远处的山坡上,有一尊房子大小且爬满藤蔓的巨石。该巨石四四方方,顶部比较平整,当地人称"晒经石"。关于"晒经石",还有一个与二佛寺开山建寺有关的传说故事。

相传晚唐时期,一位僧人从都城长安取了几卷经书,经剑门关入蜀,从广元沿嘉陵江顺流而下到达合州(今重庆市合川区),然后再经合州沿渠江逆流而上,准备上大巴山支脉华蓥山开山建寺。

当这位高僧乘坐的木船行至涞滩江段时,却因滩石密布,木船触滩沉没,身背经书的高僧落水,幸亏一只千年老龟相助才得以上岸。

高僧上岸后,不仅全身湿透,而且所背的几卷经书也被江水打湿,高僧十分心痛。原因在于,这几卷经书是大唐高僧唐玄奘从西天印度取回的真经。于是,高僧便将打湿的真经一页一页摊放在渠江西岸半山坡上的一尊巨石上晾晒。这不晒则已,一晒则焕发万道金光。

高僧一看,顿时眼前一亮。原来这里背靠青山,面朝江河,真乃是一块不可多得的禅宗宝地!

于是,高僧决定,就在此处开山建寺,供奉真经,讲经说法。

高僧的决定,得到了方圆几百里内的信众支持,大家称晒经巨石背靠的青山为"鹫峰山",工匠们依山修建庙宇,并在石壁上开凿释迦牟尼佛讲经说法坐像。因在当时,这尊坐像在四川境内仅次于乐山大佛,人们便

凉伞石（周云摄）

施剑翘题刻"一日出迹"（周云摄）

万古石（周云摄）

流坝溪鸭子石（周云摄）

称这尊释迦牟尼坐像为"二佛"，二佛寺便因此而得名。

二佛寺建好后，高僧便落户此处，潜心修行。由于地处河谷地带，空气潮润，经书容易发霉，高僧便经常把经书拿到二佛寺前面的巨石上晾晒，每晾晒一次，却总要焕发出耀眼的金光。于是，人们便称这尊巨石为"晒经石"。

由于晒经石曾多次晾晒经书，久而久之便沾满了"佛气"。一到晴天，太阳一出，该巨石不晒经书也时常会发出万道金光。于是，人们便称这种发光现象为"经磐霁日"。随着时间的推移，"经磐霁日"便成为涞滩古镇一道充满禅意的传奇风景，也是闻名遐迩的"涞滩八景"之一。

释义："经磐"，此指晾晒经书的大石。"霁日"，指雨后晴日。

四、鉴赏提要

民间传说故事通常源于古代，通过口头传播。它们反映了当时的社会生活、文化特色和人民的生活智慧。其故事主题往往包含对真善美的追求和对假恶丑的批判。民间故事多采用象征形式，内容往往包含超自然的、异想天开的成分。因其艺术表现具有叙事通俗易懂、情节曲折生动、人物形象鲜明的特征，使得故事不仅在内容上丰富多彩，也在形式上具有吸引力。

虽然民间故事源自过去，但它们所蕴含的智慧和教训对我们今天的生活同样具有重要意义。

五、漫读拾遗

由宋而下，涞滩镇已有上千年的历史，虽养在深闺、"不立文字"，却能"以心传心""教外别传"，亦如禅宗的中国哲思，无时不在彰显自己的智慧蕴涵。

1992年，涞滩镇被重庆市人民政府命名为重庆市风景名胜区。

1995年，涞滩镇被四川省人民政府公布为四川省历史文化名镇。

2003年，涞滩镇被建设部和国家文物局评为全国首批十大历史文化名镇。

2013年，涞滩镇入列《中国古镇》第一组邮票，并于当年"中国旅游日"正式向全国发行。

如今的涞滩镇已成功创建国家4A级景区，并获得全国特色小镇、全国文明镇、国家卫生镇等荣誉。

后记一

亦如长江、黄河是中华民族的母亲河一样，三江交汇的嘉陵江则是合川人民的母亲河；亦如"三山五岳"是华夏大地的重要标识一样，华蓥、龙多、铜梁、龙游、云门等诸山则是合川地域的重要标识；亦如长城、大运河是中华民族精神意志与智慧创造的象征一样，钓鱼城、涞滩古镇则是合川人民精神意志与智慧创造的象征；亦如长安、北京是中华文明的代表性符号一样，巴子城、合州城则是合川历史的代表性符号，如此等等，不一而足。

通过八十一期的诗文赏读，我们对合川历史文化地标的概貌有了一些认识。就其共性而言，合川十大历史文化地标主要有三个方面的特征——

第一，它们都是合川最具代表性的山川景致。合川十大历史文化地标之景物多为自然山水或依附于自然山水的建筑，为一方之形胜。铜梁山的幽旷、龙多山的奇异、濮岩山的古拙、学士山的灵秀、鹫岭峰的沉稳、凤凰山的蛰伏、"合州八景"的惊艳，无一不是一道道美丽的自然景观。涪江、渠江、嘉陵江或平地缓流，或峡谷奔涌，或烟波浩渺，或朗映群山，无一不是一幅幅美丽的自然画卷。

第二，它们都是合川最具代表性的历史遗迹。合川历史上的许多标志性事件都与十大历史文化地标有关。濮岩寺承载着濮人濮地濮国的传说，铜梁山一度代表着三江大地乃至巴山蜀水，龙多山在唐宋时曾是佛道名山，古合州堪称两千年治城，文笔塔见证了阳关大道最后的辉煌，钓鱼城古战场遗址至今保存完整，学士山被定格为理学的发祥地之一，二佛寺石刻成就了全国唯一的禅宗石佛道场，古圣寺则已成为中国现代教育的圣地。透过这些还能

合川东部华蓥山风光（资料图片）

触摸到的历史，我们似乎可以从中找到自己的根和魂。

第三，它们都是合川最具代表性的精神意象。合川十大历史文化地标由实物景象逐渐升华为精神意象，是因为它们反映着合川人民的文化底蕴和对自然的感悟。它们不仅在合川的自然地理上具有重要位置，在合川的历史演进中具有重要位置，更是在合川的人文精神方面具有重要地位，代表着合川人文精神的高度、深度和广度。

在我看来，这些精神意象都从不同侧面彰显了合川人民以爱国主义为核心的团结统一、爱好和平、勤劳勇敢、自强不息的民族精神，是中华民族精神在三江大地上的具体体现。此外，合川人民敬老尊贤的伦理精神、天人合一的和合精神、知行合一的实践精神、中正为美的艺术精神，等等，更是反映了中华优秀传统文化的不同方面。

合川十大历史文化地标之所以能成为合川历史文化和人文精神的象征，或者说代表性符号，原因大抵如此。

如果说上述立论成立的话，围绕合川十大历史文化地标我们可以做很多的事情。加大文化地标历史信息的整理研究是一方面，加强文化遗存的保护利用是一方面，实体建设历史文化公园和旅游景区又是一个方面。从决策建议的角度讲，积极推进钓鱼城大景区、涞滩古镇大景区建设，适时启动龙多山景区、铜梁洞历史文化公园、学士山历史文化公园建设，加快实施古圣寺红色村庄（现代教育圣地）、瑞应巷古城文化街区建设，抓紧开展濮岩寺文物（国立二中旧址及附近摩崖石刻）抢救性保护工作，这是作者编撰此书最终的落脚点。

　　合川打造具有国际影响力的历史文化名城任重道远。让我们勠力同心，接力前行吧！

后
记
二

　　诗，并非在世外，也并非在远方。文，终归是为了"载道"，终归是为了
"化人"。

　　读合川诗文，要了解的是一份植根于合川地域的优秀传统文化，要汲取
的是一份植根于合川地域的民族精神力量。

　　"合邑，山水清明，多产英异（德才不凡之人）。"按任逢《垫江志》的说
法，合川"四山环合，三江襟带，田亩桑麻，左右交映。人生其间，多秀异，
喜以诗书自娱"。

　　一方水土养育一方人，一方人自有一方人的才情。感谢那些寄情合川地
域的史家们、诗家们、先贤们，是他们以有味的诗书为我们传承着文化、启
迪着心灵。

　　"西蜀地称形胜雄，关键第一在川东。"（禹湛《鱼城写怀》）透过他们留下
的诗文，我们可以读到合川地形地势的雄浑壮阔与瑰丽神奇。

　　"夜来一景尤堪画，月印三川水映天。"（王兆元《会江楼晚望》）透过他
们留下的诗文，我们可以读到合川山水交织的缠绵悱恻与缱绻（qiǎn quǎn）
旖旎。

　　"千年余故址，濮子旧名存。"（谭升《濮子墓》）透过他们留下的诗文，我
们可以读到合川历史的悠远漫长与辽阔苍茫。

　　"缘坡荞麦油油长，近水渔灯个个明。"（孙桐生《合州》）透过他们留下的
诗文，我们可以读到合川农村的自然和谐与恬静迷人。

　　"数杯巫峡酒，百丈内江船。"（内江，又称内水，旧指以合州为中心的嘉陵

合川渠江晨雾（张小刚摄）

江、涪江水域。杜甫《送十五弟侍御使蜀》）透过他们留下的诗文，我们可以读到合川城邑的关下涛声与一路风景。

"钓鱼城下三江水，一度登临一首诗。"（释昌言《将赴合州叠顾霁岩韵》）透过他们留下的诗文，我们可以读到合川文化的口不绝吟与史不绝书。

"同人苦味濂溪乐，还向箪（dān）瓢乐处寻。"（邱道隆《濂溪祠》）透过他们留下的诗文，我们可以读到合川儒者的心中景象与满腹经纶。

"流年如驶惊尘梦，何日莲花出玉泥。"（文方《壬戌冬宿方溪寺》）透过他们留下的诗文，我们可以读到合川逸士的人格品性与道德操守。

"孤城远抱中原势，百战还坚壮士心。"（冯镇峦《钓鱼城怀古》）透过他们留下的诗文，我们可以读到合川民众性格中的家国情怀与英雄本底。

"当年根柢先求固，此日流风只在勤。"（朱虎臣《文峰塔成纪事》）透过他们留下的诗文，我们可以读到合川人文风气中的勤劳本质与进取精神。

"要为天下奇，须当天下事。"（冯衡《题王玺箑（shà）诗》）透过他们留下的诗文，我们可以读到合川志士仁人的责任担当与壮志豪情。

……

本书选读的有关合川十大历史文化地标诗文，只是合川历代诗文中极小的一部分。其目的在于给大家提起这个话题，顺便为大家打开一扇窗门。

由于自己对诗文向来缺乏研究，对合川历史也知之不全、了解不深，故而在整个编著过程中，难免诚惶诚恐。幸得诸多领导和同志的帮助，本书才得以最终成稿付梓。

中共重庆市合川区委原书记郑立伟同志，给予了作者莫大的帮助，曾先后两次一字一句阅读不同版本的书稿，指出其中的问题与不足。中共重庆市合川区委书记姜雪松同志，对本书的出版给予了特别的重视和支持。

重庆诗词学会会长、诗词作家凌泽欣同志，著名钓鱼城研究专家、合川历史文化学者池开智同志，合川地方志研究专家杨成述同志，重庆文博研究专家刘智同志，中共重庆市合川区委党史地方志研究中心杨莲同志，合川区文物管理所杨大用同志分别阅读了本书书稿，提出了许多中肯的意见和建议。

重庆市合川区文化旅游委员会、党史地方志研究中心、图书馆、融媒体中心、摄影家协会，重庆市规划设计院等部门和单位为本书的网络发布和公开出版提供了资料查询、图片配置。

政协重庆市合川区委员会办公室黄雪峰同志、陈耀辉同志参与了本书的编务工作。

"答谢若惭无好语，捻髭空断不成章。"（赵孟坚《谢徐正十一兄惠牡丹颜帖》）值此成书之际，致谢在本书编著过程中给予作者支持和帮助的每一位同志。

叶 华

2024年12月于重庆市合川区政协

图书在版编目（ＣＩＰ）数据

无诗文不合川 / 叶华编著. -- 北京 : 中国文史出
版社, 2025. 1. -- ISBN 978-7-5205-5102-1

Ⅰ. I222.72

中国国家版本馆CIP数据核字第202519FS58号

责任编辑：王文运

特约编辑：黄雪峰　　　　装帧设计：尚俊文化

出版发行：中国文史出版社

社　　址：北京市海淀区西八里庄路69号　　邮　编：100142

电　　话：010-81136606　81136602　81136603（发行部）

传　　真：010-81136655

印　　装：北京地大彩印有限公司

经　　销：全国新华书店

开　　本：710mm×1000mm　1/16

字　　数：421千字

印　　张：25.75

版　　次：2025年2月北京第1版

印　　次：2025年2月第1次印刷

定　　价：98.00元
